Robinson Crusoé

CLÁSSICOS ZAHAR

em EDIÇÃO COMENTADA E ILUSTRADA

Sherlock Holmes (9 vols.)*

Arthur Conan Doyle

As aventuras de Robin Hood*

O conde de Monte Cristo*

Os três mosqueteiros*

Vinte anos depois

O visconde de Bragelonne (vol.1)

Alexandre Dumas

Os livros da Selva*

Rudyard Kipling

O Lobo do Mar*

Jack London

Jaqueta Branca

Moby Dick

Herman Melville

Rei Arthur e os cavaleiros da Távola Redonda*

Três grandes cavaleiros da Távola Redonda

Howard Pyle

A Ilha do Tesouro

Robert Louis Stevenson

Aventuras de Huckleberry Finn*

As aventuras de Tom Sawyer

Mark Twain

20 mil léguas submarinas*

A ilha misteriosa*

Viagem ao centro da Terra*

A volta ao mundo em 80 dias*

Jules Verne

O Homem Invisível*

A máquina do tempo

H.G. Wells

* Disponível também em edição bolso de luxo

Veja a lista completa da coleção no site zahar.com.br/classicoszahar

Daniel Defoe

Robinson Crusoé

Edição comentada e ilustrada

Tradução, apresentação e notas:
José Roberto O'Shea

Inclui 25 ilustrações originais de Walter Paget

2ª reimpressão

ZAHAR

Grafia atualizada segundo o Acordo Ortográfico da Língua Portuguesa de 1990, que entrou em vigor no Brasil em 2009.

Título original
Robinson Crusoe

Capa e ilustração
Rafael Nobre

Revisão da tradução
Marta Chiarelli

Preparação
Juliana Romeiro

Revisão
Carmen T. S. Costa
Thiago Passos

Dados Internacionais de Catalogação na Publicação (CIP)
(Câmara Brasileira do Livro, SP, Brasil)

Defoe, Daniel, 1660-1731
Robinson Crusoé / Daniel Defoe ; ilustrações Walter Paget ; tradução, apresentação e notas José Roberto O'Shea. — 1ª ed. — Rio de Janeiro : Zahar, 2021.
(Clássicos Zahar)

Edição comentada e ilustrada
Inclui 25 ilustrações originais de Walter Paget
Título original: Robinson Crusoe.
ISBN 978-65-5979-031-9

1. Literatura infantojuvenil I. Paget, Walter. II. O'Shea, José Roberto. III. Título. IV. Série.

21-74916 CDD-028.5

Índices para catálogo sistemático:
1. Literatura infantojuvenil 028.5
2. Literatura juvenil 028.5

Cibele Maria Dias – Bibliotecária – CRB-8/9427

EDITORA SCHWARCZ S.A.
Praça Floriano, 19, sala 3001 — Cinelândia
20031-050 — Rio de Janeiro — RJ
Telefone: (21) 3993-7510
www.companhiadasletras.com.br
www.blogdacompanhia.com.br
facebook.com/editorazahar
instagram.com/editorazahar
twitter.com/editorazahar

Sumário

Apresentação
Daniel Defoe e o romance moderno

A origem, a formação e as ocupações do romancista, jornalista, panfletista, agente político e comerciante Daniel Defoe fizeram dele uma espécie de "estranho no ninho" diante do refinamento e da erudição clássica que marcavam a literatura inglesa em seu tempo. Defoe nasceu em Londres, em 1659-60, época da restauração da monarquia inglesa, numa família de classe média, sendo filho de James Foe, um açougueiro londrino. Por volta de 1695, invocando descendência da família De Beau Faux, Daniel alterou o sobrenome para Defoe, o prefixo "de" conferindo-lhe supostamente um quê aristocrático.

Sua família era presbiteriana e o jovem, com cerca de catorze anos, contemplando uma formação clerical, ingressou na célebre Charles Morton's Academy for Dissenters (dissidentes, ou não conformistas religiosos), situada em Newington Green, ao norte de Londres. Dissidentes religiosos eram proibidos por lei de estudar nas universidades de Oxford ou Cambridge, onde predominava o estudo dos autores clássicos exclusivamente nos idiomas originais. Em contrapartida, as academias dissidentes, embora sem negligenciar o estudo de autores gregos e latinos, incluíam no currículo o estudo de línguas europeias modernas e tópicos de aplicação prática, tais como matemática e navegação, além de adotarem obras didáticas em inglês.

Defoe, contudo, não chegou a exercer o ministério presbiteriano. Mais tarde, ele escreveria: "Foi um desastre, primeiro, ter sido destinado à honra daquele trabalho sagrado, e depois ter sido dele afastado".[1] O fato

1. *A Review of the State of the British Nation*, n. VII, p. 341.

é que, em 1684, quando se casou com a jovem Mary Tuffley — filha de um próspero comerciante londrino, com quem teria oito filhos —, Defoe já se estabelecera como comerciante de meias, inicialmente próspero, e já viajara a negócios pela França, Espanha, pelos Países Baixos e, possivelmente, pela Itália e Alemanha, sendo que as viagens o absorveram a vida inteira. Alternando períodos de prosperidade e aperto financeiro, Defoe envolveu-se em vários empreendimentos, alguns dos quais — por exemplo, uma criação de gatos-almiscarados, uma companhia de seguro marítimo e uma olaria — resultaram malsucedidos, obrigando-o a declarar falência. No entanto, conseguiu obter concordata, evitando ser preso por dívidas, e teve sua condição financeira e social restabelecida por intervenção de um político do partido Tory, de tendência conservadora.

No verão inglês de 1685, Defoe deixou claro seu interesse em questões políticas ao apoiar abertamente a Rebelião de Monmouth, que, sob o comando do primeiro duque de Monmouth (1649-85), primogênito ilegítimo de Carlos II (1630-85), rei da Inglaterra, Escócia e Irlanda, pretendia derrubar o católico Jaime II (1633-1701). Três anos depois, a rainha Maria II (1662-94), primogênita e herdeira de Jaime II, e o protestante holandês Guilherme III (1650-1702), neto de Carlos I, ascenderam ao trono da Inglaterra, e Defoe tornou-se grande aliado do casal e agente secreto do rei.

O temperamento do escritor parece ter sido um tanto carrancudo, e a única descrição física dele existente — "estatura média, magro, cabelo castanho e tez amorenada, nariz adunco, queixo pontiagudo, olhos acinzentados e uma verruga perto da boca" — é a que consta da ordem de prisão expedida contra Defoe após a publicação do notório panfleto *The Shortest Way with Dissenters* (1702), abordado adiante nesta apresentação. Defoe morreu em casa, em Moorfields, Londres, em 26 de abril de 1731, aos setenta anos.

A influência de Daniel Defoe na evolução do romance inglês é imensa, e muitos o consideram o primeiro romancista inglês. É mestre de uma prosa contundente, caracterizada pela curiosidade jornalística e pela atenção ao detalhe realista. É certo que Defoe foi um escritor extremamente versátil e prolífico, e cerca de 560 títulos são atualmente a ele atribuídos, incluindo livros, panfletos e diários, muitos dos quais anônimos ou assinados sob pseudônimo. E embora seu início no gênero ficção tenha sido tardio, a escrita em outros gêneros — versos, panfletos, sátiras etc. — esteve sempre presente.

Seu primeiro escrito importante e devidamente assinado foi *An Essay upon Projects* (1697), coletânea de ensaios contendo recomendações pragmáticas do autor acerca de assuntos variados, tais como instituições financeiras, seguros, estradas, falência e concordata, associações humanitárias, atividade naval etc.

Em seguida, apareceu *The True-Born Englishman* (1701), seu primeiro grande sucesso literário, um poema satírico atacando o preconceito e as críticas dirigidas ao rei estrangeiro, o já mencionado Guilherme III, e seus amigos holandeses. No poema, Defoe defende o rei por meio de uma análise divertida da ancestralidade mestiça de um inglês típico. O poema trouxe a Defoe não apenas popularidade, mas também o beneplácito real.

Em 1702, surgiu *The Shortest Way with Dissenters*, panfleto em que Defoe, ele próprio um dissidente, defende ironicamente, na persona de um ilustre anglicano, a supressão sumária e sistemática de toda e qualquer dissidência religiosa, advogando como punição o enforcamento exemplar.[2] Os dissidentes eram membros de diversas denominações antianglicanas que se fortaleceram durante a Guerra Civil Inglesa (1642-9), foram suprimidas por Carlos II e seu irmão Jaime II, e ressurgiram no reino de Guilherme III. Inicialmente, a ironia sisuda contida no ensaio passou um tanto despercebida; mais tarde, porém, o panfleto foi considerado subversivo e incinerado publicamente. Defoe foi multado, preso e exposto três vezes no pelourinho (consta, porém, que o povo tenha atirado flores no autor do panfleto, considerando-o uma espécie de mártir). Detido durante sete meses na prisão de Newgate, em Londres, ele escreveu *Hymn*

2. Vinte e seis anos depois, em 1729, *A Modest Proposal*, ensaio satírico escrito e publicado anonimamente por Jonathan Swift (1667-1745), repercute a sátira de Defoe, sugerindo que os pobres irlandeses poderiam aliviar seus problemas econômicos cevando e vendendo os filhos como alimento para damas e cavalheiros abastados. A hipérbole satírica zombava de atitudes impiedosas em relação aos pobres, bem como da política britânica em relação aos irlandeses em geral.

to the Pillory (1703), uma ode ao pelourinho, vendida nas ruas de Londres a simpatizantes da causa dissidente.

Em 1704, Defoe fundou o periódico intitulado *A Weekly Review of the Affairs of France*, conhecido como *The Review*, o qual, após várias transformações, tornou-se *A Review of the State of the British Nation*, perdurando até 1713, um marco na história do jornalismo. Publicado três vezes por semana, o periódico marcou o início do prodigioso jornalismo político do escritor, e nesse veículo ele expressou não apenas suas opiniões acerca de vários temas da política contemporânea, mas também tratou de outros assuntos, entre eles amor, casamento, jogos de azar etc. Ainda em 1704, surgiu o panfleto *Giving Alms no Charity and Employing the Poor*, e, em 1706, o panfleto *Um relato da aparição de Mrs. Veal*, narrativa contundente de uma história de fantasma ambientada na cidade de Canterbury e contemporânea à sua publicação.[3] Em 1713, em substituição à *Review*, Defoe criou um novo periódico, *Mercator*, voltado a assuntos de comércio.

As obras pelas quais o autor celebrizou-se pertencem à fase mais tardia de sua produção, com a publicação, entre 1719 e 1724, de uma série de romances. Nesses cinco anos apareceram suas obras ficcionais mais importantes, começando por *A vida e as aventuras de Robinson Crusoé* (tratado separadamente nesta introdução e cujo título ficou consolidado apenas como *Robinson Crusoé*), que veio a público em 1719. Em 1720, *Life and Adventures of Mr. Duncan Campbell*, um mago surdo, e *Capitão Singleton*, esta última uma história de aventuras na qual Singleton, narrador em primeira pessoa, é raptado na infância e mandado ao mar. Carecendo de noções de virtude ou religiosidade, ele participa de um motim frustrado e é desembarcado com seus comparsas em Madagascar. Na sequência, Singleton chega ao continente africano e o atravessa, vivendo uma série de aventuras; posteriormente, ele enriquece, regressa à Inglaterra e esbanja toda a sua fortuna. Então, retorna ao mar, agora na condição de pirata, para acossar o Caribe, o oceano Índico e o mar da China, enri-

3. O relato foi publicado, em dezembro de 2020, conjuntamente, pelas editoras Ex Machina e Sebo Clepsidra, de São Paulo, em tradução de Marta Chiarelli.

quecendo novamente. De volta à Inglaterra, casa-se com a irmã de um companheiro de viagem.

Em 1722, além de *The History of Peter the Great*, surgiu a obra-prima *Um diário do ano da peste*, romance de ficção e reconstrução histórica, supostamente o relato de um residente de Londres durante os anos de 1664-5, ocasião da Grande Peste que grassou na cidade. Consta que as iniciais H. F., que concluem a narrativa, sejam de Henry Foe, tio de Daniel, de quem o autor teria ouvido detalhes da história. O romance relata o alastramento gradual da peste, o pavor dos londrinos e as medidas adotadas pelas autoridades, tais como o isolamento de locais infectados e a proibição de aglomerações, sobretudo públicas. Os sintomas da enfermidade, a circulação de carroças transportando cadáveres, os sepultamentos em valas comuns e as cenas terríveis testemunhadas pelo narrador são descritos com vigor extraordinário, e os efeitos gerais da epidemia, por exemplo, o fechamento de negócios e a evacuação da cidade, são igualmente relatados, junto à estimativa do número total de mortes, somando cerca de 70 mil.

Ainda em 1722, foi publicado o romance de aventuras *Coronel Jack*, a "autobiografia" de um ladrão, na qual o narrador, abandonado pelos pais na infância, é influenciado por más companhias e se torna batedor de carteiras. Em seguida, ele desiste da "profissão" e ingressa na carreira militar, mas deserta, para não ser obrigado a servir em Flandres. Então é raptado, enviado à Virgínia e vendido a um proprietário rural. Lá é promovido a capataz, alforriado, torna-se fazendeiro e enriquece. Em seguida, regressa à Inglaterra e, após uma série de desventuras matrimoniais, arrepende-se e prospera.

E surgiu, também, em 1722, *Moll Flanders*, considerado o romance mais interessante do autor, excetuando-se *Robinson Crusoé*, e notável exemplo de realismo literário. Trata-se de uma genial, suposta autobiografia que relata as aventuras picarescas de uma prostituta londrina, filha de uma mulher acusada de furto e exilada na Virgínia, logo após o nascimento da menina. A criança, abandonada na Inglaterra, cresce na casa do bondoso prefeito de Colchester, e a história narra sua posterior perdição, seus cinco casamentos e demais casos amorosos, e sua visita à

Virgínia, onde encontra a mãe e descobre que, inadvertidamente, casou--se com o próprio irmão. Separando-se do irmão, ela volta à Inglaterra, onde, no primeiro momento, leva uma vida de extrema pobreza. Depois de tornar-se exímia punguista, é presa e exilada na Virgínia, na companhia de um de seus ex-maridos, um salteador. Com recursos próprios, os dois se estabelecem como fazendeiros, e Moll descobre que herdou da mãe uma fazenda. Ela e o marido passam os últimos anos de vida numa atmosfera de penitência e prosperidade.

O ano de 1724 trouxe *The Memoirs of a Cavalier*, romance histórico atualmente atribuído a Defoe; *A New Voyage round the World*; os panfletos sobre Jack Shepherd, notório ladrão e salteador enforcado em Tyburn (naquele mesmo ano de 1724); e, por fim, *Os segredos de Lady Roxana*, a "autobiografia" da srta. Beleau, bela filha de refugiados protestantes, criada na Inglaterra e casada com um cervejeiro londrino que, após esbanjar a fortuna, abandona a esposa e os cinco filhos. A protagonista, então, embarca numa próspera carreira de vigarice, passando de patrono em patrono, na Inglaterra, na França e na Holanda, enriquecendo e recebendo a alcunha de Roxana, devido à dança que costuma executar. Em seguida, casa-se com um comerciante holandês e emerge socialmente, até que ele descobre sua vida pregressa. Por fim, ele morre e deixa para ela uma soma reduzida. Roxana é presa por dívidas e morre penitente.

Em 1726, foi publicada a narrativa *The Four Voyages of Captain George Carleton*, e, em 1728, foi a vez de *Memoirs of Captain George Carleton*, esta anteriormente atribuída a Jonathan Swift (1667-1745), conhecido pelo clássico *As viagens de Gulliver*, mas hoje consensualmente consignada a Defoe.

O guia de viagem intitulado *Tour through the Whole Island of Great Britain*, publicado em três volumes, entre 1724 e 1726, é um relato vívido das condições do país, a partir de observações colhidas pelo próprio autor. As últimas obras importantes de Defoe incluem *The Complete English Tradesman* (1726), *Augusta Triumphans* (1728), *A Plan of the English Commerce* (1728) e *The Complete English Gentleman* (1890, postumamente).

O náufrago que virou clássico

Em 25 de abril de 1719, aos 59 anos, Defoe iniciou a carreira de romancista, com a publicação de *Robinson Crusoé*, primeira grande obra ficcional do autor e também a primeira de uma série de histórias de aventuras que o celebrizaram. A publicação obteve sucesso imediato, com quatro impressões tiradas no mesmo ano do lançamento — uma segunda impressão veio a público em 12 de maio e duas impressões sucederam-se até o fim de 1719. A história do célebre náufrago foi publicada em três partes: a primeira, citada acima; a segunda, intitulada *The Farther Adventures of Robinson Crusoe: Being the Second and Last Part of His Life* [As aventuras subsequentes de Robinson Crusoé: tratando da segunda e última parte de sua vida] e publicada também em 1719; e a terceira, sob o título *The Serious Reflections during the Life of Robinson Crusoe* [As sérias reflexões ao longo da vida de Robinson Crusoé], apareceu em 1720. É consenso crítico, no entanto, que a segunda e a terceira partes — que não foram integradas à primeira — estão aquém desta.

Em *Robinson Crusoé*, Defoe inspira-se no relato das aventuras e da vida solitária do marinheiro escocês Alexander Selkirk, abandonado, em 1704 — a seu pedido —, pelo capitão Straddling em pleno oceano Pacífico, na ilha Más a Tierra, a segunda maior do arquipélago de Juan Fernández,[4] a 670 quilômetros de Valparaíso, no Chile. Na ilha, Selkirk conseguiu sobreviver até 1709, quando foi resgatado pelo capitão Woodes Rogers. É certo que os contrastes entre a experiência de Selkirk e Crusoé são marcantes. Por exemplo, enquanto o primeiro permanece oito meses deprimido e ocioso, o segundo começa a trabalhar pela própria subsistência na primeira noite que passa no local. Contudo, os relatos jornalísticos das aventuras e agruras vividas por Selkirk apresentam sobretons de pecado e castigo, bem como dos efeitos penitenciais da solidão, comparáveis às experiências de Robinson Crusoé.

No livro, e nas histórias que o seguiram, Defoe exibe seus pontos fortes redacionais: a capacidade de recriar vividamente determinado

4. A partir de 1966, Más a Tierra passou a se chamar Robinson Crusoé.

local, por meio do efeito cumulativo, por vezes até repetitivo, de detalhes meticulosamente observados; a maestria de uma prosa despretensiosa, ainda que, por vezes, tautológica e aparentemente descuidada; o domínio de uma linguagem relativamente acessível e padrões de fala que parecem revelar a consciência do narrador em primeira pessoa, a persona Robinson Crusoé; o amplo conhecimento da sociedade em que o próprio escritor vivia, tanto da burguesia empreendedora quanto dos parasitas que a sugavam; e a absorção no tema do ser humano solitário que logra submeter um ambiente inóspito e indiferente a um projeto de sobrevivência presente e prosperidade futura, concomitante à elevação espiritual.

Apresentado como relato verídico, o romance é uma suposta autobiografia, agora de Robinson Crusoé, nascido em York, em 30 de setembro de 1632. Contrariando a vontade e o conselho dos pais, o protagonista parte em viagem aos dezoito anos, e, após oito anos de aventuras e desventuras, chega a uma ilha deserta, em 30 de setembro de 1659, dia em que completa 26 anos. Qualificada no primeiro parágrafo do diário como "Ilha do Desespero", a ilha ficcional de Crusoé situa-se na foz do rio Orinoco, um dos principais rios da América do Sul, fluindo num longo arco através de florestas tropicais e savanas e desaguando no oceano Atlântico, por meio de um grande delta pantanoso. Construindo paliçadas, moradias e canoas, plantando e colhendo grãos, instalando armadilhas, caçando e domesticando animais, e combatendo canibais, o protagonista sobrevive heroicamente no ambiente agreste ao longo de nada menos que 28 anos, dois meses e dezenove dias. Então, em 19 de dezembro de 1686, contando com a ajuda inestimável de Sexta-Feira, indígena salvo por ele de ser devorado por canibais, o herói deixa a ilha; finalmente, após longa viagem, regressa à Inglaterra, em 11 de junho de 1687, tendo estado ausente da terra natal durante 35 anos.

O livro é, a um só tempo, uma história de aventuras, uma espécie de épico burguês e tributo ao individualismo, e uma autobiografia espiritual. Na verdade, não surpreende que o tema central talvez seja a questão do individualismo, absolutamente precípua no surgimento do romance moderno. No clássico estudo *The Rise of the Novel*, o crítico e professor inglês Ian Watt propõe que, de modo geral, o interesse do romance moderno na vida de pessoas comuns depende de duas condições abrangentes: que a sociedade valorize qualquer indivíduo o suficiente para considerá-lo tema adequado à literatura atilada; e que haja suficiente variedade de percepções e ações entre pessoas comuns capaz de permitir que o relato detalhado de tais percepções e ações seja de interesse para outras pessoas comuns, os leitores de romances. Watt conclui que ambas as condições dependem do surgimento de uma sociedade caracterizada pela "vasta complexidade de fatores interdependentes denotada pelo termo 'individualismo'",[5] e que Defoe, mais do que qualquer outro escritor que o precedeu, expressou diversos e importantes elementos do individualismo, tema que aparece de maneira mais nítida e abrangente em *Robinson Crusoé*.[6]

O romance tem sido estudado, também, como "biografia espiritual", um gênero de prosa, a rigor, não ficcional que dominou a escrita protestante durante o século XVII, particularmente na Inglaterra, sobretudo entre os dissidentes. Segundo as convenções desse gênero, a narrativa segue o crente de um estado de condenação a um estado de graça.[7] De fato, afirmando a ética protestante e o puritanismo consolidados na formação do autor, o livro tematiza a superação de vicissitudes por meio da esperança, da fé e do trabalho, este último visto aqui como obrigação ética e religiosa, e não como punição divina pela queda de Adão. Em seu crescimento espiritual, o protagonista descobre, aprende, que o ser humano jamais estará totalmente desamparado se estiver disposto a trabalhar e perseverar na esperança e na fé em Deus e na Providência Divina. Com o devido empenho e engenhosidade, é possível valer-se das benesses propiciadas pela natureza, sobreviver e até prosperar.

A despeito dos vários episódios emocionantes descritos no romance, entre eles os resgates de Sexta-Feira e de seu pai pela intervenção heroica

5. Ian Watt, *The Rise of the Novel*, p. 60.
6. Ibid., p. 62.
7. O exemplo mais famoso desse gênero literário talvez seja a obra *Grace Abounding to the Chief of Sinners* (1666), de autoria do pregador puritano inglês John Bunyan (1628-88).

de Crusoé, grande interesse advém da maneira extraordinária como o protagonista, que afirma jamais ter antes manuseado uma ferramenta na vida, aprende com as imposições da necessidade, enfrenta e supera a série de dificuldades que a ele se apresentam na ilha, ao mesmo tempo que preserva sua dignidade humana e eleva-se espiritualmente. Além do apelo ensejado pelo desafio imposto ao marujo que escapa do naufrágio e sobrevive na ilha deserta, agreste e exótica — sem dúvida uma receita quase infalível para qualquer romance de aventuras —, a leitura prende pela identificação do leitor com o protagonista e pelo interesse em seguir os sucessos e fracassos do herói ao construir, passo a passo, a partir do que a natureza lhe propicia, uma réplica física e moral do mundo por ele deixado para trás na Inglaterra. Em última instância, o resultado positivo dos desafios enfrentados e superados por Robinson Crusoé contraria os conselhos supostamente sensatos de seu pai em favor de uma vida pacata e mediana, absolvem-no do "pecado" da desobediência e reforçam o valor inelutável do heroísmo e da aventura. Afinal, sair da casa paterna, libertar-se, por assim dizer, das amarras familiares, construir uma existência para si e prosperar a despeito das circunstâncias constituem traços vitais do individualismo bem-sucedido.

No contexto anglófono, *Robinson Crusoé* vem, de fato, a ser um livro precursor do romance moderno, pois constitui uma das primeiras narrativas ficcionais na qual as atividades cotidianas e corriqueiras de uma pessoa comum permanecem no centro da atenção literária. A importância de Daniel Defoe para a história da literatura inglesa deve-se, concreta e basicamente, a dois fatores. Primeiro, ao já citado periódico *The Review*, que deu início a ideias importantes sobre a atividade jornalística, desenvolvidas por exemplo nos famosos editorial e "artigo de capa", referências ainda hoje utilizadas e pelas quais muitos consideram Defoe uma espécie de pai do jornalismo moderno, mesmo porque seu nome aparece associado a nada menos que 26 periódicos ingleses. Em segundo lugar, cabe ressaltar suas obras ficcionais, mesmo que, stricto sensu, talvez não possam ser consideradas romances, no sentido moderno do termo, visto que enredo e caracterização aparecem de forma relativamente rudimentar. No entanto, tais obras, devido à verissimilitude, ensejada pelo acúmulo e riqueza de detalhes, ao registro convincente de padrões de fala e à grande eficácia das situações singulares romanceadas, abriram caminho para a obra de Samuel Richardson (1689-1761), Henry Fielding (1707-54) e do já citado Jonathan Swift.

Crusoé em português

Tradução literária é atividade intelectual que exige um equilíbrio sutil e complexo entre rigor e ousadia, na "fuga" responsável em relação à literalidade. E o estilo personalizado e idiossincrático de Defoe impõe desafios interessantes ao exercício de tal equilíbrio, sobretudo quanto a certos maneirismos relacionados à estrutura e pontuação dos períodos compostos, ao emprego irrestrito de orações reduzidas de gerúndio e à ocorrência de tautologia.

É marca do estilo literário de Defoe o uso de longos períodos compostos nos quais orações subordinadas aparecem separadas da oração principal por ponto e vírgula. A tradução não pretende "corrigir" a pontuação, mas tenta, à guisa de estratégia, evitar excessos que possam causar demasiado estranhamento ou interferir na compreensão do leitor. Além desses períodos compostos de estrutura peculiar, Defoe emprega continuamente o gerúndio, sobretudo em orações reduzidas. De novo, a tradução não pretende "corrigir" esse aparente exagero, mas diminui o número de ocorrências. E Defoe utiliza repetidamente a abreviatura *viz.* (*videlicet*); a tradução repete a expressão "a saber", mas tenta, igualmente, evitar excessos, e a presença ubíqua dos advérbios "bastante" e "muito" aparece também diminuída. A repetição de determinadas expressões na tradução, tais como, "conforme relatado", "conforme observado", "em suma", "resumindo", segue o original, pois é outra marca do estilo do escritor e contribui para conferir um tom coloquial e certo ar de autenticidade à narrativa.

Na intenção de atribuir aos trechos que compreendem o relato do narrador em primeira pessoa um registro variado, mais elevado, digamos, "literário", e ligeiramente arcaizante, a tradução evita artigos definidos e indefinidos supérfluos, prefere a ênclise e o chamado futuro sintético. Já nos diálogos — assinalados por travessões, mas com aspas quando um personagem fala consigo mesmo —, visando à simulação de um registro mais coloquial, com marcas de oralidade, a tradução assinala a presença de artigos definidos e indefinidos supérfluos, a preferência pela próclise e pelo futuro perifrástico (verbo auxiliar + verbo no infinitivo). Ainda em relação aos diálogos, cabe mencionar que a fala do menino Xuri é marcada por subpadrão (forma linguística que diverge da norma institucionalizada), no original e na tradução, sendo que Crusoé tuteia o menino, por questões mesmo de diferença de idade e hierarquia. A fala de Sexta-Feira também é subpadrão, apresentando verbos exclusivamente no infinitivo, o pronome oblíquo "mim", em lugar do pronome do sujeito "eu", a ausência de marcas redundantes de plural e as contrações "pra" e "pro".

E cabe uma palavra final sobre conversões. Na expectativa de preservar "cor local", a tradução evita conversões ao sistema métrico, exceto nos casos da conversão libra/quilo, para evitar confusão com a moeda inglesa; e de jarda, pé e polegada, medidas demasiado estranhas para o leitor brasileiro. Nas notas explicativas, evidentemente, as informações são fornecidas no sistema métrico.

JOSÉ ROBERTO O'SHEA

José Roberto O'Shea é professor e tradutor. É mestre em Literatura Ocidental (American University) e doutor em Literatura Inglesa e Norte-Americana (UNC-Chapel Hill), com estágios de pós-doutoramento na Inglaterra e nos Estados Unidos. Leciona desde 1990 na Universidade Federal de Santa Catarina, onde atualmente é professor titular voluntário (aposentado), membro permanente do Programa de Pós-Graduação em Inglês e pesquisador do CNPq desde os anos 1990. Tem mais de sessenta traduções publicadas, abrangendo ficção, não ficção, poesia e teatro. Para a Coleção Clássicos Zahar, traduziu ainda *Aladim*, *A Ilha do Tesouro* e, por *Aventuras de Huckleberry Finn*, esteve entre os finalistas do Prêmio Jabuti 2020.

Robinson Crusoé

A VIDA

e

as Estranhas e Surpreendentes

AVENTURAS

de

ROBINSON CRUSOÉ, MARUJO DE YORK:

Que viveu Vinte e Oito anos
sozinho, numa Ilha deserta na
Costa da AMÉRICA, perto da Foz do
Grande Rio ORINOCO;
Tendo sobrevivido a um Naufrágio em
que todos os Homens morreram, exceto ele.

COM

Um Relato de como foi, afinal, insolitamente
salvo por PIRATAS.

Escrito pelo próprio.

Londres

Impresso para W. Taylor, na Ship, em *Pater-Noster-Row*

MDCCXIX[1]

1. Texto que consta do frontispício da primeira edição do romance, publicada em 1719.

Prefácio

Se há neste mundo uma história das aventuras de um indivíduo que vale a pena vir a público e ser bem-recebida quando publicada, o editor pensa ser o caso do presente relato.

As maravilhas da vida desse homem excedem tudo o que (segundo pensa o editor) há de disponível; a vida de qualquer homem dificilmente apresentará maior variedade.

O relato é narrado com comedimento, seriedade, e com um apelo religioso aos eventos a cuja aplicação homens sábios sempre se prestam, visando instruir terceiros por meio deste exemplo, bem como justificar e honrar a sabedoria da Providência em todo e qualquer imprevisto das nossas circunstâncias, sejam elas quais forem.

O editor crê que o relato seja verdadeiro e factual; tampouco há nele qualquer aparência de ficção: no entanto, visto que relatos desse tipo costumam ser lidos com celeridade, o editor acredita que a fruição, seja quanto ao entretenimento ou à instrução do leitor, será idêntica; e sendo assim, julga, sem maiores saudações ao mundo, que presta um grande serviço ao leitor com a presente publicação.

1. Começo de vida

Nasci no ano de 1632, na cidade de York,[2] de uma boa família, embora de origem estrangeira, sendo meu pai nascido em Bremen[3] e tendo se estabelecido de início em Hull.[4] Meu pai construiu bom patrimônio negociando mercadorias e, deixando de lado essa atividade, passou a residir em York, onde casou-se com minha mãe, cujo sobrenome era Robinson, uma família respeitável daquela região, e em cuja homenagem fui chamado Robinson Kreutznaer; mas, devido à corruptela usual de palavras na Inglaterra, hoje somos chamados — na verdade, chamamos a nós mesmos e assinamos — Crusoé, e assim eu era conhecido por meus companheiros.

Eu tinha dois irmãos mais velhos, um dos quais era tenente-coronel de um regimento inglês de infantaria alocado em Flandres,[5] então comandado pelo célebre coronel Lockhart,[6] e foi morto numa batalha contra os espanhóis, perto de Dunquerque.[7] O que aconteceu com meu

---

2. Cidade histórica e murada, localizada no norte da Inglaterra, na confluência dos rios Ouse e Foss, e capital do condado de Yorkshire. Na época do Império Romano, a cidade foi um importante posto militar da província da Britânia. Na Idade Média, York foi um próspero mercado de lã, e até hoje se orgulha da célebre catedral de São Pedro, conhecida como York Minster.

3. Cidade situada no noroeste da Alemanha, às margens do rio Weser, e capital do estado de Bremen. Trata-se da cidade portuária mais antiga da Alemanha.

4. Kingston upon Hull, ou simplesmente Hull, é uma cidade localizada no litoral nordeste da Inglaterra, e capital do condado de East Riding de Yorkshire, próxima ao rio Hull, à beira do estuário do rio Humber.

5. Anteriormente, tratava-se do condado da Flandres, que já não existe, região da França e da Bélgica, situada entre as elevações de Artois e a foz do rio Escalda. Hoje em dia é necessário distinguir entre a Flandres belga e a Flandres francesa (localizada no norte da França).

6. Sir William Lockhart (of Lee) (1621-75) foi um soldado e diplomata escocês que, atuando como general de Oliver Cromwell, capturou Dunquerque dos espanhóis em 1658.

7. Cidade portuária do mar do Norte, atualmente situada no norte da França, a dez quilômetros da fronteira com a Bélgica. Dunquerque foi disputada em diferentes ocasiões pelas Coroas da Inglaterra, dos Países Baixos e da França.

segundo irmão eu nunca soube, assim como meu pai ou minha mãe jamais saberiam o que aconteceu comigo.

Por eu ser o terceiro filho da família e não ser instruído em nenhum ofício, desde cedo minha cabeça começou a encher de divagações. Bastante idoso, meu pai propiciou-me um devido quinhão de aprendizagem, tanto quanto possível a uma educação doméstica e uma escola rural gratuita, e pretendia que eu estudasse Direito; mas nada me satisfazia, exceto ir para o mar, e tal inclinação levou-me a contrariar tão fortemente a vontade, a bem dizer, as ordens de meu pai, e todas as súplicas e argumentações de minha mãe e de amigos, que parecia haver algo fatal naquela propensão, direcionando-me para a vida de infelicidade que a mim estava reservada.

Meu pai, homem sábio e circunspecto, deu-me conselhos sérios e excelentes contra o que previu ser meu desígnio. Chamou-me certa manhã em seu quarto, onde padecia de gota,[8] e protestou veementemente comigo. Perguntou quais motivos, além de uma simples inclinação errante, teria eu para deixar a casa paterna e meu país natal, onde seria bem-recebido, e onde havia perspectiva de aumentar minha fortuna por meio de dedicação e trabalho, e ter uma vida de conforto e satisfação. Disse-me que somente homens de fortunas arruinadas, por um lado, ou aspirantes a fazer fortuna, por outro, aventuravam-se em viagens ao exterior, para progredirem na vida por meio de empreendimentos e tornarem-se famosos à custa de negócios excêntricos; que essas coisas ou estavam muito acima de mim, ou muito abaixo de mim; que meu nível social era intermediário, ou poderia ser chamado de camada superior do nível mais baixo; condição que ele constatara, por longa experiência, ser a melhor do mundo, a mais adequada à felicidade humana, imune a infortúnios e privações, à labuta e à agrura do segmento laboral da humanidade, sem ser compelida pelo orgulho, pelo luxo, pela cobiça e pela inveja que afetam o segmento mais elevado da humanidade. Disse-me

8. Doença geralmente hereditária provocada pelo excesso de ácido úrico no organismo e caracterizada por dolorosos ataques inflamatórios, que ocorrem sobretudo nas articulações.

que eu poderia avaliar a felicidade dessa condição de vida com base num fator, a saber, que essa era a situação que todas as demais pessoas invejavam; que reis frequentemente lamentam as consequências desditosas de nascer destinados a realizar grandes feitos, e desejariam ter ocupado o meio dos dois extremos, ou seja, entre os pequenos e os grandes; que o sábio deu seu testemunho disso, como padrão justo de felicidade, quando orou para não ter nem riqueza nem pobreza.[9]

Ele me pediu que observasse, pois sempre haveria de constatar que as calamidades da vida eram compartilhadas entre os segmentos superiores e inferiores da humanidade, mas que o segmento intermediário sofria menos desastres e não era exposto a tantas vicissitudes; na verdade os que viviam em condição mediana não estavam sujeitos a tantas mazelas e angústias, fosse de corpo ou mente, quanto aqueles que, por uma vida de dissipação, luxo e extravagância, num extremo, ou de trabalho árduo, carências básicas e uma dieta insalubre ou insuficiente, no outro, atraíam mazelas para si mesmos, como consequência natural de seu modo de vida; que a condição intermediária de vida foi calculada para ensejar todo tipo de virtude e todo tipo de satisfação; que a paz e a fartura eram servas da fortuna média; que a temperança, a moderação, o sossego, o bem-estar, a fraternidade, todas as diversões agradáveis e todas as alegrias desejáveis eram bênçãos atinentes à condição mediana de vida; que nesse meio os homens seguiam silenciosa e serenamente pelo mundo, e dele saíam com conforto, sem se importunarem com trabalho braçal nem cerebral, sem serem submetidos a uma vida de escravidão para ganhar o pão de cada dia, nem atormentados por circunstâncias perturbadoras, que privam a alma de paz e o corpo de repouso, nem se enfurecem com o arroubo da inveja, nem anseiam secreta e ardentemente por grandes coisas; mas seguem sob circunstâncias amenas, deslizando suavemente pelo mundo e saboreando sensatamente as doçuras da vida, sem amargor, sentindo-se felizes e aprendendo com a experiência de cada dia a constatar tal fato com crescente sensatez.

9. Alusão a Provérbios 30,8: "Afasta de mim a falsidade e a mentira. Não me dês riqueza nem pobreza. Concede-me apenas o meu pedaço de pão". Todas as traduções de trechos bíblicos foram retiradas da *Bíblia Sagrada*, edição pastoral (Edições Paulinas).

Depois, ele insistiu com grande seriedade, e muito afeto, que eu não agisse qual um jovem incauto, nem me precipitasse em infortúnios que a natureza e a condição de vida em que nasci pareciam ter evitado; que eu não tinha necessidade de buscar meu pão; que ele me ajudaria e se esforçaria para inserir-me de forma justa na condição de vida que acabara de recomendar; e que se eu não prosperasse e não fosse feliz no mundo, seria exclusivamente por meu destino ou culpa; e que ele não teria nada a responder, tendo assim cumprido o dever de alertar-me contra medidas que sabia que seriam prejudiciais a mim; em suma, assim como ele me faria coisas muito benéficas se eu ficasse e me instalasse em casa conforme recomendava, não contribuiria para minhas desventuras, incentivando-me a partir; e para concluir, disse que eu podia tomar meu irmão mais velho como exemplo, a quem ele apresentara os mesmos argumentos sinceros, a fim de impedi-lo de ir para a guerra nos Países Baixos, mas que fora tudo em vão, pois o ardor juvenil do filho levara-o a alistar-se no Exército, onde foi morto; e embora afirmasse que não deixaria de orar por mim, ousava dizer que, se eu desse aquele passo tolo, Deus não me abençoaria, e, no futuro, quando talvez não houvesse ninguém para me amparar, eu haveria de dispor de tempo livre para refletir sobre o fato de ter ignorado seus conselhos.

Nessa parte final de sua fala, que foi verdadeiramente profética, embora eu suponha que meu pai não soubesse que assim seria, observei que as lágrimas vertiam profusamente por suas faces, sobretudo quando se referiu a meu irmão que tinha sido morto; e quando falou que eu teria tempo para arrepender-me, e ninguém para amparar-me, ficou tão comovido que interrompeu o discurso e disse que estava tão pesaroso que não poderia prosseguir.

Fiquei sinceramente abalado com aquelas palavras e, de fato, quem não ficaria? Resolvi não pensar mais em partir para o exterior e decidi ficar em casa, de acordo com o desejo de meu pai. Mas, ai de mim! Alguns dias bastaram para apagar tudo; resumindo, a fim de evitar quaisquer importunações por parte de meu genitor, poucas semanas depois tomei a decisão de fugir. No entanto, não agi tão precipitadamente como meu primeiro impulso instava, mas procurei minha mãe, num momento em que, a meu ver, estava um pouco mais cordata do que o usual, e revelei que meus pensamentos voltavam-se tão inteiramente para conhecer o mundo que eu jamais seria capaz de dedicar-me ao que quer que fosse com a devida perseverança, e que seria melhor meu pai assentir do que me forçar a partir sem seu consentimento; que já estava com dezoito anos, que era tarde demais para ser aprendiz de algum ofício, ou escrivão de algum advogado; que tinha certeza de que, se o fizesse, jamais completaria o tempo estipulado e que, sem dúvida, fugiria de meu mestre artesão antes do término do contrato, e partiria para o mar; e se ela falasse com meu pai, para permitir uma única viagem ao exterior, quando eu regressasse, caso não gostasse da experiência, jamais voltaria ao mar e prometeria, com redobrada diligência, recuperar o tempo perdido.

Isso deixou minha mãe muito abalada. Ela disse que sabia ser inútil falar com meu pai sobre tal assunto; que ele estava ciente do meu interesse e jamais consentiria em algo que pudesse prejudicar-me, e que ela se perguntava como eu poderia pensar em tal coisa depois da conversa que tive com meu pai, e ainda mais com as palavras ternas que ela sabia que ele me dirigira; e que, em suma, se eu pretendia arruinar-me, não havia como me ajudar; e que eu poderia estar certo de que nunca teria a aprovação deles; que, por seu turno, ela não moveria um dedo em prol da minha ruína; e que eu jamais poderia afirmar que minha mãe foi leniente, ao contrário de meu pai.

Embora minha mãe se recusasse a levar a questão a meu pai, eu soube posteriormente que ela relatou nossa conversa a ele, e que meu pai, depois de demonstrar grande preocupação, disse, com um suspiro:

— Esse menino talvez fosse feliz se ficasse em casa, mas se for para o exterior será o homem mais desgraçado que já existiu: não posso dar o meu consentimento.

Somente cerca de um ano depois disso consegui ir embora, ainda que permanecesse obstinadamente surdo a todas as propostas para estabelecer-me em qualquer negócio, e frequentemente protestasse diante de meu pai e minha mãe sobre o fato de manterem-se tão contrários a algo que bem sabiam ser minha inclinação. Mas estando um dia em Hull, aonde costumava ir ocasionalmente, e sem nenhuma intenção de escapar naquela época; quero dizer, estando lá, e um dos meus companheiros prestes a embarcar para Londres no navio de seu pai, e instando-me a seguir com eles, valendo-se da isca habitual dos marinheiros, a saber, que minha passagem não custaria nada, não consultei nem pai nem mãe, nem sequer enviei-lhes uma palavra; mas deixando-os tomar conhecimento por acaso do meu feito, sem pedir bênção a Deus nem a meu pai, sem qualquer consideração acerca das circunstâncias ou consequências, e em má hora, Deus sabe, em 1º de setembro de 1651 embarquei no navio com destino a Londres. Nunca os contratempos de qualquer jovem aventureiro, creio eu, começaram tão cedo ou perduraram tanto quanto os meus. Mal o navio saiu do Humber,[10] o vento começou a soprar e o mar a subir de modo assustador; nunca antes tendo estado no oceano, fiquei logo nauseado e apavorado. Comecei a refletir seriamente sobre o que tinha feito, e com que justiça tinha sido castigado pelo céu por ter deixado cruelmente a casa de meu pai e abandonado meu dever; os bons conselhos de meus progenitores, as lágrimas de meu pai e as súplicas de minha mãe vieram-me à mente, e minha consciência, que ainda não atingira o grau de insensibilidade que desde então passou a apresentar, censurou-me pela indiferença aos conselhos e pela violação do meu dever para com Deus e meu pai.

Tudo isso enquanto a tempestade aumentava e o mar, onde eu jamais estivera, ficou muito agitado, embora nada parecido com o que vi muitas vezes depois; na verdade, nada parecido com o que vi alguns dias depois, mas o suficiente para afetar-me naquela ocasião, sendo eu apenas um jovem marujo, e ignorante sobre o assunto. Eu achava que cada onda haveria de tragar-nos e que toda vez que o navio despencava, conforme eu pensava ser o caso, no intervalo entre os vagalhões, nunca mais emergiríamos; e naquela agonia mental, fiz muitas juras e tomei muitas

10. Grande estuário situado na costa leste da Inglaterra, ligeiramente ao norte, formado pela confluência dos rios Trent e Ouse.

decisões, que se a Deus aprouvesse poupar minha vida naquela viagem, se eu voltasse a pôr o pé em terra firme, iria diretamente para casa, ao encontro de meu pai, e nunca mais pisaria num navio enquanto vivesse; que seguiria seu conselho e jamais passaria por agruras como aquela. Agora eu enxergava claramente a bondade das observações de meu pai acerca da condição mediana da vida, com que tranquilidade, com que conforto ele tinha vivido todos os seus dias, nunca tendo sido exposto a tormentas no oceano ou encrencas no porto; e resolvi que, como um autêntico filho pródigo arrependido, voltaria à casa do meu pai.[11]

Esses pensamentos sábios e sóbrios continuaram enquanto a borrasca durou e, de fato, algum tempo depois; no dia seguinte, porém, o vento diminuiu e o mar ficou mais calmo, e comecei a acostumar-me com a situação. Todavia, permaneci reflexivo o dia todo, ainda me sentindo um pouco nauseado; perto do anoitecer, porém, o tempo melhorou, o vento parou e um crepúsculo belo e encantador seguiu-se; o sol se pôs perfeitamente luminoso, e assim surgiu na manhã seguinte; e havendo pouco ou nenhum vento, o mar estando sereno e o sol brilhando, o panorama era, conforme pensei, o mais aprazível que eu contemplara na vida.

Eu tinha dormido bem durante a noite, e agora não estava mais nauseado, mas bastante contente, olhando fascinado para o mar que estivera tão bravo e terrível no dia anterior, e que se tornara calmo e agradável em tão pouco tempo. E então, para abalar minhas boas decisões, meu camarada, o mesmo que havia me atraído ao mar, aproximou-se.

— Então, Bob — disse ele, dando um tapinha no meu ombro —, como estás depois de tudo aquilo? Garanto que ficaste com medo, não foi, ontem à noite, com aquele ventinho que soprou?

— Ventinho? Você chama aquilo de ventinho? — exclamei. — Foi uma tempestade terrível.

— Tempestade, não sejas tolo! — respondeu ele. — Chamas aquilo de tempestade? Ora! Aquilo não foi nada; se tivermos um bom navio e um mar aberto, uma rajadinha de vento como aquela não nos impressiona;

11. Alusão à parábola do filho pródigo, Lucas 15,11-32.

não passas mesmo de um marujo de água doce, Bob. Vem comigo; vamos preparar uma tigela de ponche e esquecer aquilo; estás vendo que tempo bonito faz agora?

Para resumir esta parte triste da minha história, agimos como todos os marinheiros, o ponche foi preparado e fiquei bêbado, e na irreverência daquela noite afoguei todo o meu arrependimento, todas as reflexões sobre minha conduta passada, todas as decisões recentes sobre o futuro. Em suma, enquanto a superfície do mar voltava à calma estabelecida pelo fim da tormenta, a ansiedade causada por meus pensamentos terminava, a angústia e apreensão de ser engolido pelo oceano eram esquecidas e o fluxo de meus antigos desejos retornava, abandonei completamente as juras e promessas que fiz no momento de desespero. É verdade que tive alguns intervalos de ponderação, e os pensamentos sérios tentaram, por assim dizer, às vezes, regressar, mas afastei-os, contra eles reagi como quem reage a uma enfermidade e, entregando-me à bebida e à camaradagem, logo rechacei o retorno daqueles ataques — pois assim os chamava — e, em cinco ou seis dias, obtive uma vitória completa sobre a consciência, como qualquer jovem que resolvesse não mais com ela se preocupar. Mas eu ainda seria submetido a outro teste; e a Providência, conforme costuma fazer nesses casos, resolveu privar-me de qualquer eventual desculpa. Porque, se não me vali do primeiro teste para livrar-me daquela situação, o seguinte seria tal que até o marujo mais aguerrido e mais tarimbado entre nós haveria de reconhecer tanto o perigo quanto a misericórdia.

No sexto dia de nossa estada no mar, chegamos a Yarmouth Roads;[12] com o vento contrário e o tempo calmo, pouco avançamos após a borrasca. Ali fomos obrigados a ancorar e permanecer, o vento mantendo-se desfavorável, a saber, a sudoeste, por sete ou oito dias, durante os quais muitos navios de Newcastle[13] chegaram pelos mesmos canais, como

12. Yarmouth Roads é uma área marítima situada a leste da Inglaterra, no litoral de Norfolk, condado de East Anglia, cuja sede administrativa é a cidade de Norwich. Os canais eram utilizados por navios como ancoradouro ao largo da cidade de Great Yarmouth.

13. Newcastle upon Tyne, muitas vezes referida apenas como Newcastle, é uma cidade no condado de Tyne and Wear, no nordeste da Inglaterra, a 450 quilômetros ao norte de Londres. Situa-se na margem ocidental norte do estuário do rio Tyne.

"Não passas mesmo de um marujo de água doce."

um porto comum onde embarcações pudessem esperar por um vento para subir o rio.

Não era nossa intenção ficar ali por tanto tempo, e teríamos subido pela maré rio acima, mas o vento estava demasiado fraco e, depois de ficarmos parados quatro ou cinco dias, ficou demasiado forte. Contudo, em vista de os canais serem considerados um porto seguro, a ancoragem boa e as amarras fortes, nossos homens despreocuparam-se e passaram o tempo à vontade, divertindo-se à maneira da marujada; na manhã do oitavo dia, porém, o vento melhorou, e todas as mãos foram empregadas para preparar nossos mastaréus[14] e deixar tudo ajustado e pronto para o navio navegar da melhor maneira possível. Ao meio-dia, o mar ficou de fato muito grosso, o navio montou pelo castelo de proa,[15] foi varrido por várias ondas, e pensamos, uma ou duas vezes, que nossa âncora desprendera-se; diante daquela situação, o capitão ordenou que a âncora-mestra[16] fosse lançada, de modo que ficamos com duas âncoras à frente, e os cabos retesaram-se ao máximo.

Àquela altura, bateu um vendaval terrível, e então comecei a ver terror e espanto nos semblantes dos marinheiros. O capitão, embora atento à preservação do navio, enquanto entrava e saía de sua cabine, perto de mim, repetia consigo mesmo, em voz baixa:

— Senhor, tende misericórdia de nós! Estamos todos perdidos! Vai ser o nosso fim — e assim por diante.

Durante aquele corre-corre inicial, fiquei um tanto apático, deitado em minha cabine, localizada no deque inferior, e sequer consigo descrever meu estado de espírito. Mal pude valer-me da primeira penitência, que eu supostamente havia desprezado e rechaçado; pensei que a amargura da morte já houvesse passado, e que aquela situação não seria nada, a exemplo da primeira, mas quando o próprio capitão passou por mim, conforme acabo de dizer, e afirmou que todos estávamos perdidos, fiquei apavorado. Saí da cabine e olhei para o lado de fora; nunca tinha contemplado visão tão sombria: o oceano elevava-se à altura de montanhas e varria-nos a cada três ou quatro minutos; quando eu conseguia olhar em volta, via tão somente desespero. Dois navios que navegavam perto de nós, descobrimos, haviam serrado seus mastros, pois já faziam muita água; e nossos homens gritavam que um navio que seguia a cerca de uma milha à nossa frente tinha ido a pique. Outros dois, desprendidos

14. Peça linear de madeira que completa, para cima, o mastro.
15. Superestrutura construída na parte externa e dianteira do navio.
16. A maior âncora de um navio, utilizada apenas em situação de emergência.

de suas respectivas âncoras, tinham sido arrastados para fora dos canais, em direção ao alto-mar, entregues à sorte, e sem um mastro em pé. As embarcações leves saíram-se melhor, já que ofereciam menos resistência às ondas, mas duas ou três delas vagavam à deriva e aproximaram-se de nós, avançando ao vento apenas com a cevadeira[17] inflada.

Perto do anoitecer, o imediato e o contramestre imploraram ao capitão para deixá-los cortar o mastro de proa, o que ele não estava nada disposto a fazer, mas sob protestos do contramestre, afirmando que se não o fizesse o navio naufragaria, ele consentiu; e quando cortaram o mastro de proa, o mastro principal ficou tão frouxo, e o navio sacudiu tanto, que foram obrigados a cortá-lo também, e o convés ficou liso.

Qualquer um pode avaliar a minha situação em meio a tudo aquilo, sendo eu apenas um jovem marujo, que antes tanto se assustara por tão pouco. Mas se puder expressar hoje em dia os pensamentos que tive àquela época, posso dizer que estava dez vezes mais apavorado por causa de minhas antigas convicções, e por haver delas me afastado e chegado às maldosas resoluções tomadas inicialmente, do que por temor à morte em si; e isso, somado ao pavor da tempestade, deixou-me em tal estado que não posso aqui descrever. No entanto, o pior estava por acontecer; a tormenta prosseguiu com tamanha fúria que os próprios marinheiros admitiram jamais terem visto coisa pior. Contávamos com um bom navio, mas estava tão carregado e tão tomado pela água que os marinheiros gritavam constantemente que haveria de soçobrar. Foi minha vantagem, em certa medida, não saber o que significava "soçobrar", até que perguntei. E a tempestade foi tão violenta que vi algo que não se vê com frequência: o capitão, o contramestre e alguns homens mais sensatos do que os demais, orando e esperando que a qualquer momento o navio fosse para o fundo. No meio da noite, no auge da nossa agonia, um dos homens que desceram para inspecionar o porão gritou que tínhamos um vazamento; outro disse que havia mais de um metro de água por lá. Em

17. Vela pequena e redonda que pende da verga (ripa) do mesmo nome, transversal ao mastro do bico da proa.

seguida, todos foram chamados para trabalhar no bombeamento. Diante de tal notícia, meu coração, assim pensei, estacou dentro de mim, e caí de costas ao lado da cama onde estava sentado, na cabine. Contudo, os homens levantaram-me e disseram que eu, antes incapaz de fazer o que fosse, era tão capaz de bombear como qualquer outro indivíduo, o que fez com que eu me mexesse, fosse até a bomba e trabalhasse com bastante empenho. Nesse ínterim, o capitão, vendo que alguns navios-carvoeiros mais leves, incapazes de enfrentar a tormenta, tinham sido forçados a fugir para o mar e aproximavam-se muito de nós, ordenou o disparo de um canhão, como sinal de alerta. Eu, que não sabia o que aquilo significava, pensei que o navio houvesse rachado, ou que algo medonho tivesse ocorrido. Resumindo, o susto foi tal que caí desmaiado. Sendo aquele um momento em que cada um precisava pensar em sua própria sobrevivência, ninguém se importou comigo, ou com o que tinha sido feito de mim; simplesmente, outro sujeito assumiu a bomba e, empurrando-me de lado com o pé, deixou-me estirado, pensando que eu estivesse morto; e demorou muito até que eu recuperasse os sentidos.

Trabalhamos sem parar, mas, com a água subindo, ficou evidente que o navio haveria de naufragar; e embora a tormenta começasse a diminuir, não sendo possível o navio flutuar até alcançarmos algum porto, o capitão continuou disparando canhões em busca de socorro; uma embarcação leve, que seguia logo à nossa frente, arriscou um escaler[18] para ajudar-nos. Correndo grande perigo, o escaler aproximou-se de nós, mas foi impossível embarcar ou posicioná-lo paralelamente ao costado[19] do nosso navio, até que finalmente, com os homens remando com todo o vigor, e arriscando suas vidas para nos salvar, a nossa tripulação lançou um cabo sobre a popa, com uma boia, que com grande esforço e risco eles agarraram; então, nós os puxamos até abaixo da nossa popa e todos embarcamos no escaler. Não era razoável, nem para eles nem para nós, depois de embarcados, pensar em voltar ao navio que nos resgatara; por-

18. Embarcação de porte reduzido, proa fina e popa larga utilizada para prestar pequenos serviços de transporte, reconhecimento, salvamento etc.
19. Forro externo do casco do navio, entre a linha de flutuação e a borda.

tanto, todos concordamos em ficar à deriva e nos aproximarmos da costa, tanto quanto possível, e nosso capitão prometeu-lhes que se o escaler sofresse danos na praia o capitão deles seria devidamente indenizado; e assim, em parte remando e em parte à deriva, nosso escaler rumou para o norte, angulando-se em relação ao litoral, quase até Winterton Ness.[20]

Fazia pouco mais de quinze minutos que estávamos fora do nosso navio quando o vimos afundar, e então entendi, pela primeira vez, o que significava um navio soçobrando no mar. Devo reconhecer que mal pude erguer os olhos quando os marinheiros disseram que o navio estava afundando; pois, a partir do momento em que fui enfiado no escaler, porque nem posso dizer que fui capaz de embarcar, meu coração, por assim dizer, morreu dentro de mim, em parte por medo e em parte pelo pavor causado pelos pensamentos acerca do que haveria de acontecer.

Enquanto estávamos naquela situação, os homens ainda remando com vigor para aproximar o escaler da costa, enxergávamos, quando escalávamos as ondas, um grande número de pessoas correndo ao longo da praia para socorrer-nos quando chegássemos, mas foi lento nosso avanço, e só conseguimos alcançar a costa depois que, passando o farol de Winterton, e o litoral seguindo a oeste em direção a Cromer,[21] o próprio relevo obstruiu um pouco a violência do vento. Ali entramos e, embora com grande dificuldade, alcançamos sãos e salvos a terra firme; depois caminhamos até Yarmouth, onde, na condição de náufragos, fomos recebidos com grande solidariedade tanto pelos magistrados da cidade, que nos designaram bons alojamentos, como por mercadores e proprietários de navios, e recebemos doações em dinheiro suficientes para nos levar até Londres, ou de volta a Hull, conforme julgássemos mais adequado.

Se eu demonstrasse o bom senso de retornar a Hull, à minha casa, teria sido feliz, e meu pai, emblema do nosso Bendito Salvador, teria

20. Área situada no litoral norte de Norfolk, a leste da Inglaterra. Trata-se de um estreito ao norte da vila de Winterton-on-Sea, por seu turno localizada a oito quilômetros ao norte de Great Yarmouth e dezenove a leste de Norwich.

21. Cidade do distrito de North Norfolk, em Norfolk, Inglaterra, situada a cerca de 36 quilômetros de Norwich.

mandado matar o novilho gordo para mim,[22] pois, ouvindo dizer que o navio em que eu havia partido fora a pique em Yarmouth Roads, ele custou muito a certificar-se de que eu não havia me afogado.

Mas meu destino fatídico empurrava-me com uma pertinácia irresistível; e embora eu recebesse, várias vezes, sinais sonoros por parte da razão e do juízo no sentido de voltar para casa, não tive forças para fazê-lo. Não sei como denominar a coisa, tampouco insistirei que algum decreto furtivo e impositivo obrigue-nos a sermos os instrumentos da nossa própria destruição, ainda que ela esteja diante de nós, e que para ela nos precipitemos de olhos abertos. É certo que nada, a não ser algum infortúnio inevitável e decretado, do qual, para mim, seria impossível escapar, poderia ter me compelido, contrariando o juízo e os argumentos serenos das minhas reflexões mais comedidas, e contrariando dois alertas claros por mim já constatados na primeira experiência.

Meu camarada, que antes contribuíra para meu fortalecimento, e que era filho do capitão, demonstrou ser menos intrépido do que eu depois que chegamos em Yarmouth. Na primeira ocasião em que falou comigo, o que só ocorreu após dois ou três dias, pois nossos alojamentos ficavam distantes um do outro na cidade; digo, na primeira vez que me viu, sua atitude parecia alterada e, com aspecto bastante melancólico, sacudindo a cabeça, perguntou como eu estava, disse a seu pai quem eu era e que eu tinha embarcado naquela viagem apenas para adquirir experiência, no intuito de ir mais longe; o pai, virando-se para mim com um tom de voz sério e preocupado, disse:

— Rapaz, nunca mais deves ir para o mar; deves interpretar o ocorrido como um aviso claro e visível de que não estás destinado a ser um homem do mar.

— Por que não, meu senhor — eu disse —, o senhor não vai mais para o mar?

— O meu caso é diferente — respondeu ele. — É a minha vocação e, portanto, o meu dever; mas como fizeste essa viagem a título de ex-

---

22. Mais uma alusão à parábola do filho pródigo, Lucas 15,11-32: "Depressa, tragam a melhor túnica para vestir meu filho. E coloquem um anel no seu dedo e sandálias nos pés. Peguem o novilho gordo e o matem [...]".

periência, já viste o que o céu te mostrou quanto ao que deves esperar, caso insistas; talvez tudo isso tenha acontecido conosco por tua causa, como Jonas no navio de Társis.[23] Diz-me — ele prosseguiu —, quem és? E por que foste para o mar?

Depois disso, relatei-lhe um pouco da minha história, ao fim do que ele se exaltou, com um ardor estranho.

— O que foi que eu fiz — exclamou ele — para que um infeliz como tu embarcasse no meu navio? Eu não voltaria a pôr o pé no mesmo navio que tu nem por mil libras.

Tal reação resultou de um estado de espírito ainda abalado pelo sentimento de perda, e extrapolou qualquer limite de autoridade. No entanto, posteriormente, ele falou comigo de modo mais comedido, instando-me a voltar para meu pai, a não desafiar a Providência e correr o risco de sucumbir, e dizendo que eu deveria enxergar a mão visível do céu opondo-se a mim.

— E, meu jovem — disse ele —, podes ter certeza, se não voltares para casa, aonde quer que vás haverá de te deparar com nada além de desastres e frustrações, até que as palavras do teu pai se cumpram.

Logo depois, separamo-nos, pois mal lhe respondi, e não o vi mais; para onde ele foi, eu não sabia dizer. Quanto a mim, com algum dinheiro no bolso, viajei até Londres por terra; e lá, assim como na estrada, debati intensamente comigo mesmo que curso de vida deveria seguir, e se deveria ir para casa ou para o mar.

Quanto a voltar para casa, o constrangimento opunha-se às melhores propostas que se apresentavam em minha mente, e logo ocorreu-me que eu seria motivo de riso dos vizinhos, e teria vergonha de encontrar não apenas meu pai e minha mãe, mas todos os demais; desde aquela época, tenho observado, com frequência, quão incongruente e irracional é o temperamento da humanidade como um todo, especialmente dos jovens,

---

23. Alusão a Jonas 1,1-3: "A palavra de Javé foi dirigida a Jonas [...], ordenando: 'Levante-se e vá a Nínive, a grande cidade, e anuncie aí que a maldade dela chegou a mim'. Jonas partiu, então, com a intenção de escapar da presença de Javé, fugindo para Társis. Pagou a passagem e embarcou, a fim de ir com eles até Társis, para escapar assim da presença de Javé".

diante de uma constatação que deveria servir para guiá-los, a saber: não têm vergonha de pecar, mas têm vergonha de mostrar arrependimento; não têm vergonha de insistir na ação pela qual, com toda justiça, deveriam ser considerados tolos, mas têm vergonha de retroceder, o que apenas faria com que fossem considerados sensatos.

Naquele estado, porém, permaneci durante algum tempo, sem saber que medidas adotar e que curso de vida seguir. Quanto a voltar para casa, eu resistia com obstinação; e enquanto o tempo passava, a lembrança da angústia que vivenciara foi se apagando e, à medida que a lembrança diminuía, a ligeira inclinação que havia em mim de voltar apagou-se também, até que, por fim, deixei de lado tais pensamentos e saí em busca de uma viagem.

2. Escravidão e fuga

A influência maligna que primeiro afastou-me da casa do pai, que me lançou na noção incontinente e impensada de aumentar minha fortuna, e que fez pesar sobre mim tais noções a ponto de tornar-me surdo a todos os bons conselhos, às súplicas e até mesmo às ordens de meu pai; digo, aquela mesma influência, seja qual for, apresentou-me a mais malfadada das iniciativas, e embarquei num navio com destino à costa da África; ou, conforme nossos marinheiros vulgarmente chamavam, à Guiné.[24]

Foi para minha grande infelicidade que em todas aquelas aventuras eu não houvesse embarcado na condição de marinheiro, pois, embora talvez trabalhasse um pouco mais que o normal, teria aprendido, simultaneamente, os deveres e a função de um encarregado do mastro de proa, e com o tempo poderia ter me qualificado como imediato ou tenente, se não como mestre. Mas como sempre foi meu destino escolher o pior, foi o que fiz ali; por ter dinheiro no bolso e roupas boas, sempre subi a bordo na condição de cavalheiro; e assim, não tinha funções no navio, e nada aprendi.

De início, foi minha ventura estar em boa companhia em Londres, o que nem sempre ocorre com jovens livres e desorientados como eu era, visto que o diabo geralmente não deixa de armar-lhes alguma cilada muito cedo; mas não foi assim comigo. No princípio, travei conhecimento com o mestre de um navio que estivera na costa da Guiné e que, tendo

---

24. Região da costa africana que vai aproximadamente desde o Cabo Verde, no Senegal, até a foz do rio Ogoué, no Gabão. Por vezes, a região é estendida mais a sul, até a foz do rio Congo. Também incluídos na região costumam estar arquipélagos no oceano Atlântico, como Cabo Verde e São Tomé.

sido muito bem-sucedido por lá, resolvera voltar; o mestre, apreciando minha conversa, que não era nada desagradável naquela época, e ouvindo-me dizer que pretendia conhecer o mundo, disse que se eu o acompanhasse na viagem não teria despesa alguma; seria seu parceiro de refeição e camarada, e que se pudesse levar qualquer mercadoria comigo teria todas as vantagens que o comércio ensejasse, e talvez pudesse até obter bons ganhos.

Abracei a oferta e, estabelecendo estreita amizade com o mestre, que era um sujeito honesto e franco, fiz a viagem com ele, e levei comigo uma pequena carga, com a qual, devido à honestidade desinteressada de meu amigo mestre, lucrei consideravelmente, pois embarquei levando quinquilharias, que ele havia me instruído a comprar, no valor de quarenta libras, aproximadamente. Consegui as quarenta libras por intermédio de alguns parentes com os quais me correspondia e que, assim acredito, convenceram meu pai, ou pelo menos minha mãe, a contribuir com o valor total da soma para minha primeira aventura.

De todas as minhas aventuras, aquela foi a única viagem que posso dizer que foi bem-sucedida, o que devo à integridade e dignidade de meu amigo mestre, em cuja companhia também adquiri um conhecimento considerável de matemática e regras da navegação, aprendi a manter registros da rota do navio, fazer cálculos e, enfim, entender de algumas coisas que precisavam ser do entendimento de um marujo, pois assim como ele teve prazer em instruir, tive prazer em aprender; e, em suma, aquela viagem fez de mim marinheiro e comerciante, visto que da minha aventura voltei para casa com pouco mais de dois quilos de ouro em pó, que me renderam, em Londres, quase trezentas libras, e isso me encheu de pensamentos ambiciosos que, a partir de então, precipitaram minha ruína.

No entanto, mesmo naquela viagem, tive reveses também; particularmente, fui acometido de um mal-estar constante e uma febre violenta, em consequência do calor excessivo, pois nossa atividade comercial predominante era litorânea, a partir da latitude quinze graus norte até a própria linha do equador.

Eu estava agora estabelecido como mercador da Guiné; e, para minha grande infelicidade, tendo falecido meu amigo logo depois que retornou de viagem, resolvi refazer o mesmo trajeto, e embarquei no mesmo navio, acompanhado de um sujeito que tinha sido mestre na viagem anterior e agora comandava a embarcação. Aquela foi a viagem mais infeliz que um homem poderia fazer na vida; sofri reveses terríveis, embora não levasse comigo nem cem libras da minha riqueza recém-adquirida, de modo que ainda fiquei com duzentas libras, as quais deixei com a viúva do meu amigo, uma senhora que tinha por mim muita consideração; o primeiro foi o seguinte: nosso navio, seguindo seu curso em direção às ilhas Canárias,[25] ou melhor, à área entre o referido arquipélago e a costa africana, foi surpreendido em meio à bruma da manhã por um navio pirata turco, proveniente de Salé,[26] que nos perseguiu a plenas velas. Nós também içamos o máximo de velas de que dispúnhamos, ou que nossos mastros suportassem, para tentarmos escapar; mas, constatando que o pirata aproximava-se, e decerto nos alcançaria em algumas horas, preparamo-nos para lutar; nosso navio contava com doze canhões, e o do velhaco, com dezoito. Por volta de três da tarde, ele nos alcançou e, abordando-nos acidentalmente, de través à nossa amurada,[27] e não de través à popa,[28] conforme intencionava, conseguimos acionar oito dos nossos canhões e o atacamos pelo costado,[29] o que o obrigou a cambar[30] novamente, após responder ao nosso fogo, além de efetuar disparos a curta distância, realizados pelos quase duzentos homens a bordo. Contudo, ficamos bem agrupados, e nenhum dos nossos foi atingido. O pirata preparou-se para atacar-nos

---

25. Arquipélago localizado no oceano Atlântico, a oeste da costa do Marrocos, constituído por sete ilhas principais e várias pequenas ilhas e ilhéus costeiros.
26. Cidade portuária do noroeste do Marrocos, outrora uma república autônoma e famosa pelos piratas que ali se refugiavam e a governavam. Foi importante base dos piratas da Barbária, de onde partia a maior parte dos ataques contra a costa portuguesa e os arquipélagos das Canárias, Madeira e Açores.
27. Parte do costado que se prolonga acima do convés de um navio e que serve de parapeito à tripulação.
28. Ângulo reto em relação ao centro do navio.
29. Forro externo do casco do navio, entre a linha de flutuação e a borda.
30. Mudar as velas para o lado oposto, quando se muda a direção da embarcação.

mais uma vez, e nós para nos defendermos; abordando-nos pelo nosso outro costado, porém, ele conseguiu desembarcar em nosso convés sessenta homens, que imediatamente começaram a cortar nossas velas e o cordame.[31] Reagimos com tiros à queima-roupa, espontões,[32] explosivos e coisas assim, e por duas vezes livramos nosso deque da presença dos invasores. Porém, para encurtar essa parte melancólica da história, nosso navio ficando incapacitado, três dos nossos homens mortos e oito feridos, fomos obrigados a ceder, e fomos todos levados como prisioneiros a Salé, um porto pertencente aos mouros.

O tratamento que lá dispensaram-me não foi tão terrível como eu inicialmente supunha, tampouco fui levado para o interior do país até a corte do imperador, conforme ocorreu com o restante da nossa tripulação, mas fiquei sob a guarda do capitão do navio pirata como seu espólio particular, e, sendo jovem e ágil, e apto a servi-lo, fui por ele feito escravo. Diante da surpreendente mudança da minha situação, de mercador a escravo miserável, fiquei profundamente abalado; e então lembrei-me do discurso profético de meu pai, que eu seria infeliz e não teria quem me acudisse, e pensei que naquele momento o vaticínio concretizara-se de maneira tão eficaz que nada poderia ser pior; que a mão do céu me subjugara, e eu estava perdido e sem redenção. Mas, ai de mim! Aquilo foi apenas uma amostra das desventuras que eu haveria de sofrer, conforme ficará claro na sequência desta história.

Visto que meu novo patrão, ou mestre, trouxera-me para residir em sua casa, eu esperava que me levasse consigo quando voltasse ao mar, e acreditava que, cedo ou tarde, fosse seu destino ser preso por um navio de guerra espanhol ou português, e então, eu seria libertado. Mas minha esperança logo foi frustrada; pois, quando ele foi para o mar, deixou-me em terra para cuidar de sua pequena horta e fazer o enfadonho trabalho doméstico que cabe aos escravos; e, quando regressou da jornada, ordenou que eu me alojasse na cabine e vigiasse o navio.

---

31. Conjunto de cordas e cabos de uma embarcação.

32. Meia lança, arma e insígnia utilizada predominantemente por oficiais de infantaria nos séculos XVII e XVIII.

Ali não pensava em nada além da minha fuga, e que método poderia empregar para levá-la a termo, mas não encontrava nenhum meio que oferecesse a menor probabilidade de sucesso. Nada surgia para tornar racional a hipótese de uma fuga, pois eu não dispunha de ninguém para comunicar minha intenção e embarcar comigo; nenhum companheiro escravo, nenhum inglês, irlandês ou escocês por lá, exceto eu; de modo que ao longo de dois anos, embora muitas vezes me contentasse com a ideia de fugir, jamais tive a menor perspectiva animadora de colocá-la em prática.

Após cerca de dois anos, uma circunstância inusitada apresentou-se, que me trouxe à mente a antiga ideia de empreender a tentativa. Permanecendo em terra mais tempo do que o normal, sem conseguir equipar o navio (segundo eu ouvia, por falta de dinheiro), meu patrão tinha por hábito, uma vez ou duas vezes por semana, até mais frequentemente, se o tempo estivesse favorável, pegar o escaler e sair para pescar no canal; e sempre levava a mim e um jovem mourisco para remar, pois nós o divertíamos e demonstrávamos bastante habilidade na captura de peixes; tanto que às vezes ele me enviava na companhia de um mouro, parente seu, e do jovem mourisco, Maresco, conforme era chamado, para fisgar-lhe um belo pescado.

Certa vez, numa tranquila manhã, quando saímos para pescar, ergueu-se uma névoa tão densa que, embora não estivéssemos nem a meia légua[33] da costa, perdemos de vista o litoral; e, sem sabermos nos orientar, remamos o dia todo e toda a noite seguinte, e quando a manhã chegou descobrimos que tínhamos seguido oceano adentro, em vez de nos aproximarmos da costa, e que estávamos a pelo menos duas léguas do litoral. Contudo, conseguimos voltar, ainda que mediante trabalho árduo e algum perigo, pois o vento começou a soprar forte de manhã; no entanto, estávamos esfomeados.

Mas nosso patrão, prevenido por aquele incidente, decidiu cuidar mais de si mesmo no futuro; e estando de posse do escaler do nosso navio

33. Medida de distância em vigor antes da adoção do sistema métrico, cujo valor varia de acordo com a época, país ou região, compreendendo algo entre 3,9 e 7,4 quilômetros.

inglês por ele confiscado, resolveu não mais sair para pescar sem bússola e mantimentos; então, ordenou ao carpinteiro do seu navio, que também era escravo inglês, que construísse uma pequena cabine no meio do escaler, semelhante à cabine de uma barcaça, com espaço para alguém posicionar-se atrás dela, de onde fosse possível manobrar o barco e puxar a escota[34] da vela mestra, e com espaço à frente, onde um homem ou dois pudessem manejar as velas. O escaler navegava com uma vela triangular, e o botaló[35] passava por cima da cabine, que era um tanto apertada e baixa, com espaço para o patrão deitar-se, junto a um ou dois escravos, uma mesa para refeições, alguns armários pequenos para guardar garrafas de destilados e, sobretudo, pão, arroz e café.

Saíamos frequentemente com aquele barco para pescar e, sendo eu bastante hábil na pescaria, ele nunca partia sem mim. Aconteceu que ele decidiu sair no barco, fosse por lazer ou para pescar, com dois ou três mouros de certo prestígio local, os quais pretendia recepcionar condignamente; e tinha, por conseguinte, embarcado durante a noite um estoque maior de provisões do que de hábito; e ordenou que eu preparasse três fuzis com pólvora e chumbo, que antes estavam a bordo do navio, pois pretendiam caçar, além de pescar.

Aprontei tudo conforme as instruções e esperei, na manhã seguinte, com o barco lavado e esfregado, exibindo a bandeira e as flâmulas,[36] e com o necessário para receber os convidados; então, passado algum tempo, meu patrão veio sozinho a bordo e disse que os convidados tinham adiado o passeio, em decorrência de um imprevisto, e ordenou-me que, acompanhado do outro homem e do menino, como de costume, saísse com o barco para pescar, pois os amigos seariam com ele; e mandou que, assim que eu fisgasse algum peixe, deveria levá-lo à sua casa; e tudo isso me preparei para fazer.

34. Cabo que segura uma vela quando enfunada, a fim de firmá-la e regular sua orientação.
35. Em algumas embarcações, pau que se prolonga popa afora, geralmente para firmar a escota da vela.
36. Bandeirinha estreita e comprida, terminada em bico, utilizada especialmente em embarcações, como sinalização ou adorno.

Naquele momento, as velhas ideias de libertação dispararam em meus pensamentos, pois constatei que teria um pequeno navio sob meu comando; e depois que meu patrão se foi, comecei a aprontar-me, não para uma pescaria, mas para uma viagem; embora não soubesse, e sequer imaginava, a rota que deveria seguir, mas qualquer trajeto que me levasse para longe dali seria aceitável.

Minha primeira artimanha foi iludir o mouro, pedindo-lhe que levasse algo para nossa subsistência a bordo, pois disse a ele que não deveríamos contar com o alimento do nosso patrão; ele concordou, e trouxe uma grande cesta com pão torrado, ou biscoitos, e três cântaros com água potável para o barco; eu sabia onde ficava o caixote de garrafas do patrão, cuja marca deixava evidente que tinham sido confiscadas de algum espólio inglês; então carreguei-as até o barco, enquanto o mouro estava em terra, e deixei-as como se lá já estivessem, para consumo do capitão. Levei também uma boa quantidade de cera de abelha, que pesava cerca de vinte e cinco quilos, um rolo de barbante ou linha, uma machadinha, uma serra e um martelo, o que viria a ser de grande utilidade posteriormente, sobretudo a cera, para fazer velas. Ainda apliquei outro truque, que o mouro inocentemente também aceitou: seu nome era Ismael, e era conhecido como Muley ou Moely; então, chamei-o:

— Moely, as espingardas do patrão estão a bordo; você não poderia pegar um pouco de pólvora e chumbo? Talvez possamos caçar alguns maçaricos[37] para nosso próprio consumo, pois sei que ele guarda no navio a munição do artilheiro.

— Sim — disse ele —, vou trazer um pouco.

E assim ele trouxe uma grande bolsa de couro, que continha quase um quilo de pólvora, ou até bem mais; e outra contendo chumbo, pesando quase três quilos, e depositou tudo no barco. Ao mesmo tempo, eu tinha encontrado um pouco de pólvora que pertencia ao patrão na cabine principal, e com a pólvora enchi uma das garrafas grandes que estava dentro do caixote, quase vazia, tendo passado o líquido restante

37. Designação comum a diversas aves aquáticas, geralmente migratórias.

para outra garrafa; e assim, munidos de todo o necessário, zarpamos do porto, no intuito de pescar. Os homens que estavam no castelo situado à entrada do porto sabiam quem éramos, mas não nos deram atenção; e estávamos a menos de uma milha da costa quando recolhemos a vela e começamos a pescar. O vento soprava do norte-nordeste, o que era contrário ao meu desejo, pois se soprasse para o sul eu tinha certeza de que alcançaria a costa da Espanha, e pelo menos chegaria à baía de Cádis;[38] mas, a despeito do vento, minhas intenções eram ir embora daquele lugar horrível, e deixar o resto a cargo do destino.

Depois de pescarmos durante algum tempo e não pegarmos nada, pois quando fisgava algum peixe eu não o puxava para fora da água, para que o mouro não visse a captura, eu disse a ele:

— Isso aqui não está dando certo, o nosso patrão não vai ser bem servido; precisamos ir mais para longe.

Não vendo naquilo nada de mal, ele concordou e, estando na proa do barco, içou as velas; no comando do leme, conduzi a embarcação até uma légua mais longe, e então parei, como se fosse pescar; em seguida, entregando o leme ao menino, aproximei-me do mouro e, curvando-me como se fosse apanhar algo atrás dele, peguei-o de surpresa, enfiando o braço sob sua virilha e lançando-o ao mar; ele emergiu imediatamente, pois boiava feito uma rolha, e chamou por mim, implorando para ser resgatado, dizendo que me acompanharia pelo mundo inteiro; e nadou com tamanho vigor atrás do barco que teria me alcançado rapidamente, pois havia pouco vento; diante disso, entrei na cabine, peguei uma das espingardas de caça, mostrei-lhe e disse que não tinha feito nenhum mal a ele, e que se ele ficasse quieto eu nada lhe faria.

— Mas — disse eu — você vai chegar à costa, porque nada muito bem e o mar está calmo; volte direto para a praia, e não lhe farei mal, mas se você se aproximar do barco eu atiro na sua cabeça, pois estou decidido a conquistar a minha liberdade.

38. Cidade no sul da Espanha, banhada pelo oceano Atlântico. A província onde a cidade se localiza tem a baía de nome idêntico. Foi também porto comercial de grande importância ao longo dos séculos XVIII e XIX.

Então ele se virou e nadou para a costa, e não tenho dúvida de que tenha chegado lá com facilidade, pois era exímio nadador.

Eu poderia ter me contentado em levar o mouro comigo e afogar o menino, mas não me arriscava a confiar nele. Quando ele se foi, virei-me para o menino, a quem chamavam de Xuri, e disse:

— Xuri, se fores leal a mim, vou fazer de ti um grande homem; mas se não quiseres me jurar fidelidade, isto é, jurar por Maomé e pelas barbas do pai do profeta, vou te atirar no mar também.

O menino sorriu e falou com tamanha inocência que não pude desconfiar dele; e jurou ser leal, e seguir-me pelo mundo inteiro.

Enquanto o mouro, que continuava nadando, podia avistar-me, mantive o barco em direção ao mar aberto, seguindo a barlavento,[39] para que pensasse que eu rumava para a boca dos estreitos[40] (como faria, de fato, qualquer indivíduo sensato), pois quem haveria de supor que navegávamos para o sul, para a costa da Barbária,[41] onde decerto nações inteiras de negros nos cercariam com suas canoas e nos aniquilariam; onde jamais poderíamos desembarcar, pois seríamos devorados por animais selvagens, ou por humanos ainda mais selvagens e impiedosos?[42]

Tão logo escureceu, porém, mudei o curso e segui direto para o sul, mantendo a rota ligeiramente a leste, a fim de percorrer o litoral; contando com o vento forte e constante, e o oceano tranquilo, avançamos tão bem que acredito que no dia seguinte, às três horas da tarde, quando avistei a terra pela primeira vez, estaria a nada menos do que cento e cinquenta milhas ao sul de Salé, muito além dos domínios do imperador

---

39. Sentido de onde sopra o vento favorável nas velas.

40. Canal natural de pequena largura que estabelece a comunicação entre dois mares ou duas seções do mesmo mar.

41. Termo que os europeus utilizaram do século XVI ao século XIX para se referirem às regiões costeiras de Marrocos, Argélia, Tunísia e Líbia, ou seja, o atual Magrebe, à exceção do Egito. No Ocidente, o termo costuma ser usado para falar dos piratas da Barbária, que povoavam a referida costa e representavam uma ameaça constante para embarcações comerciais e cidades costeiras do Mediterrâneo.

42. Importante frisar que *Robinson Crusoé* tem o ambiente colonial e escravista não apenas como pano de fundo, mas como um de seus elementos centrais. Dessa forma, Daniel Defoe descreve situações e faz uso de expressões inadmissíveis nos dias de hoje, mas que eram correntes à época e, a nosso ver, devem ser lidas nesse contexto. (N. E.)

do Marrocos, ou mesmo de qualquer outro monarca das redondezas, pois não vimos ninguém.

No entanto, tamanho era o medo que eu tinha dos mouros, e tão grande a apreensão de cair nas mãos deles, que não parei, não pisei em terra nem ancorei (o vento continuou bom) até ter navegado naquele curso ao longo de cinco dias; e então, o vento mudando para o sul, concluí que se algum de nossos navios estivesse me perseguindo, também haveria de ser detido. Assim sendo, aventurei-me até a costa e lancei âncora na foz de um riacho, que eu não sabia qual era, nem onde ficava, nem qual seria a latitude, o país, a nação; não vi, nem desejei ver, ninguém; minha necessidade principal era água potável. Chegamos ao tal riacho quando já anoitecia, e decidimos nadar até a margem, tão logo escurecesse, e explorar a região; mas assim que ficou escuro ouvimos ruídos tão medonhos de latidos, rugidos e uivos de criaturas selvagens, as quais desconhecíamos, que o pobre menino quase morreu de medo, e implorou-me para não desembarcar até que amanhecesse.

— Bem, Xuri — concordei —, então não vou, mas de dia pode acontecer de encontrarmos homens que serão tão maus para nós quanto aqueles leões.

— Então nós meter bala neles — disse Xuri, rindo. — Nós botar eles pra correr.

Xuri tinha aprendido a falar inglês conversando conosco, os escravos. Mas fiquei feliz em ver o menino tão alegre, e dei-lhe um trago (de uma das garrafas do caixote do nosso patrão), a fim de animá-lo ainda mais. Afinal, o conselho de Xuri era bom, e eu aceitei. Lançamos nossa pequena âncora e ficamos quietos a noite inteira; quero dizer, apenas quietos, porque não conseguimos pregar os olhos! Pois, após duas ou três horas, vimos criaturas enormes (não sabíamos como denominá-las), de muitos tipos, descerem até a praia e correrem para a água, chapinhando e banhando-se pelo prazer de refrescarem-se; e emitiam uivos e guinchos tão horríveis que eu nunca tinha ouvido nada parecido.

Xuri apavorou-se e, de fato, eu também; mas ficamos mais assustados quando ouvimos uma daquelas criaturas imensas nadando em direção ao

"Mas se você se aproximar do barco eu atiro na sua cabeça."

nosso barco; não conseguíamos vê-la, mas, ao ouvir o ruído das bufadas, deduzimos que se tratava de um animal monstruoso, gigantesco e feroz; Xuri disse que era um leão, e poderia ser mesmo, sei lá eu. E o pobre Xuri gritou para eu levantar âncora e remar para longe dali.

— Não — eu disse —, Xuri, podemos lançar o cabo da âncora, com uma boia, e nos afastarmos um pouco; eles não vão conseguir nos seguir até muito longe.

Eu tinha acabado de dizer isso quando percebi a criatura (seja lá o que fosse) a apenas dois remos de distância do nosso barco, e levei um baita susto; todavia, imediatamente fui até a porta da cabine e, pegando minha espingarda, fiz um disparo, diante do que o animal, prontamente, deu meia-volta e nadou para a costa.

Mas é impossível descrever os ruídos horrendos, os guinchos e uivos pavorosos que ecoaram, tanto à beira-mar quanto em locais mais elevados, no interior da região, em consequência do estampido causado pela espingarda, algo que tenho motivos para crer que aquelas criaturas jamais tivessem ouvido. Aquilo convenceu-me ser para nós inviável pisar em terra à noite naquele litoral, e como haveríamos de aventurar-nos durante o dia era outra questão arriscada, pois cair nas mãos de quaisquer selvagens seria tão adverso quanto nas garras de leões e tigres;[43] ao menos estávamos igualmente apreensivos quanto a tal perigo.

Seja como for, éramos obrigados a desembarcar em algum lugar em busca de água, pois já não dispúnhamos nem de um litro no barco; quando e onde desembarcar era a questão. Xuri disse que, se eu lhe permitisse pisar em terra, levando consigo um dos cântaros, ele procuraria por água e traria um pouco para mim. Perguntei por que ele iria; por que não eu, ele permanecendo no barco; o menino respondeu com tanta doçura que conquistou para sempre meu afeto.

— Se aparecer homem selvagem, eles comer eu, o senhor ir embora — sugeriu ele.

— Bem, Xuri — eu disse —, nós dois vamos, e se os selvagens aparecerem vamos matá-los; eles não vão comer nenhum de nós.

Então ofereci a Xuri um pedaço de pão torrado e um trago de uma daquelas garrafas do caixote que pertencia ao nosso patrão, às quais já

43. Não havia tigres na África, mas a palavra era empregada também para referir-se a leopardos e panteras.

me referi; arrastamos o barco o máximo possível até a costa e perambulamos pelo litoral, carregando nada além de nossas espingardas de caça e dois cântaros para transportar água.

Não quis perder o barco de vista, temendo a chegada de canoas carregadas de selvagens rio abaixo; mas o menino, avistando uma baixada a cerca de uma milha em direção ao interior, caminhou até lá; pouco tempo depois, eu o vi, correndo em minha direção. Pensei que estivesse sendo perseguido por algum selvagem, ou por alguma fera, e corri até ele, a fim de socorrê-lo, mas quando me aproximei vi algo pendurado em seus ombros, uma criatura que ele tinha abatido, semelhante a uma lebre, mas de cor diferente, e pernas mais compridas. Ficamos muito satisfeitos com o achado, e a carne era muito boa; mas a grande alegria do pobre Xuri foi dizer-me que havia encontrado água potável e não tinha visto nenhum selvagem.

Contudo, descobrimos depois que não precisávamos padecer tanto em busca de água, pois logo acima no riacho encontramos água potável, quando a maré baixou; então enchemos nossos cântaros e fartamo-nos com a lebre abatida por Xuri; e preparamo-nos para seguir nosso caminho, não tendo visto pegadas de qualquer criatura humana naquela região.

Já tendo feito uma viagem àquele litoral, eu sabia muito bem que as ilhas Canárias, e também as ilhas de Cabo Verde,[44] não ficavam muito distantes da costa. Mas sem dispor de instrumentos para fazer uma observação precisa e calcular a latitude em que estávamos, e ignorando, ou pelo menos não recordando, qual era a latitude dos arquipélagos, não sabia como procurá-los, nem quando seguir para alto-mar em direção a eles; caso contrário, poderia facilmente ter encontrado algumas daquelas ilhas. Mas minha esperança era que, se permanecesse ao longo daquela costa até alcançar o trecho onde os ingleses trafegavam, eu haveria de encontrar alguns de seus navios em sua atividade costumeira, e tais navios poderiam acudir-nos e receber-nos a bordo.

---

44. Arquipélago formado por dez ilhas vulcânicas na região central do oceano Atlântico, a cerca de 570 quilômetros da costa da África ocidental.

Pelo melhor dos meus cálculos, o local onde agora estávamos seria a região que, situada entre os domínios do imperador do Marrocos e as terras dos negros, estende-se inóspita e desabitada, exceto por feras, visto que os negros abandonaram o local e dirigiram-se mais para o sul por medo dos mouros, e estes também tinham ido embora por acharem que não valia a pena habitar a região, sendo ela tão árida; na verdade, tanto uns quanto os outros deixaram-na por causa do número elevado de tigres, leões, leopardos e outras criaturas ferozes que vivem por lá; de maneira que os mouros utilizavam-na apenas para a caça, aonde acorriam qual um exército, dois ou três mil homens de cada vez; e, com efeito, por quase cem milhas ao longo daquela costa, nada vimos, exceto uma vastidão desabitada de dia, e nada ouvimos, além de uivos e rugidos de feras à noite.

Uma ou duas vezes durante o dia, pensei ter avistado o pico de Tenerife,[45] o ponto mais elevado das ilhas Canárias, e tive muita vontade de aventurar-me, na esperança de chegar até lá; depois de duas tentativas, porém, fui empurrado para trás por ventos contrários, e também o oceano estava demasiado grosso para minha pequena embarcação; sendo assim, resolvi manter o plano inicial e seguir com a navegação costeira.

Várias vezes fui obrigado a desembarcar em busca de água potável, após ter deixado aquele lugar; e certa vez, de manhã cedo, chegamos a um local seguro, ao largo de um pequeno pontal de terra, onde o relevo era bastante elevado; ali, com a maré começando a fluir, ficamos parados, para que a corrente nos levasse até a praia; Xuri, cujos olhos estavam mais atentos do que os meus, chamou-me, baixinho, e disse que seria melhor irmos até um ponto mais distante da costa.

— Porque — comentou ele —, olhar lá, ter monstro muito feio lá, do lado daquele morro, ferrado no sono.

Olhei para onde ele apontava e vi um monstro horrendo, de fato, pois era um leão assustador e enorme, deitado à beira-mar e à sombra da laje de uma encosta que pendia, por assim dizer, um pouco acima dele.

45. Monte situado no centro de Tenerife, a maior ilha do arquipélago das Canárias, também conhecido como pico de Teide, elevação vulcânica com 3716 metros. Altitudes absurdas costumavam ser atribuídas ao pico, por exemplo, cerca de 24 mil metros.

— Xuri — disse eu —, você precisa desembarcar e matar o monstro.

Xuri ficou assustado, e exclamou:

— Mim matar? Ele comer mim com um bocado!

Ele queria dizer uma bocada; no entanto, eu não disse mais nada ao menino; apenas mandei que ficasse quieto, peguei nossa maior arma, que era quase um mosquete,[46] carreguei-a com uma boa quantidade de pólvora e dois projéteis e deixei-a a postos; em seguida, carreguei outra arma com duas balas, e uma terceira, pois tínhamos três, carreguei com cinco balas menores. Fiz a melhor pontaria que pude com a primeira arma, mirando na cabeça, mas o animal estava deitado com a pata levantada um pouco acima do focinho, e os projéteis atingiram a perna, acima do joelho, fraturando o osso. Ele se levantou, rosnando, mas, com a perna quebrada, desabou, e depois apoiou-se nas três pernas e soltou o rugido mais medonho que ouvi na vida. Fiquei um pouco surpreso por não ter conseguido atingi-lo na cabeça; todavia, peguei a segunda arma, imediatamente, e embora ele começasse a se movimentar, atirei mais uma vez e alvejei-lhe a cabeça, e tive a satisfação de vê-lo tombar, fazendo pouco barulho, mas agonizando. Então, Xuri encheu-se de coragem, e queria que eu autorizasse seu desembarque.

— Pois bem, pode ir — disse eu.

Então o menino pulou na água e, erguendo com uma das mãos uma arma pequena, nadou até a praia e, aproximando-se, encostou o cano da arma à orelha da criatura e atingiu-lhe novamente a cabeça, acabando com ela.

Havia sido um belo abate, mas não era comestível, e lamentei muito ter perdido três cargas de pólvora e chumbo com uma criatura que de nada nos servia. Xuri, porém, disse que gostaria de ficar com um pedaço; então voltou a bordo e pediu-me que lhe cedesse a machadinha.

— Para quê, Xuri? — perguntei.

— Mim cortar a cabeça dele — disse ele.

---

46. Arma de fogo, similar a uma espingarda, às vezes usada sobre um apoio ou forquilha por ser muito pesada.

Xuri não conseguiu cortar a cabeça, mas cortou uma pata e trouxe-a consigo, e era gigantesca.

Pensei comigo mesmo que talvez a pele pudesse, de algum modo, ser-nos útil, e resolvi arrancá-la, se conseguisse. Então Xuri e eu debruçamo-nos sobre o animal; mas Xuri saiu-se muito melhor, pois eu mal sabia como fazê-lo. Na verdade, levamos o dia inteiro naquela função, mas finalmente removemos a pele e, estendendo-a em cima da nossa cabine, deixamos que o sol a secasse totalmente, em dois dias; depois, a pele serviu-me para sobre ela deitar.

3. Naufragado numa ilha deserta

Depois daquela parada, rumamos para o sul por dez ou doze dias, consumindo com muita moderação nossas provisões, que começavam a esgotar, e só desembarcamos com a frequência indispensável para apanhar água; meu objetivo era chegar aos rios Gâmbia ou Senegal,[47] quero dizer, a qualquer ponto em torno de Cabo Verde,[48] onde eu esperava encontrar algum navio europeu, e caso não encontrasse não sabia que curso deveria seguir, buscar as ilhas ou morrer lá entre os negros. Eu estava ciente de que todos os navios provenientes da Europa que navegavam para a costa da Guiné, para o Brasil ou para as Índias Orientais[49] passavam por aquele cabo, ou por aquelas ilhas; resumindo, depositei todo o meu destino naquele único ponto: ou encontraria algum navio, ou haveria de sucumbir.

Tendo mantido o mesmo rumo por cerca de dez dias mais, comecei a perceber que a terra era habitada, e em dois ou três lugares, enquanto navegávamos, vimos pessoas à beira-mar observando-nos; e pudemos constatar também que eram negros retintos, e estavam nus. Em uma ocasião, fiquei inclinado a desembarcar e ir ao encontro deles; mas Xuri foi meu bom conselheiro e disse:

— Não ir, não ir.

47. O rio Gâmbia, com 1130 quilômetros de comprimento, fica a cerca de duzentos quilômetros ao sul de Cabo Verde, e o rio Senegal, com extensão de 1790 quilômetros, situa-se a cerca de duzentos quilômetros ao norte.

48. Ponto mais ocidental da África continental. A partir de 1960, com a independência do Senegal, antes colônia francesa, a península de Cabo Verde, ocupada pela cidade de Dacar, passa a pertencer à República do Senegal.

49. Índias (plural de Índia, o território de referência) foi a forma como até o início do século XIX os europeus designaram várias regiões, primeiro na Ásia e depois na América. O termo incluía as Índias Orientais (no Sudeste Asiático) e as Índias Ocidentais (no Caribe).

Mesmo assim, aproximei-me da costa, a fim de falar-lhes, e eles correram pela praia, acompanhando nosso barco, por uma boa distância; observei que não empunhavam armas, exceto um, que portava uma vara comprida e fina, que Xuri disse ser uma lança, arma que eram capazes de arremessar longe e com boa pontaria; então, mantive distância, mas comuniquei-me com eles por meio de sinais, o melhor que pude, e sobretudo sinalizei que queria algo para comer. Eles acenaram para que eu parasse o barco, e prontificaram-se a buscar um pouco de carne; assim, baixei o topo da vela e aguardei; dois deles correram para o interior, e em menos de meia hora retornaram com dois pedaços de carne seca e um punhado de grãos por eles próprios cultivados; não sabíamos identificar nem a carne nem os grãos; mas estávamos dispostos a aceitar, porém como chegar ao alimento foi objeto do nosso debate seguinte, pois eu não me aventuraria a pisar em terra, e eles estavam igualmente receosos de nós. Contudo, adotaram uma medida segura para todos, pois trouxeram os itens até a praia e ali os deixaram; em seguida, afastaram-se e ficaram bem longe, até que tivéssemos levado tudo a bordo, e só então voltaram a aproximar-se.

Fizemos sinais de agradecimento, pois não tínhamos nada com que recompensá-los; de repente, porém, surgiu uma oportunidade para agradá-los ao máximo, pois enquanto estávamos ao largo do litoral apareceram duas criaturas selvagens e enfurecidas, uma perseguindo a outra (conforme deduzimos), descendo das montanhas em direção ao mar; se era o macho perseguindo a fêmea, ou se estavam brincando, ou brigando, não sabíamos dizer, assim como não sabíamos se aquilo era normal ou inusitado, mas creio que fosse inusitado; porque, em primeiro lugar, tais criaturas famintas raramente aparecem, exceto à noite; e em segundo lugar, constatamos que as pessoas ficaram apavoradas, sobretudo as mulheres. O homem que portava a lança ou dardo não fugiu das feras, mas os demais foram embora; no entanto, as duas criaturas correram direto para a água, não ameaçaram atacar nenhum dos negros, mergulharam no mar e saíram nadando, como se tivessem vindo para se divertir; por fim, uma delas começou a chegar mais perto de nosso barco do que eu esperava; mas eu estava a postos, pois tinha carregado minha espingarda com a maior prontidão possível, e ordenei que Xuri carregasse as outras duas; assim que o animal ficou ao alcance do disparo, atirei e atingi-o em cheio na cabeça; no mesmo instante, ele afundou na água, mas emergiu em seguida e debateu-se, como se lutasse pela sobrevivência; e deveras lutava. Imediatamente, a criatura seguiu em direção à praia; contudo, somando o ferimento, que foi fatal, à sufocação provocada pela água, morreu pouco antes de chegar à costa.

É impossível expressar a perplexidade daquela pobre gente com o barulho e o fogo produzidos pela minha espingarda; alguns pareciam prestes a morrer de medo, e tombaram, como se estivessem mortos, tamanho era o pavor. Mas quando viram a criatura morta e submersa, bem como meus sinais para que se aproximassem da praia, animaram-se e vieram, e começaram a procurar o animal. Eu o localizei pelo sangue que manchava a água, e, com a ajuda de uma corda, que lancei em volta da carcaça e dei aos negros para puxar, eles o arrastaram até a praia e constataram que se tratava de um leopardo bastante esquisito, pintado e admirável, e os negros ergueram as mãos, em sinal de espanto, pensando no objeto por mim usado para abater a fera.

O outro animal, assustado com o lampejo do fogo e o estampido da arma, nadou até a praia e fugiu para as montanhas de onde tinha saído, mas não fui capaz, àquela distância, de identificá-lo. Logo descobri que os negros pretendiam comer a carne da criatura; então dispus-me a fazer-lhes a oferta, por cortesia, e quando sinalizei que podiam levá-la ficaram muito agradecidos; imediatamente começaram a lidar com o animal, e embora não tivessem facão, com um pedaço de madeira afiado removeram a pele, prontamente, com muito mais eficiência do que poderíamos ter feito mesmo munidos de facão; ofereceram-me um pouco da carne, que recusei, sinalizando que era só para eles, mas fiz sinais referindo-me à pele, que a mim foi cedida de boa vontade, e ainda trouxeram muito mais provisões, que, embora fossem estranhas, aceitei; então sinalizei pedindo água, e exibi um dos cântaros, virando-o de cabeça para baixo, a fim de demonstrar que estava vazio e precisava enchê-lo. Na mesma hora, eles chamaram alguns companheiros, e duas mulheres vieram com um grande vaso feito de barro, queimado ao sol, segundo deduzi; mandei Xuri desembarcar, com meus cântaros, e encher todos os três. As mulheres estavam nuas feito os homens.

Eu agora estava abastecido de raízes e grãos, sejam quais fossem, e de água; deixando meus amigos negros, prossegui durante onze dias mais, sem dispor-me a chegar perto da costa, até que vi a terra avançar por uma grande extensão oceano adentro, a quatro ou cinco léguas adiante, e considerando o mar bastante calmo optei por passar bem longe do pontal; por fim, contornando a ponta a cerca de duas léguas da costa, pude avistar claramente a terra à beira-mar do outro lado; então, concluí, com toda certeza, que se tratava de Cabo Verde, e aquelas ilhas seriam, precisamente, as ilhas de Cabo Verde. Estavam a uma grande distância, porém, e não fui capaz de decidir o que seria melhor fazer, pois se fosse surpreendido por um vento forte talvez não conseguisse alcançar nem o cabo nem as ilhas.

Naquele dilema, e estando bastante pensativo, entrei na cabine e sentei-me, deixando o leme a cargo de Xuri, quando de repente o menino gritou:

— Mestre, mestre, um veleiro!

O tolinho ficou apavorado, pensando que seria algum dos navios de seu antigo patrão, enviados para perseguir-nos, mas eu sabia que estávamos além do alcance de tal frota. Pulei para fora da cabine, e imediatamente não apenas avistei como identifiquei o navio, a saber, uma nau portuguesa, a caminho da costa da Guiné, em busca de negros, conforme deduzi. Observando o curso seguido, porém, logo convenci-me de que rumavam em outra direção e não pretendiam aproximar-se do litoral; diante disso, avancei mar afora, o máximo que pude, no intuito de comunicar-me com eles, se possível.

Mesmo a plenas velas, verifiquei que não seria capaz de cruzar-lhes a rota, e que iriam embora antes que eu pudesse fazer-lhes qualquer sinal; mas quando cheguei ao limite da nossa velocidade e comecei a desesperar-me, eles me avistaram, com auxílio da luneta, e constatando tratar-se de um escaler europeu, imaginaram pertencer a algum navio que se perdera; então encurtaram as velas, para permitir minha aproximação. Animei-me diante da iniciativa deles e, tendo a bordo a bandeira do meu patrão, sinalizei o pedido de socorro e fiz um disparo, o que eles viram, pois mais tarde disseram que avistaram a fumaça embora não tivessem ouvido o estampido; diante dos sinais, com muita bondade, pararam e aguardaram; e em cerca de três horas pude alcançá-los.

Perguntaram de onde eu era, em português, espanhol e francês, mas não entendi ninguém; por fim, um marinheiro escocês que estava a bordo chamou-me, e eu disse que era inglês, que havia escapado da escravidão entre os mouros, em Salé; então, muito gentilmente, aceitaram-me a bordo, com todos os meus pertences.

Foi para mim uma alegria inexprimível, nisso qualquer um acreditará, ter sido libertado daquela condição malfadada e quase sem esperança em que me encontrava, e logo ofereci ao capitão do navio tudo que possuía como recompensa por meu salvamento; generosamente, ele disse que não tiraria nada de mim, mas que tudo que eu tinha me seria devolvido a salvo quando chegássemos aos Brasis.[50]

— Pois — disse ele — salvei a sua vida assim como ficaria feliz por ter sido salvo, e talvez, em algum momento, pode ser que o meu destino seja idêntico; além disso — continuou ele —, se o levar aos Brasis, local tão longe do seu próprio país, e privá-lo de suas posses, você vai morrer de fome por lá, e então estarei apenas destruindo a vida que salvei. Não, não, Senhor Inglês — prosseguiu —, vou levá-lo até lá por caridade, e esses pertences vão ajudá-lo a pagar pela sua subsistência, e a comprar a passagem de volta para sua terra.

Assim como ele foi caridoso na proposta, foi justo na execução da promessa, pois ordenou aos marujos que não tocassem em nada meu; em seguida, guardou tudo consigo e entregou-me um inventário detalhado de todos os itens, incluindo os três cântaros de barro.

---

50. Refere-se ao território brasileiro — terras brasis —, ao povo brasileiro ou àqueles que nasceram no Brasil, também aos indígenas nativos do Brasil. Ao longo da narrativa, Defoe emprega os termos Brasis e Brasil indiscriminadamente. A tradução procura acompanhar o uso do autor.

Quanto ao meu barco, era muito bom, e isso ele reconheceu, e disse que o compraria de mim para uso de seu navio, e perguntou quanto eu queria por ele. Respondi que ele tinha sido tão bondoso comigo em tudo que não poderia estipular qualquer valor pelo barco, mas deixava inteiramente a seu critério; diante disso, ele disse que me daria uma nota, de seu próprio punho, prometendo pagar oitenta dobrões de oito[51] pelo barco no Brasil e, quando lá chegasse, se alguém oferecesse mais, ele compensaria a diferença; ofereceu-me também sessenta dobrões de oito pelo meu menino Xuri, oferta que em nada me aprazia aceitar; não que eu não estivesse disposto a deixar o capitão ficar com ele, mas desagradava-me negociar a liberdade do pobre garoto, que me ajudara tão lealmente a conquistar a minha. No entanto, quando expliquei meu motivo, ele o reconheceu como justo e propôs um trato: comprometia-se a libertar o menino em dez anos caso ele se tornasse cristão; diante disso, e Xuri dizendo que concordava, permiti que o capitão ficasse com ele.

Fizemos ótima viagem até os Brasis e chegamos à baía de Todos-os-Santos[52] em cerca de vinte e dois dias. E agora, mais uma vez, eu estava livre da mais infeliz das condições de vida, e precisava considerar o que fazer em seguida.

Jamais poderei elogiar o suficiente o tratamento generoso que o capitão dispensou-me; não aceitou nada de mim em troca da passagem, ofereceu-me vinte ducados[53] pela pele de leopardo e quarenta pela de leão que eu guardava em meu barco, cuidou para que tudo que eu levava a bordo me fosse devolvido pontualmente e comprou o que eu estava disposto a vender, ou seja, o caixote de garrafas, duas espingardas de caça

51. Trata-se do *real de a ocho*, também conhecida como dobrão espanhol, moeda de prata que valia oito *reales* espanhóis.

52. Localizada na Bahia, é a maior baía do Brasil e segunda maior do mundo com cerca de 1233 km², banhando diversas cidades do estado, inclusive a capital Salvador. De grande importância para a economia local, foi batizada pelo navegador italiano Américo Vespúcio, que a adentrou em 1º de novembro — dia de Todos os Santos — de 1501. Os tupinambás a chamavam de Kirimurê, o "grande mar interior". Na época da escravidão, foi um dos grandes portos de entrada de africanos escravizados para o trabalho nas plantações de cana-de-açúcar.

53. Moeda de ouro ou prata de diferentes valores, países e épocas, correspondente ao cruzado de Portugal.

e um pedaço da cera de abelha, pois eu tinha feito velas do restante; em suma, obtive cerca de duzentos dobrões de oito com minha carga, e com esse montante pisei em terra firme nos Brasis.

Não demorou muito tempo até eu ser recomendado à casa de um homem bom e honesto, que possuía um engenho, ou seja, um canavial e uma usina de açúcar. Residi com ele algum tempo, e assim aprendi o método de plantar cana e fabricar açúcar; e vendo como os fazendeiros viviam bem, e como enriqueciam rapidamente, decidi que, se conseguisse uma licença para lá me radicar, seria plantador, e decidi também, enquanto isso não acontecia, descobrir um meio de resgatar o dinheiro por mim deixado em Londres. Obtendo, com tal propósito, uma espécie de carta de naturalização, adquiri o máximo de terras devolutas que meu dinheiro permitia e planejei minha plantação e meu assentamento de acordo com os recursos que esperava receber da Inglaterra.

Eu tinha um vizinho português, de Lisboa, mas nascido de pais ingleses, cujo nome era Wells, que vivia em circunstâncias muito semelhantes às minhas. Eu o chamava de vizinho porque sua fazenda ficava ao lado da minha, e dávamo-nos muito bem. Meu capital era tão reduzido quanto o dele, e por cerca de dois anos plantamos mais para nossa subsistência do que para qualquer outra coisa. Porém, começamos a prosperar, e nossa terra passou a produzir mais; de modo que, no terceiro ano, plantamos um pouco de fumo, e cada um de nós preparou um belo terreno para o plantio de cana no ano seguinte; mas ambos precisávamos de mão de obra, e descobri, mais do que nunca, que fora um erro dispensar o menino Xuri.

Mas, ai de mim! Não era de admirar que estivesse enganado, pois nunca fazia nada certo. Não havia outro remédio senão persistir; tinha me envolvido com uma atividade bastante alheia às minhas aptidões, e diretamente contrária à vida que me convinha e pela qual abandonei a casa do meu pai, ignorando todos os seus bons conselhos; de fato, eu estava ingressando na tal condição intermediária, ou no nível mais elevado da vida mediana, o qual meu pai antes aconselhara e no qual, se eu resolvesse perseverar, poderia muito bem ter ficado em casa, e nunca ter me esfalfado mundo afora, conforme fizera; e costumava dizer comigo mesmo que poderia fazer aquilo também na Inglaterra, entre meus amigos, em vez de ter viajado cinco mil milhas para fazê-lo entre estranhos e selvagens, numa região agreste, e a tal distância que me impedia de obter notícia de qualquer canto do mundo que tivesse o menor conhecimento de mim.

Sendo assim, eu costumava vislumbrar minha situação com o maior dos arrependimentos. Não tinha com quem conversar, além do meu vizinho, de vez em quando; nenhum trabalho a fazer, além do que realizava com as próprias mãos; e tinha por hábito dizer que vivia feito um homem abandonado numa ilha deserta, absolutamente sozinho. Mas como aquilo foi justo, e como todos os homens deveriam refletir sobre isso, pois, ao compararem suas condições em dado momento com outras que são piores, o céu pode obrigá-los a fazerem a troca e, pela experiência, serem convencidos da felicidade anterior; quero dizer, como aquilo foi justo, pois a vida literalmente solitária sobre a qual eu refletia, numa ilha desolada, seria o destino que eu tantas vezes haveria de comparar injustamente com a vida que levara antes e na qual, se tivesse persistido, teria com toda probabilidade ficado próspero e rico.

Eu estava até certo ponto decidido sobre as medidas necessárias para dar início à plantação antes de meu bom amigo, o capitão do navio que me recolheu no mar, ir embora, pois o navio permaneceu lá durante quase três meses, aguardando carregamento e preparando-se para a viagem; quando lhe falei sobre o pequeno capital que tinha deixado em Londres, ele me ofereceu o seguinte conselho amigo e sincero:

— Senhor Inglês — disse ele, pois sempre chamava-me assim —, se o senhor me der cartas de apresentação e uma procuração formal, com ordens ao indivíduo que guarda o seu dinheiro em Londres para enviá-lo a Lisboa, em nome das pessoas que eu indicar, em valor correspondente a mercadorias disponíveis neste país, haverei de trazer-lhe o carregamento, se Deus quiser, quando voltar; mas visto que tudo que é humano está sujeito a imprevistos e desastres, peço que me autorize apenas cem libras esterlinas, que, como o senhor diz, é a metade do seu capital, e deixe que o risco incida apenas sobre a primeira parte; de modo que, se tudo chegar em segurança, o senhor possa pedir o restante da mesma forma; e, se der errado, ainda possa recorrer à outra metade para suprir as suas necessidades.

Foi um conselho tão salutar, e pareceu tão amistoso, que me convenci de que se tratava do melhor curso de ação; portanto, preparei as cartas para a dama em cuja custódia havia deixado meu dinheiro, e uma procuração para o capitão português, conforme ele desejava.

Escrevi à viúva do capitão inglês um relato completo sobre todas as minhas aventuras, minha escravidão, a fuga e como conheci o capitão português no mar, suas atitudes bondosas e em que condições agora encontrava-me, e acrescentei todas as instruções necessárias para meu suprimento; e quando o honesto capitão chegou a Lisboa, encontrou meios, por intermédio de alguns comerciantes ingleses lá, de enviar não apenas meu pedido, mas uma narrativa detalhada da minha história a um comerciante em Londres, que a apresentou à referida dama; ao que ela não só entregou o dinheiro, mas enviou, de seu próprio bolso, um belo presente ao capitão português, em reconhecimento por sua bondade e consideração para comigo.

O comerciante em Londres, investindo as cem libras em mercadorias inglesas, de acordo com o que o capitão havia escrito, encaminhou-as diretamente a ele, em Lisboa, que me entregou tudo são e salvo nos Brasis, incluindo, sem a minha solicitação (pois eu era muito inexperiente no negócio para ter pensado no assunto), todos os tipos de ferramentas, ferragens e utensílios necessários para minha fazenda, e que me foram de grande utilidade.

Quando a carga chegou, pensei que minha fortuna estivesse feita, de tanta surpresa e alegria ao vê-la; e meu bom administrador, o capitão, com as cinco libras que minha amiga enviara-lhe de presente, comprou e trouxe-me um criado, sob fiança, por seis anos de serviço, e não recebeu qualquer compensação, exceto um pouco de tabaco, proveniente da minha própria plantação, que fiz questão que aceitasse.

E não foi só isso; pois sendo todas as minhas mercadorias de fabricação inglesa, tais como tecidos, equipamentos, baeta[54] e outros itens bastante valiosos e procurados no país, encontrei meios de vendê-los com grande vantagem; de maneira que posso afirmar que lucrei quatro vezes mais o valor da minha primeira carga, e em muito superei meu pobre vizinho, quero dizer, quanto ao progresso da minha fazenda; pois a primeira coisa que fiz foi comprar um escravo negro e também um servo europeu, isto é, outro além daquele que o capitão trouxera-me de Lisboa.

No entanto, visto que abusar da prosperidade é, muitas vezes, causa da nossa maior adversidade, assim foi comigo. No ano seguinte, prossegui com grande sucesso em minha fazenda. Produzi cinquenta grandes rolos de fumo, em meu próprio terreno, além do que vendera aos vizinhos para fazer frente às minhas necessidades; e cada um dos cinquenta rolos, pesando quase cinquenta quilos, foram bem curtidos e estocados, aguardando o retorno da frota de Lisboa: e então, com o aumento dos negócios e o enriquecimento, minha cabeça começou a encher-se de projetos e empreendimentos que estavam fora do meu alcance, o que, de fato, costuma ser a causa da ruína dos melhores empreendedores.

Se tivesse mantido minha condição presente, haveria espaço para todas as coisas felizes que ainda aconteceriam comigo e que levaram meu pai a recomendar, tão sinceramente, uma existência tranquila e discreta, descrevendo, com tanta sensatez, a condição mediana da vida; mas outras questões ocupavam-me, e eu continuaria a ser o agente voluntário do meu próprio infortúnio; e, sobretudo, continuaria a aumentar minha culpa e a duplicar as reflexões sobre mim mesmo, o que em meus pesares futuros sobraria tempo para fazer; todos os insucessos resultaram da minha teimosia em aderir à inclinação tola de vagar pelo mundo, e de perseguir tal disposição, contrariando as visões mais nítidas de fazer o bem a mim mesmo, por meio da busca justa e simples das perspectivas e das ações que a natureza e a Providência quiseram apresentar e fazer-me cumprir.

---

54. Tecido de lã ou algodão, de textura felpuda, com pelo em ambas as faces.

Assim como ocorrera quando rompi com meus pais, teimei em sentir-me insatisfeito e optei por abrir mão da perspectiva de tornar-me um homem rico e próspero na minha nova fazenda apenas para perseguir o desejo imprudente e imoderado de subir mais depressa do que as circunstâncias permitiam; por conseguinte, lancei-me novamente no abismo mais profundo da miséria humana em que um homem já caiu, ou menos condizente com uma vida salutar no mundo.

Para chegar, então, gradualmente, aos detalhes dessa parte da minha história, o leitor pode supor que, tendo eu vivido quase quatro anos nos Brasis e começado a prosperar muito bem em minha propriedade agrícola, não só teria aprendido o idioma mas teria feito contatos e amizades com outros fazendeiros, e também com mercadores de São Salvador,[55] que era nosso porto; e que, em conversas com eles, eu tivesse, frequentemente, apresentado relatos sobre minhas duas viagens à costa da Guiné, sobre a maneira de barganhar com os negros daquela região e sobre como foi fácil comprar ao longo da costa quinquilharias, tais como miçangas, facas, tesouras, machadinhas, pedaços de vidro e coisas assim, e não apenas ouro em pó, pimenta em grãos, presas de elefante etc., além de negros, em grande quantidade, para trabalhar nos Brasis.

Eles sempre ouviam muito atentamente minhas conversas, mas sobretudo a parte relacionada à aquisição de negros, comércio não apenas incipiente àquela época mas que era levado a termo por meio de *assientos*,[56] sujeitos à autorização dos reis de Espanha e Portugal, em regime de monopólio, de modo que poucos eram os negros comprados, e ainda por preço elevado.

Aconteceu que, estando na companhia de alguns comerciantes e fazendeiros meus conhecidos, e discorrendo sobre tais assuntos com toda

55. São Salvador da Bahia de Todos os Santos, hoje Salvador, foi a primeira capital do Brasil colônia, situação que perdurou desde a sua fundação em 1549 até 1763. Foi também, ao lado do Rio de Janeiro, o maior centro do comércio de africanos escravizados do período colonial no país.

56. Contrato ou convenção firmados entre a Espanha e outras potências para fornecer escravos negros para os domínios espanhóis na América, especialmente o contrato feito com a Grã-Bretanha em 1713.

seriedade, fui procurado por três deles, na manhã seguinte, dizendo que haviam refletido sobre o que eu falara na noite anterior e tinham vindo apresentar uma proposta sigilosa; e depois de fazerem-me prometer discrição, confiaram-me que pretendiam equipar um navio para ir até a Guiné, que todos possuíam plantações, assim como eu, e que de nada careciam mais do que de criadagem; e que sendo o comércio proibido e, portanto, sem condições de vender os negros publicamente quando estes chegassem, pretendiam financiar apenas uma viagem, para trazê-los à costa em segredo e reparti-los entre suas próprias fazendas; em suma, o ponto era se eu concordava em embarcar na condição de comissário, a fim de cuidar da parte comercial na costa da Guiné. E ofereceram-me uma parte igual de negros, sem que eu precisasse desembolsar o capital correspondente.

Seria uma boa proposta, devo admitir, caso fosse apresentada a alguém que não tivesse sua própria fazenda para cuidar, em vias de alcançar dimensões consideráveis, e com elevado investimento. Mas para mim, já comprometido e estabelecido, a quem restava apenas perseverar por mais três ou quatro anos e mandar buscar minhas outras cem libras na Inglaterra, e que então, com aquele pequeno adicional financeiro, já possuiria seguramente uma fortuna de três ou quatro mil libras esterlinas, aliás, uma fortuna em expansão, digo, para mim, pensar em tal viagem era a prática mais absurda da qual um homem poderia ser acusado.

Mas eu, que nasci para ser meu próprio destruidor, não pude resistir à oferta, assim como não pude conter meus primeiros planos aventureiros quando desperdicei os bons conselhos de meu pai. Resumindo, disse que iria de todo o coração se eles concordassem em cuidar da minha propriedade na minha ausência, e se dela dispusessem segundo minhas instruções, caso eu não voltasse. Todos comprometeram-se a fazê-lo, e firmaram acordos escritos; e preparei um testamento formal, dispondo da fazenda e dos meus bens, em caso de morte, constituindo o capitão do navio que salvara minha vida, como antes, meu herdeiro universal, mas obrigando-o a desfazer-se do meu patrimônio conforme por mim estipulado no testamento, metade dos bens cabendo a ele e a outra devendo ser enviada à Inglaterra.

Em suma, tomei todo cuidado possível para preservar meu patrimônio e manter minha propriedade agrícola; se tivesse empregado a metade dessa prudência para examinar devidamente meus próprios interesses e formular um julgamento sobre o que deveria fazer ou deixar de fazer, decerto jamais teria me afastado de um empreendimento tão próspero, abandonado tantas perspectivas promissoras e partido numa viagem marítima com todos os riscos habituais; sem falar das razões particulares que eu tinha para prever reveses.

Mas fui precipitado e obedeci cegamente aos ditames da fantasia, em vez da razão; e consequentemente, estando o navio equipado, a carga embarcada e tudo disposto conforme acordado por meus sócios na viagem, embarquei em má hora, em 1º de setembro de 1659, no mesmo dia e mês em que oito anos antes deixara meu pai e minha mãe, em Hull, agindo como um rebelde diante de sua autoridade e como um tolo diante de meus próprios interesses.

Nosso navio pesava cerca de vinte toneladas, transportava seis canhões e catorze homens, além do capitão, seu grumete[57] e eu; não levávamos a bordo nenhuma grande carga, exceto as quinquilharias adequadas ao nosso comércio com os negros, tais como miçangas, pedaços de vidro, conchas e outras bugigangas, especialmente pequenos espelhos, facas, tesouras, machadinhas e itens similares.

Zarpamos no mesmo dia em que embarquei, seguindo para o norte pelo nosso litoral, com intenção de atravessar o oceano até a costa africana quando chegássemos a dez ou doze graus de latitude norte, o que, segundo constava, era a rota costumeira à época. O tempo estava muito bom, apenas excessivamente quente, ao longo do nosso litoral, até alcançarmos a altura do cabo de Santo Agostinho,[58] de onde, avançando oceano adentro,

57. Adolescente com no mínimo doze anos, que realizava os trabalhos mais simples a bordo, fazia a limpeza e ajudava os marinheiros em diferentes tarefas, recebendo apenas salário simbólico.

58. Acidente geográfico situado no estado de Pernambuco. Integra a concentração urbana do Recife. É considerado por diversos estudiosos o local do "descobrimento" do Brasil, por ter sido a porção de terra avistada pelo navegador espanhol Vicente Yáñez Pinzón, bem como seu ponto de desembarque, no dia 26 de janeiro de 1500, três meses antes da chegada de Pedro Álvares Cabral à costa brasileira.

perdemos de vista o continente e manobramos como se nos destinássemos à ilha de Fernando de Noronha,[59] mas mantivemos o rumo nordeste-norte e passamos ao largo das ilhas a leste; naquela rota, cruzamos a linha do equador ao término de doze dias, e estávamos, segundo nosso último cálculo, a sete graus e vinte e dois minutos de latitude norte, quando um violento vendaval, ou furacão, deixou-nos desorientados; surgiu do sudeste, virou para noroeste e então se fixou a nordeste, de onde soprou com tamanha violência que durante doze dias seguidos nada pudemos fazer além de deixar-nos arrastar, fugindo dos ventos, permitindo que nos levassem aonde seu destino e sua fúria bem quisessem; e durante aqueles doze dias não preciso dizer que esperava diariamente ser tragado pelo mar; e, de fato, ninguém no navio esperava escapar com vida.

Em meio àquela aflição, em pleno pavor da tormenta, um dos nossos marujos morreu de febre, e outro homem e o grumete foram varridos pelas águas; por volta do décimo segundo dia, em condições climáticas um pouco mais amenas, o capitão, calculando o melhor que pôde, descobriu que estávamos a cerca de onze graus de latitude norte, mas a vinte e dois graus de diferença de longitude oeste em relação ao cabo de Santo Agostinho; portanto, constatou que estávamos na costa da Guiana, ou ao norte do Brasil, além do rio Amazonas, em direção ao rio Orinoco,[60] geralmente chamado de rio Grande, e passou a consultar-me sobre o curso a ser tomado, pois o navio vazava e estava bastante avariado, e ele pretendia voltar para o litoral brasileiro.

Fui terminantemente contrário e, examinando com ele mapas da costa da América, concluímos que não havia nenhum país habitado ao qual recorrermos até alcançarmos o círculo das ilhas do Caribe;[61] por-

---

59. Na verdade, trata-se de um arquipélago brasileiro, formado por 21 ilhas, ilhotas e rochedos de origem vulcânica, situado no oceano Atlântico a nordeste do Brasil continental, distando 545 quilômetros de Recife e 360 quilômetros de Natal.

60. Um dos principais rios da América do Sul. É o maior rio da Venezuela, abrangendo quatro quintos do território do país. A bacia do Orinoco inclui também um quarto do território da Colômbia.

61. Região do continente americano formada pelo mar do Caribe, suas ilhas e países insulares. A área é conhecida também como Antilhas ou Índias Ocidentais, neste último caso, em decorrência da crença inicial europeia de que o continente americano fosse a Índia. A posição indicada situa o navio bem a leste de Trinidad.

tanto, decidimos rumar para Barbados,[62] onde, navegando em alto-mar, no intuito de evitar a corrente da baía ou golfo do México, poderíamos facilmente chegar, conforme esperávamos, em cerca de quinze dias; ao passo que jamais poderíamos completar a viagem até a costa da África sem algum socorro ao nosso navio e a nós mesmos.

Com tal propósito, alteramos nosso curso e seguimos a oeste-noroeste, a fim de alcançarmos algumas de nossas ilhas inglesas, onde eu esperava encontrar ajuda; mas a viagem foi determinada de outra forma, pois, quando estávamos na latitude de doze graus e dezoito minutos, uma segunda tormenta desabou sobre nós, arrastando-nos com o mesmo ímpeto para o oeste, e afastando-nos tanto de toda e qualquer rota comercial que, caso nossas vidas fossem salvas do mar, correríamos o perigo de sermos devorados por selvagens e nunca mais voltarmos para nosso país.

Em meio àquela agonia, com o vento ainda soprando muito forte, um dos nossos homens gritou, de manhã cedo:

— Terra à vista!

E mal havíamos corrido para fora da cabine, na esperança de ver onde estávamos no mundo, quando o navio chocou-se contra um banco de areia e, subitamente, em consequência da parada brusca, o oceano varreu a embarcação de tal maneira que pensamos que todos haveríamos de sucumbir e imediatamente voltamos à cabine, para proteger-nos da espuma e do borrifo das ondas.

Não é fácil para quem nunca esteve nesse tipo de aperto descrever ou conceber a consternação provocada por tais circunstâncias; não fazíamos ideia de onde estávamos, ou a qual terra tínhamos sido arrastados, se era ilha ou região continental, habitada ou não habitada; e como a fúria do vento ainda era grande, embora um pouco menos do que a princípio, era de se esperar que o navio não resistisse, e em minutos fosse despedaçado, a menos que a ventania, por uma espécie de milagre, mudasse instantaneamente. Resumindo, sentamo-nos olhando uns para os outros

---

62. País insular das chamadas Pequenas Antilhas, na América Central, sendo a nação mais oriental do Caribe. Os países mais próximos da ilha são Trinidad e Tobago, a sudoeste, e São Vicente e Granadinas, a oeste.

e esperando a morte a qualquer momento, e cada um, portanto, preparando-se para o outro mundo, pois havia pouco ou nada mais a fazer naquele momento; então nosso único e súbito consolo foi que, ao contrário do que esperávamos, o navio não se partiu, e o capitão informou que o vento começara a amainar.

Embora concordássemos que o vento havia abrandado um pouco, ainda assim, considerando que o navio atingira o banco de areia e estava de tal modo encalhado que nos fez crer que dali não conseguiríamos sair, pois a situação era realmente terrível, a única alternativa era pensar em salvar nossas vidas da melhor maneira possível; havia um escaler à nossa popa, um pouco antes do início da tempestade, mas o escaler chocara-se contra o leme do navio e logo depois soltara-se, e teria afundado ou flutuado à deriva, de modo que não havia nenhuma esperança de que pudesse nos servir; dispúnhamos de outro escaler a bordo, mas como baixá-lo ao mar era algo questionável; contudo, não havia tempo para debates, pois achávamos que o navio se despedaçaria a qualquer momento, e alguns diziam que já estava rachado.

Em meio àquele apuro, o imediato agarrou o escaler e, com a ajuda do restante da tripulação, guindou-o junto ao costado do navio, embarcou-nos, sendo nós onze em número, soltou-o e entregou-o à misericórdia de Deus e ao oceano enfurecido, pois embora a tormenta houvesse diminuído consideravelmente, o mar continuava bastante grosso, e poderia ser bem chamado de *Den wild Zee*,[63] conforme os holandeses a ele costumam se referir durante uma borrasca.

E agora nossa situação era das mais sombrias, pois todos percebíamos claramente que o mar estava tão revolto que o escaler não resistiria, e que nosso afogamento seria inevitável. Quanto a velejar, não dispúnhamos de vela, e mesmo que dispuséssemos seria inútil; por conseguinte, remamos em direção à terra, embora com o coração apertado, feito homens que seguem para a própria execução, pois todos sabíamos que quando o escaler se aproximasse da praia seria estraçalhado, em

63. Ou seja, "o mar tempestuoso".

mil pedaços, pela arrebentação. Contudo, entregamos nossas almas a Deus, com a maior fé possível, e levados pelo vento em direção à costa, aceleramos nossa destruição com nossas próprias mãos, remando o mais que podíamos.

Que tipo de costa seria, rochosa ou arenosa, profunda ou rasa, não sabíamos; a única esperança que poderia propiciar-nos, racionalmente, a menor sombra de expectativa era a de deparar com alguma baía ou enseada, ou com a foz de algum rio, onde por sorte pudéssemos entrar com o escaler, ou manter-nos a sotavento[64] em relação à terra, e talvez encontrar águas mais calmas. Mas não havia nada disso à vista; à medida que nos acercávamos da costa, a terra parecia mais assustadora do que o mar.

Depois de termos remado, ou melhor, de termos sido arrastados, segundo nossos cálculos, por cerca de uma légua e meia, um vagalhão violento, semelhante a uma montanha, veio rolando por trás de nós e exigiu que nos preparássemos para o golpe de misericórdia. Resumindo, a onda pegou-nos com tamanha fúria que imediatamente virou o escaler; e separando-nos do barco e uns dos outros, mal tivemos tempo para exclamarmos "Ó Deus!", pois fomos todos engolidos pelo mar no mesmo instante.

Nada pode descrever minha confusão mental quando afundei na água, pois embora nadasse muito bem não consegui livrar-me das ondas a fim de respirar, até que o tal vagalhão levou-me, ou melhor, arrastou-me por uma grande extensão até a praia e, tendo-se esgotado, retrocedeu, deixando-me quase em terra seca, mas meio morto com a água que engoli. Restava-me tanta presença de espírito quanto fôlego; porém, vendo-me mais perto da terra firme do que esperava, levantei-me e corri em direção à praia o mais rápido que pude, antes que outra onda surgisse e me levasse de volta. Mas logo constatei ser impossível evitá-lo, pois vi o oceano erguendo-se atrás de mim tão alto quanto um morro, e tão furioso quanto um inimigo contra o qual eu não tinha meios ou forças para lutar; restava-me prender a respiração e manter-me à tona, se pudesse;

---

64. Direção para onde sopra o vento.

"Aceleramos nossa destruição com nossas próprias mãos."

e assim nadar até a praia, se conseguisse; minha maior preocupação naquele momento era que o mar, assim como me empurraria em direção à costa quando avançasse, não me puxasse de volta quando recuasse.

A onda seguinte que me atingiu afundou-me de seis a nove metros, e senti-me arrastado com grande força e rapidez, e por uma grande extensão, em direção à praia; mas prendi a respiração e ainda nadei para a frente, com todas as minhas forças. Prestes a explodir de tanto prender a respiração, senti que estava emergindo e, para meu alívio imediato, minha cabeça e minhas mãos projetaram-se acima da superfície da água; e embora eu não conseguisse manter-me assim nem por dois segundos, foi deveras grande o alívio, e recuperei o fôlego e a coragem. Voltei a submergir por um bom tempo, mas não tanto que não pudesse suportar, e, verificando que a água tinha parado de subir e começava a recuar, nadei contra o repuxo das ondas e voltei a sentir o chão sob meus pés. Fiquei parado alguns instantes, para recuperar o fôlego, até que a água retrocedesse, e então corri em direção à praia, com as poucas forças que me restavam. Mas nem assim livrei-me da fúria do mar, que veio novamente em meu encalço, e mais duas vezes fui erguido e arrastado pelas ondas como antes, pois a costa era bastante plana.

A última daquelas duas ondas foi quase fatal, pois o mar, arrastando-me como antes, levou-me, ou melhor, arremessou-me contra uma pedra, e o fez com tamanha força que fiquei aturdido e, de fato, indefeso quanto ao meu próprio salvamento, pois o golpe, que me atingiu no flanco e no peito, sufocou-me completamente; e se o mar tivesse voltado logo em seguida eu teria me afogado, mas um pouco antes do retorno das ondas recuperei-me e, vendo que seria novamente coberto pela água, resolvi agarrar-me a uma protuberância da pedra e ali prender a respiração, se possível, até a onda recuar. Como as ondas já não eram tão grandes, pois estavam mais perto da praia, agarrei-me ao ponto de apoio e esperei que a correnteza diminuísse; em seguida, dei outra corrida, o que me levou tão perto da costa que a próxima onda, embora passasse por cima de mim, não me embrulhou e nem me arrastou; e na corrida subsequente cheguei à terra firme, onde, para meu grande conforto, escalei as pedras da costa e sentei-me na relva, livre de perigo e totalmente fora do alcance da água.

Eu estava agora seguro, e ergui os olhos para agradecer a Deus por minha vida ter sido salva, quando, minutos antes, quase não havia esperança. Creio ser impossível expressar o êxtase e o enlevo da alma quando a vida é resgatada, pode-se dizer, da própria sepultura; e hoje em dia já não me pergunto acerca da prática adotada quando um malfeitor, com o laço no pescoço, amarrado e prestes a ser enforcado, recebe um indulto; quero dizer, não me surpreende que tragam um médico com o indulto, para aplicar uma sangria[65] no sujeito no momento em que recebe a notícia, de modo que a surpresa não lhe expulse o ânimo do coração e faça-o sucumbir:

65. Tratamento médico que estabelece a extravasão de sangue do paciente, provocada artificialmente, com finalidade terapêutica. As sangrias eram feitas com base em antigas teorias da medicina que entendiam o sangue, e outros fluidos corporais, como "humores" que precisavam ficar em equilíbrio para que o organismo se mantivesse saudável. Na Europa, a prática era bastante comum no final do século XVIII.

"Pois alegrias súbitas, tal como tristezas, de início, causam estupefação".[66]

Perambulei pela praia, erguendo as mãos ao céu e com todo o meu ser, posso afirmar, absorvido na contemplação de estar salvo, fazendo mil gestos e movimentos que não posso descrever, refletindo que todos os meus camaradas haviam se afogado e que não deveria haver nenhum sobrevivente, exceto eu; e de fato, quanto a eles, nunca mais os vi, nem deles tive qualquer sinal, exceto três chapéus, um gorro e dois sapatos que não formavam par.

Lancei um olhar ao navio encalhado, o qual, sendo a ondulação e a espuma do mar tão volumosas, eu mal podia avistar, ao longe, e exclamei:

— Senhor! Como foi que consegui chegar até a praia?

Depois de consolar-me com o que havia de alentador em minha situação, comecei a olhar ao redor, para ver em que tipo de lugar me encontrava e decidir o que fazer em seguida, mas logo senti-me desalentado e constatei, em suma, que meu salvamento havia sido desditoso; estava encharcado, não tinha roupas para trocar, nem qualquer coisa para comer ou beber, que pudesse revigorar-me; tampouco via qualquer perspectiva diante de mim, senão a de morrer de fome ou ser devorado por feras; e o mais aflitivo era o fato de não dispor de nenhuma arma, fosse para caçar e abater qualquer criatura para meu sustento, fosse para defender-me de qualquer criatura que quisesse me matar para seu sustento. Resumindo, tudo o que eu tinha comigo era um facão, um cachimbo e um pouco de fumo dentro de uma caixinha; isso era a totalidade das minhas provisões, fato que me deixou tão desesperado que durante algum um tempo corri a esmo, feito um louco. Quando a noite caiu, passei a considerar, com o coração amargurado, qual seria meu destino se houvesse feras vorazes naquela área, pois à noite elas sempre saem à caça.

---

66. Citação de um poema de autoria de Robert Wild sobre a Real Declaração de Indulgência expedida por Carlos II, que suspendia as leis penais contra católicos e não conformistas. O poema é intitulado "Humilde agradecimento do dr. Wild pela Bondosa Declaração de Sua Majestade acerca da Liberdade de Consciência" (1672) e tematiza o binarismo alegria versus tristeza.

O único lenitivo que me ocorreu naquela hora foi trepar numa árvore frondosa, semelhante a um pinheiro, mas espinhenta, que havia perto do local onde eu estava, e onde resolvi passar a noite, deixando para avaliar no dia seguinte que tipo de morte me aguardava, pois àquela altura não via nenhuma perspectiva de vida. Afastei-me cerca de duzentos metros da costa, a fim de procurar água para beber, o que consegui encontrar, para minha grande alegria; tendo bebido água e mascado um pouco de fumo para enganar a fome, fui até a árvore e, subindo, ajeitei-me de modo que, caso dormisse, não despencasse; então, cortei um galho curto, qual um porrete, para minha defesa, e acomodei-me; extenuado, logo caí em sono profundo e dormi tão confortavelmente quanto, creio eu, poucos poderiam fazê-lo na minha situação, e naquelas circunstâncias vi-me mais revigorado com o sono do que poderia supor.

4. Primeiras semanas na ilha

Quando acordei era dia claro, o tempo estava bom e a tempestade tinha acalmado, de modo que o mar já não se apresentava tão enfurecido e revolto como antes; o que mais surpreendeu-me, porém, foi que durante a noite, com a subida da maré, o navio desgarrara-se da areia onde encalhara e fora empurrado quase até a pedra que mencionei a princípio, na qual me feri ao ser contra ela lançado; o local ficando a cerca de uma milha da praia, e o navio parecendo ali bem fixado, resolvi ir a bordo, a fim de ao menos resgatar alguns itens necessários para meu uso.

Quando desci do abrigo na árvore, olhei em volta mais uma vez, e a primeira coisa que localizei foi o escaler, que, ao sabor do vento e do mar, chegara à terra, a cerca de duas milhas à minha direita. Caminhei até onde pude pela praia, a fim de alcançar o escaler, mas deparei-me com um canal, ou enseada, com cerca de meia milha de largura; então resolvi voltar, agora desejoso de chegar ao navio, onde esperava encontrar algo para minha subsistência.

Um pouco depois do meio-dia, notei o mar bem calmo, e a maré vazou tanto que vi que poderia chegar até um quarto de milha do navio; então renovou-se meu sofrimento, pois constatei claramente que, se tivéssemos permanecido a bordo, teríamos todos sido salvos, isto é, teríamos todos chegado em segurança à praia, e eu não teria sofrido a ponto de ver-me agora inteiramente destituído de conforto e companhia. Isso fez brotar lágrimas em meus olhos novamente; contudo, havendo pouco alívio nas lágrimas, resolvi tentar chegar ao navio; então despi-me, pois o calor era extremo, e lancei-me à água. Mas quando cheguei ao navio minha dificuldade foi maior, por não saber como embarcar, pois, estando ele encalhado e alto em relação ao nível da água, não havia nada ao alcance que eu pudesse agarrar. Nadei em volta do navio duas vezes e, na segunda vez, avistei um pequeno cabo, que por algum motivo não tinha visto antes; pendia tão baixo junto às correntes da proa que, embora com bastante dificuldade, consegui agarrá-lo e subir até o castelo da proa. Ali verifiquei que o cavername[67] estava danificado, e que muita água invadira o porão, mas que o navio adernara de tal maneira na orla do banco de areia dura, ou melhor, de terra, que a popa fora elevada e a proa afundada quase ao nível do mar. Por conseguinte, a coberta[68] ficara totalmente livre, e tudo o que havia naquela área estava seco, pois o leitor pode ter certeza de que meu primeiro trabalho foi verificar o que havia estragado e o que estava intacto. E, primeiro, descobri que todas as provisões do navio estavam secas e intocadas pela água; muito bem disposto a comer, fui até a despensa e enchi os bolsos com biscoitos, que comi enquanto cuidava de outras coisas, pois não havia tempo a perder; encontrei também um pouco de rum no camarote principal, do qual tomei um bom trago, de que tanto precisava, de fato, para animar-me diante da tarefa que me aguardava. Agora eu precisava apenas de um escaler, para transportar os itens que me seriam muito necessários.

Era inútil ficar parado e querer algo que não existia, e a necessidade despertou minha iniciativa. Tínhamos a bordo várias vergas[69] extras, duas ou três longarinas[70] de madeira e um ou dois mastros sobressalentes; resolvi trabalhar com esse material, e lancei sobre a amurada o que pude, pois era pesado, amarrando tudo com um cabo, para que não fosse embora; feito isso, desci pelo costado do navio e, arrastando as vigas comigo, atei quatro delas, em ambas as extremidades, da melhor maneira possível, no formato de uma balsa; atravessando duas ou três pranchas

67. Conjunto das "cavernas", ou peças curvas que, fixadas perpendicularmente à quilha, dão forma ao casco da embarcação.
68. Espaço entre os conveses de uma embarcação situado abaixo do convés principal.
69. Peça de madeira ou metal disposta transversalmente num mastro e da qual pende a vela.
70. Peça estrutural do esqueleto do navio, colocada de modo longitudinal e que cruza internamente as cavernas.

"Avistei um pequeno cabo."

curtas, verifiquei que a invenção poderia flutuar muito bem, mas que não suportaria grande peso, sendo as vigas muito leves; então, lancei mãos à obra e, com uma serra de carpinteiro, cortei um mastro sobressalente em três segmentos e juntei-os à balsa, com muito esforço e sacrifício. A esperança de prover-me de itens necessários incentivou-me a ir além do que eu teria feito em qualquer outra situação.

Minha balsa agora estava bem resistente e aguentaria qualquer peso; minha preocupação seguinte foi como carregá-la e como defender a carga do impacto das ondas, mas não me demorei muito em tais considerações. Primeiro embarquei todas as pranchas ou tábuas que consegui e, tendo avaliado bem o que mais necessitava, peguei logo três baús de marinheiros, os quais eu tinha aberto e esvaziado, e baixei-os até a balsa; o primeiro enchi com provisões, a saber, pão, arroz, três queijos holandeses, cinco pedaços de carne seca de bode (que consumíamos muito) e uma sobra dos grãos que usávamos para alimentar algumas aves que trouxéramos na viagem, mas que afinal tinham sido abatidas; havia um pouco de cevada e trigo, mas, para minha grande decepção, constatei que os ratos tinham comido ou estragado tudo; quanto à bebida alcoólica, encontrei várias caixas de garrafas do estoque do nosso capitão, entre as quais havia aguardente e, ao todo, cinco ou seis galões de áraque.[71] Acomodei-os em separado, pois não havia necessidade de colocá-los no baú, onde sequer restava espaço. Enquanto tomava tais providências, notei que a maré começava a subir, embora lentamente, mas tive o desprazer de ver o casaco, a camisa e o colete por mim deixados na areia da praia sendo arrastados para longe; quanto aos culotes, que eram de linho e abertos nos joelhos, neles eu nadara até o navio. Isso me fez sair em busca de roupas, e encontrei muitas, mas não peguei mais do que o necessário, pois tinha outros objetos em vista, tais como ferramentas de trabalho. E depois de muito procurar, encontrei o baú do carpinteiro, de fato, extremamente útil para mim, e muito mais valioso do que um navio carregado de ouro teria sido naquele momento; desci até a balsa com o baú do jeito que ele estava, sem perder tempo para examinar o interior, pois sabia, mais ou menos, o que continha.

Em seguida, ocupei-me em obter um pouco de munição e armas. Havia duas ótimas espingardas de caça no camarote principal e duas garru-

71. Bebida alcoólica anisada, de origem árabe, que se consome diluída em água.

chas;[72] estas logo recolhi, com algumas bolsas de pólvora e um pequeno saco de balas de chumbo, bem como duas espadas velhas e enferrujadas. Estava ciente de que havia três barris de pólvora no navio, mas não sabia onde nosso artilheiro os armazenara; depois de muito procurar, porém, localizei-os, sendo que dois deles estavam secos e intactos, embora o terceiro estivesse molhado. Levei os dois barris para a balsa, com as armas. Então, concluindo que já contava com um bom carregamento, comecei a pensar num meio de chegar à praia, sem vela, remo nem leme, considerando que a menor lufada de vento poderia frustrar minha navegação.

Três fatores animavam-me: primeiro, o oceano calmo e sem ondas; segundo, a maré enchente em direção à praia; terceiro, o pouco vento existente soprava para a terra. E assim, tendo encontrado dois ou três remos quebrados pertencentes ao escaler, duas serras, um machado e um martelo, além das ferramentas que estavam no baú do carpinteiro, saí ao mar. Ao longo de uma milha, ou perto disso, minha balsa seguiu muito bem, apesar de eu notar que ela se distanciava um pouco do local onde eu antes chegara, fato que me fez perceber a presença de uma correnteza e, consequentemente, supor que encontraria algum córrego ou rio onde pudesse aportar e desembarcar a carga.

Conforme imaginei, eis que surgiu diante de mim uma pequena entrada, e senti que a forte correnteza da maré para lá arrastava-me; então, guiei a balsa, o melhor que pude, para mantê-la no fluxo da correnteza. Mas ali quase sofri um segundo naufrágio, o que, se tivesse acontecido, acho que deveras teria partido meu coração, pois, desconhecendo o litoral, encalhei uma das extremidades da balsa num banco de areia, sendo que a outra manteve-se livre, e foi por pouco que toda a minha carga não escorregou para a parte flutuante, caindo na água. Fiz o máximo que pude, pressionando as costas contra os baús para mantê-los em seus lugares, mas não consegui desgarrar a balsa, por mais força que fizesse, e tampouco atrevia-me a sair da posição em que estava; então, contendo os baús com todas as minhas forças, permaneci na mesma postura por

72. Pistola que se carrega pela boca.

quase meia hora, até que a maré enchente nivelou um pouco mais a balsa; logo depois, com a água ainda subindo, a balsa voltou a flutuar, e pude empurrá-la com o remo até o canal. Em seguida, avançando um pouco mais, finalmente deparei-me com o estuário de um riacho, com terra em ambas as margens, por onde subia um forte fluxo da maré. Procurei em ambos os lados um lugar adequado para atracar, pois não estava disposto a subir muito o rio, visto que esperava, com o tempo, avistar algum navio no mar e, portanto, pretendia fixar-me o mais próximo possível da costa.

Por fim, avistei um pequeno remanso à margem direita do riacho, para onde, com grande sacrifício e dificuldade, manobrei a balsa, e finalmente cheguei tão perto que, tocando o leito com o remo, pude empurrá-la; mas ali, de novo, quase deixei cair no mar minha carga, pois a margem sendo bastante íngreme, isto é, profunda, não possibilitava local para desembarque, somente se uma das extremidades da balsa, prendendo-se na terra, ficasse elevada enquanto a outra afundasse, conforme ocorrera antes, o que haveria de pôr em risco a carga, mais uma vez. Restava-me aguardar até a maré atingir o ponto máximo, e segurei a balsa com o remo, como se fosse uma âncora, mantendo-a firme junto à margem, perto de uma área plana, na expectativa de que o nível da água subisse; e assim foi. Tão logo achei que havia água suficiente, pois a balsa já estava submersa cerca de trinta centímetros, empurrei-a sobre o terreno plano e ali atraquei-a, fincando no fundo os dois remos quebrados, um de cada lado, perto das extremidades; e assim permaneci até a água baixar, deixando a balsa e a carga em terra com segurança.

A tarefa seguinte foi percorrer a área em busca de um local adequado para minha habitação e para guardar as mercadorias, a fim de protegê-las do que pudesse acontecer. Ainda não sabia onde estava, se no continente ou numa ilha, numa terra habitada ou não habitada, à mercê de animais selvagens ou não. A cerca de uma milha de distância, erguia-se um morro íngreme e elevado, aparentemente mais alto do que os demais, que se estendiam qual uma serra em direção ao norte. Peguei uma das espingardas de caça, uma das garruchas, um saco de pólvora e, assim armado, segui em expedição até o topo do tal morro; alcançando o cume com muito esforço e dificuldade, constatei com grande aflição qual era meu destino, a saber, eu estava numa ilha isolada, sem qualquer terra à vista, exceto alguns rochedos, bastante afastados, e duas ilhotas menores do que a minha, a cerca de três léguas a oeste.

Constatei também que a ilha era agreste e, tinha eu bons motivos para crer, desabitada, exceto por animais ferozes, embora não visse nenhum, mas avistei uma abundância de aves, cujas espécies desconhecia, e nem mesmo abatendo-as fui capaz de saber se seriam ou não comestíveis. Na volta, disparei contra um grande pássaro que vi pousado numa árvore na orla de um matagal fechado. Acredito que tenha sido o primeiro tiro ali disparado desde a criação do mundo; tão logo detonei a arma, de todas as partes da mata surgiu um número incontável de aves, de várias espécies, produzindo uma algazarra perturbadora, cada uma emitindo seu canto usual, mas nenhuma que fosse do meu conhecimento. Quanto à criatura que matei, achei que fosse uma espécie de falcão, pois a cor e o bico assim se assemelhavam, mas as garras eram de uma ave comum e a carne era fedorenta, e não prestava para nada.

Conformado com o que descobrira, voltei para a balsa e empenhei-me em desembarcar a carga, o que ocupou o restante daquele dia. E o que fazer à noite eu ignorava, bem como onde dormir, pois tinha medo de deitar no solo, supondo que alguma fera pudesse devorar-me, embora, conforme mais tarde descobri, não houvesse necessidade para tais temores.

No entanto, da melhor maneira que pude, montei em volta de mim uma barricada com os baús e as tábuas que trouxe para a costa e construí uma espécie de cabana para abrigar-me naquela noite; quanto à comida, ainda não sabia de que maneira obtê-la, exceto que tinha visto dois ou três animais parecidos com lebres saírem correndo de dentro da mata onde abati o pássaro.

Então comecei a considerar que ainda poderia apanhar muitos objetos no navio que me seriam úteis, sobretudo cordames e velas, e coisas semelhantes que pudessem ser trazidas à terra, e resolvi fazer outra visita a bordo, se possível; e sabendo que a primeira borrasca que surgisse haveria de destroçar o navio, decidi deixar de lado outros afazeres até que tivesse retirado da embarcação tudo o que pudesse. Por conseguinte, convoquei um conselho, quero dizer, junto aos meus próprios pensamentos, para decidir se deveria levar de volta a balsa, mas isso parecia impraticável; portanto, resolvi sair como da primeira vez, na maré vazante, e assim procedi, com a diferença de que me despi antes de sair da cabana, ficando só com uma camisa xadrez, ceroulas de linho e calçando sapatos.

Subi a bordo, como antes, e preparei uma segunda balsa; depois da experiência da primeira, não a construí tão pesada, nem a sobrecarreguei; ainda assim, trouxe vários itens muito úteis para mim. Primeiro, nas carpintarias, encontrei dois ou três sacos cheios de pregos e estacas, uma grande broca, uma dúzia ou duas de machadinhas e, acima de tudo, aquele objeto extremamente útil chamado pedra de amolar. Juntei tudo, e mais várias coisas pertencentes ao artilheiro, particularmente dois ou três pés de cabra, dois barris de balas de mosquete, sete mosquetes, mais uma espingarda de caça e mais um pouco de pólvora, uma saca cheia de chumbo miúdo e um grande rolo de folha de chumbo. Mas este último item era tão pesado que não consegui içá-lo pela amurada do navio.

Além disso, recolhi todas as roupas masculinas que pude encontrar, uma vela dianteira sobressalente, uma rede e alguma roupa de cama; carreguei a segunda balsa e levei tudo em segurança até a praia, para minha grande satisfação.

Fiquei um tanto apreensivo, enquanto estive afastado, que minhas provisões fossem devoradas; mas quando voltei não encontrei sinal de qualquer visitante, apenas uma criatura semelhante a um gato selvagem trepada sobre um dos baús, que, quando me aproximei, fugiu, e então parou a certa distância; o animal sentou-se com dignidade e despreocupado, e encarou-me, como se quisesse conhecer-me. Apontei-lhe a arma, mas, como ele não entendia do que se tratava, não expressou a menor preocupação, e tampouco ensaiou afastar-se. Diante disso, joguei-lhe um pedaço de biscoito, embora, aliás, não me sobrassem muitos, pois meu estoque não era grande. Contudo, ofereci-lhe um pedacinho, e o animal aproximou-se, farejou e comeu o biscoito, e olhou (parecendo satisfeito) pedindo mais; não pude dar mais, porém, e ele então foi embora.

Tendo desembarcado minha segunda carga — embora fosse obrigado a abrir os barris de pólvora e trazê-los por partes, pois eram muito pesados, tratando-se de grandes tonéis —, dediquei-me à construção de uma pequena tenda, com a vela e algumas estacas que cortei para tal; levei para o interior da tenda tudo o que sabia ser perecível sob chuva ou sol, e em volta empilhei os baús e tonéis vazios, formando um círculo, a título de fortificação contra qualquer assalto repentino, fosse de homem ou animal.

Feito isso, bloqueei a porta da tenda com algumas tábuas, pelo lado de dentro, e com um baú vazio, disposto no sentido vertical, pelo lado de fora; em seguida, arrumei uma cama no chão, deixando as duas garruchas próximas à cabeceira e a espingarda ao lado, deitei-me pela primeira vez e dormi sossegado a noite toda, pois estava exausto, visto que na noite anterior dormira pouco e trabalhara arduamente o dia todo, tanto para buscar todas aquelas coisas no navio como para transportá-las até a costa.

Eu dispunha agora da maior variedade de suprimentos já acumulados, creio eu, para um só indivíduo, mas ainda não estava satisfeito, pois, enquanto o navio permanecesse naquela posição, pensei que deveria apanhar tudo o que fosse possível; então, diariamente, na maré baixa, subi a bordo e trouxe uma coisa ou outra. E na terceira viagem trouxe comigo o máximo de cordame que pude recolher, como também os cabos menores e os rolos de barbante que localizei, além de um pedaço de lona sobressalente, utilizado para remendar as velas quando necessário, e o barril de pólvora úmida; em suma, trouxe todas as velas, da primeira à última, embora fosse obrigado a cortá-las em pedaços, visto que não eram mais úteis como velas, apenas como lona.

Porém, o que mais contentou-me foi que, por último, depois de fazer cinco ou seis viagens e pensar que não tinha mais nada a encontrar no navio que valesse a pena, quero dizer, depois de tudo isso, descobri uma barrica cheia de pães e três pipas contendo rum ou aguardente, uma caixa de açúcar e um barril de farinha refinada; isso foi surpreendente, porque eu tinha desistido de encontrar mais provisões, exceto o que estivesse estragado pela água. Prontamente, esvaziei a barrica de pães e embrulhei-os, um por um, nos pedaços de lona que havia cortado; e resumindo, levei tudo isso também a salvo até a costa.

No dia seguinte fiz outra viagem; e agora, tendo saqueado o navio de tudo que era portátil e apto a ser manuseado, comecei a recolher os cabos; cortando em pedaços o cabo maior, a fim de facilitar o transporte, levei dois segmentos dele e uma amarra até a praia, e toda a ferragem que pude obter; e tendo cortado as vergas da cevadeira e da mezena[73] e recolhido o que podia construí uma grande balsa, carreguei-a com todos aqueles artigos pesados e fui embora. Mas minha boa sorte começou a abandonar-me, pois a balsa era difícil de manobrar, e estava tão sobrecarregada que, depois de entrar na pequena enseada onde eu desembarcara o restante das mercadorias, não sendo capaz de guiá-la tão facilmente como fizera com a outra, ela adernou e jogou-me com toda a minha carga no mar. Quanto a mim, não foi grande o dano, pois estava perto da costa; mas quanto à carga, grande parte perdeu-se, sobretudo as ferragens, que eu esperava serem de grande utilidade. Todavia, quando a maré vazou, consegui levar à terra a maioria dos segmentos do cabo, bem como um pouco das ferragens, embora com um esforço infinito, pois tive que mergulhar para fazer a busca, o que muito fatigou-me. Depois disso, voltei todos os dias ao navio e trouxe o que pude recolher.

Fazia então treze dias que eu estava naquela costa, e visitara onze vezes o navio encalhado, trazendo tudo que um par de mãos pudesse transportar, e creio, de fato, que se o tempo tivesse permanecido favorável, teria trazido o navio inteiro, pedaço por pedaço. Mas preparando-me pela décima segunda vez para ir a bordo, notei que o vento começou a aumentar; mesmo assim, na vazante, fui até o navio e, embora achasse que tinha revirado muito bem o camarote e que nada mais encontraria, descobri um baú com gavetas, numa das quais havia duas ou três navalhas e uma tesoura grande, bem como uma dezena ou dúzia de facas e garfos em perfeito estado; em outra gaveta, achei trinta e seis libras em

---

73. Vela traseira quadrangular de grande dimensão, içada em um mastro também chamado de mezena.

dinheiro, algumas moedas europeias, algumas do Brasil, alguns dobrões de oito, um pouco de ouro e um pouco de prata.

Sorri para mim mesmo ao ver o dinheiro.

— Ó droga! — disse, em voz alta. — Para que serves? Não tens valor para mim, não, não vales sequer o trabalho de te apanhar do chão; uma dessas facas vale todo este monte; não tenho para ti nenhuma utilidade; fica onde estás, e vai para o fundo qual uma criatura cuja vida não vale a pena ser salva.

No entanto, pensando melhor, apanhei o dinheiro e, embrulhando tudo num pedaço de lona, comecei a pensar em construir outra balsa; enquanto cuidava disso, porém, notei o céu carregado e o vento mais forte, e ao fim de quinze minutos soprou um vendaval vindo da costa. Logo ocorreu-me que seria inútil construir uma balsa, em vista de o vento soprar da costa, e que eu precisava ir embora antes que a maré começasse a encher, caso contrário talvez não conseguisse mais alcançar o litoral. Por conseguinte, mergulhei e nadei pelo canal que fluía entre o navio e a praia, aliás com bastante dificuldade, em parte devido ao peso das coisas que trazia comigo e em parte devido à violência do mar, pois o vento seguia aumentando e, antes da maré alta, transformara-se numa borrasca.

Mas cheguei em casa, à minha tenda, onde me cerquei de toda a minha riqueza, devidamente segura. O vento soprou forte a noite inteira, e de manhã, quando olhei para o mar, eis que o navio tinha desaparecido. Fiquei um tanto surpreso, mas recuperei-me com a grata reflexão de que não perdera tempo nem hesitara em retirar tudo o que me pudesse ser útil, e que, de fato, pouco restava a bordo que eu ainda fosse capaz de transportar se dispusesse de mais tempo.

Então desisti de pensar no navio, ou no que ainda pudesse haver a bordo, exceto o que chegasse à costa após sua destruição; e, de fato, vários itens deram à praia, mas de pouca utilidade para mim.

Meus pensamentos estavam agora totalmente ocupados com a questão de proteger-me de selvagens, se algum aparecesse, ou de animais ferozes, caso houvesse algum na ilha; e tive muitas ideias de como proceder, e que tipo de moradia adotar, se deveria buscar uma caverna ou erguer uma tenda. Resumindo, decidi-me por ambas, cujo formato e descrição merecem um relato.

Logo constatei que o lugar onde me fixara não era adequado ao meu assentamento, porque ficava num terreno baixo e pantanoso, próximo ao mar, um local que acreditava ser insalubre; e mais, não havia água potável por perto. Então decidi procurar uma área ao mesmo tempo saudável e conveniente.

Considerei minha situação sob vários aspectos que achava que pudessem beneficiar-me: primeiro, salubridade e água potável, conforme acabo de dizer; segundo, proteção do calor do sol; terceiro, segurança em relação a criaturas selvagens, fossem homens ou animais; quarto, vista para o mar, de modo que, se Deus me enviasse algum navio, eu não desperdiçasse nenhuma oportunidade de resgate, do que ainda tinha esperanças.

Em busca de uma área adequada para tudo isso, localizei um terreno plano junto à encosta de um morro cuja face, voltada para o terreno, era íngreme feito o muro de uma casa, de modo que nada poderia alcançar-me vindo do topo; ao lado da face íngreme havia uma rocha com uma abertura, semelhante à entrada de uma caverna, embora não houvesse caverna nenhuma, nem fenda que permitisse entrar na rocha.

Sobre um relvado plano, situado pouco antes da tal abertura, resolvi construir minha tenda. O terreno plano não tinha mais do que cem metros de largura e cerca do dobro de profundidade, e estendia-se qual um gramado diante da minha porta, descendo com um relevo irregular até os alagadiços à beira-mar. O local ficava no flanco norte-noroeste do morro, de maneira que estaria protegido do calor o dia todo, até que os raios viessem do sudoeste, ou algo assim, o que naquela região só ocorre pouco antes do poente.

Antes de erguer a tenda, desenhei um semicírculo diante da abertura na rocha, com cerca de dez metros de raio, e vinte metros de diâmetro, de uma ponta a outra.

Nesse semicírculo finquei duas fileiras de estacas resistentes, enterrando-as até que ficassem firmes como mourões, as maiores extremidades projetando-se do solo cerca de um metro e setenta de altura, e pontiagudas. As duas fileiras ficavam a menos de vinte centímetros uma da outra.

Em seguida, peguei os pedaços de cabo que tinha cortado no navio e coloquei-os uns sobre os outros, na parte interna do círculo, entre as duas fileiras de estacas, até o topo, acrescentando mais estacas no interior, inclinadas, com cerca de setenta centímetros de altura, como se fossem esporões, e a paliçada ficou tão sólida que nem homem nem fera poderia transpor ou derrubar. Isso me tomou bastante tempo e trabalho, especialmente para cortar as estacas na mata, trazê-las até o local e enterrá-las.

A entrada que construí não era através de uma porta, mas de uma pequena escada que transpunha a paliçada e que era por mim recolhida, quando eu estava do lado de dentro; portanto, na minha avaliação, eu ficava totalmente cercado e protegido do mundo exterior e, consequentemente, dormia à noite em segurança, o que de outro modo seria impossível, embora, conforme transpareceu posteriormente, não houvesse necessidade de tamanha cautela em relação a supostos inimigos perigosos.

Para o interior da paliçada, ou fortificação, carreguei, com um esforço indescritível, todas as minhas riquezas, todas as minhas provisões, munições e mantimentos, sobre os quais o leitor tem o relato acima. Construí uma cobertura e, para proteger-me das chuvas que em determinada época do ano são torrenciais, ergui-a em duas camadas, uma menor por baixo e outra maior acima, e cobri a exterior com uma grande lona que havia guardado com as velas.

E agora eu não dormia mais no catre que tinha trazido dos destroços, mas numa rede, de fato muita boa, que pertencia ao imediato do navio.

Levei para a tenda todas as minhas provisões e tudo o que pudesse estragar com a chuva e, tendo guardado todos os meus pertences, fechei a entrada, que até então deixara aberta, e passei a entrar e sair, como já disse, pela pequena escada.

Feito isso, comecei a cavar a parede da encosta e, transportando através da tenda a terra e as pedras removidas, despejei tudo na parte interna da paliçada, como se fosse um terraço, de modo que o terreno ficou elevado cerca de quarenta e cinco centímetros; e assim cavei uma caverna, logo atrás da tenda, que serviu como se fosse uma despensa.

Custou-me muito trabalho e muitos dias até que tudo isso ficasse pronto e eu pudesse retomar algumas outras questões que ocupavam meus pensamentos. Aconteceu que, depois que montei o esquema para erguer a tenda e cavar a caverna, em meio a um temporal que desabava de uma nuvem densa e escura, espocou o clarão de um relâmpago, seguido do estrondo de um trovão, conforme costuma ser o caso. Fiquei menos surpreso com o relâmpago do que com um pensamento que me ocorreu, tão rápido quanto o próprio relâmpago: "Ah, a minha pólvora!". Meu coração ficou apertado quando pensei que, com uma explosão, toda a minha pólvora poderia ser destruída, da qual não apenas minha defesa, mas meu sustento, conforme eu supunha, dependiam; e nem fiquei tão ansioso em relação à minha própria segurança, pois, caso a pólvora fosse deflagrada, eu sequer teria tempo de saber quem havia me ferido.

Mas fiquei tão apreensivo que, quando a tempestade acabou, deixei de lado todo o meu trabalho, a construção e a fortificação, e dediquei-me a confeccionar sacos e caixas, a fim de distribuir a pólvora e acondicioná-la em pequenos pacotes, na esperança de que, se algo acontecesse, a pólvora toda não incendiasse de uma vez, e separei os pacotes de modo que não fosse possível um detonar outro. Concluí o trabalho em cerca de quinze dias, e creio que a pólvora, que no total pesava cerca de cem quilos, ficou dividida em nada menos do que uma centena de pacotes. Quanto ao barril que estava molhado, não pensei que oferecesse qualquer perigo; então coloquei-o dentro da caverna, que, na minha imaginação, passei a chamar de cozinha, e o restante escondi em buracos entre as rochas, cuidando para que não pegasse umidade e marcando com muito cuidado os lugares escolhidos.

Nesse ínterim, eu costumava sair pelo menos uma vez por dia, com a espingarda de caça, não só para distrair-me como para ver se abatia algo comestível, e também familiarizar-me ao máximo com o que a ilha produzia. Na primeira saída, descobri que havia bodes e cabras, para minha grande satisfação; mas a descoberta foi acompanhada de um revés, a saber, os caprinos eram tão ariscos e tão ágeis que era a coisa mais difícil do mundo chegar perto deles. Mas não desanimei, e não duvidei que, quando menos esperasse, conseguiria abater um, conforme logo ocorreu, pois, assim que localizei alguns de seus locais preferidos, preparei-lhes uma emboscada: percebi que, quando me avistavam nos vales, embora estivessem nas rochas, fugiam muito assustados; mas quando pastavam nos vales, e eu estava nas rochas, não prestavam atenção em mim; donde concluí que, devido à posição dos olhos, sua visão era direcionada para baixo, e eles não enxergavam objetos que estivessem diretamente acima; daí por diante, adotei o seguinte método: sempre escalava as rochas primeiro, para posicionar-me acima deles, e então dispunha frequentemente de um alvo livre. No primeiro disparo, matei uma cabra, que tinha consigo um cabritinho não desmamado, o que me entristeceu profundamente; mas quando a cabra tombou o cabrito ficou imóvel ao lado dela, até que eu cheguei e a recolhi. E não foi só isso, mas quando carreguei a cabra nos ombros, o cabrito seguiu-me até a paliçada, onde deixei a cabra no chão, peguei o filhote nos braços e transpus a cerca, na esperança de domesticá-lo; mas ele se recusou a ingerir qualquer alimento. Então, fui forçado a matá-lo e comê-lo; a carne dos dois supriu-me durante por um bom tempo, pois eu comia com moderação e economizava minhas provisões, principalmente o pão, tanto quanto podia.

Tendo ajeitado minha habitação, achei absolutamente necessário providenciar um local para fazer uma fogueira e obter lenha; e sobre o que fiz nesse sentido, e também sobre como expandi a caverna, e as melhorias que implementei, farei um relato completo em seu devido momento. Mas primeiro preciso falar um pouco de mim mesmo e de minhas reflexões acerca da vida, que, como se pode supor, não eram poucas.

Eu tinha uma perspectiva sombria da minha situação. Tendo chegado àquela ilha após ser arrastado por uma borrasca para um curso totalmente fora do previsto, e a grande distância, ou seja, centenas de léguas fora das rotas comerciais seguidas pela humanidade, eu tinha motivos de sobra para considerar o ocorrido uma determinação do céu, para que naquele lugar desolado, e daquela maneira desolada, eu acabasse meus dias. Quando pensava nisso, lágrimas vertiam com abundância por meu rosto, e às vezes eu indagava a mim mesmo por que a Providência parecia arruinar suas próprias criaturas e torná-las tão desgraçadas, tão abandonadas, tão infelizes, a ponto de ser irracional esperar que sentissem qualquer gratidão pela vida que levavam.

Mas, sem demora, algo sempre me ocorria para deter tais pensamentos e repreender-me, sobretudo um belo dia quando, caminhando à beira-mar com a arma na mão, refleti sobre minha situação presente, e o juízo, por assim dizer, contestou-me: "Bem, você está numa situação desoladora, é verdade, mas, por favor, lembre-se: onde estão os demais? Vocês não eram onze no escaler? Onde estão os outros dez? Por que não foram eles os salvos, e você o afogado? Por que você foi o escolhido? É melhor estar aqui ou lá?". E então eu mesmo apontei o mar. Todos os males devem ser considerados quanto ao bem que há neles, e quanto ao que há de pior.

Então refleti novamente sobre como estava bem provido para minha subsistência, e sobre qual seria a minha situação se o navio não houvesse flutuado desde o local onde encalhara até tão perto do litoral, cuja probabilidade era de cem mil para um, propiciando-me o resgate de tantas coisas. Qual teria sido a minha situação se eu tivesse que viver no estado em que cheguei à costa, sem itens essenciais à vida, ou sem meios para buscá-los e supri-los? "Acima de tudo", disse eu, em voz alta (embora comigo mesmo), "o que seria de mim sem arma, sem munição, sem ferramentas para trabalhar, sem roupa para vestir, sem catre, sem a tenda ou algo que me protegesse?" E agora eu tinha tudo em quantidade suficiente, e estava bem preparado para viver sem armas quando a munição acabasse; por conseguinte, dispunha de uma perspectiva razoável de sobreviver, pois considerei, desde o começo, como preparar-me para eventuais incidentes, e para o tempo que estava por vir, não só depois que a munição se esgotasse, mas também depois que minha saúde ou minha força se deteriorassem.

Confesso que jamais tinha pensado na possibilidade de perder minha munição numa explosão, quero dizer, de a pólvora ser detonada pelo efeito de um raio, e foi isso que tornou a ideia tão surpreendente para mim quando relampejou e trovejou, conforme acabo de observar.

"O cabrito seguiu-me até a paliçada."

E agora, prestes a entrar no relato melancólico de uma vida tão silenciosa como, talvez, nunca se ouvira falar no mundo anteriormente, partirei do início e seguirei em ordem cronológica. Pelos meus cálculos, foi no dia 30 de setembro que, conforme já relatei, primeiro coloquei o pé naquela ilha horrenda, quando o sol, para nós em seu equinócio[74] de outono, estava quase a pino, pois eu calculava, por observação, estar na latitude de nove graus e vinte e dois minutos ao norte da linha do equador.

Dez ou doze dias após minha chegada, comecei a pensar que acabaria perdendo a conta do tempo, por falta de cadernos, pena e tinta, e que até esqueceria de discernir entre os dias de trabalho e o sábado.[75] A fim de evitar que isso ocorresse, porém, gravei com meu facão numa grande estaca em formato de cruz, que finquei no local em que pisara em terra, as seguintes palavras, em letras maiúsculas: "Cheguei a esta costa em 30 de setembro de 1659". Nos lados da estaca, fiz diariamente um entalhe com o facão, e cada sétimo entalhe era duas vezes mais longo do que os demais, e todo primeiro dia do mês igualmen-

74. Momento em que o Sol, em seu movimento anual, corta o equador celeste, fazendo com que o dia e a noite tenham igual duração.
75. Sétimo e último dia da semana, marcando descanso para judeus e algumas seitas cristãs.

te longo, e assim mantive meu calendário, ou seja, a contagem semanal, mensal e anual do tempo.

Em seguida, cabe observar que entre os muitos itens que retirei do navio nas diversas viagens que, conforme já mencionado, fiz a ele, consegui obter vários objetos de menor valor, mas não menos úteis, objetos esses que deixei de comentar antes, sobretudo, penas, tinta e papel; muitos pacotes contendo pertences do capitão, do imediato, do artilheiro e do carpinteiro; três ou quatro bússolas; alguns instrumentos de cálculo; quadrantes; lunetas; mapas e livros de navegação, os quais recolhi, mesmo sem saber se viria ou não a precisar deles; também, encontrei três Bíblias em ótimo estado, trazidas da Inglaterra, por mim incluídas na minha bagagem; alguns livros portugueses, também, entre os quais dois ou três breviários católicos, bem como vários outros livros, todos os quais guardei. E não devo esquecer que tínhamos a bordo um cão e duas gatas, cuja história ainda posso ter oportunidade de relatar no devido momento, pois levei comigo as duas gatas; quanto ao cão, pulou do navio, por conta própria, e nadou até a praia um dia depois que voltei à costa com meu primeiro carregamento, e foi um servo fiel durante muitos anos. Não havia o que ele não buscasse para mim, e jamais deixava de fazer-me companhia; só faltava falar comigo, mas isso era impossível. Conforme observei antes, encontrei pena, tinta e papel, e economizei-os ao máximo; conforme demonstrarei, enquanto a tinta durou registrei tudo com exatidão, mas depois que a tinta acabou não fui capaz de pensar num meio de fabricá-la.

E isso me fez lembrar que ainda carecia de muitas coisas, apesar de tudo o que havia acumulado; tinta era uma dessas coisas, além de uma enxada, uma pá e uma picareta, para cavar ou remover terra; agulhas, alfinetes e linha; quanto a roupas de cama, logo aprendi a dispensá-las, sem grande dificuldade.

A falta de ferramentas tornava o trabalho bastante árduo, e demorei quase um ano inteiro para concluir minha pequena paliçada, ou habitação protegida. Cada pequeno mourão, cujo peso era o máximo que eu podia levantar, custava muito tempo para ser cortado na mata, e mais tempo ainda para ser transportado até meu lar, de modo que, às vezes, eu levava dois dias para cortar e trazer um único mourão, e um terceiro dia para enterrá-lo. Para tal propósito, inicialmente, usei uma pesada tora de madeira, mas, por fim, lembrei-me de um dos pés de cabra; no entanto, mesmo valendo-me do pé de cabra, o estaqueamento foi trabalho árduo e entediante.

Mas que necessidade teria eu de preocupar-me com tédio na realização de qualquer tarefa, visto que me sobrava tempo? E tampouco tinha o que fazer, depois que determinado trabalho era concluído, pelo menos que eu pudesse antever, exceto percorrer a ilha em busca de alimento, o que eu fazia, mais ou menos, diariamente.

Então comecei a avaliar seriamente minha situação e as circunstâncias às quais estava reduzido, e registrei por escrito minha rotina, nem tanto como um legado para alguém que viesse depois de mim, pois provavelmente teria poucos herdeiros, mas para alentar a reflexão diária sobre meu estado, que tanto afligia minha mente; e à medida que a razão começou a vencer o desânimo, passei a consolar-me da melhor maneira possível, e a pesar o bom e o ruim, a fim de distinguir entre minha situação e outra ainda pior; assim sendo, declarei com muita imparcialidade, como débitos e créditos, os confortos que desfrutei e as agruras que padeci:

Ruim: fui lançado numa ilha horrenda e desolada, privado de qualquer esperança de resgate.

Bom: mas estou vivo, e não afogado, ao contrário de todos os meus companheiros de bordo.

Ruim: fui escolhido e discriminado, por assim dizer, diante do mundo inteiro, para ser infeliz.

Bom: mas também fui escolhido, dentre toda a tripulação do navio, para ser poupado da morte; e Ele que milagrosamente salvou-me da morte pode livrar-me desta situação.

Ruim: estou isolado da humanidade, solitário, banido do convívio humano.

Bom: mas não estou morrendo de fome e definhando num local árido, que não me proporciona nenhum sustento.

Ruim: não tenho roupas para cobrir meu corpo.

Bom: mas estou num clima quente, onde, se tivesse roupas, dificilmente poderia usá-las.

Ruim: estou desprovido de qualquer defesa, ou meios para resistir a qualquer violência de homens ou feras.

Bom: mas fui lançado numa ilha onde não vejo animais selvagens que me possam ferir, ao contrário do que vi na costa da África; e se eu tivesse naufragado lá?

Ruim: não tenho viva alma com quem falar ou desabafar.

Bom: mas Deus trouxe milagrosamente o navio perto o bastante da costa para que dele eu retirasse tantos itens necessários que haverão de suprir minhas necessidades ou permitir que eu supra a mim mesmo, enquanto vida tiver.

No geral, ali estava um testemunho inegável de que praticamente não havia situação tão infeliz no mundo que, junto aos aspectos negativos, não apresentasse algo de positivo pelo que agradecer; e que isso sirva de orientação em face das situações mais adversas deste mundo, para que possamos sempre encontrar nelas algo que nos conforte e que possamos registrar, quanto ao que é bom e o que é ruim, no lado positivo da conta.

Tendo agora propiciado à mente um pouco de alívio quanto à minha situação, e desistido de contemplar o oceano a fim de ver se avistava algum navio, quero dizer, tendo desistido de tais atitudes, comecei a empenhar-me em melhorar minhas condições de vida e tornar tudo o mais fácil possível para mim.

Já descrevi minha habitação, que era uma tenda erguida sob o flanco de um morro, cercada por uma forte paliçada de estacas e cabos; mas agora posso chamar a cerca de muro, pois construí junto à parte externa uma espécie de mureta de turfa,[76] com cerca de cinquenta centímetros de largura. Depois de algum tempo (acho que foi um ano e meio), instalei vigas acima do muro, apoiadas no morro, e cobri-as com galhos de árvo-

76. Massa de tecido formada por várias plantas, especialmente musgo, produzida por lenta decomposição associada à ação da água, encontrada em várias partes do mundo e utilizada como fertilizante, forragem ou combustível.

res e coisas que pudessem evitar a chuva, que em determinadas épocas do ano era muito intensa.

Já relatei como trouxe todos os meus bens para a paliçada e para a caverna que cavei atrás. Mas devo também relatar que, no início, era um amontoado de objetos, que, em desordem, atravancavam o ambiente, não deixando espaço para mim; então, propus-me a ampliar a caverna, pois a rocha era arenosa e cedia facilmente à minha ação. Assim, logo que constatei que estava bastante seguro quanto ao ataque de animais selvagens, cavei um lado do morro, à direita; e então, continuando à direita, fiz uma espécie de corredor e uma porta de saída, do lado de fora da estacada, ou fortificação.

Isso ensejou não apenas uma entrada e uma saída, como se fosse uma porta dos fundos para a tenda e a despensa, mas também espaço para armazenar minhas mercadorias.

E então passei a ocupar-me em fazer objetos dos quais descobri que mais necessitava, notadamente uma cadeira e uma mesa, sem as quais não poderia desfrutar das poucas amenidades que me restavam no mundo. Não conseguiria escrever ou comer, ou fazer várias outras coisas prazerosamente, sem uma mesa.

Portanto, lancei-me ao trabalho; e aqui devo observar que, sendo a razão a substância e origem da matemática, ao afirmar e enquadrar tudo pela razão, e fazer o julgamento mais racional das coisas, todo homem pode tornar-se, com o tempo, mestre de todas as artes mecânicas. Eu nunca tinha lidado com uma ferramenta na vida; todavia, com tempo, trabalho, dedicação e criatividade, descobri finalmente que poderia fazer qualquer coisa da qual precisasse, sobretudo se dispusesse das ferramentas necessárias. Mesmo assim, fiz muitos objetos sem ferramentas, alguns apenas com uma enxó[77] e uma machadinha, objetos que talvez nunca tivessem sido fabricados daquele modo, nem à custa de tanto trabalho. Por exemplo, se eu precisasse de uma prancha, não havia outra maneira

---

77. Ferramenta que consiste em uma chapa de metal cortante e um cabo curvo, utilizada especialmente em carpintaria para desbastar peças grossas de madeira.

a não ser cortar uma árvore, posicionar-me diante do tronco e aplainá-lo em ambos os lados com o machado, até que ficasse da espessura de uma tábua e, em seguida, desbastá-lo com a enxó. É verdade que, por esse método, eu precisava de uma árvore inteira para fazer uma única prancha; mas não havia outro remédio senão a paciência, assim como não havia remédio para todo o tempo que me custava fabricar uma prancha. Contudo, meu tempo ou meu trabalho tinham pouco valor, e por isso estavam, de qualquer maneira, bem empregados.

Então, conforme acabo de observar, fiz uma mesa e uma cadeira, em primeiro lugar, utilizando pequenos pedaços de tábuas que trouxera do navio na balsa. E quando fabriquei algumas pranchas, com o método descrito acima, montei grandes prateleiras, com cerca de quarenta e cinco centímetros de profundidade, umas acima das outras, ao longo de uma das paredes da caverna, para guardar ferramentas, pregos e ferragens, em suma, para ter tudo em seu devido lugar, a fim de facilitar meu acesso. Finquei tocos na parede da rocha, para pendurar minhas armas e tudo que pudesse ficar suspenso. De modo que, se fosse vista por alguém, minha caverna haveria de parecer um armazém geral de utilidades; e era um grande prazer ter meus objetos à mão e em perfeita ordem, e sobretudo constatar que meu estoque de artigos necessários era tão abundante.

E foi então que comecei a escrever um diário das minhas atividades, pois, de fato, no início estava sempre muito assoberbado devido ao volume de trabalho, e de tal modo confuso que meu diário ficaria repleto de detalhes enfadonhos. Por exemplo, eu teria escrito: "30 de setembro. Depois de chegar à costa e escapar do afogamento, em vez de dar graças a Deus por ter sido salvo, depois de vomitar a grande quantidade de água salgada acumulada em meu estômago e recuperar-me um pouco, corri aflito pela praia, batendo na cabeça e no rosto, conclamando minha desgraça e gritando que estava perdido, perdido, até que, exausto e zonzo, fui obrigado a deitar no chão para repousar, mas não me atrevi a dormir, com medo de ser devorado".

Alguns dias mais tarde, e depois de ir a bordo do navio e recolher tudo o que podia, não fui capaz de evitar subir ao topo de um morro e contemplar o oceano, na esperança de avistar um navio. Então, imaginando que muito ao longe entrevia uma vela, animei-me com tal esperança e, depois de olhar muito fixamente e quase ficar cego, perdi-a de vista; em seguida, sentei-me e chorei feito criança, e assim aumentei minha infelicidade devido àquela visão fantasiosa.

Mas, de certo modo, tendo superado essas questões, e tendo organizado meus pertences e minha habitação, tendo fabricado uma mesa e uma cadeira, e deixado tudo em volta de mim tão apresentável quanto possível, comecei a escrever meu diário, do qual ofereço aqui ao leitor uma cópia (embora o texto relate detalhes já comentados) até o ponto que pude registrar, pois, quando a tinta acabou, fui obrigado a abandoná-lo.

5. Constrói uma habitação — o diário

30 DE SETEMBRO DE 1659. Eu, pobre e desgraçado Robinson Crusoé, depois de naufragar em alto-mar durante uma tempestade terrível, cheguei à costa desta ilha desoladora e infeliz, que denominei "Ilha do Desespero", sendo que o restante da tripulação do navio afogou-se, e quase morri.

Passei o resto do dia aflito devido às circunstâncias sombrias em que me encontrava, a saber, não tinha comida, abrigo, roupas, arma nem lugar para onde escapar e, sem esperança de resgate, não via nada além da morte diante de mim, acabando devorado por feras, exterminado por selvagens ou à míngua por inanição. Quando anoiteceu, subi numa árvore, com medo de criaturas selvagens, mas dormi profundamente, embora chovesse a noite inteira.

1º DE OUTUBRO. Pela manhã, para minha grande surpresa, vi que o navio flutuara devido à maré alta e fora levado à costa, encalhando bem próximo à ilha. Por um lado, foi um alento vê-lo inteiro e não despedaçado, e pensei que, se o vento diminuísse, poderia ir a bordo e obter um pouco de comida e provisões necessárias à minha subsistência; mas, por outro lado, a visão do navio renovou a dor pela perda de meus camaradas e fez-me pensar que se todos tivéssemos permanecido a bordo poderíamos ter salvado o navio, ou, pelo menos, eles não teriam se afogado; e pensei também que, caso meus companheiros tivessem se salvado, talvez pudéssemos construir um barco, utilizando destroços do navio, para conduzir-nos a alguma outra região do mundo. Passei grande parte do dia imerso em tais pensamentos; mas, por fim, vendo que o navio estava quase a seco, caminhei pela areia até o mais perto que pude, e então nadei e subi a bordo. O dia continuou chuvoso, mas o vento parou completamente.

de 1º a 24 de outubro. Todos esses dias foram inteiramente dedicados a várias viagens ao navio, a fim de retirar tudo o que fosse possível trazer à costa, em balsas, a cada maré enchente. Muita chuva também nesses dias, embora com alguns intervalos de tempo bom; parece que se tratava da estação das chuvas.

20 de outubro. Minha balsa virou, com toda a carga nela embarcada; mas, estando em águas rasas e a maioria das coisas sendo pesadas e tendo afundado, recuperei muitas delas quando a maré vazou.

25 de outubro. Choveu durante a noite toda e o dia inteiro, com algumas rajadas de vento, e o navio partiu-se em pedaços, pois o vento aumentou, e a embarcação não foi mais vista, exceto os destroços, e apenas em águas rasas. Passei o dia cobrindo e protegendo as mercadorias que tinha resgatado, para que a chuva não as danificasse.

26 de outubro. Caminhei pela costa quase o dia todo, em busca de um local para fixar minha habitação, bastante preocupado em proteger-me de qualquer ataque noturno, fosse de feras ou homens. Perto do anoitecer, escolhi um local apropriado, ao pé de um morro, e demarquei um semicírculo para meu acampamento, o qual resolvi fortalecer com uma paliçada, ou fortificação, feita de estacas duplas, reforçada com cabos, e rebocada com turfa.

de 26 a 30 de outubro. Trabalhei arduamente para transportar todos os meus pertences até a nova habitação, embora durante algum tempo chovesse torrencialmente.

31 de outubro. Pela manhã, saí pela ilha, portando minha arma, a fim de procurar alimento e explorar a região; quando abati uma cabra, o cabrito seguiu-me até em casa, mas depois precisei abatê-lo também, porque se recusava a comer.

1º de novembro. Armei minha tenda ao pé de uma encosta e nela passei a primeira noite, tornando-a tão espaçosa quanto possível, e cravei estacas para pendurar minha rede.

2 de novembro. Montei com os baús, as tábuas e os pedaços de madeira que serviram para construir as balsas uma cerca ao meu redor, no interior do local por mim demarcado para a fortificação.

3 DE NOVEMBRO. Saí com a espingarda e matei duas aves, parecidas com patos, cuja carne era muito boa. À tarde comecei a fazer uma mesa.

4 DE NOVEMBRO. Hoje de manhã comecei a planejar meu horário de trabalho, de sair à caça, de dormir, de distrair-me. De manhã, caminhei armado por duas ou três horas, enquanto não chovia; em seguida, dediquei-me a trabalhar até por volta de onze horas, comi o que havia para minha subsistência, e das doze às catorze horas deitei-me para dormir, pois estava quente demais; à noitinha, voltei à faina. O horário de trabalho hoje e amanhã será inteiramente dedicado à confecção da mesa, pois ainda sou um artífice medíocre, embora o tempo e a necessidade haverão de tornar-me competente, como acredito que aconteceria com qualquer outra pessoa.

5 DE NOVEMBRO. Hoje saí com a espingarda e o cachorro, e abati um gato selvagem, cuja pele era muito macia, mas a carne não prestava; de todas as criaturas que matei, removi e guardei as peles. Voltando pela orla marítima, avistei muitas espécies de aves marinhas, as quais desconhecia, mas fiquei surpreso, e quase assustado, ao ver duas ou três focas, que, enquanto eu olhava, sem saber exatamente que espécie era aquela, mergulharam e fugiram de mim.

6 DE NOVEMBRO. Depois da caminhada matinal, voltei a trabalhar na mesa, e terminei-a, embora não ficasse do meu agrado; mas não demorou muito até que aprendesse a consertá-la.

7 DE NOVEMBRO. Agora o tempo começou a melhorar. Nos dias 7, 8, 9, 10 e parte do dia 12 (pois 11 foi domingo), dediquei-me inteiramente a fazer uma cadeira e, com muito esforço, deixei-a numa forma aceitável, mas não totalmente do meu agrado; e enquanto nela trabalhava, desmanchei-a diversas vezes.

Nota: Logo parei de guardar os domingos,[78] pois, deixando de assinalá-los na estaca, acabei por confundir-me.

13 DE NOVEMBRO. Hoje choveu, o que refrescou a mim e à terra, mas a chuva chegou acompanhada de trovões e raios terríveis, que muito me

78. É fato que anteriormente Defoe menciona o sábado como dia de descanso a ser guardado, mas a referência ao domingo como dia de repouso semanal já era corrente.

assustaram, por causa do estoque de pólvora; assim que a tempestade cessou, resolvi dividir a pólvora no maior número possível de pacotes, para evitar qualquer risco.

14, 15 E 16 DE NOVEMBRO. Passei esses três dias fazendo pequenos baús quadrados, ou caixotes, com capacidade para conter cerca de meio quilo, ou um quilo, no máximo, de pólvora; então, depois de enchê-los, guardei-os em locais tão seguros e distantes uns dos outros quanto possível. Num desses três dias, abati um pássaro grande, cuja carne era boa, mas não fui capaz de identificar a espécie.

17 DE NOVEMBRO. Hoje comecei a escavar o morro, atrás da minha tenda, para aumentar o espaço útil.

Nota: Três itens fizeram-me muita falta para realizar o trabalho, a saber, uma picareta, uma pá e um carrinho de mão ou cesto; então desisti da tarefa e pus-me a pensar num jeito de suprir tal necessidade e fabricar algumas ferramentas. Quanto à picareta, utilizei os pés de cabra, que serviram bastante bem, embora fossem pesados; mas o item seguinte seria uma pá, ou uma enxada. Tal item era tão indispensável que, de fato, eu nada poderia fazer sem ele, mas não sabia como fabricá-lo.

18 DE NOVEMBRO. No dia seguinte, ao vasculhar a mata, encontrei uma árvore cuja madeira era, ou assemelhava-se, àquela que no Brasil chamam de pau-ferro, por sua extrema dureza. Cortei uma tora da árvore com grande esforço, quase inutilizando o machado, e levei-a para casa, com muita dificuldade, pois era excessivamente pesada. Diante da dureza excessiva da madeira, e sem dispor de outro meio de trabalhá-la, precisei lidar durante muito tempo com o machado, de modo que, aos poucos, consegui entalhar a tora no formato de uma pá, com o cabo exatamente igual aos nossos na Inglaterra, embora a parte mais larga, não sendo de ferro, não haveria de durar tanto tempo; todavia, serviu-me bem para o que se fez necessário, ainda que, creio eu, jamais uma pá tenha sido fabricada daquele jeito, nem custado tanto tempo para ser feita.

Ainda precisava de um cesto ou carrinho de mão; o cesto eu não poderia fazer, de jeito nenhum, pois não dispunha de galhos maleáveis que pudessem ser usados como vime, ou pelo menos ainda não os encontrara;

quanto ao carrinho de mão, imaginei que pudesse fabricar tudo menos a roda, e não tinha ideia de como fazê-la; além disso, não sabia como fabricar os pinos e o eixo de ferro para encaixá-la; portanto, desisti, e então, para carregar a terra escavada da caverna, fiz algo parecido com um cocho, no qual serventes carregam argamassa quando atendem aos pedreiros. Isso não foi tão difícil quanto a fabricação da pá; contudo, o cocho, a pá e a tentativa frustrada de fazer um carrinho de mão ocuparam-me não menos do que quatro dias inteiros; quero dizer, sem falar nas caminhadas matinais, com a espingarda, que eu raramente deixava de fazer, e das quais quase sempre regressava trazendo algo para comer.

23 DE NOVEMBRO. Tendo interrompido os demais trabalhos enquanto fabricava as ferramentas, depois que foram concluídas retomei-os e, laborando todos os dias, conforme meu vigor e meu tempo permitiam, dediquei dezoito dias exclusivamente a tornar mais larga e profunda minha caverna, para que pudesse acomodar meus pertences devidamente.

Nota: Durante todo esse tempo, trabalhei para que a caverna fosse espaçosa o suficiente para ser usada como uma espécie de depósito ou armazém, cozinha, sala de jantar e despensa; quanto ao meu próprio alojamento, fiquei na tenda, mas às vezes, na estação chuvosa, a chuva era tanta que eu não conseguia manter-me seco, o que me fez depois cobrir todo o espaço interno da paliçada com paus compridos, na forma de vigas, apoiados no flanco do morro, os quais cobri com relva e folhas grandes, como se fosse um telhado.

10 DE DEZEMBRO. Pensei que minha caverna, ou abóbada, estivesse terminada, quando de repente (acho que exagerei no alargamento) uma grande quantidade de terra desmoronou do teto e de um dos lados; foi tanta terra que, em suma, levei um baita susto, e não sem razão, pois se ficasse soterrado jamais precisaria dos serviços de um coveiro. Por causa do desastre, tive um trabalho redobrado, visto que precisei remover a terra que deslizara e, o mais importante, resolver o problema da sustentação do teto, para ter certeza de que nada mais desabaria.

11 DE DEZEMBRO. Nesse dia trabalhei na sustentação do teto e fixei duas escoras, ou estacas, na posição vertical, com duas pranchas atraves-

sadas sobre cada estaca; terminei no dia seguinte. E fixando mais estacas, com mais pranchas, em cerca de uma semana meu telhado estava seguro, e as estacas enfileiradas serviram de divisórias na habitação.

17 DE DEZEMBRO. Dessa data até o dia 20, instalei prateleiras e fixei pregos nas estacas, a fim de pendurar tudo que pudesse ser pendurado; então, passei a contar com alguma ordem dentro de casa.

20 DE DEZEMBRO. Agora já transportei tudo para a caverna e comecei a mobiliar a casa, e ainda montei algumas tábuas, como um aparador, onde arrumar as provisões; mas as tábuas começaram a ficar escassas; e fiz também outra mesa.

24 DE DEZEMBRO. Muita chuva a noite inteira, e todo o dia; não saí.

25 DE DEZEMBRO. Chuva o dia inteiro.

26 DE DEZEMBRO. Sem chuva, e a temperatura bem mais amena e agradável do que antes.

27 DE DEZEMBRO. Abati um cabrito e apenas feri outro, a fim de capturá-lo, e levei-o para casa puxado por um cordão; quando cheguei em casa, amarrei e imobilizei a perna dele, que estava quebrada.

Nota: Cuidei tão bem que ele sobreviveu, e a perna sarou e ficou forte como antes; e por eu ter cuidado dele por tanto tempo, acabou domesticado e pastava a relva que crescia diante da minha porta, e não quis ir embora. Foi a primeira vez que contemplei a possibilidade de criar e domesticar alguns animais, para ter o que comer quando a pólvora e o chumbo se esgotassem.

28, 29, 30 E 31 DE DEZEMBRO. Muito calor, e sem aragem, de modo que não saí de casa, exceto à noitinha, em busca de alimento; aproveitei o tempo para colocar meus objetos em ordem.

1º DE JANEIRO. Muito calor ainda, mas saí de manhã cedo e à tardinha, com a espingarda, ficando quieto no meio do dia. Nessa noite, adentrando mais pelos vales que ficam em direção ao centro da ilha, descobri que havia muitos caprinos, embora extremamente ariscos; no entanto, resolvi fazer uma tentativa de apreendê-los, trazendo meu cachorro para ajudar na caça.

2 DE JANEIRO. Então, hoje saí com meu cachorro, e lancei-o contra os bodes; mas enganei-me, pois eles enfrentaram o cão, que logo reconheceu muito bem o perigo e não se aproximou.

3 DE JANEIRO. Comecei a construir minha estacada, ou muro, e ainda com receio de ser atacado por alguém resolvi fazê-lo bastante espesso e resistente.

Nota: Visto que a estacada já foi descrita, omito propositalmente o que ficou registrado no diário; basta observar que me demorei de 2 de janeiro a 14 de abril trabalhando e dando o devido acabamento à paliçada, embora ela tivesse pouco mais de vinte metros de comprimento, formando um semicírculo, de uma ponta à outra, abrangendo aproximadamente sete metros, sendo que a porta da caverna ficava logo atrás do ponto central do semicírculo.

Todo esse tempo, trabalhei com empenho, apesar de a chuva ter atrapalhado vários dias, às vezes semanas seguidas; mas eu achava que não estaria devidamente a salvo enquanto o muro não fosse concluído; e é incrível e indescritível a trabalheira que tudo aquilo demandou, principalmente o transporte das estacas desde a mata e o processo de fincá-las no solo, pois as fiz bem maiores do que o necessário.

Quando a paliçada foi concluída, e o exterior duplamente cercado com a mureta de turfa, convenci-me de que qualquer pessoa que chegasse àquela costa não perceberia a existência de uma habitação, e felizmente foi assim, conforme poderá pode ser observado a seguir, numa ocasião digna de nota.

Durante esse tempo, empreendi minhas rondas pela mata em busca de caça, todos os dias em que a chuva permitia, e em tais caminhadas fiz descobertas frequentes de uma coisa ou outra que fosse do meu proveito; particularmente, localizei uma espécie de pombo que não se aninhava como pombos selvagens, em árvores, mas como pombos domésticos, em fendas nas rochas; capturando alguns filhotes, consegui criá-los e domesticá-los, mas quando cresceram voaram todos para longe, talvez por falta de comida, pois eu não tinha nada para alimentá-los; todavia, continuei encontrando ninhos e capturando filhotes, cuja carne era de ótima qualidade.

E agora, na gestão de assuntos domésticos, constatei que carecia de diversos itens, cuja fabricação, no início, pensei que fosse impossível, como, de fato, em alguns casos ocorreu; por exemplo, jamais consegui fazer um barril com os devidos arcos. Eu contava com uma ou duas pipas, conforme já mencionei, mas não consegui fabricar um barrilete a partir delas, embora dedicasse várias semanas à tarefa. Não conseguia ajustar as tampas, nem unir as aduelas[79] de modo que permitissem reter água; então, desisti disso também.

Além disso, eu precisava muito de velas; de maneira que, assim que escurecia, geralmente por volta de sete horas da noite, era obrigado a deitar-me. Lembrei-me do naco de cera de abelha com o qual fabricara velas na minha aventura africana, mas eu não tinha nada disso agora; o único jeito era guardar o sebo, quando matava um bode, e, usando uma forminha de barro queimada ao sol, e acrescentando um pavio feito de estopa, fabricar uma lamparina, e assim tinha luz, embora não uma luz clara e constante, como a de uma vela. No meio daquela faina, aconteceu que, vasculhando meus pertences, encontrei uma bolsinha que, conforme já observei, continha grãos destinados à alimentação de aves, não na minha viagem, mas numa viagem anterior, suponho, quando o navio veio de Lisboa. O pouco que restava dos grãos tinha sido devorado pelos ratos, e não vi nada dentro da bolsinha, exceto farelos e poeira; disposto a dar ao objeto algum outro uso (acho que para guardar a pólvora, quando a reparti, com medo dos raios, ou algo assim), sacudi fora os farelos num dos lados da minha fortificação, abaixo da encosta do morro.

Foi pouco antes das grandes chuvas já mencionadas que joguei fora os farelos, sem perceber, e mesmo sem lembrar-me de que os lançara naquele local. Quando, cerca de um mês depois, encontrei algumas mudas de algo verde brotando do solo, imaginei tratar-se de alguma planta que não tivesse visto antes; mas fiquei surpreso, e absolutamente estarrecido, quando, passado algum tempo, vi cerca de dez ou doze espigas de cevada

79. Cada uma das tábuas encurvadas do corpo de tonéis, pipas, barris etc.

verdinha e perfeita, do mesmo tipo da nossa cevada europeia, ou melhor, da nossa cevada inglesa.

É impossível expressar o espanto e o desalinho dos meus pensamentos naquela ocasião. Até aquele momento, eu tinha agido sem valer-me de qualquer fundamento religioso; na verdade, eram poucas as noções de religião em minha mente, e eu entendia o sentido de qualquer acontecimento como fruto do acaso ou, como dizemos de modo leviano, da vontade de Deus, jamais indagando sobre o papel da Providência em tais situações, ou sobre os desígnios Dele na condução dos eventos no mundo. Mas depois que vi a cevada surgir ali, num clima que sabia não ser propício para o cultivo de cereais, e principalmente sem lembrar-me de como aquilo havia brotado, fiquei perplexo e comecei a achar que, milagrosamente, Deus fizera os grãos crescerem sem terem sido semeados, e que eram tão somente direcionados ao meu sustento naquele lugar inóspito e desditoso.

Isso tocou meu coração um pouco, e arrancou lágrimas de meus olhos, e comecei a sentir-me abençoado que tal prodígio da natureza acontecesse em meu benefício; e a situação ficou ainda mais inexplicável quando vi, perto da cevada, ao longo da encosta, algumas outras mudas dispersas, que provaram ser de arroz, as quais reconheci porque tinha visto arroz cultivado na África quando lá aportei.

Não só pensei que se tratasse de obra da Providência visando ao meu sustento, mas, suspeitando que houvesse mais grãos no local, percorri toda aquela parte da ilha, procurando em todos os cantos, e abaixo de cada encosta, em busca de mais brotos, mas não consegui encontrar nenhum. Por fim, ocorreu-me que tinha sacudido farelos de grãos naquele local, e então o espanto começou a passar; e devo confessar que minha gratidão religiosa pela Providência Divina também começou a diminuir, quando constatei que tudo aquilo era absolutamente normal. Mas eu deveria ter ficado grato por aquele imprevisto tão surpreendente como se fosse algo milagroso, pois foi deveras uma ação da Providência o fato de dez ou doze grãos de cereais permanecerem intactos (enquanto os ratos haviam destruído tudo o mais), como se tivessem caído do céu; e também que eu os lançasse fora naquele local específico, onde, à sombra de uma encosta, os grãos germinaram prontamente, ao passo que, se os tivesse atirado em qualquer outro local naquela época do ano, teriam sido queimados e destruídos.

Guardei cuidadosamente as espigas, o leitor pode ter certeza, no momento da colheita, que foi por volta do final de junho, e, conservando todos os grãos, resolvi semeá-los de novo, na esperança de vir a ter uma quantidade suficiente para prover-me de pão. Mas não foi antes do quarto ano que me permiti comer um pouco daqueles grãos, e mesmo assim, moderadamente, conforme contarei mais tarde, no momento oportuno, pois perdi tudo o que semeei na primeira vez por não observar a época adequada, tendo plantado logo antes da estação seca, de modo que nada brotou, pelo menos não como teria brotado, mas sobre isso falarei na devida hora.

Além da cevada, havia, conforme já registrei, vinte ou trinta mudas de arroz, que preservei com o mesmo cuidado e cujo emprego, ou propósito, era o mesmo, a saber, fazer pão, ou melhor, alimento, pois descobri um meio de cozinhá-lo sem precisar assar, embora a descoberta tenha me levado algum tempo.

Mas, voltando ao meu diário.

Trabalhei duro ao longo de três ou quatro meses para concluir a fortificação, e no dia 14 de abril fechei-a, tendo entrado não por uma porta, mas por cima do muro, por meio de uma escada, para que não houvesse nenhum sinal externo da presença da minha morada.

16 DE ABRIL. Dei os retoques finais na escada; então, subi ao topo do muro e, em seguida, puxei-a do lado de dentro. Estava totalmente protegido, pois dispunha de espaço interno suficiente, e nada que viesse de fora poderia alcançar-me, a menos que primeiro escalasse o muro.

No dia seguinte à conclusão do muro, quase perdi todo o trabalho de uma vez, e quase morri. O caso foi o seguinte: ocupado no interior da fortificação, trabalhando atrás da tenda, logo na entrada da caverna, levei um susto tremendo, com algo deveras terrível e surpreendente, pois, de súbito, vi terra ruindo do teto da caverna e da encosta do morro acima da minha cabeça, e duas das estacas que eu havia fincado racharam de modo assustador; fiquei apavorado, e não imaginava qual seria a verdadeira causa daquilo, pensando apenas que o teto estivesse desmoronando, conforme já ocorrera; com medo de ser soterrado, corri até a escada, e não me achando seguro na escada pulei o muro, temendo que segmentos do morro rolassem sobre mim. Mal pisei no solo, vi nitidamente que se tratava de um violento terremoto, pois a terra tremeu três vezes, num intervalo de cerca de oito minutos, produzindo três abalos que teriam derrubado a construção mais sólida; e um fragmento enorme do cume de um rochedo, que se erguia a cerca de meia milha de mim, à beira-mar, ruiu com um estrondo tão terrível como eu nunca tinha ouvido na vida. Percebi que o mar também ficara extremamente revolto, e acredito que os abalos fossem mais fortes sob a água do que no solo da ilha.

Espantei-me tanto com a coisa em si, nunca tendo sentido algo semelhante, nem conversado com alguém que tivesse passado por aquilo, que fiquei como se estivesse morto, ou apático, e o tremor da terra revirou meu estômago, feito o estômago de alguém sacudido pelo oceano. Mas o barulho da queda da rocha despertou-me, por assim dizer, daquela letargia, enchendo-me de pavor, e não pensei em nada além do morro desabando sobre a minha tenda, sobre todos os meus pertences, e soterrando tudo de uma vez; e isso acabou abalando totalmente meu estado de espírito.

Depois que passou o terceiro tremor e por algum tempo não senti mais nenhum, comecei a criar coragem; ainda assim, não tive ânimo suficiente para voltar a transpor meu muro, com receio de ser enterrado vivo, e sentei-me no chão, profundamente abatido e desconsolado, sem saber o que fazer. Durante todo esse tempo não tive qualquer pensamento de natureza religiosa que fosse sério, nada além do corriqueiro "Senhor, tende piedade de mim!", e quando tudo acabou, até isso se foi.

Ainda sentado, notei o céu turvo e cheio de nuvens, como se fosse chover; logo em seguida, o vento aumentou, aos poucos, de modo que em menos de meia hora surgiu um medonho furacão. O mar ficou subitamente coberto de espuma; a praia foi invadida pela rebentação das ondas; árvores foram arrancadas pelas raízes, e foi terrível a borrasca.

Isso durou cerca de três horas, e então começou a amainar; duas horas mais tarde ficou tudo calmo, mas começou a chover torrencialmente.

Tudo isso aconteceu enquanto eu estava sentado no chão, apavorado e abatido; de repente, porém, ocorreu-me que a ventania e a chuva sendo consequências do terremoto, e o terremoto tendo acabado, eu poderia voltar à caverna. Com esse pensamento, meu estado de espírito melhorou e, também impelido pela chuva, entrei e alijei-me na tenda; no entanto, o temporal foi tão violento que a tenda parecia prestes a desabar, e fui forçado a entrar na caverna, embora com muito medo e preocupado com a possibilidade de o teto ruir sobre minha cabeça.

O aguaceiro obrigou-me a realizar um novo trabalho, ou seja, abrir um buraco na fortificação, qual um ralo, para deixar a água escoar, caso contrário a caverna seria inundada. Depois de estar na caverna por algum tempo, e verificar que não havia mais abalos sísmicos, comecei a recompor-me. E então, para ficar mais animado, e eu bem que precisava de ânimo, fui até meu pequeno armazém e tomei um gole de rum, sempre com muita moderação, sabendo que não haveria mais quando esgotasse o estoque.

Continuou chovendo a noite inteira e boa parte do dia seguinte, de modo que não pude sair; contudo, agora com a mente mais tranquila, pus-me a pensar no que seria melhor fazer, tendo concluído que se a ilha estava sujeita a terremotos não fazia sentido morar numa caverna, e que eu deveria considerar a construção de uma palhoça em algum terreno aberto e cercado por um muro, conforme já fizera, e assim proteger-me de animais selvagens ou seres humanos, pois chegara à conclusão de que, se permanecesse onde estava, seria em algum momento enterrado vivo.

Com tais ideias, resolvi remover minha tenda do local onde estava, que ficava ao sopé de uma encosta que, se voltasse a ser sacudida, decerto, haveria de ruir; então, passei os dois dias seguintes, sendo 19 e 20 de abril, planejando para onde ir e como transferir minha habitação.

O medo de ser engolido vivo impedia-me de dormir tranquilo, mas a apreensão de deitar-me do lado de fora, sem qualquer cerca, era quase igualmente intensa. Além do mais, quando olhava em volta e via tudo em ordem, e como eu estava bem escondido e a salvo do perigo, ficava com pouca vontade de mudar-me.

Nesse ínterim, ocorreu-me que custaria muito tempo fazer a mudança, e que eu precisava contentar-me em permanecer naquele local até que tivesse montado um acampamento seguro o bastante para onde me transferir. Assim, diante de tal decisão, tranquilizei-me por um tempo e resolvi que trabalharia o mais rápido possível para erguer uma paliçada, com estacas, cabos etc., em formato de círculo, conforme fizera antes, e ali armar minha tenda, depois que o muro estivesse concluído; mas decidi também ficar onde estava até que tudo estivesse pronto para a mudança. Isso foi no dia 21.

22 DE ABRIL. Na manhã seguinte, comecei a pensar num jeito de pôr em prática esse plano, mas não sabia como resolver o problema das ferramentas. Eu contava com três grandes machados e várias machadinhas (as machadinhas eram para escambo com os indígenas); porém, o excesso de uso, sobretudo ao rachar e cortar madeira dura e nodosa, deixara as ferramentas dentadas e cegas, e embora eu tivesse uma pedra de amolar, não conseguia girá-la e, ao mesmo tempo, afiar as ferramentas. Isso me custou tanta reflexão quanto a um estadista diante de uma grave questão política, ou a um juiz diante da aplicação de uma pena de morte. Por fim, amarrei uma corda numa roda, a fim de girá-la com o pé e manter as mãos livres.

Nota: Eu nunca tinha visto algo semelhante na Inglaterra, ou pelo menos não havia reparado como era feito, embora posteriormente tenha observado ser bastante comum lá; para piorar, minha pedra era muito grande e pesada. Esse engenho custou-me uma semana inteira de trabalho para aperfeiçoá-lo.

28, 29 DE ABRIL. Passei esses dois dias inteiros afiando as ferramentas, com meu engenho para fazer girar a pedra de amolar funcionando muito bem.

30 DE ABRIL. Notando que meu estoque estava muito baixo, fiz um cálculo e reduzi o consumo de biscoito a um por dia, o que me deixou um tanto desanimado.

"Passei esses dois dias inteiros afiando as ferramentas."

1º DE MAIO. Pela manhã, olhando em direção ao mar e percebendo a maré, avistei algo na praia de dimensões incomuns, parecendo um barril; quando cheguei lá, encontrei um pequeno barril e dois ou três fragmentos dos destroços do navio, que tinham sido trazidos à costa pelo furacão; e olhando para o navio naufragado, achei que parecia estar mais fora da água do que de costume; examinei o barril e logo constatei que continha pólvora, mas estava encharcado, e a pólvora dura feito pedra; contudo, logo rolei o barril praia acima e caminhei pela areia, o mais perto possível do navio destroçado, na intenção de encontrar algo mais.

6. Doente e com a consciência pesada

Quando cheguei ao navio, encontrei-o deslocado e numa posição estranha. O castelo de proa, antes enterrado na areia, fora levantado a quase dois metros de altura, e a popa, que pela da força do mar partira-se, separando-se do restante do navio, fora atirada, por assim dizer, de lado, e a areia tinha subido tão alto daquele lado que, onde antes havia uma grande expansão de água, de modo que eu não podia chegar a menos de um quarto de milha do naufrágio sem nadar, agora era possível caminhar até ele na maré vazante. Fiquei surpreso com isso, de início, mas logo concluí que teria sido efeito do terremoto. E como, por causa de tal violência, o navio estava mais avariado do que nunca, muitas coisas davam diariamente na praia, trazidas pelos ventos e pelas ondas.

Isso desviou totalmente meu pensamento do projeto de mudar o local da minha habitação, e ocupei-me totalmente, sobretudo naquele dia, em descobrir um jeito de entrar no navio, mas verifiquei que era impossível, pois a parte interna estava cheia de areia. Porém, como havia aprendido a jamais me desesperar, resolvi arrancar o que pudesse do navio, pedaço por pedaço, convicto de que tudo o que conseguisse levar teria alguma utilidade para mim.

3 DE MAIO. Comecei com a serra e cortei um pedaço de uma viga que julguei que sustentava a parte superior do tombadilho.[80] Depois que a cortei, removi a areia o melhor que pude do lado em que se acumulava mais; porém, com a subida da maré, fui obrigado a interromper o trabalho naquela ocasião.

---

80. Superestrutura erguida na popa de um navio, geralmente fechada e indo de um a outro bordo, também conhecida como castelo de popa.

4 DE MAIO. Saí para pescar, mas não peguei nenhum peixe que ousasse comer, até que me cansei; quando já pretendia parar, no entanto, peguei um filhote de golfinho. Eu tinha fabricado uma linha comprida, com fios de corda, mas não dispunha de anzóis, embora frequentemente capturasse muitos peixes, tantos quanto quisesse, e todos eu secava ao sol e comia secos.

5 DE MAIO. Trabalhei nos destroços, serrei outra viga e trouxe três grandes pranchas de pinho que retirei do convés, as quais amarrei juntas e fiz flutuar até a praia na maré enchente.

6 DE MAIO. Trabalhei nos destroços, removi vários parafusos de ferro e outras ferragens; o trabalho foi árduo, e voltei para casa muito cansado, pensando em desistir.

7 DE MAIO. Retornei aos destroços, não com intenção de trabalhar, mas constatei que houvera um desabamento, visto que as vigas tinham sido cortadas. Diversas partes do navio pareciam estar soltas, e o porão escancarara-se a ponto de deixar à vista o interior; contudo, estava quase cheio de água e areia.

8 DE MAIO. Fui aos destroços e levei comigo um pé de cabra, a fim de arrancar as tábuas do convés, que agora se achava livre da água e da areia. Arranquei duas tábuas e levei-as até a praia com o fluxo da maré; deixei o pé de cabra em meio aos destroços, para usá-lo no dia seguinte.

9 DE MAIO. Voltei aos destroços, e com o pé de cabra abri caminho até o meio do navio; cutuquei vários barris e afrouxei-os com o pé de cabra, mas não consegui desprendê-los. Cutuquei também o rolo de folha de chumbo, e fui capaz de movê-lo um pouco, mas era pesado demais para ser transportado.

DE 10 A 14 DE MAIO. Fui até a carcaça do navio todos esses dias, e recolhi muitas toras de madeira, tábuas e pranchas, e ainda cem ou cento e cinquenta quilos de ferro.

15 DE MAIO. Levei comigo duas machadinhas, para ver se não conseguia cortar um pedaço da folha de chumbo, firmando o gume de uma machadinha e golpeando com a outra, mas como o rolo estava imerso na água a cerca de quarenta centímetros de profundidade, não consegui golpeá-lo.

16 DE MAIO. O vento soprou forte durante a noite, e os escombros pareciam ainda mais avariados pela força da água; mas fiquei tanto tempo na mata, caçando pombos para comer, que a maré acabou impedindo-me de voltar ao navio hoje.

17 DE MAIO. Avistei alguns fragmentos dos destroços espalhados pela costa, ao longe, a cerca de duas milhas; resolvi averiguar e descobri que se tratava de um pedaço da proa, embora muito pesado para eu transportá-lo.

24 DE MAIO. Todos os dias, até hoje, trabalhei na carcaça, e com grande esforço consegui afrouxar tanto algumas coisas usando o pé de cabra que na primeira maré cheia vários barris flutuaram, e mais dois baús dos marinheiros; com o vento soprando da praia, porém, nada chegou à terra naquele dia, exceto alguns pedaços de madeira e uma barrica com carne de porco proveniente do Brasil, mas a água salgada e a areia tinham estragado tudo.

Prossegui com o trabalho diariamente até 15 de junho, excetuando o tempo necessário para obter alimento, atividade que, enquanto ocupei-me com os destroços, sempre realizava durante a maré alta, para estar disponível na vazante; àquela altura eu tinha recolhido madeira, tábuas e ferragens suficientes para construir um bom barco, se soubesse como fazê-lo; e também consegui, depois de muitas viagens e em muitos pedaços, quase cinquenta quilos de folha de chumbo.

16 DE JUNHO. Descendo até a beira-mar, encontrei uma grande tartaruga. Foi a primeira vez que vi uma tartaruga, e parece que foi azar meu, e não deficiência do lugar, ou escassez, pois se estivesse do outro lado da ilha poderia ter centenas delas todos os dias, conforme descobri depois; mas talvez a relação entre os aspectos positivos e negativos de morar do outro lado não fosse compensatória.

17 DE JUNHO. Passei o dia cozinhando a tartaruga. Encontrei nela sessenta ovos e para mim, naquele momento, a carne foi a mais saborosa que tinha provado na vida, pois desde que cheguei neste lugar horrendo só comi carne de bode e de aves.

18 DE JUNHO. Choveu o dia todo, e fiquei dentro de casa. Achei a chuva um tanto fria, e cheguei a sentir alguns arrepios, fato que eu sabia não ser comum naquela latitude.

19 DE JUNHO. Muito doente e tiritando, como se fizesse frio.

20 DE JUNHO. Sem dormir a noite toda, com violentas dores de cabeça e sentindo-me febril.

21 DE JUNHO. Muito doente, quase morrendo de medo, tamanha era a apreensão diante de meu estado lastimável, passando mal e sem ajuda. Orei a Deus, pela primeira vez desde a tempestade ao largo de Hull, mas mal sabia o que falava, ou por que motivo falava, pois meus pensamentos estavam muito confusos.

22 DE JUNHO. Um pouco melhor, mas bastante apreensivo com a doença.

23 DE JUNHO. Voltei a piorar, sentindo frio e tiritando, e uma violenta dor de cabeça.

24 DE JUNHO. Bem melhor.

25 DE JUNHO. Febre muito alta; um surto que durou sete horas, frio e calor, seguido de suor frio.

26 DE JUNHO. Melhor; não tendo o que comer, peguei a espingarda, mas estava fraco demais. No entanto, matei uma cabra, e com muita dificuldade levei-a até em casa, assei um pedaço da carne e comi; gostaria de tê-la ensopado e preparado um pouco de caldo, mas não tinha panela.

27 DE JUNHO. Febre de novo, tão elevada que fiquei deitado o dia todo, sem comer nem beber. Quase morri de sede, mas sentia-me tão fraco que não tinha forças para levantar e buscar um pouco de água. Orei a Deus novamente, mas estava quase sempre zonzo, e quando não estava sentia-me tão ignorante que não sabia o que dizer; então fiquei deitado, e lamuriei-me: "Senhor, olhai para mim! Senhor, tende piedade de mim! Senhor, tende misericórdia de mim!". Suponho que não tenha feito mais nada durante duas ou três horas, até que o surto abrandou, adormeci e só acordei tarde da noite; quando acordei, senti-me um tanto revigorado, embora ainda fraco e com muita sede. Porém, não tendo água em casa, fui forçado a ficar na cama até de manhã, e voltei a dormir. Nesse segundo sono, tive um pesadelo horrível.

Sonhei que estava sentado no chão, do lado de fora da estacada, no local onde ficara quando a borrasca sucedeu ao terremoto, e via um homem descer de uma grande nuvem negra até o solo, em meio a uma labareda cintilante. Ele brilhava feito uma chama, de modo que eu mal suportava fitá-lo; sua fisionomia era absolutamente medonha, impossível de ser descrita com palavras. Quando pisou no solo, a terra pareceu tremer, conforme ocorrera durante o terremoto, e toda a atmosfera, para minha apreensão, foi tomada por cintilações de fogo.

Assim que tocou no solo, ele avançou em minha direção, portando uma grande lança, a fim de acabar comigo; e quando chegou a um terreno ascendente, a alguma distância, dirigiu-se a mim, e ouvi uma voz cujo terror é impossível expressar. Posso dizer apenas que entendi o seguinte: "Visto que todas essas coisas não te levaram ao arrependimento, agora tu morrerás"; dito isso, ele pareceu erguer a lança, para matar-me.

Ninguém que leia este relato pode esperar que eu seja capaz de descrever o pavor da minha alma diante daquela visão aterrorizante. Quero dizer, embora fosse um sonho, nele era como se eu vivenciasse tais horrores; tampouco é possível descrever a impressão que ficou na minha mente quando despertei e constatei que era apenas um sonho.

Ai de mim! Eu não dispunha de instrução religiosa. O que recebera de boa orientação de meu pai fora perdido ao longo de um período ininterrupto de oito anos de libertinagem marítima, em conversas constantes com indivíduos como eu, devassos e profanos no último grau. Não recordo de ter tido, em todo aquele tempo, um pensamento sequer que se elevasse a Deus ou se voltasse ao meu interior, uma reflexão acerca de meus próprios caminhos; deveras, uma certa imbecilidade na alma, que me impedia de desejar o bem ou de ter consciência do mal, dominara-me inteiramente, e tornei-me a criatura mais insensível, irracional e desregrada entre os marujos, uma criatura desprovida de qualquer entendimento acerca do temor a Deus em face do perigo, e da gratidão a Deus em face da salvação.

No relato do que já é passado na minha história, será mais fácil crer no que acabo de afirmar quando eu acrescentar que, diante de toda a gama de reveses que até então se abateram sobre mim, nunca me ocorreu um único pensamento da presença da mão de Deus, ou que tudo fosse um castigo justo por meu pecado passado — o comportamento rebelde contra meu pai — ou por meus pecados presentes, que eram graves. Tampouco ocorria-me que fosse uma punição pelo curso de minha vida libertina. Quando estava na expedição infame pelas costas desertas da África, não tive um pensamento sequer sobre o que seria de mim, e nenhum desejo de que Deus guiasse meu caminho, ou me protegesse do perigo que aparentemente me cercava, fosse diante de animais ferozes ou selvagens cruéis. Simplesmente insensível diante de Deus ou da Providência, eu agia como uma besta, movido apenas por instintos naturais e pelos ditames do bom senso, na verdade, nem isso.

Quando fui salvo e recolhido no mar pelo capitão português, abraçado e tratado com justiça e honra, e também com caridade, não me ocorreram quaisquer sentimentos de gratidão. Quando novamente naufraguei, perdi tudo e quase afoguei-me nesta ilha, não senti remorso, e não encarei a experiência como um julgamento. Só dizia comigo mesmo, muitas vezes, que era um cão azarado, nascido para ser sempre infeliz.

É bem verdade que ao chegar à praia e constatar que toda a tripulação do navio afogara-se menos eu, fiquei surpreso, numa espécie de êxtase, e senti a alma um tanto elevada, o que, com o auxílio da graça de Deus, poderia ter se tornado autêntica gratidão; mas tudo terminou onde começou, num mero ímpeto de euforia, ou, posso dizer, de felicidade por ter sobrevivido, sem a menor reflexão sobre a distinta generosidade da mão que me preservou e escolheu-me para ser preservado, quando todos os demais sucumbiram, e sem indagar por que a Providência teria sido tão misericordiosa comigo. Foi o mesmo tipo de euforia comum entre marujos que, ao pisarem em terra depois de salvos de um naufrágio, afogam tudo na próxima tigela de ponche e esquecem assim que o ponche acaba; toda a minha vida tinha sido assim.

Mais tarde, com a devida análise, tomei consciência das minhas condições, de que estava isolado num lugar terrível, fora do alcance da humanidade, sem qualquer esperança de alento, ou perspectiva de resgate; no entanto, assim que percebi que havia uma possibilidade de sobreviver e não definhar e morrer de fome toda a aflição dissipou-se, e comecei a sentir-me mais à vontade, dediquei-me a trabalhar pela minha subsistência, e distanciei-me de qualquer sentimento de que minha situação decorresse de um julgamento do céu, ou da mão de Deus contra mim; tais pensamentos raramente passavam pela minha cabeça.

A germinação dos grãos, conforme sugerido em meu diário, exerceu inicialmente uma pequena influência sobre mim, e chegou a afetar-me com alguma seriedade, enquanto pensava que houvesse ali algo milagroso; assim que tal ideia foi removida do meu pensamento, porém, toda e qualquer impressão dela decorrente também se foi, como já observei.

Até mesmo quanto ao terremoto, embora nada pudesse ser mais terrível em sua natureza, ou mais diretamente indicativo do poder invisível que sozinho dirige tais eventos, assim que o susto inicial dissipou-se, a impressão por ele causada também desapareceu. Minha percepção de Deus ou de Seu julgamento, e muito menos do fato de que as agruras das minhas circunstâncias eram causadas por Sua mão, era tão nula que parecia até que eu estava no período mais próspero da vida.

Mas agora, quando comecei a adoecer, e uma pândega visão das misérias da morte surgiu diante de mim, quando meu ânimo cedeu sob o peso de uma enfermidade grave, e minha natureza exauriu-se com a violência da febre, minha consciência, adormecida havia tanto tempo, começou a despertar; então passei a recriminar-me por minha vida pregressa, na qual eu tão flagrantemente, por meio de uma iniquidade incomum, levara a justiça de Deus a desferir-me golpes tão estranhos e a lidar comigo de maneira tão vingativa.

Tais reflexões pesaram no segundo ou terceiro dia em que estive doente e, com a contumácia tanto da febre quanto das terríveis censuras impostas por minha consciência, arrancaram de mim algumas palavras em forma de prece a Deus, embora eu não possa dizer que configurassem uma oração com base em anseios ou esperança; antes, era tão somente a voz do medo e da aflição. Meus pensamentos eram confusos, as convicções eram fortes em minha mente, e o pavor de morrer naquela situação miserável fazia minha cabeça fervilhar. E naquele alvoroço da alma eu não sabia o que a língua poderia expressar. Mas eram, sobretudo, exclamações, tais como: "Senhor, eu sou uma criatura desgraçada! Se ficar doente, é certo que morrerei por falta de assistência; e o que será de mim?". Então, lágrimas explodiam em meus olhos, e eu não conseguia falar mais nada durante um bom tempo.

Nesse ínterim, veio-me à mente a boa advertência oferecida por meu pai, e também a previsão feita por ele, que mencionei no início desta história, a saber, que se eu desse aquele passo em falso Deus não me abençoaria, e que eu teria tempo livre, no futuro, para refletir sobre ter negligenciado seu conselho, quando talvez não houvesse ninguém para ajudar na minha recuperação. "Agora", disse eu, em voz alta, "as palavras de meu querido pai se cumpriram; a justiça de Deus se impôs sobre mim, e não tenho ninguém para ajudar-me ou ouvir-me. Rejeitei a voz da Providência, que misericordiosamente colocara-me numa situação, ou posição, em que eu poderia ter vivido feliz e tranquilo; mas não enxerguei tal fato, nem aprendi a reconhecer a bênção de meus pais. Deixei-os lamentando minha sandice, e agora devo lamentar as consequências dela. Recusei a ajuda e a assistência de quem teria me elevado no mundo e facilitado tudo para mim, e agora tenho que lutar com dificuldades tão grandes que minha natureza não é capaz de suportar, e tudo sem assistência, sem ajuda, sem alento, sem conselho." Então, bradei: "Senhor, valei-me, pois estou sofrendo demais!".

Foi a primeira oração, se assim posso chamar, que elevei em muitos anos. Mas volto ao meu diário.

28 DE JUNHO. Sentindo-me um tanto refeito pelo sono, e sem febre, levantei-me; porém, imaginei que a febre voltaria no dia seguinte e, embora o susto e o terror do sonho ainda me afetassem muito, achei que fosse o momento de beber e comer algo para suster-me quando tivesse uma recaída, e a primeira coisa que fiz foi encher uma grande garrafa quadrada com água e deixá-la em cima da mesa, próxima à cama; e acrescentei uma parte de rum, a fim de quebrar a frieza da água e purificá-la um pouco. Em seguida, peguei um pedaço de carne de bode e assei na brasa, mas não consegui comer muito. Caminhei um pouco, mas estava muito enfraquecido e, além disso, muito triste e amargurado por causa

da minha situação lastimável, temendo uma recaída no dia seguinte. À noite, preparei minha ceia, com três dos ovos da tartaruga, que tostei nas cinzas e comi, como dizemos, na própria casca; que me lembrasse, aquela foi a primeira refeição à qual pedi a bênção de Deus em toda a minha vida.

Depois de comer, tentei andar, mas senti-me tão fraco que mal podia carregar a espingarda (pois jamais saía sem ela); sendo assim, não me distanciei muito e sentei-me no chão, contemplando o oceano, que estava bem diante de mim, e muito calmo e parado. Enquanto fiquei sentado ali, os seguintes pensamentos ocorreram-me:

O que são esta terra e este oceano, que tanto tenho visto? De onde vem tudo isso? E o que sou eu, e todas as demais criaturas selvagens e domésticas, humanas e não humanas? De onde viemos nós? Decerto, somos todos feitos por algum Poder misterioso, que criou a terra e o oceano, o ar e o céu. E quem será ele? Daí a conclusão natural, foi Deus quem criou tudo. Bem, mas em seguida veio uma estranha dedução: se Deus criou todas essas coisas, Ele guia e governa todas elas, bem como tudo o que lhes diz respeito, pois se detém o poder de criar todas as coisas, certamente é capaz de guiá-las e comandá-las. Sendo assim, nada pode acontecer no grande circuito de Suas obras sem que seja do Seu conhecimento ou desígnio.

E se nada acontece sem Seu conhecimento, Ele sabe que estou aqui, e nesta situação terrível; e se nada acontece sem Seu desígnio, Ele designou que tudo isso acontecesse. Nada me ocorreu que pudesse refutar qualquer uma dessas conclusões; portanto, surgiu em mim a forte convicção de que, necessariamente, Deus houvesse determinado tudo o que ocorreu comigo, que eu fora levado àquela situação infeliz por Seu comando, Ele detendo poder exclusivo, não apenas sobre mim, mas sobre tudo o que acontece no mundo. Imediatamente, pensei: Por que Deus fez isso comigo? O que fiz eu para merecer isso?

Imediatamente, minha consciência repreendeu-me por essas indagações, como se eu houvesse blasfemado, e pensei ouvi-la falar: "DESGRAÇADO! Perguntas o que tens feito? Examina o desperdício que foi tua vida pregressa e pergunta a ti mesmo o que *não* fizeste! Pergunta, por que não sucumbiste há muito tempo? Por que não te afogaste em Yarmouth Roads? Por que não morreste na luta, quando o navio foi tomado pela embarcação de Salé? Por que não foste devorado pelas feras na costa da África? Ou não te afogaste *aqui*, quando toda a tripulação sucumbiu, menos tu? Ainda perguntas, 'o que fiz eu?'".

Emudeci com tais reflexões, como alguém estarrecido, e não tinha uma palavra a dizer, não, não tinha qualquer resposta para mim mesmo; apenas levantei-me, pensativo e desanimado, voltei ao meu abrigo e escalei o muro, pretendendo deitar-me, mas meus pensamentos estavam soturnos e perturbados, e eu não tinha nenhuma vontade de dormir; por conseguinte, sentei-me na cadeira e acendi a lamparina, pois começava a escurecer. Então, apavorado diante da possibilidade da recaída da febre, ocorreu-me que os brasileiros não tomam remédio, mas recorrem ao fumo para tratar quase todas as enfermidades, e eu tinha um pedaço de fumo de rolo, bem curtido, dentro de um dos baús, e uma porção ainda verde e não totalmente curtida.

Fui guiado pelo céu, sem dúvida, pois naquele baú encontrei a cura para a alma e para o corpo. Abri o baú e achei o que procurava, ou seja, o fumo; e como os poucos livros que eu tinha guardado estavam lá também, peguei uma das Bíblias que mencionei antes, e cuja leitura até aquele momento não despertara em mim o menor interesse. Digo que peguei a Bíblia e o fumo e levei-os comigo até a mesa.

Que tipo de uso fazer do fumo eu ignorava, e tampouco sabia se era eficaz no tratamento de minha doença; mas fiz alguns experimentos, como se estivesse resolvido a descobrir um meio de utilizá-lo. Primeiro, peguei um pedaço da folha e masquei, o que, de fato, quase entorpeceu meu cérebro, pois o tabaco ainda verde era forte, e eu não estava acostumado. Em seguida, apanhei uma pequena quantidade e deixei de molho numa porção de rum, durante uma ou duas horas, decidido a tomar uma dose quando fosse deitar; por último, queimei algumas folhas dentro de uma vasilha com brasas e inalei a fumaça, enquanto pude suportar, tanto pelo calor quanto pela sufocação.

Nesse ínterim, peguei a Bíblia e comecei a ler, mas minha cabeça estava demasiado perturbada pelo fumo, e não consegui fazer a leitura, pelo menos, não naquele momento; contudo, abrindo o livro aleatoriamente, as primeiras palavras que surgiram foras as seguintes: "Invoca-me no dia da angústia; eu te livrarei, e tu me glorificarás".[81]

Tais palavras aplicavam-se perfeitamente ao meu caso e marcaram meus pensamentos no momento em que foram lidas, embora nem tanto como o fizeram depois. Quanto a tornar-me "livre", a palavra era para mim inaudível, por assim dizer; a coisa tornara-se tão remota, tão impossível, a meu ver, que, assim como os filhos de Israel disseram, quando lhes foi prometida carne para comer, "Poderá Deus preparar uma mesa no deserto?",[82] comecei a dizer, "Poderá Deus livrar-me deste lugar?". E como demorou muitos anos até surgir em mim alguma esperança, a pergunta prevaleceu muitas vezes nos meus pensamentos; todavia, as palavras calaram fundo, e sobre elas refleti com frequência. Então, vi que já era tarde, e o fumo, conforme já observei, entorpeceu tanto minha mente que senti vontade de dormir; sendo assim, deixei a lamparina acesa na caverna, caso precisasse de qualquer coisa durante a noite, e fui para cama. Porém, antes de deitar-me, fiz algo que nunca tinha feito em toda a minha vida: ajoelhei-me e roguei a Deus que cumprisse a promessa feita a mim, que se eu O invocasse no dia da angústia, Ele me livraria. Depois que terminei minha prece trôpega e canhestra, bebi a infusão de rum e tabaco, cujo sabor estava tão saturado de fumo e tão rançoso que mal consegui engolir; logo depois, deitei-me. Senti a bebida subir com violência à cabeça, mas caí num sono profundo, e só acordei quando, pelo sol, já deveria ser quase três horas da tarde no dia seguinte. Na verdade, até hoje desconfio que dormi durante todo o dia e a noite seguintes, e até quase as três da tarde do outro dia, caso contrário não saberia explicar como deixei de registrar um dia no meu calendário semanal, conforme ficou patente alguns anos depois, pois se a falha decorresse de enganos

81. Salmo 50,15.
82. Salmo 78,19.

nas marcações eu teria perdido mais de um dia. O fato é que perdi um dia no meu calendário, e nunca descobri o porquê.

Seja lá como for, quando despertei senti-me bastante revigorado, e num estado de espírito animado e alegre; quando me levantei, estava mais forte do que no dia anterior, e meu estômago tinha melhorado, pois senti fome; resumindo, não tive surto de febre no dia seguinte, e continuei melhorando. Assim foi o dia 29.

É certo que no dia 30 já estava curado e saí de casa, levando comigo a arma, mas não quis ir muito longe. Abati uma ou duas aves marinhas, parecidas com gansos selvagens, e trouxe-as para casa, mas não tive disposição para comê-las; então, comi mais alguns ovos da tartaruga, que estavam muito bons. À noite, preparei novamente o medicamento que, a meu ver, tinha surtido efeito na véspera, a saber, tabaco embebido em rum; apenas bebi menos do que antes, e não masquei nenhuma folha, tampouco inalei a fumaça; no entanto, ao contrário da minha expectativa, não me senti muito bem no dia seguinte, que era 1º de julho, pois ainda padeci de calafrios, embora não muitos.

2 DE JULHO. Usei o medicamento das três maneiras, como fizera da primeira vez, e adormeci; dobrei a dose.

3 DE JULHO. Não tive mais nenhum surto de febre, embora algumas semanas se passassem até eu recuperar todas as forças; enquanto me revigorava, meus pensamentos fixaram-se nas palavras da Escritura: "Eu te livrarei", mas a impossibilidade do resgate pesava muito em minha mente, impedindo que eu esperasse por isso; porém, enquanto tal pensamento me causava desânimo, refleti que me preocupava tanto em livrar-me da angústia predominante que desconsiderava o livramento já recebido, e fui levado, por assim dizer, a formular a mim mesmo as seguintes perguntas: Não fui salvo, misteriosamente, da doença, da mais angustiante das situações, que tanto me assustou? Teria eu me dado conta disso? Teria eu feito a minha parte? Deus me livrara, mas eu não O glorifiquei; isto é, eu não havia demonstrado reconhecimento e gratidão pelo livramento, e como poderia agora esperar um resgate ainda maior?

Isso tocou fundou meu coração e, imediatamente, ajoelhei-me e dei graças a Deus, em voz alta, pela cura da doença.

4 DE JULHO. Pela manhã peguei a Bíblia e, iniciando pelo Novo Testamento, comecei a ler, compenetrado, e obriguei-me a fazê-lo todas as manhãs e todas as noites, sem ater-me a determinado número de capítulos, mas prosseguindo enquanto meu pensamento se engajasse. Depois que iniciei esse trabalho com seriedade, não demorei muito para constatar o quanto meu coração estava profunda e sinceramente abalado pela iniquidade da minha vida pregressa. A impressão causada pelo sonho renasceu, e as palavras "Todas essas coisas não te levaram ao arrependimento" percorriam minha mente. Eu implorava com fervor a Deus que me concedesse arrependimento quando providencialmente, nesse mesmo dia, lendo a Escritura, cheguei às seguintes palavras: "Deus o elevou a Príncipe e Salvador, para dar arrependimento e remissão dos pecados".[83] Larguei o livro e, com o coração e as mãos levantadas para o céu, em uma espécie de êxtase, bradei: "Jesus, filho de Davi! Jesus, elevado a Príncipe e Salvador! Dai-me arrependimento!".

Posso dizer que foi a primeira vez que orei, no verdadeiro sentido da palavra, em toda a minha vida, pois agora orava com entendimento da minha situação e com uma visão autêntica de esperança nas Escrituras, fundamentada no incentivo ensejado pela Palavra de Deus; e a partir dessa época, posso dizer, comecei a ter esperança de que Deus me ouvisse.

Então comecei a interpretar as palavras já mencionadas, "Invoca-me, e eu te livrarei", num sentido diferente daquele antes percebido, pois anteriormente eu não tinha noção do que seria *livramento*, exceto a ideia de livrar-me do cativeiro em que me encontrava, visto que, embora estivesse deveras livre, a ilha era certamente uma prisão para mim, e do pior tipo. Mas agora assimilei um outro sentido. Agora passei a olhar minha vida pregressa com tamanha aversão, e meus pecados pareciam tão terríveis, que minha alma nada buscava de Deus senão livramento da carga de culpa que oprimia todo o meu ânimo; quanto à vida solitária, não tinha

83. Atos 5,31.

importância. Nem mais rezei para ver-me livre dela, e sequer pensava nisso; era tudo desprezível, em comparação ao restante. E acrescento aqui, a título de sugestão a eventuais leitores destas linhas, que, quando chegarem a um verdadeiro sentido das coisas, haverão de entender que livramento do pecado é bênção muito maior do que livramento da aflição.

Mas, saindo desse tópico, volto ao meu diário.

Minha condição, embora não menos infeliz quanto ao meu modo de viver, tornou-se bem mais tolerável sob o ponto de vista mental. E meus pensamentos, dirigidos por meio de constantes leituras da Escritura e preces a Deus a questões de natureza elevada, levaram-me a alcançar bastante paz interior, da qual até então eu nada sabia; além disso, à medida que minha saúde e minhas forças voltavam, tratei de conseguir tudo de que necessitava, e de tornar meu modo de vida o mais ameno possível.

DE 4 DE JULHO A 14 DE JULHO dediquei-me, sobretudo, a fazer caminhadas, de arma em punho, não muito extensas, conforme convém a um homem que restaura as forças após uma enfermidade, pois dificilmente pode-se imaginar o quanto eu estava abatido, e a que ponto chegara minha fraqueza. O remédio que usei era totalmente inusitado, e talvez jamais tivesse curado uma febre antes, e nem posso recomendá-lo a quem quer que seja; e embora me livrasse dos surtos, a medicação contribuiu bastante para debilitar-me, pois durante algum tempo padeci de convulsões frequentes que abalavam meu sistema nervoso, minhas pernas e meus braços.

Também aprendi com a experiência algo específico: ficar ao relento na estação chuvosa era o que havia de mais nocivo à minha saúde, especialmente aquelas chuvas que vinham acompanhadas de tempestades e furacões; visto que as precipitações ocorridas na estação seca eram quase sempre seguidas por tais tempestades, descobri que eram muito mais perigosas dos que as de setembro e outubro.

7. Experiência agrícola

Eu já estava naquela ilha infeliz havia mais de dez meses. Toda possibilidade de livramento parecia ter sido inteiramente furtada de mim; e acreditava piamente que nenhuma forma humana tivesse um dia colocado os pés naquele lugar. Tendo, conforme eu pensava, garantido muito bem minha habitação, senti vontade de explorar melhor a ilha e ver que outros produtos da terra, dos quais eu nada sabia, poderia descobrir.

Foi no dia 15 de julho que comecei a fazer um levantamento mais detalhado da ilha. Primeiro subi o riacho, por onde, como já relatei, trouxera minhas balsas; descobri, depois de percorrer cerca de duas milhas, que a maré não passava daquele ponto e a correnteza ali não era mais do que um pequeno fluxo de água fresca e potável; tratando-se da estação seca, porém, quase não havia água em alguns trechos, pelo menos não o suficiente para fluir de maneira visível.

Nas margens desse riacho encontrei muitas savanas, ou campinas agradáveis, planas e cobertas de relva; e nos aclives, próximos aos terrenos mais elevados, onde a água, como se poderia supor, jamais inundava, descobri uma boa quantidade de tabaco, verde e crescendo com talos vigorosos; havia muitas outras plantas, das quais eu não tinha o menor conhecimento, e que talvez possuíssem propriedades específicas, mas não fui capaz de descobrir.

Procurei raiz de mandioca, com a qual os indígenas em todas aquelas regiões fazem pão, mas não localizei nenhuma. Vi babosas de grande porte, mas naquela época ainda não as conhecia. Vi várias espécies de cana-de-açúcar, todas nativas,[84] mas, por falta de cultivo, eram imprestá-

84. Na verdade, a cana-de-açúcar é nativa de regiões subtropicais no Sul e no Sudeste da Ásia, e não do Caribe ou da América do Sul, onde foi introduzida por portugueses e espanhóis no século XVI.

veis. Contentei-me com essas descobertas naquela incursão e voltei pensando comigo mesmo sobre como proceder a fim de tomar conhecimento das propriedades e benefícios dos frutos e das plantas que porventura descobrisse, mas não cheguei a nenhuma conclusão, pois, em suma, fiz poucas observações enquanto estive nos Brasis e conhecia pouco as plantas nativas, pelo menos que servisse a algum propósito agora, em função das minhas necessidades.

No dia seguinte, 16 de julho, subi pelo mesmo caminho e, depois de ir mais longe do que no dia anterior, percebi que o riacho e as campinas desapareciam, e o terreno tornava-se mais arborizado; naquela área, encontrei frutas diferentes, particularmente melões no solo, em grande abundância, e uvas em árvores.[85] As vinhas tinham se alastrado por cima das árvores, e os cachos estavam agora no auge, maduros e viçosos. Foi uma descoberta surpreendente, e fiquei radiante, mas fui alertado por experiência própria a comer com moderação, lembrando que, quando estive na Barbária, a ingestão de uvas matou vários ingleses que eram escravos lá, causando-lhes disenteria e febre. Mas descobri um ótimo uso para as uvas, ou seja, curti-las ou secá-las ao sol, e preservá-las feito uvas desidratadas ou passas, pensando que assim seriam, como de fato aconteceu, saudáveis e saborosas quando não houvesse uvas frescas para ser colhidas.

Passei toda aquela noite por lá, e não voltei à minha habitação; aliás, foi a primeira vez, posso dizer, que pernoitei fora de casa. À noite, trepei numa árvore, onde dormi bem, e na manhã seguinte retomei a expedição, avançando quase quatro milhas, a julgar pela extensão do vale, seguindo sempre para o norte, onde se avistava uma crista de montes que se estendia desde o sul.

No final da marcha, cheguei a uma clareira onde o terreno parecia descer no sentido oeste até uma pequena fonte, que brotava na encosta do morro ao meu lado e vertia na direção oposta, isto é, diretamente a

85. Supostamente, muitos dos frutos encontrados por Crusoé na ilha teriam sido introduzidos na mesma ocasião que os caprinos.

leste; a região parecia tão fresca, tão verde, tão florida, e tudo era tão vicejante e com uma floração tão primaveril que fazia lembrar um jardim cultivado. Desci um pouco pela encosta daquele vale aprazível, examinando-o com um tipo de prazer um tanto inconfesso (embora mesclado com pensamentos aflitivos), pensando que aquilo tudo era meu, que eu era rei e senhor incontestável de toda aquela terra e sobre ela detinha o direito de posse; se conseguisse fazer valer tal direito, poderia deixá-lo como herança, a exemplo de qualquer lorde na Inglaterra. Avistei também uma abundância de cacaueiros, laranjeiras, limoeiros e limeiras, mas todos selvagens, e com poucos frutos, pelo menos naquela estação. Os limões verdes que colhi, porém, não eram apenas palatáveis mas muito saudáveis, e mais tarde misturei o sumo com água, o que tornava a bebida muito salutar e muito refrescante.

Verifiquei, então, que dispunha ali de provisões suficientes para colher e levar para casa, e resolvi reunir um estoque de uvas, limas e limões para abastecer-me durante a estação chuvosa, que eu sabia que se aproximava. Com tal propósito, juntei uma grande pilha de uvas num local, uma pilha menor em outro local e uma boa quantidade de limas e limões num terceiro ponto; levando um pouco de cada fruta comigo, fui até minha habitação, decidido a voltar de lá com uma sacola ou saco, ou o que pudesse encontrar, a fim de transportar o restante.

Tendo passado três dias nessa jornada, voltei para casa, pois agora assim devia chamar minha tenda e minha caverna. Mas antes que eu chegasse lá as uvas estragaram, rachadas e amassadas devido à própria suculência, de modo que serviram para pouco ou nada; quanto aos limões, eram bons, mas só pude levar alguns.

No dia seguinte, 19 de julho, voltei, tendo improvisado dois pequenos sacos nos quais trazer para casa minha colheita; mas fiquei surpreso quando, ao chegar à pilha de uvas, tão viçosas e belas no momento em que as colhera, encontrei-as espalhadas, pisoteadas e despedaçadas, algumas aqui, outras ali, sendo que muitas haviam sido comidas. Concluí que criaturas selvagens das redondezas teriam feito aquilo, mas que criaturas seriam eu não sabia. No entanto, constatando que não havia

"Desci um pouco pela encosta daquele vale aprazível."

como empilhá-las, nem como carregá-las nos sacos, pois no primeiro caso ficariam destruídas, e no segundo esmagadas sob o próprio peso, adotei outra medida; juntei uma grande quantidade de uvas e pendurei-as nas pontas dos galhos das árvores, para que curassem e secassem ao sol; e quanto às limas e aos limões, carreguei o máximo que pude.

Quando voltei para casa dessa jornada, refleti com grande satisfação sobre a fecundidade daquele vale e sua localização agradável; sobre a segurança contra tempestades naquela área e sobre o arvoredo, e concluí que o local onde tinha fixado minha morada era, sem dúvida, a pior parte da região. Comecei então a pensar em transferir minha habitação, buscando um lugar tão seguro como o que eu me fixara, mas, se possível, naquela parte agradável e fértil da ilha.

Tal ideia ficou na minha cabeça, e a ela me apeguei bastante e durante um bom tempo, pois o local pitoresco e aprazível atraía-me. Contudo, examinando a questão com mais cuidado, considerei que estava agora à beira-mar, onde pelo menos era possível que algo acontecesse em meu benefício, e que o mesmo destino nefasto que me levara até ali poderia levar também outros infelizes, e que, embora fosse bastante improvável que tal evento ocorresse, isolar-me entre montes e arvoredos no centro da ilha seria antecipar meu sofrimento e tornar tal evento não apenas improvável, mas impossível; portanto, concluí que não deveria mudar-me em hipótese alguma.

No entanto, fiquei tão encantado com o local que estive por lá boa parte do tempo ao longo do restante do mês de julho; e mesmo tendo decidido não me mudar, construí lá uma palhoça, protegida com uma cerca forte, uma sebe dupla, tão alta quanto eu podia alcançar, bem estaqueada e reforçada com mato no espaço interno. Ali eu ficava muito seguro, às vezes duas ou três noites seguidas, sempre passando por cima da sebe com uma escada, conforme fizera antes, de modo que agora imaginava ter minha casa de campo e minha casa à beira-mar, e esse trabalho ocupou-me até o início de agosto.

Mal acabara a construção da cerca, e apenas começava a desfrutar do resultado do trabalho, quando as chuvas chegaram e forçaram-me a ficar nas redondezas da minha primeira habitação. Embora tivesse erguido uma tenda semelhante à outra, com um pedaço de vela muito bem esticado, eu não contava com a encosta para abrigar-me das tempestades, nem de uma caverna onde pudesse proteger-me quando as chuvas eram torrenciais.

Por volta do início de agosto, como disse, eu tinha concluído a construção da palhoça e começado a desfrutá-la. No dia 3 de agosto, constatei que as uvas por mim penduradas nos galhos estavam perfeitamente secas e, de fato, eram passas excelentes. Então comecei a retirá-las das árvores, e foi uma sorte tê-lo feito, porque as chuvas que se seguiram as teriam estragado e eu teria perdido a melhor parte do meu alimento de inverno, pois contava com mais de duzentos cachos grandes. Mal tinha acabado de colhê-los e transportá-los até a caverna quando começou a chover; e a partir daquele dia, 14 de agosto, choveu, mais ou menos, todos os dias até meados de outubro, e às vezes tão violentamente que não pude sair da caverna durante vários dias.

Naquela estação, fiquei surpreso com o aumento da minha família. Eu estava preocupado com a perda de uma das minhas gatas, que tinha fugido ou, segundo eu achava, estava morta, e não a vi mais até que, para meu espanto, ela voltou para casa no final de agosto com três gatinhos. Foi ainda mais estranho porque, embora eu tivesse abatido um gato-do-mato, conforme o denominara, pensei que fosse uma espécie bem diferente dos nossos felinos europeus; contudo, os filhotes eram da mesma raça doméstica que a mãe, e considerando que ambas eram fêmeas, achei a situação muito esquisita. Porém, a partir daqueles três filhotes, vim a ser tão incomodado por outros gatos que fui forçado a exterminá-los como se fossem vermes ou feras, e expulsá-los de minha casa.

De 14 a 26 de agosto, chuvas incessantes, de maneira que não pude sair de casa, e dessa vez tomei muito cuidado para não me molhar muito. Devido ao confinamento, começou a faltar comida; então, aventurando-me duas vezes, numa ocasião matei um bode e na outra, dia 26, encontrei uma grande tartaruga, que constituiu um petisco para mim, e minha dieta ficou assim definida: eu comia um punhado de passas no desjejum; um pedaço de carne de bode, ou de tartaruga, no almoço, assada — pois, para meu grande azar, não dispunha de vasilhame para ferver ou ensopar nada; e dois ou três ovos de tartaruga na ceia.

Durante tal confinamento e protegido da chuva, trabalhei diariamente duas ou três horas na ampliação da caverna, e aos poucos aumentei um dos lados, até chegar à face da encosta, e fiz uma porta ou saída, que ficava além da estacada, ou muro; então, passei a entrar e sair por ali. Mas não fiquei muito sossegado, pois ainda me sentia desprotegido; afinal, antes eu estava no interior de um cercado perfeito, ao passo que agora achava-me exposto e vulnerável a tudo que se aproximasse. No entanto, não tinha visto nada vivo que me amedrontasse, pois a maior criatura que encontrara na ilha até então tinha sido um bode.

30 DE SETEMBRO. Adveio, então, o infeliz aniversário da minha chegada à ilha. Fiz as devidas marcas na estaca e verifiquei que fazia trezentos e sessenta e cinco dias que estava ali. Passei o dia em jejum solene, dedicando-me à prática religiosa, prostrando-me no solo em sinal de sincera humilhação, confessando meus pecados a Deus, reconhecendo Seus julgamentos justos sobre mim e rogando a Ele que se apiedasse da minha pessoa, por intercessão de Jesus Cristo; e não tendo ingerido absolutamente nada por doze horas, ou seja, até o pôr do sol, comi um biscoito e um cacho de uvas e fui para a cama, terminando o dia conforme começara.

Durante todo esse tempo, não respeitei o dia do Senhor. Ocorreu que, no início, eu não tinha em mente nenhum senso de religião e, mais tarde, deixei de distinguir as semanas, isto é, não fazendo uma marca mais alongada para designar o sábado; portanto, ficou difícil identificar os dias. Mas agora, conforme já observado, tendo contado os dias, descobri que estava na ilha havia um ano. Então, dividi o tempo em semanas e assinalei cada sétimo dia como sábado, embora verificasse, no final das contas, que tinha deixado de registrar um ou dois dias.

Um pouco depois disso, minha tinta começou a escassear; então tive que me contentar em usá-la com mais moderação, e registrar apenas os acontecimentos mais notáveis, sem prosseguir com um memorando diário do que ocorria.

A estação das chuvas e a estação da seca começaram a parecer regulares, e aprendi a distingui-las de modo a tomar as providências adequadas. Mas eu carecia totalmente de vivência, e o experimento que relatarei agora foi um dos mais frustrantes que realizei. Já mencionei que tinha guardado algumas espigas de cevada e arroz, que surpreendentemente descobri terem brotado, conforme pensei, de modo espontâneo, e acredito que havia por volta de trinta mudas de arroz e vinte de cevada; então achei que fosse época de semear depois das chuvas, o sol estando em sua posição sul, afastando-se de mim.

Em vista disso, lavrei um terreno, do melhor modo que pude, com minha enxada de madeira, e, dividindo-o em duas partes, semeei os grãos; enquanto semeava, porém, ocorreu-me, casualmente, que não deveria semear tudo de uma vez, porque desconhecia o momento mais propício para a semeadura. Por conseguinte, semeei cerca de dois terços das sementes, guardando, mais ou menos, um punhado de cada uma.

Foi grande meu alento, mais tarde, ter assim procedido, pois nenhum grão dos que semeei naquela vez chegou a germinar; ocorreu que nos meses secos seguintes, com a ausência de chuva após o plantio, não houve umidade para auxiliar o cultivo, e nada brotou até o retorno da estação chuvosa; e então tudo germinou como se tivesse sido recém-semeado.

Constatando que a primeira semeadura não havia brotado, fato que logo deduzi que fosse consequência da estiagem, procurei um terreno úmido para fazer outra tentativa; lavrei um trecho de solo nas proximidades da nova palhoça e plantei o restante das sementes em fevereiro, um pouco antes do equinócio de primavera; e esse plantio, contando com as chuvas de março e abril para irrigá-lo, brotou lindamente e produziu uma safra muito boa. Porém, como restava apenas uma parte das sementes, e não me atrevendo a semear tudo o que sobrara, guardei uma pequena quantidade, e toda a minha colheita não passou de cinco quilos de cada grão. No entanto, com tal experimento tornei-me mestre na atividade, passei a reconhecer exatamente a época certa para semear e pude contar com duas semeaduras e duas colheitas por ano.

Enquanto os grãos cresciam, fiz uma pequena descoberta que foi útil posteriormente. Assim que as chuvas acabaram e o tempo começou a firmar, o que ocorreu por volta de novembro, visitei a área da minha palhoça, onde, embora não a frequentasse havia alguns meses, encontrei tudo no mesmo estado em que tinha deixado. Minha cerca de sebe dupla não apenas estava firme e inteira, mas dos troncos de árvores que eu havia cortado para fazer estacas cresciam longos ramos, a exemplo do salgueiro, que geralmente brota no ano seguinte à poda dos galhos mais altos. Eu não sabia identificar a espécie de árvore da qual as estacas tinham sido cortadas. Fiquei surpreso, aliás muito satisfeito, em ver os arbustos brotando e podei-os, fazendo com que crescessem mais ou menos no mesmo formato. Foi incrível a bela forma que assumiram no decorrer de três anos, de modo que, embora a sebe completasse um círculo de mais de vinte metros de diâmetro, as árvores, pois agora podia chamá-las assim, logo cobriram-na e formaram uma sombra compacta, propiciando abrigo durante toda a estação seca.

Isso me levou a decidir cortar mais algumas estacas e construir uma sebe parecida, em semicírculo, em volta da paliçada, quero dizer, na minha primeira habitação, e assim o fiz. E posicionando as árvores, ou troncos, em fila dupla, a cerca de sete metros de distância da antiga paliçada, eles logo cresceram, formando, de início, uma boa cobertura para minha habitação e depois servindo também de defesa, conforme hei de relatar no momento oportuno.

Descobri, então, que as estações do ano podiam ser divididas não em verão e inverno, como na Europa, mas em tempo chuvoso e tempo seco, geralmente assim:

A segunda metade de fevereiro, todo o mês de março e a primeira metade de abril: tempo chuvoso, com o sol no equinócio, ou próximo a esse ponto.

A segunda metade de abril, todo o mês de maio, junho e julho e a primeira metade de agosto: tempo seco, com o sol ao norte da linha do equador.

A segunda metade de agosto, todo o mês de setembro e a primeira metade de outubro: tempo chuvoso, o sol estando de volta.

A segunda metade de outubro, os meses de novembro, dezembro e janeiro e a primeira metade de fevereiro: tempo seco, com o sol ao sul da linha do equador.

A duração da estação chuvosa dependia dos ventos, mas essa foi uma observação de caráter geral. Depois de ter constatado, por experiência própria, as consequências negativas de expor-me às intempéries durante a estação das chuvas, cuidei de abastecer-me para não ser obrigado a sair, e fiquei dentro de casa o máximo possível durante os meses chuvosos. Em tais ocasiões encontrei muito que fazer (o que veio bem a calhar naquele momento), pois pude voltar minha atenção a vários objetos cuja confecção dependia de trabalho árduo e dedicação constante; sobretudo, tentei várias maneiras de fazer um cesto, mas os gravetos que consegui recolher para tal propósito eram tão quebradiços que não prestavam para nada. Foi de grande vantagem para mim, então, que, quando menino, eu tivesse o costume de visitar cesteiros, na cidade onde meu pai vivia, para vê-los confeccionar suas mercadorias de vime; e sendo eu, a exemplo da maioria dos meninos, ávido em ajudar, ótimo observador, e às vezes oferecendo assistência, adquiri pleno conhecimento das técnicas empregadas, de modo que só me faltavam os materiais; foi então que me veio à mente que os ramos da árvore da qual eu cortara minhas estacas talvez fossem tão resistentes quanto os salgueiros e os vimeiros da Inglaterra, e resolvi fazer uma tentativa.

Assim, no dia seguinte fui até minha casa de campo, como a chamava, e cortei alguns dos ramos menores, os quais serviram ao meu intento muitíssimo bem; então fiz uma nova visita, munido da machadinha, a fim de cortar uma quantidade maior, e logo localizei-os, pois existiam em abundância; deixei os ramos secando no interior do cercado, isto é, da sebe, e quando estavam prontos para uso levei-os para a caverna. E ali, ao longo da estação seguinte, dediquei-me a produzir, da melhor maneira possível, muitos cestos, tanto para transportar terra quanto para carregar ou armazenar o necessário; embora o acabamento não fosse esmerado, os cestos eram suficientemente adequados ao meu objetivo.

A partir de então, cuidei para nunca ficar sem eles; e à medida que se deterioravam, em vez de usar sacos, eu fazia novos cestos, resistentes e profundos, para neles depois guardar meus cereais, quando viesse a dispor de boas quantidades de grãos.

Tendo superado essa dificuldade e a ela dedicado uma infinidade de tempo, empenhei-me em suprir, se possível, duas outras necessidades. Eu não dispunha de vasilhames para guardar líquidos, exceto duas pipas, que estavam quase cheias de rum, e garrafas de vidro, algumas no formato comum, e outras quadradas, dispostas em caixotes, para armazenar aguardentes, bebidas alcoólicas etc. Não tinha sequer uma panela para ferver nada, exceto uma grande chaleira, resgatada do navio, demasiado grande para o que eu desejava, a saber, preparar caldo e ensopar carne. A segunda coisa que eu gostaria de ter era um cachimbo, mas não havia como fabricá-lo; no entanto, finalmente recorri a um artifício para isso também. Dediquei-me à fixação da segunda fileira de estacas ou mourões, bem como ao trabalho de cestaria, durante todo o verão, ou estiagem, mas outra atividade haveria de tomar-me mais tempo do que eu imaginava.

8. Examina sua própria situação

Mencionei antes que tinha muita vontade de explorar toda a ilha, e que navegara riacho acima até o local onde construí minha palhoça, e de onde eu contava com acesso direto ao mar, do outro lado da ilha. Resolvi, então, seguir até o litoral daquele lado; portanto, levando a arma, a machadinha e meu cachorro, e uma quantidade maior de pólvora e chumbo miúdo do que o normal, e provido de dois biscoitos e um bom punhado de passas, iniciei a jornada. Depois que transpus o vale em que ficava a palhoça, avistei o oceano a oeste, e, por ser um dia muito claro, vislumbrei terra, ignorando se era ilha ou região continental, mas era bastante elevada, estendendo-se de oeste a sudoeste a uma distância significativa, pelo meu palpite não menos de quinze ou vinte léguas.

Eu não sabia especificar que parte do mundo seria aquela, exceto que deveria pertencer à América, e conforme concluí com base em minhas observações tratava-se de alguma região próxima aos domínios espanhóis, talvez habitada por selvagens, aonde, se tivesse chegado, estaria numa situação pior do que a atual; então, assenti diante dos desígnios da Providência, a qual comecei a reconhecer e aceitar como ordenadora de tudo para o melhor. Digo que sosseguei minha mente com tal pensamento e parei de afligir-me com anseios estéreis de estar naquela outra região.

Além disso, depois de refletir um pouco, considerei que se aquele lugar fosse mesmo a costa espanhola eu certamente avistaria, cedo ou tarde, algum navio trafegando por ali; caso contrário, seria a costa agreste entre os domínios da Espanha e os Brasis, habitada pelos selvagens mais temíveis, pois são canibais, devoradores de gente, e não deixam de matar e comer todos os corpos humanos que caem em suas mãos.

Diante de tais considerações, avancei com serenidade. Achei aquele lado da ilha bem mais agradável do que o meu, com campinas aprazíveis, adornadas com flores e relva, e belos bosques. Avistei uma abundância de papagaios, e quis capturar um, se possível, para domesticá-lo e ensinar-lhe a falar comigo. Consegui, depois de algum esforço, pegar um filhote, derrubando-o com uma vara e, tendo-o resgatado, trouxe-o para casa, embora alguns anos se passassem até que consegui fazê-lo falar. Por fim, ensinei-o a chamar meu nome, com bastante familiaridade. Houve até um incidente que, embora tolo, foi muito divertido e será relatado no devido momento.

Entretive-me imensamente naquela excursão. Na baixada, deparei-me com lebres, conforme achei que fossem, e raposas, mas diferiam muito de todas as espécies que eu conhecia, e não me animei a comê-las, embora abatesse várias. Mas eu não precisava arriscar-me, pois não me faltava alimento, aliás de ótima qualidade, especialmente três tipos, a saber, bodes, pombos e tartarugas. Somando-se isso às minhas uvas, nem o mercado de Leadenhall[86] poderia prover mesa melhor do que a minha, em proporção ao número de comensais. E embora minha situação fosse deplorável eu tinha um grande motivo para ser grato, pois não padecera por falta de comida; deveras, contava com fartura e até mesmo petiscos.

Nunca avançava na caminhada mais do que duas milhas por dia, ou algo assim; e dava tantas voltas, no intuito de fazer descobertas, que costumava chegar exausto ao local onde resolvia pernoitar. Então trepava numa árvore ou cercava-me com uma fileira de estacas fincadas verticalmente no solo, tiradas de uma árvore ou de outra, de modo que qualquer criatura que se aproximasse me despertaria.

Assim que cheguei à beira-mar, fiquei surpreso ao deduzir que tinha me estabelecido no pior lado da ilha, pois nesse novo lado a praia estava coberta de incontáveis tartarugas, enquanto do outro eu encontrara apenas três ao longo de um ano e meio. Nesse lado, havia também um

86. Situado no centro de Londres, trata-se de um dos mercados mais antigos da cidade, remontando ao século XIV, hoje coberto.

número infinito de aves, de diversas espécies, algumas que eu já conhecia e outras que jamais vira na vida, e muitas tinham carne bastante boa, mas não fui capaz de identificar as espécies, exceto os pinguins.

Eu poderia ter atirado em quantas aves quisesse, mas poupei a pólvora e o chumbo miúdo. Por conseguinte, preferi tentar abater uma cabra, da qual pudesse alimentar-me melhor; contudo, embora houvesse mais caprinos ali do que no meu lado da ilha, foi com muito mais dificuldade que me aproximei deles, pois o terreno era plano, e os animais viam-me muito antes do que quando eu me aproximava pelos morros.

Confesso que aquela parte da ilha era muito mais agradável do que onde eu estava, mas não tive a menor intenção de mudar-me, pois, fixado na minha moradia, passei a considerá-la uma espécie de habitat natural, e o tempo todo em que fiquei do outro lado era como se estivesse em viagem, longe de casa. Mesmo assim, suponho que tenha caminhado ao longo da costa, no sentido leste, cerca de doze milhas, e então, depois de fincar uma grande estaca na praia, como se fosse um marco, concluí que deveria voltar para casa, e que na próxima excursão partiria do outro lado da ilha, seguindo a leste da minha morada, e assim circundar a região, até chegar novamente à estaca. Mas isso será relatado no devido momento.

Retornei por um caminho diferente, pensando que poderia facilmente manter toda a ilha ao alcance da vista, e assim não passar do local da minha primeira moradia. Mas percebi meu engano, de vez que, após cerca de duas ou três milhas, verifiquei que estava descendo por um grande vale tão cercado de morros, e os morros tão cobertos de bosques, que eu não conseguia orientar-me exceto pelo sol, e nem mesmo pelo sol, a menos que soubesse muito bem sua posição em cada momento do dia. Para piorar meu revés, aconteceu que o tempo ficou nublado ao longo dos três ou quatro dias em que estive no vale e, sem ver o sol, andei a esmo, com grande desconforto, e finalmente fui obrigado a seguir até o litoral, localizar meu marco e voltar pelo mesmo caminho. Então tomei o rumo de casa, numa sequência de jornadas curtas, pois o calor era excessivo, e minha espingarda, a munição, a machadinha e outras coisas pesavam muito.

Durante a jornada de volta, meu cachorro surpreendeu e encurralou um cabrito; corri para contê-lo, peguei o cabrito e salvei-o do cachorro. Tive vontade de levá-lo para casa, se pudesse, pois muitas vezes pensara na possibilidade de capturar um cabrito ou dois, e assim criar um rebanho de caprinos domesticados, que pudessem suprir-me quando me faltassem pólvora e chumbo. Fiz uma coleira para a criaturinha e, usando uma guia improvisada com um fio da corda que sempre levava comigo, conduzi o animal, embora com alguma dificuldade, até minha palhoça, onde deixei-o preso, pois era grande a minha impaciência para chegar em casa, de onde me ausentara havia mais de um mês.

Não posso expressar a satisfação que foi, para mim, chegar em casa e deitar-me na minha cama-rede. Aquela jornada errante, sem abrigo fixo, tinha sido tão desagradável que, em comparação, minha casa, conforme agora eu a chamava, era uma pousada perfeita; e tudo ao redor parecia tão confortável que decidi nunca mais tornar a afastar-me muito dali enquanto fosse meu destino permanecer na ilha.

Descansei durante uma semana para refazer-me da longa jornada, na maior parte do tempo incumbindo-me da tarefa árdua de fazer uma gaiola para meu papagaio, Poll, agora domesticado e conhecendo-me melhor. Então comecei a pensar no pobre cabrito que havia prendido na pequena paliçada, e resolvi buscá-lo e dar-lhe um pouco de comida; portanto, lá fui eu, e encontrei-o onde o deixara, pois de fato ele não conseguira escapar e estava quase morrendo de fome. Cortei folhagens de árvores e ramos de arbustos e joguei-os por cima da estacada, e depois de alimentá-lo amarrei-o como fizera antes, para levá-lo embora. No entanto, o animal estava tão amansado pela fome que eu não precisava tê-lo amarrado, pois seguia-me feito um cão; e como eu sempre o alimentava, o cabrito ficou tão dócil e tão afetuoso que a partir daquele momento tornou-se mais um de meus animais domésticos, e nunca mais deixou-me.

A estação chuvosa do equinócio de outono chegou, e observei, com a mesma reverência de antes, o dia 30 de setembro, sendo o aniversário de meu desembarque na ilha, onde eu estava havia dois anos, sem nenhuma perspectiva mais concreta de ser resgatado do que no dia da chegada.

Passei o dia inteiro em humilde ação de graças pela misericórdia maravilhosa com que fora contemplado naquele estado solitário, sem a qual minha situação teria sido infinitamente mais infeliz. Expressei modestos e sinceros agradecimentos a Deus, por se aprazer em revelar que eu era mais feliz naquela condição solitária do que vivendo em liberdade no meio social e desfrutando dos prazeres do mundo; e por Ele compensar inteiramente as carências decorrentes da minha solidão e a falta do convívio humano por meio de Sua presença e das benesses de Sua graça à minha alma, amparando, confortando e incentivando-me a confiar na Sua Providência agora, e sempre aspirar à Sua eterna presença.

Foi então que comecei a refletir, com sensatez, sobre o quanto a vida que eu agora levava, apesar de todas as circunstâncias malfadadas, era mais feliz do que a vida iníqua, maldita e abominável que levara no passado. Então, alterei a natureza tanto das minhas agruras como das minhas alegrias; meus próprios desejos foram alterados, minhas predileções mudaram e meus prazeres renovaram-se totalmente em relação aos que predominavam na época da minha chegada, ou, na verdade, nos dois últimos anos.

Antes, enquanto caminhava, fosse para caçar ou para percorrer a região, a angústia da minha alma diante daquela situação irrompia subitamente, e eu sentia um aperto no coração quando me dava conta das matas, das montanhas, dos desertos que me cercavam, e do fato de eu ser um prisioneiro, atrás das eternas grades e trancas do oceano, numa terra desolada e desabitada, sem possibilidade de ser resgatado. Mesmo nos momentos de maior serenidade mental, tal sentimento surgia qual uma tempestade, e fazia-me torcer as mãos e chorar feito criança. Às vezes, essa angústia dominava-me durante o trabalho, e eu imediatamente me sentava e suspirava, e fitava o chão durante uma ou duas horas, e isso era ainda pior, pois se eu pudesse irromper em lágrimas, ou desabafar com palavras, a dor extravasada diminuiria.

Mas a partir de então comecei a exercitar-me com novos pensamentos. Passei a ler a Palavra de Deus todos os dias e aplicá-la ao meu estado presente, valendo-me do alento por ela propiciado. Certa manhã, estando muito melancólico, abri a Bíblia e deparei-me com as seguintes palavras:

“Não te deixarei, nem te desampararei”.[87] Imediatamente, pensei que tais palavras fossem dirigidas a mim; a quem mais seriam, precisamente no momento em que eu tanto lamentava minha condição, sentindo-me abandonado por Deus e pelos homens? “Pois bem”, disse comigo mesmo, “se Deus não me desampara que mal pode ocorrer, ou o que importa se o mundo inteiro me desamparar, visto que se eu ganhasse o mundo inteiro mas perdesse o favor e a bênção de Deus a perda seria incomparável?”

Naquele momento concluí que era possível, para mim, ser mais feliz naquele estado de abandono e solidão do que provavelmente em qualquer outra situação no mundo; e com tal pensamento eu haveria de dar graças a Deus por ter me conduzido àquele lugar. Não sei por quê, mas algo nesse pensamento impactou minha mente, de maneira que não me atrevi a pronunciar o agradecimento. “Como podes ser tão hipócrita”, disse comigo mesmo, de forma audível, “como podes fingir ser grato por tua atual condição, se, por mais que te esforces para te contentares, preferes rogar para ser resgatado?” Então parei aí; contudo, ainda que não fosse capaz de agradecer a Deus por estar naquele lugar, agradeci sinceramente por Ele abrir meus olhos, embora submetendo-me a situações angustiantes, para que eu pudesse enxergar a condição anterior da minha vida, lamentar minha iniquidade e arrepender-me. Todas as vezes que abri a Bíblia, ou fechei-a, minha alma bendizia a Deus por ter feito meu amigo na Inglaterra, a despeito de qualquer ordem minha, empacotar o livro sagrado entre meus bens, e por ajudar-me depois a salvá-lo do naufrágio.

Assim, e com tal disposição de espírito, iniciei o terceiro ano; e embora não tenha imposto ao leitor um relato tão minucioso dos meus trabalhos ao longo desse ano tanto quanto do primeiro, de modo geral posso afirmar que pouco fiquei ocioso. Dividi regularmente o tempo de acordo com as múltiplas tarefas diárias que me aguardavam, a saber, primeiro, cumprir meu dever para com Deus e ler as Escrituras, atividade à qual eu me dedicava três vezes por dia; segundo, sair com a arma em busca de alimento, o que geralmente tomava até três horas todas as manhãs,

87. Deuteronômio 31,8.

quando não chovia; terceiro, preparar, cortar, conservar e cozinhar o que houvesse abatido ou apreendido para meu sustento. Tais atividades ocupavam grande parte do meu dia. Além disso, é preciso considerar que no meio do dia, quando o sol estava a pino, o calor era tanto que eu não me aventurava a sair; portanto, era à tardinha que eu costumava trabalhar, durante quatro horas, exceto quando, às vezes, eu trocava as horas designadas à caça com as destinadas aos afazeres, trabalhando no período da manhã e saindo com a espingarda à tarde.

Além do tempo reduzido para trabalhar, posso registrar a dificuldade excessiva da minha lida e a quantidade de horas que, por falta de ferramentas, de ajuda e de habilidade, toda e qualquer tarefa me tomava. Por exemplo, gastei quarenta e dois dias para fazer uma prancha comprida que servisse de prateleira e que eu pretendia instalar na caverna, ao passo que dois lenhadores, com suas ferramentas, teriam cortado seis daquelas pranchas, de uma mesma árvore, em meio dia de trabalho.

Meu caso era o seguinte: precisava derrubar uma árvore frondosa, porque a prancha tinha que ser larga. Demorei três dias para derrubar a árvore, e mais dois cortando os galhos e reduzindo a árvore a um tronco, ou tora. Por meio de inúmeros golpes, desbastei ambos os lados da tora, até ficar leve o suficiente para ser movida; então, virei-a e aplainei uma face até ficar qual uma prancha, de ponta a ponta; em seguida, virando essa face para baixo, desbastei a outra, até a prancha ficar com cerca de sete centímetros de espessura e lisa. Qualquer pessoa pode avaliar o esforço empreendido por minhas mãos em tal obra, mas a dedicação e a paciência ajudaram-me naquela tarefa, e em muitas outras. Só explicito esse exemplo para justificar por que despendi tanto tempo em tão pouco trabalho, ou seja, o que poderia ser feito sem grande demora com auxílio de ferramentas adequadas tornava-se um trabalho árduo e exigia um tempo prodigioso para ser levado a termo sem ajuda e sem ferramentas. Mas, apesar disso, com tenacidade e aplicação, superei muita coisa; na verdade, consegui superar todos os obstáculos que as circunstâncias me impunham, conforme poderá ser constatado no que se segue.

Agora, nos meses de novembro e dezembro, minha expectativa era a colheita de cevada e arroz. O terreno por mim adubado e lavrado não era extenso, pois, como já comentei, a quantidade de sementes de que eu dispunha não passava de um punhado de cada tipo, de vez que eu havia perdido uma safra inteira, por ter semeado na estação seca. Mas agora que a colheita parecia bastante promissora, descobri, de repente, que corria o risco de perder tudo de novo por causa de inimigos de vários tipos e que dificilmente poderiam ser evitados. Primeiro, os caprinos e as criaturas selvagens que eu chamava de lebres, que, provando a doçura dos brotos, atacavam-nos noite e dia, assim que germinavam, e devoravam-nos antes mesmo que formassem mudas.

Não vi solução a não ser construir uma cerca viva, o que me deu enorme trabalho, sobretudo porque exigia pressa. Porém, sendo pequeno o terreno arável adequado à minha safra, consegui cercá-lo inteiramente em mais ou menos três semanas. Então, disparando contra alguns dos animais invasores durante o dia, coloquei meu cão para guardar o terreno à noite, amarrando-o a uma estaca no portão, de onde ele latia a madrugada toda; em pouco tempo, os inimigos abandonaram o local e os grãos cresceram viçosos e fortes, e começaram a amadurecer rapidamente.

Mas assim como os animais selvagens ameaçaram arruinar minha plantação enquanto os grãos brotavam, os pássaros agora haveriam de arruiná-la, atacando as espigas; percorrendo o terreno a fim de verificar como o plantio prosperava, vi minha pequena lavoura cercada de aves, de não sei quantas espécies, que pareciam aguardar até eu ir embora. Imediatamente, fiz um disparo (pois sempre levava minha espingarda comigo). Assim que disparei, uma pequena nuvem de aves, que eu sequer tinha visto, esvoaçou do meio da plantação.

Isso me abalou sensivelmente, pois previ que em poucos dias as aves devorariam todas as minhas esperanças, que eu passaria fome e nunca mais seria capaz de fazer um plantio, e tampouco saberia como proceder. Contudo, decidi não perder meus grãos se pudesse evitar, mesmo que precisasse vigiá-los noite e dia. Em primeiro lugar, percorri o terreno para verificar os danos já causados, e constatei que os pássaros já haviam estragado grande parte, mas quanto ao restante, que estava demasiado verde para eles, a perda não tinha sido tão grande, e bastaria para garantir uma boa colheita se pudesse ser salvo.

Permaneci no local, carregando minha espingarda, e então, enquanto me afastava, vi nitidamente os ladrões empoleirados nas árvores ao redor, como se estivessem esperando até que eu fosse embora; e assim que me fui, como se tivesse partido, e mal saí de seu campo de visão, os pássaros pousaram um por um entre as espigas novamente. Fiquei tão aborrecido que não tive paciência para ficar ali até que mais aves chegassem, sabendo que cada grão devorado agora seria, digamos, menos um punhado para mim no futuro; então, chegando à sebe, abri fogo novamente e matei três pássaros. Era o que eu desejava; em seguida, peguei-os e utilizei-os como fazemos com ladrões notórios na Inglaterra, a saber, pendurei-os em correntes, para terror dos demais. É quase impossível imaginar o efeito causado por tal medida, pois as aves não apenas deixaram de atacar os grãos como, resumindo, abandonaram toda aquela parte da ilha e, enquanto meus espantalhos ficaram lá pendurados, nunca mais avistei um pássaro sequer próximo àquele local. Foi grande a minha satisfação, disso o leitor pode ter certeza, e por volta do fim de dezembro, época da segunda safra do ano, colhi meus cereais.

Infelizmente, eu carecia de uma foice para ceifar, e tive que improvisar, o melhor que pude, com a lâmina de uma das espadas, ou alfanjes,[88] que resgatei do arsenal do navio. Mas como minha primeira safra foi pequena, não tive grande dificuldade em colhê-la; em suma, colhi do meu jeito, pois não cortei nada além das espigas, e carreguei-as num grande cesto fabricado por mim, e depois debulhei-as com as mãos; no final da colheita, constatei que dos meus cinco quilos de sementes obtivera quase dois alqueires de arroz e mais de dois alqueires e meio de cevada.[89] Assim me pareceu, pois não tinha como obter medidas àquela época.

88. Sabre de lâmina curta e larga, com o fio no lado convexo da curva.

89. Antiga medida de capacidade para secos, sobretudo cereais, equivalente a quatro *pecks*, sendo cada *peck* correspondente a nove litros na Grã-Bretanha (*peck* imperial).

Isso foi um grande incentivo para mim e pressenti que, com o tempo, seria do agrado de Deus prover-me de pão. No entanto, estava eu novamente atônito, pois não sabia como moer os grãos ou produzir farinha, ou mesmo como debulhar as espigas; tampouco sabia como preparar a massa com a farinha; e se soubesse preparar a massa, não saberia assá-la. Tais questões, adicionadas ao meu desejo de ter uma boa quantidade de cereais para armazenar e garantir um abastecimento constante, levaram-me a não consumir aquela safra, mas preservá-la para semeá-la na estação seguinte, e nesse ínterim concentrar todo o meu estudo e horas de trabalho à proeza de suprir-me de cereais e pão.

Posso afirmar, de fato, que naquele momento eu trabalhava para garantir meu pão. Trata-se de algo um tanto maravilhoso, e sobre o qual creio que poucas pessoas pensem muito, ou seja, sobre a infinidade de pequenas coisas necessárias à obtenção, produção, preparação, fabricação e ao acabamento desse único artigo, o pão.

Para mim, reduzido a uma existência dependente da natureza, isso acarretou um desânimo diário, e tornei-me cada vez mais sensível a tal questão, mesmo depois de ter conseguido o primeiro punhado de sementes, que, como disse, surgiram inusitadamente, e de fato surpreendentemente.

Primeiro, eu não dispunha de arado ou ancinho para revirar o solo, nem de enxada ou pá para cavá-lo. Bem, isso eu superei fazendo uma enxada de madeira, conforme relatei antes; mas o resultado não foi satisfatório, pois, embora a tarefa tenha me custado muitos dias de labuta, a enxada, por não ser de ferro, não só se desgastou logo como também tornou meu serviço mais cansativo e menos produtivo. Contudo, aguentei firme, e contentei-me em trabalhar com paciência e tolerar o desempenho precário. Quando os grãos foram semeados, eu não tinha ancinho, e fui obrigado a gradar[90] o solo arrastando sobre as sementes um ramo de árvore grande e pesado, apenas arranhando a terra, por assim dizer, em vez de sulcá-la. Quando os grãos cresceram e amadureceram, foram

90. Aplanar a terra lavrada com grade, desfazendo os torrões e cobrindo as sementes.

muitas, conforme já mencionei, as providências necessárias, tais como cercar, proteger, ceifar ou colher, curar e transportar a produção até minha casa, além de sovar, separar o joio e armazenar. Então, eu precisava de um moinho e peneiras para separar os grãos, além de fermento e sal para fazer o pão, e de um forno para assar. No entanto, tive que aprender a prescindir de todos esses itens, conforme há de ser constatado, e ainda assim os cereais constituíam, para mim, um regalo inestimável e um benefício também. Tudo isso, como disse, tornava minha faina entediante, mas não havia outro jeito. E meu tempo não foi desperdiçado, porque, conforme eu o organizara, uma parte era destinada diariamente a esses afazeres; tendo decidido não usar os cereais para fazer pão até contar com um estoque maior, pude dispor dos seis meses seguintes para dedicar-me inteiramente, com trabalho e criatividade, a fabricar os utensílios adequados ao desempenho de todas as operações necessárias para tornar os grãos, quando disponíveis, próprios para meu uso.

9. Um barco

Mas primeiro eu precisava lavrar mais terra, pois agora tinha grãos suficientes para semear mais de um acre.[91] Antes disso, porém, gastei pelo menos uma semana de trabalho para fabricar uma enxada, que depois de pronta ficou apenas sofrível, e muito pesada, e exigia trabalho dobrado para ser manejada; contudo, segui em frente, e semeei dois grandes terrenos planos, o mais perto possível da minha casa, e cerquei-os com uma boa sebe, cujas estacas foram cortadas da mesma madeira por mim utilizada anteriormente, e que eu sabia que haveria de brotar. Então, dentro de um ano, eu teria uma cerca viva, que necessitaria de pouca manutenção. A tarefa custou-me nada menos do que três meses, porque grande parte do tempo compreendia a estação das chuvas, quando eu não podia sair de casa.

Quando chovia e não era possível sair, eu sempre me ocupava com vários afazeres dentro de casa, e enquanto trabalhava distraía-me conversando com meu papagaio, e ensinando-lhe a falar, e logo fiz com que aprendesse seu próprio nome e, finalmente, o pronunciasse em voz alta, "Poll", a primeira palavra que ouvi na ilha que não foi proferida por mim. Isso, porém, não contava como trabalho, mas diversão, pois, conforme afirmei, dedicava-me a diversos afazeres, a saber: busquei durante longo tempo um meio de fabricar utensílios de barro, que me faziam tanta falta, mas não sabia onde encontrar argila. No entanto, dado o clima quente, eu não tinha dúvida de que se encontrasse o material poderia fazer alguns

91. Unidade de medida para superfícies agrárias, variável segundo as localidades. O acre inglês e norte-americano é igual a 40,47 ares, sendo um are equivalente a cem metros quadrados.

potes que, depois de cozidos ao sol, haveriam de ficar sólidos e resistentes a ponto de suportar o manuseio e armazenar qualquer item que fosse seco e precisasse assim ser mantido; e como tais itens eram necessários à preparação dos grãos, da farinha etc. com os quais estava lidando, resolvi fabricar alguns potes, os maiores que pudesse, adequados para conter o que neles precisava ser guardado.

O leitor teria pena de mim, ou melhor, riria de mim, se eu contasse de quantas maneiras estranhas trabalhei a massa; das coisas esquisitas, disformes e feias que produzi; de quantas formas desabaram para dentro; de quantas desabaram para fora, quando o barro não estava rígido o suficiente para sustentar-se; de quantas peças racharam ao calor extremo do sol, ao serem expostas precocemente; e de quantas partiram-se em pedaços, ao serem removidas, antes ou depois de secarem; em suma, de que após desdobrar-me para encontrar argila, cavá-la, temperá-la, transportá-la até minha casa e moldá-la, não fui capaz de fazer mais do que duas "coisas" de barro, grandes e feiosas (não posso chamá-las de jarros), em cerca de dois meses de labuta.

No entanto, visto que o sol deixou esses dois recipientes duros e secos, levantei-os com muita cautela e coloquei-os dentro de dois grandes cestos de vime que fizera especialmente para eles, de maneira que não quebrassem; e havendo entre os potes e os cestos um pequeno espaço sobrando, preenchi-o com palha de arroz e de cevada. Notando que os dois potes estavam sempre secos, deduzi que preservariam meus cereais, e talvez a farinha, depois que os grãos fossem moídos.

Embora meu projeto de fabricação de potes grandes houvesse fracassado, fui mais bem-sucedido na confecção de utensílios menores, tais como tigelas redondas, pratos rasos, frascos, pequenos caldeirões e vários objetos aos quais minhas mãos dedicaram-se; e o calor do sol proporcionava um cozimento excelente.

Mas nada disso atendia ao meu propósito, que era fabricar um pote de barro que pudesse conter líquido e resistir ao fogo, ao que nenhum daqueles se prestava. Passado algum tempo, aconteceu que, tendo feito um fogaréu para assar carne, quando fui apagá-lo encontrei um caco de um dos meus potes de barro no meio do fogo, cozido e duro feito uma pedra, e vermelho feito uma telha. Foi uma surpresa agradável, e eu disse comigo mesmo que, decerto, seria possível cozer um utensílio inteiro, da mesma maneira que um caco.

Isso me fez estudar um meio de controlar o fogo, de modo a cozer algumas vasilhas. Eu não sabia nada sobre manuseio de fornos, como aqueles utilizados por oleiros, nem de vitrificação com chumbo, embora tivesse comigo um pouco de chumbo; mas empilhei três caldeirões e dois ou três potes sobre um monte de brasas e cerquei-os de lenha. Alimentei o fogo com lenha nova, ao redor e por cima, até verificar que as vasilhas estavam incandescentes e sem rachaduras; quando constatei que estavam absolutamente rubras, deixei-as naquele calor durante cinco ou seis horas, até que uma delas, embora não houvesse estalado, começou a desmanchar-se, pois a areia misturada à argila havia derretido, dada a intensidade do calor, e teria se transformado em vidro se eu tivesse continuado; então diminuí pouco a pouco o fogo, até que os potes começaram a perder a cor avermelhada e, vigiando a noite toda, para que o fogo não diminuísse bruscamente, obtive pela manhã três caldeirões muito bons (não direi bonitos) e dois outros potes de barro, muito bem cozidos, e um deles perfeitamente vitrificado pela areia dissolvida.

Após tal experimento, não preciso dizer que utensílios de barro não me faltaram mais, mas devo reconhecer que, quanto ao formato, eram bastante precários, como qualquer um poderia supor, pois eu não sabia fabricá-los, a não ser da maneira que crianças fazem bolinhos de lama ou uma mulher faz tortas sem nunca ter aprendido a trabalhar a massa.

Nenhuma alegria diante de algo tão feio igualou-se à minha quando descobri que tinha fabricado um pote de barro resistente ao fogo; e mal tive paciência para aguardar até que as peças esfriassem antes de devolver uma delas às brasas, com um pouco de água, para cozinhar um pedaço de carne, o que transcorreu de modo admirável; e com um pedaço de carne de cabrito, preparei um caldo muito bom, embora me faltassem aveia e vários outros ingredientes necessários para fazê-lo como desejava.

"Não fui capaz de fazer mais do que duas 'coisas' de barro, grandes e feiosas."

Minha tarefa seguinte foi conseguir um almofariz[92] de pedra para esmagar o grão, pois quanto a um moinho nem me passou pela cabeça chegar a tal perfeição com apenas duas mãos. Como suprir essa demanda eu não sabia, pois de todos os trabalhadores do mundo ninguém era mais desqualificado como pedreiro do que eu; sem contar que não dispunha das ferramentas necessárias. Passei vários dias em busca de uma pedra avulsa e grande o suficiente para ser escavada qual um almofariz, mas não localizei nenhuma exceto rochas sólidas, que eu não tinha como cavar ou lascar; além disso, as pedras da ilha não eram devidamente duras, mas arenosas, e não suportariam o peso do pilão, nem esmagariam os grãos sem enchê-los de areia. Portanto, depois de muito tempo perdido em busca de uma pedra, desisti e resolvi procurar um toco de madeira dura, o que, de fato, achei com muito mais facilidade; então, escolhendo o maior toco que consegui mover, arredondei-o e moldei-o,

92. Recipiente feito de materiais diversos, metal, pedra, madeira etc., utilizado para triturar e homogeneizar substâncias sólidas.

do lado externo, com o machado e a machadinha, e com ajuda do fogo e de trabalho insano fiz uma cavidade no lado interno, do mesmo modo que os silvícolas no Brasil fabricam canoas. Depois, fiz um grande pilão com a madeira conhecida por pau-ferro; guardei tudo até minha próxima safra de grãos, que agora haveria de moer, ou melhor, triturar em farinha para produzir pão.

Meu desafio seguinte foi confeccionar uma peneira, ou coador, para separar a farinha do farelo e das cascas, sem o que eu não via qualquer possibilidade de fazer pão. Tratava-se de uma questão bastante difícil de resolver, pois era certo que eu não tinha nada que se assemelhasse ao material necessário, quero dizer, uma tela fina, ou qualquer tecido que pudesse filtrar a farinha. Fiquei empacado meses a fio, e não sabia mesmo como proceder. Não me sobrara nada de linho além de meros trapos; eu dispunha de pelos de caprinos, mas não sabia tecer nem fiar, e mesmo que soubesse não possuía os instrumentos necessários. Encontrei, finalmente, a solução, lembrando-me de que, entre os trajes dos marujos por mim resgatados do navio, havia alguns lenços de pescoço de morim ou musselina; então, utilizando pedaços dessas peças fiz três peneiras pequenas, mas funcionais. E assim improvisei ao longo de alguns anos; como procedi depois, relatarei no devido momento.

A parte do cozimento foi o problema seguinte a ser considerado, e como eu haveria de preparar o pão quando viesse a ter grãos. Para começar, não havia fermento; quanto a isso, não sendo possível suprir tal carência, não me preocupei muito. Mas quanto ao forno, foi grande a minha ansiedade. Por fim, arrumei um jeito de lidar com isso também, que foi o seguinte: fiz algumas formas de barro, largas, mas não profundas, isto é, com cerca de sessenta centímetros de diâmetro e não mais que vinte centímetros de profundidade. Essas eu queimei, conforme fizera com as outras, e guardei-as. Então, quando queria assar, eu fazia um grande fogo de chão, num local pavimentado com lajotas quadradas fabricadas por mim, embora não devesse chamá-las de quadradas.

Quando a lenha estava queimada e praticamente em brasas, puxava as brasas, de modo a cobrir todo o espaço pavimentado, e ali deixava-as até que a superfície ficasse bem quente; em seguida, afastava as brasas e colocava o pão, ou pães, emborcava um pote de barro sobre o pão e espalhava as brasas ao redor, a fim de manter e ainda intensificar o calor. E assim, como se fosse no melhor forno do mundo, assei meus pães de cevada e, em pouco tempo, tornei-me um bom padeiro, pois fiz diversas broas e bolos de arroz; mas não fiz empadões, nem teria como recheá-los, exceto de carne de aves ou bodes.

Não é de admirar que todas essas questões tenham consumido a maior parte do terceiro ano de minha residência na ilha, mas cabe observar que nos intervalos dessas atividades precisei cuidar da minha lavoura e do meu sustento, pois colhi cereais na devida estação, transportei-os até em casa tão bem quanto pude e armazenei as espigas nos cestos até dispor de tempo para descascá-las, pois não tinha terreiro nem ferramenta para debulhá-las devidamente.

E agora, de fato, com o aumento do estoque de cereais, surgiu a necessidade de construir um celeiro maior. Eu precisava de um local para armazenar os cereais, pois o aumento da produção de grãos era tamanho que eu dispunha de cerca de vinte alqueires de cevada e o mesmo tanto de arroz, ou mais. Por conseguinte, resolvi começar a dispor dos grãos sem restrições, pois fazia tempo que eu passava sem pão. Além disso, decidi calcular a quantidade suficiente para suprir-me ao longo de doze meses, e semear apenas uma vez por ano.

No fim das contas, concluí que quarenta alqueires de cevada e arroz eram mais do que suficientes para meu consumo no período de um ano. Portanto, resolvi semear em cada ano apenas a mesma quantidade do ano anterior, na esperança de que tal quantidade me abastecesse plenamente de pão etc.

Enquanto todas essas coisas aconteciam, o leitor pode crer que meus pensamentos muitas vezes voltavam-se para o potencial das terras por mim divisadas quanto estive no outro lado da ilha, e havia em mim um desejo íntimo de estar naquele outro litoral, supondo que, sendo um continente e uma região habitada, pudesse seguir adiante e talvez, finalmente, encontrar algum meio de escapar.

Mas durante todo aquele tempo não considerei que a viagem fosse arriscada, nem que poderia cair nas mãos de selvagens talvez muito piores do que os leões e tigres da África; que se deles ficasse cativo teria uma chance em mil de sobreviver, e poderia até ser devorado, pois ouvira dizer que os povos da costa do Caribe eram canibais, comedores de gente, e eu sabia, pela latitude, que não estava longe daquele litoral. E supondo que fossem canibais poderiam matar-me, pois muitos europeus que haviam caído em suas mãos foram dizimados, mesmo quando estavam em grupos de dez ou vinte. Quanto mais eu, que era apenas um, e com pouca ou nenhuma possibilidade de defesa. Todos esses fatores, quero dizer, que eu deveria ter levado em conta, e que povoaram meus pensamentos mais tarde, não me afligiram no início, e minha mente ocupava-se apenas com a ideia obstinada de ir até aquele litoral.

Naquele momento, eu gostaria de ter comigo o menino Xuri e o barco de vela triangular no qual naveguei mais de mil milhas pela costa da África; mas tal desejo era em vão. Por conseguinte, pensei em examinar o escaler do nosso navio, que, como disse, fora arremessado pela tempestade até um ponto distante da costa quando naufragamos. O barco estava mais ou menos no mesmo local e, pela ação das ondas e dos ventos, jazia quase emborcado no topo de um banco de areia, embora não mais cercado de água.

Se tivesse quem me ajudasse a consertá-lo e lançá-lo na água, o escaler teria servido muito bem, e eu poderia ter voltado aos Brasis com facilidade; mas eu deveria ter previsto que era tão impossível virá-lo e aprumá-lo quanto deslocar a própria a ilha. Contudo, fui até a mata, cortei madeira em formato de alavancas e rolos e levei-os até o barco, decidido a fazer o máximo possível, convencendo a mim mesmo de que, se conseguisse desemborcar o escaler, talvez fosse capaz repará-lo das avarias sofridas e teria um barco muito bom, e poderia nele lançar-me ao mar sem dificuldade.

De fato, não poupei esforços naquela faina inglória, e nela despendi, acho eu, três ou quatro semanas; por fim, constatando ser impossível levantar o escaler com minha própria força, comecei a cavar a areia, minando-lhe a sustentação, fazendo com que escorregasse, e ainda calçando-o com pedaços de madeira para alavancá-lo e direcioná-lo na queda.

Mas depois que fiz isso não fui capaz de movê-lo nem de entrar embaixo dele, muito menos de empurrá-lo em direção à água; portanto, fui forçado a desistir. Porém, embora perdesse as esperanças de recuperar o barco, meu desejo de aventurar-me pelo oceano aumentou, em vez de diminuir, à medida que os meios para tanto pareciam inviáveis.

Isso finalmente fez-me pensar se não seria possível construir uma canoa, ou piroga, como os nativos daqueles climas fazem, mesmo sem ferramentas, ou, como eu diria, sem ajuda, a partir do tronco de uma grande árvore. Não só achei que fosse possível mas que seria fácil, e fiquei radiante com a ideia e com o fato de contar com mais recursos para tal empreitada do que qualquer negro ou indígena; no entanto, jamais considerei as limitações específicas que a mim se impunham mais do que aos indígenas, a saber, falta de ajuda para transportar a canoa até a água quando estivesse pronta, obstáculo muito mais difícil de superar do que todas as consequências da falta de ferramentas. E de que me serviria escolher na mata uma árvore frondosa, derrubá-la com imenso esforço, depois, com minhas ferramentas, moldar a parte externa no formato de um barco, e queimar ou desbastar o interior para torná-lo oco, a fim de transformá-lo numa canoa, se, afinal, eu fosse obrigado a abandonar a canoa no local, sem conseguir lançá-la à água?

Seria cabível indagar como não me passou pela mente a mínima reflexão sobre minhas possibilidades enquanto trabalhava naquele barco; de antemão, eu deveria ter pensado no modo de levá-lo até o mar, mas meus pensamentos estavam tão fixados na travessia pelo oceano que nem por um momento considerei o que faria para tirar a canoa da terra; e, pelas características daquela canoa, seria mais fácil conduzi-la por quarenta e cinco milhas de mar do que por quarenta e cinco braças[93] de terra, a fim de levá-la até onde pudesse flutuar.

93. Medida de comprimento anglo-saxônica equivalente a duas jardas (1,829 metro).

Pus-me a trabalhar naquele barco da maneira mais insensata que um homem em seu juízo normal poderia conceber. Contentei-me com o projeto, sem determinar se seria de fato capaz de empreendê-lo; não posso dizer que a dificuldade de lançar o barco passasse muitas vezes pela minha cabeça, mas sustei quaisquer indagações com a seguinte resposta tola que dei a mim mesmo: "Vou primeiro construir o barco; garanto que hei de encontrar um jeito ou outro de movê-lo depois de pronto".

O método era totalmente absurdo, mas a avidez da minha fantasia prevaleceu, e lancei mãos à obra. Derrubei um cedro, e duvido muito que Salomão dispusesse de um como aquele para edificar o Templo de Jerusalém.[94] Tinha quase um metro e oitenta centímetros de diâmetro na base, e um metro e dez de diâmetro quando atingia sete metros de comprimento; a partir desse ponto, afinava-se um pouco, e então se dividia em galhos. Não foi sem uma trabalheira insana que derrubei aquela árvore; levei vinte dias golpeando a parte inferior, e mais catorze dias desbastando os galhos e os ramos da copa, a golpes de machado e machadinha, e à custa de labor indescritível; depois disso, levei um mês para moldar o tronco e deixá-lo no formato semelhante ao fundo de um barco, para que pudesse flutuar ereto como deveria. Custou-me aproximadamente mais três meses para talhar o interior e transformá-lo na parte interna de uma canoa. Fiz tudo isso prescindindo de fogo, apenas com marreta e cinzel e por meio de trabalho pesado, até que consegui construir uma bela piroga, e grande o suficiente para transportar vinte e seis homens, portanto grande o suficiente para transportar a mim e toda a minha carga.

Quando terminei o trabalho, fiquei absolutamente encantado. Nunca tinha visto na vida uma canoa ou piroga tão grande feita de uma árvore só. Muitos foram os golpes extenuantes que aquela canoa exigiu de mim, disso o leitor pode ter certeza; e só faltava levá-la à água. E se tivesse con-

94. Filho e sucessor de Davi, e terceiro rei de Israel, de 970 a 931 a.C. Sua sabedoria ficou lendária em todo o Oriente e na Bíblia. Depois da saída dos hebreus do Egito, começou a edificar o esplêndido primeiro Templo de Jerusalém, também conhecido como Templo de Salomão, todo revestido inicialmente de cedro do Líbano, e mais tarde de ouro puro.

seguido realizar tal proeza, não duvido de que teria dado início à mais insana e mais improvável das viagens de todos os tempos.

Falharam, porém, todas as minhas iniciativas para colocar a canoa na água, embora tenham me custado mais trabalho exaustivo. A distância até a água era cerca de noventa metros, não mais. Mas o primeiro inconveniente era um aclive até o riacho; pois bem, para superar tal contratempo resolvi cavar o solo, e assim fazer um declive. Lancei-me portanto ao trabalho, que me custou um esforço tremendo, mas quem se queixa de esforço quando se tem em vista um resgate? Todavia, quando a tarefa foi concluída e a dificuldade contornada, tudo voltou à estaca zero, pois eu não conseguia mover a canoa, assim como não tinha conseguido mover o escaler.

Então, medi a distância do terreno e resolvi abrir um canal para trazer a água até a canoa, visto que não podia levar a canoa até a água. Pois bem, dei início ao serviço e, quando entrei na vala e calculei a profundidade e a largura necessárias, assim como a quantidade de solo a ser removido, verifiquei que, pelo número de mãos de que dispunha, isto é, apenas as minhas, levaria dez ou doze anos até concluir o projeto, pois a costa era elevada, de maneira que na parte superior teria pelo menos seis metros de profundidade; por conseguinte, finalmente, embora com grande relutância, desisti dessa tentativa também.

Isso me entristeceu profundamente, e agora entendia, embora tarde demais, a insensatez de iniciar uma tarefa antes de calcular o custo, e antes de avaliar corretamente a capacidade de levá-la a termo.

Durante aquele trabalho completei meu quarto ano na ilha, e comemorei o aniversário com a mesma devoção e mais alento do que nunca, pois, graças ao estudo constante e à aplicação compenetrada da Palavra de Deus, e com a ajuda de Sua graça, cheguei a um entendimento diverso do que tinha antes. Adquiri uma noção diferente das coisas. Encarava o mundo agora como algo remoto, com o qual eu nada tinha a ver, do qual nada esperava e, na verdade, nada desejava. Resumindo, eu realmente nada tinha a ver com o mundo, e provavelmente jamais teria; então concluí que o mundo seria como talvez o percebêssemos do além, ou seja, o lugar onde um dia estivemos, mas de onde saímos, e eu poderia dizer, perfeitamente, como o Patriarca Abraão ao homem rico: "Está posto um grande abismo entre mim e vós".[95]

Em primeiro lugar, na ilha eu estava afastado de toda a maldade do mundo. Não padecia dos desejos da carne, dos desejos dos olhos nem da soberba da vida. Não tinha o que cobiçar, pois dispunha de tudo o que naquele momento era capaz de desfrutar. Era senhor do feudo; ou, se quisesse, poderia intitular-me rei ou imperador de toda a região sob meu domínio. Não tinha rivais nem concorrentes, ninguém para comigo disputar soberania ou comando. Poderia cultivar grãos para encher vários navios, mas não teria utilidade para tanto; então cultivei apenas o bastante para suprir minha necessidade. Contava com uma abundância de tartarugas, mas só conseguia consumir uma de cada vez. Tinha madeira suficiente para construir uma frota de navios, e uva para fazer vinho, ou desidratar e produzir passas, e com tais mercadorias carregar a frota depois de construída.

Mas só o que me fosse útil tinha valor. Eu possuía o bastante para comer e suprir minhas necessidades, e do que mais precisaria? Se abatesse mais caça do que pudesse comer, meu cão haveria de comê-la, ou os vermes. Caso semeasse mais grãos do que pudesse consumir, os grãos haveriam de estragar. Árvores por mim derrubadas apodreciam no solo. Eu só podia utilizá-las para fazer fogo, e só precisava de fogo para preparar comida.

Em suma, a natureza e a experiência dos acontecimentos ditavam-me, por meio da devida reflexão, que as coisas boas deste mundo não têm valor para nós se não forem úteis, e que tudo o que pudermos acumular para dar aos outros só nos apraz na medida em que nos for de alguma utilidade, e não mais. O avarento mais ganancioso do mundo seria curado do vício da ganância se estivesse na minha situação, pois eu possuía infinitamente mais do que podia dispor. Não tinha espaço para desejos, exceto de itens dos quais carecia, e eram itens básicos, embora,

95. Lucas 16,26.

de fato, de grande utilidade para mim. Eu possuía, conforme já disse, um montante em dinheiro, em ouro e prata, cerca de trinta e seis libras esterlinas. Ai de mim! Lá estava aquela coisa imunda, nefasta e imprestável; eu não tinha o que fazer com aquilo, e muitas vezes refleti que daria um quinhão daquele dinheiro por alguns cachimbos, ou por uma pedra para moer cereais; deveras, eu daria todo o meu dinheiro por uma quantidade ínfima de sementes de nabo e cenoura vindas da Inglaterra, ou por um punhado de ervilhas e grãos de feijões e um frasco de tinta. Naquelas circunstâncias, dinheiro não me trazia a menor vantagem ou benefício; mas lá estava ele, numa gaveta, mofando em consequência da umidade da caverna na estação das chuvas. E se a gaveta estivesse cheia de diamantes seria o mesmo caso, pois não teriam o menor valor para mim, carecendo de utilidade.

Agora eu havia tornado minha condição de vida bem mais fácil comparada ao período inicial, e bem mais amena para minha mente e meu corpo. Muitas vezes, sentei-me para comer, cheio de gratidão, e admirei a mão da Providência Divina, que tinha preparado minha mesa no deserto. Aprendi a olhar mais o lado positivo da minha situação, e menos o lado negativo, e a levar em conta o que podia desfrutar, e não o que me faltava, e isso me propiciou tamanho conforto interior que mal posso expressar. E ressalto isso aqui pelo bem dos descontentes, incapazes de aproveitar o que Deus lhes oferece porque veem e desejam algo que Ele não lhes concedeu. Todo o nosso descontentamento diante do que não temos parecia-me resultar da falta de gratidão diante daquilo que temos.

Outra reflexão de grande utilidade para mim, e que sem dúvida seria também para qualquer um que se visse num apuro semelhante ao meu, foi comparar minha situação atual com aquela que no primeiro momento julguei que seria; na verdade, com o que certamente aconteceria se a bondosa Providência Divina não determinasse milagrosamente que meu navio fosse lançado próximo à costa, o que me possibilitou não só voltar a bordo como também trazer à praia tudo o que dele retirei para meu socorro e conforto, sem o que estaria privado de ferramentas para trabalhar, armas para defender-me e pólvora e chumbo para caçar.

Passei horas inteiras, posso dizer dias inteiros, imaginando, em cores bem vivas, qual seria minha situação se não tivesse retirado nada do navio: não teria obtido comida, exceto tartarugas e peixes, e visto que levei algum tempo até encontrá-los teria perecido; estaria vivendo, caso não tivesse morrido, feito um mero selvagem; se, mediante alguma invenção, matasse uma ave ou um bode, não teria como retirar-lhe a pele e carneá-lo, e seria obrigado a roer a carne com os dentes e dilacerá-la com as garras, qual um animal feroz.

Tais reflexões tornaram-me muito sensível à generosidade da Providência para comigo, e muito grato pela minha condição presente, a despeito de todas as adversidades e infortúnios. E tampouco posso deixar de recomendar àqueles que, em meio ao sofrimento, tendem a dizer "existirá aflição como a minha?": considerem como são piores os casos de outras pessoas, e como seus próprios casos seriam piores, se assim determinasse a Providência.

Outra reflexão também ajudou a acalentar-me a mente com esperanças, a saber, comparar minha situação atual com aquela que eu merecia e que, portanto, tinha motivos para esperar da mão da Providência. Eu levara uma vida terrível, totalmente destituída do conhecimento e do temor a Deus. É certo que fora bem instruído por meu pai e minha mãe, e nenhum dos dois, na minha infância, deixara de infundir em minha mente a reverência por Deus, o senso do dever e do que a natureza e o propósito da minha existência exigiam de mim. Mas, que lástima! Caindo cedo na vida de marujo, que de todas é a mais destituída do temor a Deus, embora temeridades causadas por Deus estejam sempre diante dos que navegam, quero dizer, entrando cedo na vida de marujo, e vivendo na companhia da marujada, o pouco sentido de religião que eu guardava foi arrancado de mim pelo deboche dos meus camaradas, pelo desdém cínico diante do perigo e da visão da morte, atitude que se tornou habitual devido ao meu distanciamento de toda e qualquer oportunidade de conversar com gente que fosse diferente de mim, ou de ouvir algo que fosse bom ou que tendesse ao bem.

Tão destituído estava de qualquer virtude, ou de qualquer consciência de quem eu era, ou deveria ser, que nos momentos em que recebi maior ajuda, tais como ao fugir de Salé, ao ser resgatado pelo comandante português, ao desfrutar de uma estada tão boa nos Brasis, ao receber minha carga da Inglaterra e assim por diante, jamais pronunciei as palavras "Obrigado, meu Deus!", nem em pensamento nem em voz alta. Tampouco nas piores provações pensei em rogar a Ele, ou mesmo dizer, "Senhor, tende piedade de mim!"; não, nem mesmo mencionava o nome de Deus, exceto em vão, para jurar e blasfemar.

Tive pensamentos terríveis durante vários meses, conforme já observei, devido à malignidade e insensibilidade da minha vida pregressa. E quando olhava ao redor e considerava as benesses da Providência que me auxiliaram desde minha chegada àquela ilha, bem como a generosidade de Deus para comigo, não apenas castigando-me menos do que minha iniquidade merecia, mas provendo-me tão abundantemente, enchia-me de esperanças de que meu arrependimento fora aceito, e de que Deus ainda me reservasse misericórdia.

Com essas reflexões, trabalhei a mente, não apenas para resignar-me à vontade de Deus naquelas circunstâncias, mas até mesmo para agradecer sinceramente por minha situação. Eu, que ainda estava vivo, não deveria me queixar, pois não recebera o castigo merecido por meus pecados; desfrutava de uma misericórdia inesperada naquele lugar, e não deveria mais lamuriar-me da minha condição, e sim alegrar-me e dar graças pelo pão de cada dia, ensejado por nada além de uma abundância de prodígios, e deveria considerar que fui alimentado por um milagre tão grande quanto o de Elias sustentado por corvos,[96] na verdade por uma longa série de milagres; e dificilmente seria capaz de apontar lugar mais propício, na parte inabitada do mundo, onde pudesse ter naufragado, um lugar onde, embora prescindisse de companhia, o que por um lado era minha aflição, tampouco encontrei feras vorazes, lobos ou tigres que me ameaçassem a vida, nem criaturas venenosas ou peçonhentas cuja carne pudesse fazer-me mal, nem selvagens que quisessem matar-me e devorar-me.

---

96. Alusão a 1 Reis 17,2-6. "Javé dirigiu a palavra a Elias: 'Saia daqui, dirija-se para o oriente e esconda-se junto ao córrego de Carit, que fica a leste do Jordão. Você poderá beber água do córrego. Eu ordenei aos corvos que levem comida para você'."

Em suma, assim como, por um lado, minha vida era de tristeza, por outro era de misericórdia, e para levar uma vida de conforto faltava-me apenas o entendimento de que a bondade e o cuidado de Deus para comigo na situação em que me achava eram meu consolo diário; e depois que cheguei ao entendimento justo sobre essas questões, segui adiante e nunca mais senti-me triste. Eu já estava na ilha fazia tanto tempo que muitas coisas que trouxera para a costa, para delas servir-me, estavam quase esgotadas, ou demasiado surradas.

A tinta, como já observei, havia praticamente acabado, restando uma quantidade mínima, que aos poucos misturei com água, até ficar tão rala que quase não deixava vestígio de preto no papel. Enquanto durou, usei-a para registrar os dias do mês em que qualquer coisa digna de nota acontecia comigo. Então, examinando o tempo passado, notei uma estranha coincidência de datas nas várias ações da Providência que se abateram sobre mim, e, se fosse supersticioso e considerasse determinados dias como agourentos ou auspiciosos, teria motivos para observar tais datas com mais atenção.

Primeiro, observei que na mesma data em que abandonei meu pai e meus amigos e fugi para Hull, a fim de partir para o mar, fui depois capturado pelo navio de Salé e feito escravo. No mesmo dia do ano em que escapei do naufrágio daquele navio em Yarmouth Roads, tempos depois, fugi de Salé naquele barco. No mesmo dia em que nasci, ou seja, 30 de setembro, minha vida foi salva milagrosamente vinte e seis anos depois,[97] quando fui lançado à praia, na ilha, de modo que minha vida de iniquidade e minha vida de solidão iniciaram no mesmo dia do ano.

Depois da tinta, a próxima coisa a acabar foi o pão, quero dizer, os biscoitos por mim trazidos do navio. Eu tinha economizado o máximo que pude, permitindo-me apenas um biscoito por dia ao longo de mais de um ano; mesmo assim, durante quase um ano fiquei sem biscoitos antes de produzir grãos, e tinha motivos importantes para sentir-me grato por tê-los, pois, conforme já vimos, foi quase por milagre que os consegui.

---

97. Na verdade, se Crusoé nasceu em 30 de setembro de 1632, em 30 de setembro de 1659, data em que chegou à ilha, ele completou 27 anos.

Então minhas roupas começaram a esfarrapar-se; quanto a roupas de baixo, fazia tempo que já não tinha nenhuma, exceto algumas camisas de tecido xadrez que encontrara nos baús dos marinheiros e que preservara com todo cuidado, porque muitas vezes não tolerava vestir nada além de uma camisa; e foi para mim de grande utilidade ter encontrado, entre as roupas masculinas do navio, quase três dúzias de camisas. É fato que havia também vários capotes usados pela marujada quando montavam vigília, mas eram quentes demais para o clima da ilha; e embora fosse verdade que o calor era tanto que não havia necessidade de roupa, eu não podia andar totalmente nu; de fato, mesmo que fosse propenso a isso, o que não era o caso, sequer podia pensar em tal possibilidade, embora estivesse sozinho.

A razão pela qual eu não podia ficar nu era que não resistia tão bem ao calor do sol quando estava despido como quando usava alguma roupa; na verdade, o calor frequentemente empolava minha pele, ao passo que, com uma camisa, o ar circulava por baixo do tecido e propiciava uma sensação de frescor. Eu jamais conseguia sair ao sol sem gorro ou chapéu; os raios, agindo com tanta violência naquele lugar, causavam-me dores de cabeça, batendo diretamente no topo do meu crânio, de modo que eu não suportava; mas se colocasse o chapéu as dores logo desapareciam.

Diante disso, comecei a pensar em dar um jeito nos poucos trapos que possuía, e os quais chamava de roupas. Eu tinha gastado todos os coletes de que dispunha, e empenhei-me, então, em confeccionar jaquetas com os capotes que tinha comigo, e com quaisquer outros itens que restassem; por conseguinte, comecei a trabalhar como alfaiate, costurando, ou melhor, danificando peças, pois o resultado foi mais do que deplorável. No entanto, consegui fazer dois ou três coletes novos, que haveriam de servir-me por bastante tempo; quanto a culotes e cuecas, a situação continuou lamentável até mais tarde.

Já mencionei que guardei as peles de todas as criaturas que abati, quero dizer, dos quadrúpedes, e pendurei-as ao sol, presas com gravetos; algumas ficaram tão ressecadas e duras que quase não prestavam para nada, mas outras foram muito úteis. A primeira coisa que fiz com as peles foi um grande gorro, com a pelugem voltada para fora, a fim de repelir a chuva; realizei o trabalho com tamanha facilidade que depois confeccionei um traje inteiramente com peles, ou seja, um colete e culotes abertos na altura dos joelhos, e ambos folgados, pois destinavam-se a refrescar, e não a aquecer. Não posso deixar de admitir que ficaram muito malfeitos, pois se eu era medíocre como carpinteiro, era ainda pior como alfaiate. Todavia, serviram-me muito bem e, quando eu estava ao ar livre, caso chovesse, os pelos do colete e do gorro mantinham-me totalmente seco.

Depois disso, dediquei muito tempo e esforço à fabricação de um guarda-sol. De fato, era grande a minha necessidade de um guarda-sol, bem como a vontade de fazê-lo; eu tinha visto como eram feitos, nos Brasis, onde são muito úteis no calor intenso de lá, e achava que na ilha o calor era igualmente intenso, e até mais, pois estávamos mais próximos do equinócio. Além disso, como eu era obrigado a passar muito tempo ao ar livre, o objeto seria extremamente útil, protegendo-me tanto da chuva quanto do sol. A tarefa custou-me um esforço supremo, e levei um bom tempo até confeccionar algo do meu agrado. Na verdade, depois de pensar que tinha dominado a técnica, ainda estraguei dois ou três antes de produzir um que me convencesse; mas, por fim, fiz um que me atendeu muitíssimo bem. A principal dificuldade que encontrei foi para fechá-lo. Eu conseguia abri-lo, mas se não pudesse fechá-lo não seria portátil, exceto se o levasse sempre aberto sobre a cabeça, o que seria impraticável. No entanto, por fim, como disse, fiz um a contento e cobri-o com peles, deixando a pelugem do lado de fora, para que repelisse a chuva feito um telhado, e o guarda-sol protegia-me com tamanha eficácia que eu podia sair no tempo mais quente em melhores condições do que antes no tempo mais frio; e quando não precisava dele podia fechá-lo e carregá-lo debaixo do braço.

Assim, vivi com muita serenidade, aceitando inteiramente a vontade de Deus e colocando-me totalmente à disposição da Providência Divina. Isso tornou minha vida melhor do que em sociedade, pois, quando começava a lamentar a falta de conversa, perguntava-me se conversar com meus próprios pensamentos e, como espero poder afirmar, até mesmo com o próprio Deus, de quando em quando, não seria melhor do que usufruir do máximo prazer junto ao convívio mundano.

10. Caprinos domesticados

Não posso dizer que depois disso, nos cinco anos seguintes, algo extraordinário tenha ocorrido, mas vivi nas mesmas condições, com a mesma atitude e no mesmo lugar; minha ocupação primordial, além do plantio de cevada e arroz, e do preparo das passas, que eu sempre estocava em quantidade suficiente para consumir durante um ano; digo, além desse trabalho anual e da saída diária para caçar, enfrentei a faina da canoa, cuja construção finalmente terminei. Então, cavando um canal de quase dois metros de largura e um metro de profundidade, levei-a até o riacho, a quase meia milha de distância. Quanto à primeira canoa, que era enorme e foi construída sem que eu considerasse de antemão como faria para lançá-la, não sendo capaz de levá-la até a água, ou trazer a água até ela, fui obrigado a abandoná-la onde estava, como uma lembrança para ser mais criterioso na tentativa seguinte. Na verdade, na tentativa seguinte, embora não conseguisse encontrar uma árvore ideal, e a canoa estivesse num local onde eu não poderia acessar a água numa distância menor do que, como disse, quase meia milha, ainda assim, constatando que o projeto era viável, não desisti; e embora o trabalho me ocupasse por quase dois anos, jamais me queixei, pois tinha esperança de contar com um barco para finalmente ir ao mar.

No entanto, embora a canoa menor estivesse pronta, suas dimensões não correspondiam de forma alguma ao objetivo que eu tinha em vista quando a construí, quero dizer, aventurar-me até o continente, cobrindo uma distância de mais de quarenta milhas. Por conseguinte, o tamanho reduzido do barco contribuiu para pôr fim a tal objetivo, no qual parei de pensar. No entanto, agora que eu dispunha de um barco, meu objetivo seguinte foi fazer um cruzeiro ao redor da ilha, pois tendo conhecido o outro lado, e chegando até lá a pé, conforme já descrevi, as descobertas que fiz naquela pequena excursão enchiam-me de vontade de conhecer outros pontos da costa. E agora, com um barco, não pensava em mais nada a não ser circum-navegar a ilha.

Com tal propósito, e no intuito de proceder com discernimento e juízo, instalei um pequeno mastro no barco, e também confeccionei uma vela, com fragmentos da vela do navio, que estavam devidamente guardados e dos quais eu tinha um bom estoque. Depois de instalar o mastro e a vela, e experimentar a embarcação, constatei que navegava muito bem. Então fiz pequenos armários ou caixas, em cada extremidade, para armazenar provisões, utensílios, munição etc., de maneira que ficasse tudo seco, protegido da chuva ou das ondas do mar, e talhei no interior do casco um sulco, onde podia encaixar minha arma, e fiz também uma aba, para cobri-la e mantê-la seca.

Fixei o guarda-sol à popa, feito um mastro, para ficar sobre minha cabeça e proteger-me, como um toldo; e assim, de vez em quando, eu fazia uma pequena viagem por mar, mas nunca ia longe, nem me afastava muito da foz do riacho. Por fim, ansioso por conhecer toda a circunferência de meu pequeno reino, resolvi empreender o tal cruzeiro; portanto, abasteci o barco com duas dúzias de pães (biscoitos, deveria chamá-los) de cevada, uma tigela de barro cheia de arroz tostado (alimento que comi bastante), uma garrafinha de rum, a carne de meio bode, pólvora e chumbo para caçar e dois capotes que, conforme já mencionei, resgatei dos baús dos marujos; peguei um que servisse para deitar-me, e o outro para cobrir-me à noite.

Em 6 de novembro, no sexto ano do meu reinado, ou meu cativeiro, como o leitor preferir, iniciei a viagem, e descobri que seria bem mais prolongada do que o esperado, pois embora a ilha não fosse muito grande, quando alcancei o litoral leste deparei-me com formações rochosas submersas, rente à superfície, que avançavam cerca de duas léguas mar afora; e além desses recifes encontrei um banco de areia estendendo-se por mais meia légua, de modo que precisei sair bastante ao largo para contornar aquele pontal.

Crusoé leva a canoa até o riacho.

Quando descobri os recifes, pensei em desistir da viagem e retornar, sem saber até que ponto precisaria avançar mar afora, e, acima de tudo, sem ideia de como voltar ao litoral. Então soltei a âncora, que eu improvisara a partir de um gancho quebrado que resgatara do navio.

Vendo que o barco estava seguro, peguei a arma, desembarquei e subi um morro de onde poderia avistar o pontal. Depois de constatar a extensão total dos recifes, resolvi aventurar-me.

No topo do morro, contemplando o oceano, percebi a presença de uma forte correnteza, na verdade violenta, dirigindo-se para leste e acercando-se do pontal; observei atentamente seu curso porque me pareceu perigosa, constatando que, se entrasse nela, talvez fosse arrastado para o alto-mar e não conseguisse retornar à ilha. De fato, se não tivesse subido o morro, acredito que teria sido assim, pois havia uma correnteza idêntica do outro lado da ilha, apenas a uma distância maior da praia; avistei, então, um repuxo contrário e intenso próximo à costa. Sendo assim, bastava sair da correnteza e entrar imediatamente no repuxo.

Mas fiquei ali ancorado dois dias, porque o vento soprava com força de leste-sudeste, no sentido contrário à referida correnteza, provocando uma violenta arrebentação sobre o pontal, de maneira que não era seguro ficar muito perto da costa, por causa da arrebentação, nem muito longe, por causa da correnteza.

Na manhã do terceiro dia, tendo o vento diminuído durante a noite e o mar acalmado, arrisquei-me. No entanto, mais uma vez, sirvo de aviso aos navegantes incautos e inexperientes, pois assim que cheguei ao pontal, quando a distância da costa não era maior do que o comprimento do meu barco, verifiquei que estava em águas profundas e numa correnteza que fazia lembrar a valeta de um moinho. A canoa foi arrastada com tamanho ímpeto que, por mais que eu tentasse, não conseguia mantê-la junto à borda do repuxo contrário que fluía à minha esquerda. Não havia vento para ajudar, e todo o meu esforço com os remos de nada adiantava, de maneira que comecei a pensar que estava perdido. Eu sabia que as correntezas, fluindo em ambos os lados da ilha, haveriam de juntar-se algumas léguas adiante, e então eu seria arrastado e estaria irremediavelmente perdido; não vislumbrando qualquer possibilidade de evitar tal destino, minha única perspectiva era a morte, não devido ao mar, pois estava bastante calmo, mas devido à fome. Eu havia, na verdade, encontrado uma tartaruga na praia, tão grande que mal pude levantá-la, e a jogara dentro do barco, e contava com um grande cântaro de água, quero dizer, um dos meus potes de barro. Mas de que serviria isso caso fosse arrastado pelo vasto oceano, onde, com certeza, não haveria costa, nem continente ou ilha, ao longo de pelo menos mil léguas?

E agora percebi como era fácil para a Providência Divina tornar a condição mais infeliz de um ser humano ainda pior. Eu agora olhava para trás e via minha ilha deserta e solitária como o lugar mais agradável do mundo, e toda a felicidade que meu coração poderia desejar era voltar para lá. Ergui as mãos para a ilha, exprimindo um desejo intenso: "Ó feliz terra desolada!", disse eu, "nunca mais hei de te rever. Ó criatura infeliz! Aonde estarei indo?". Em seguida, censurei-me por meu temperamento ingrato e por lamentar meu estado solitário; o que eu não daria agora para estar naquela praia novamente! Assim, nunca enxergamos nossa verdadeira situação até que nos seja ilustrada por uma situação oposta, tampouco sabemos valorizar o que temos, a não ser quando nos falta. Mal se pode imaginar minha consternação, sendo levado da minha ilha querida (pois assim parecia-me agora) pelo vasto oceano por quase duas léguas, e desesperado por pensar que jamais voltaria a vê-la. Contudo, lutei muito, até que, de fato, minhas forças quase se exauriram, e mantive o barco no rumo norte, isto é, o lado da correnteza por onde fluía o repuxo de volta, quando em torno do meio-dia, o sol passando pelo meridiano, senti uma leve brisa no rosto, surgindo de sul-sudeste. Isso me animou um pouco, sobretudo quando cerca de meia hora mais tarde soprou uma viração constante e suave. Àquela altura, eu já estava a uma distância assustadora da ilha, e caso o céu ficasse nublado e aparecesse o menor nevoeiro, eu estaria perdido, pois não dispunha de bússola a bordo, e jamais saberia manobrar em direção à ilha se a perdesse de vista por um momento sequer. O tempo mantendo-se firme, porém, empenhei-me em levantar o mastro de novo e abrir a vela, seguindo tanto quanto possível para o norte, a fim de escapar da correnteza.

Tão logo aprumei o mastro e icei a vela, e o barco começou a deslizar, detectei até mesmo pela limpidez da água uma alteração na correnteza, pois onde o fluxo era intenso a água era turva; percebendo a água clara, notei que a correnteza diminuía, e logo depois, avistei a leste, a cerca de meia milha de distância, o mar quebrando sobre alguns rochedos. Verifiquei que os rochedos faziam a correnteza dividir-se de novo, e enquanto a corrente principal fluía mais em direção ao sul, deixando os rochedos a nordeste, a outra corrente retornava, repelida pelo rochedo, e formava um forte repuxo que fluía ininterruptamente de volta a noroeste.

Aqueles que sabem o que é receber um indulto na escada do cadafalso, ou o que é ser resgatado das mãos de ladrões assassinos, ou os que vivenciaram situações extremas, podem imaginar minha surpresa e alegria, e a felicidade com que dirigi meu barco àquele repuxo; e, naquela viração refrescante, com que prazer fiz inflar a vela, navegando a todo pano e levado pela maré e pela força do repuxo.

O repuxo contrário levou-me por quase uma légua diretamente de volta à ilha, mas em direção a um ponto cerca de duas léguas mais ao norte do que a correnteza que me arrastara no início. Portanto, quando aproximei-me da ilha, vi que estava ao largo da costa norte, ou seja, no outro extremo, oposto àquele de onde havia partido.

Depois de avançar mais de uma légua com a ajuda do repuxo, descobri que ele se esgotara e, portanto, já não me servia mais. Contudo, verifiquei que entre as duas grandes correntezas, a saber, a do sul, que me arrastara para longe, e a do norte, que fluía a cerca de uma légua do outro lado, quero dizer, percebi que entre as duas, no rastro da ilha, a água permanecia parada e não fluía em nenhuma direção; por conseguinte, ainda contando com a brisa amena a meu favor, mantive o rumo em linha reta para a ilha, embora não na mesma velocidade em que navegara antes.

Por volta de quatro horas da tarde, quase a uma légua de distância da ilha, alcancei o pontal de recifes que havia ocasionado meu contratempo, e que se estendia, conforme já descrito, ao sul; desviando a correnteza mais para o sul, o pontal formava outro repuxo, bastante intenso, fluindo quase diretamente para o norte, o que não coincidia com meu curso, que era só oeste. Contando com uma boa viração, porém, pude atravessar o repuxo no sentido enviesado, seguindo a noroeste; dentro de uma hora, mais ou menos, cheguei a cerca de uma milha da costa, onde, em função do mar tranquilo, logo consegui aportar.

Quando pisei na praia, caí de joelhos e dei graças a Deus por meu livramento, resolvido a abandonar toda e qualquer intenção de escapar da ilha naquele barco; em seguida, depois de alimentar-me com o que trouxera, levei o barco até um pequeno remanso debaixo de umas árvores e deitei-me para dormir, exausto com o afã e o cansaço da viagem.

Naquele momento, eu não fazia ideia de como chegar em casa com o barco. Tinha corrido muito perigo e não queria regressar pela mesma rota, e o que haveria do outro lado (quero dizer, do lado oeste) eu não sabia, tampouco pretendia viver mais aventuras. Portanto, na manhã seguinte, resolvi seguir para o oeste ao longo da costa e verificar se não haveria um riacho onde pudesse abrigar minha canoa com segurança para reavê-la quando quisesse; margeando a costa, cerca de três milhas adiante, mais ou menos, cheguei a uma enseada ou baía, com aproximadamente uma milha de largura, e que se estreitava até a foz de um ribeirão, ou córrego, onde localizei um ancoradouro que me pareceu conveniente para o barco, e onde ele ficou como se estivesse num pequeno cais construído sob encomenda. Ali entrei e, depois de deixar a canoa em total segurança, desembarquei e saí para fazer um reconhecimento da região.

Logo descobri que tinha passado um pouco do local onde estivera antes, quando viajei a pé até aquela costa; então, levando do barco apenas a espingarda e o guarda-sol, pois o calor era extremo, comecei minha marcha. O caminho pareceu-me bastante fácil, após a viagem que acabara de fazer, e cheguei à minha velha palhoça ao entardecer, onde encontrei tudo como havia deixado, pois sempre mantinha o local em ordem, tratando-se, como disse antes, da minha casa de campo.

Pulei a estacada e deitei-me à sombra para descansar, pois estava exausto, e adormeci. Mas você, que lê minha história, julgue, se puder, a surpresa que tive quando fui despertado por uma voz chamando meu nome diversas vezes:

— Robin, Robin, Robin Crusoé, coitado do Robin Crusoé! Cadê você, Robin Crusoé? Cadê você? Onde você se meteu?

De início, eu estava tão ferrado no sono, cansado de tanto remar, no começo do dia, e de tanto caminhar, no fim, que não acordei por completo; cochilando, meio dormindo e meio desperto, sonhei que alguém falava comigo. Todavia, como a voz seguia repetindo, "Robin Crusoé, Robin Crusoé", por fim, despertei, terrivelmente assustado no primeiro momento, e dei um pulo. Mas tão logo meus olhos abriram-se, vi meu papagaio Poll sentado no alto da cerca viva, e percebi de imediato que era ele que falava comigo, pois naquele tom queixoso eu costumava falar-lhe, ensinando-lhe, e ele tinha aprendido com tal perfeição que se empoleirava no meu dedo, aproximava o bico do meu rosto e choramingava: "Coitado do Robin Crusoé! Cadê você? Onde você se meteu? Como você veio parar aqui?", e coisas semelhantes.

No entanto, mesmo sabendo que era o papagaio, e que na verdade não poderia ser mais ninguém, ainda demorei para recompor-me. Primeiro, fiquei surpreso que a ave tivesse chegado até lá; e então, que houvesse permanecido por ali, em vez de fugir; mas concluindo que a voz só poderia ter sido do velho Poll, acalmei-me. Em seguida, estendi a mão e, chamando-o pelo nome, "Poll", atraí a sociável criatura, que se aproximou e empoleirou-se no meu polegar, conforme seu costume, e continuou a falar comigo: "Coitado do Robin Crusoé! Como você veio parar aqui? Onde você se meteu?", como se tivesse ficado muito feliz em rever-me; então, levei-o comigo para casa.

Àquela altura, eu já estava um tanto farto de navegar a esmo, e tive muitos afazeres durante vários dias, o que me permitiu refletir sobre o perigo ao qual me expusera. Teria ficado muito feliz em trazer a canoa para o meu lado da ilha, mas não sabia como conduzi-la até lá. Quanto à região leste, que eu havia contornado, agora sabia o bastante para não me aventurar por lá. Meu coração ficava apertado e o sangue gelava só de pensar no assunto; e quanto ao lado oeste, eu o desconhecia, mas supondo que a correnteza fluísse com idêntica impetuosidade pelas costas leste e oeste, eu correria o mesmo risco de passar ao largo da ilha, como tinha acontecido antes, ou ser arrastado para longe. Por conseguinte, com tais pensamentos, contentei-me em ficar sem o barco, embora ele houvesse me custado tantos meses de trabalho para ser construído, e outros tantos para ser lançado ao mar.

Nesse estado de espírito permaneci quase um ano, levando uma vida tranquila e reservada, como o leitor bem pode supor. E com meus pensamentos conformados à minha situação, e eu totalmente convicto em resignar-me aos planos da Providência, achava que vivia de fato muito feliz, sob todos os aspectos, exceto no que dizia respeito ao convívio social.

Naquela ocasião, aperfeiçoei-me nas atividades manuais, conforme minhas necessidades impunham; e acredito que, em tempo, poderia tornar-me um exímio carpinteiro, especialmente considerando as poucas ferramentas de que dispunha.

Além disso, alcancei uma perfeição inesperada na arte da cerâmica, e consegui trabalhar com uma roda, o que facilitou e aperfeiçoou muito o trabalho, pois passei a fazer peças redondas e simétricas, ao passo que antes eram formas realmente medonhas de se ver. Mas acho que nunca fiquei tão orgulhoso do meu próprio desempenho, ou tão alegre com qualquer descoberta, do que quando fui capaz de fazer um cachimbo. E embora fosse feioso e desajeitado, e avermelhado feito as outras peças de barro cozido, o cachimbo era rígido e firme, e puxava bem a fumaça. Portanto, fiquei mais do que satisfeito, pois sempre tivera o hábito de fumar, e havia cachimbos no navio, mas no primeiro momento deixei-os de lado, pensando que não encontraria tabaco na ilha; depois, quando vasculhei o navio novamente, não localizei mais nenhum cachimbo.

Na confecção de peças de vime também me aperfeiçoei, e fabriquei uma quantidade de cestos tão bem quanto minha criatividade permitia; embora não fossem muito bonitos, eram bastante úteis e convenientes para guardar ou transportar coisas. Por exemplo, se eu abatesse um bode no campo, podia pendurá-lo numa árvore, remover-lhe a pele, limpá-lo, cortá-lo em pedaços e transportar a carne até em casa dentro de um cesto. E o mesmo com uma tartaruga: eu podia abri-la, retirar os ovos e um pedaço ou dois da carne, o que me bastava, levar tudo para casa dentro de um cesto e deixar as sobras para trás. Além disso, em cestos maiores eu armazenava os cereais, que sempre debulhava tão logo ficassem secos e curados.

Comecei a notar que a pólvora estava quase acabando, e esse era um item impossível de suprir; passei, então, a considerar seriamente o que faria quando não houvesse mais pólvora, quero dizer, como haveria de abater qualquer caprino. Conforme já registrado, no meu terceiro ano na ilha capturei uma cabritinha e domestiquei-a, e tinha esperança de conseguir um bode, mas não fui capaz de fazê-lo, e a cabrita cresceu e ficou velha; e como nunca tive coragem de matá-la, morreu de velhice.

Mas estando agora no décimo primeiro ano da minha moradia na ilha e, como disse, quase sem munição, propus-me a estudar um meio de capturar caprinos vivos; sobretudo, eu queria uma cabra prenha. Com tal propósito montei armadilhas, e creio que, mais de uma vez, tenham caído nelas. Mas minhas amarras não eram muito boas, pois eu não tinha arame, e sempre encontrava as armadilhas arrebentadas e a isca devorada. Por fim, resolvi tentar um alçapão. Com tal propósito, cavei diversos buracos no solo, em lugares onde sabia que bodes e cabras costumavam pastar, e cobri-os com caniços fixados sob pesos; e várias vezes coloquei espigas de cevada e arroz seco, sem armar a armadilha, e pude facilmente perceber que os animais aproximavam-se e comiam os grãos, pois vi as marcas das patas. Finalmente, armei três alçapões numa noite e, voltando ao local na manhã seguinte, encontrei-os ainda armados, sendo que as iscas tinham sido comidas ou roubadas, o que foi desalentador. Contudo, modifiquei os alçapões; e, para não incomodar o leitor com detalhes, direi apenas que, indo certa manhã verificá-los, encontrei num deles um bode velho e grandalhão, e em outro três filhotes, sendo um macho e duas fêmeas.

Quanto ao bode velho, não sabia o que fazer; era tão feroz que não me atrevi a entrar no buraco, quero dizer, para retirá-lo vivo, conforme pretendia. Poderia matá-lo, mas não era essa minha intenção, e tampouco atenderia ao meu objetivo. Por conseguinte, deixei-o escapar, e ele saiu em disparada, como se estivesse apavorado. Naquele momento, porém, não pus em prática algo que aprendi mais tarde, ou seja, que a fome doma um leão. Se o deixasse três ou quatro dias lá dentro sem comida, e então levasse um pouco de água para ele beber, e depois um punhado de cereal, ele ficaria tão manso como qualquer um dos cabritos, pois são animais bastante sagazes e dóceis quando bem tratados.

Contudo, naquele momento, deixei-o escapar, pois não sabia o que sei agora; então peguei os três cabritos, amarrei-os, um por um, com cordas, e com alguma dificuldade levei-os para casa.

Levou um bom tempo até que aceitassem alimento, mas, quando eu lhes ofereci um punhado de grãos novinhos, não resistiram, e assim começaram a se domesticar. Foi quando descobri que, se pretendesse prover-me de carne de bode quando não tivesse mais pólvora ou chumbo, o único jeito seria criar alguns caprinos domesticados, e talvez pudesse mantê-los em volta da casa, qual um rebanho. Ocorreu-me, então, que precisava separar os domesticados dos selvagens, caso contrário ficariam indomáveis quando crescessem. A única saída era cercar um terreno, com sebe ou estacada, para separá-los de modo eficaz, a fim de impedir que os que estivessem dentro saíssem e os que estivessem fora entrassem.

Foi uma trabalheira para apenas duas mãos; no entanto, convicto da necessidade absoluta da obra, meu primeiro trabalho foi encontrar um terreno adequado, ou seja, onde houvesse relva para pastagem, água para beber e cobertura para proteção contra o sol.

Aqueles que entendem de construção de cercados hão de pensar que não fui muito hábil na escolha do local que satisfizesse todas essas condições, sendo ele um campo aberto, ou savana (conforme denomina nossa gente nas colônias ocidentais), com duas ou três pequenas nascentes de água potável e um denso arvoredo numa das extremidades, quero dizer, haverão de rir quando lhes contar que comecei a demarcar o terreno de tal maneira que a sebe, ou estacada, teria pelo menos duas milhas de extensão. E a insensatez não era tanto a grande extensão, pois mesmo que fossem dez milhas eu dispunha de tempo suficiente para fazer a cerca. Mas não considerei o fato de que os bodes e as cabras estariam tão soltos em todo aquele espaço como se dispusessem da ilha inteira, e eu jamais conseguiria capturá-los naquela vastidão.

Já tinha construído aproximadamente cinquenta metros de sebe, creio eu, quando tal pensamento ocorreu-me; então interrompi o trabalho prontamente e, para começar, resolvi cercar uma área com mais ou menos cento e cinquenta metros de profundidade por cem metros de largura, na qual caberiam os animais que eu pudesse reunir em tempo hábil; então, à medida que o rebanho aumentasse, eu poderia expandir o cercado.

Isso era agir com a devida prudência, e pus-me a trabalhar com ânimo. Levei quase três meses fazendo o primeiro cercado, e, enquanto o construía, mantive os três cabritos amarrados na melhor parte do terreno, e fiz com que pastassem tão perto de mim quanto possível, para acostumarem-se; e muitas vezes levei-lhes espigas de cevada ou um punhado de arroz, e comiam na minha mão; portanto, depois que o cercado foi concluído e eu os soltei, passaram a seguir-me por todo lado, balindo atrás de mim por um punhado de grãos.

Meu objetivo foi atendido e, em aproximadamente um ano e meio, formei um rebanho de doze cabeças, incluindo cabritos; e dois anos mais tarde eram quarenta e três, sem contar vários que abati para servir-me de alimento. Depois disso, anexei cinco novas pastagens, com pequenos currais internos onde podia reuni-los quando assim desejasse, e com porteiras entre as pastagens.

Mas isso não foi tudo, pois agora, além de carne para alimentar-me quando quisesse, eu dispunha de leite, algo que no começo eu sequer cogitava obter e que constituiu uma surpresa realmente agradável. Agora pude montar minha leiteria e, às vezes, apurava um galão[98] ou dois de leite diariamente. E assim como a natureza, que nutre todas as criaturas, ensina, de modo natural, como usar seus recursos, eu, que nunca tinha ordenhado uma vaca, muito menos uma cabra, e nunca tinha visto manteiga ou queijo sendo preparados, depois de muitas tentativas e equívocos finalmente consegui produzir esses itens, que nunca mais faltaram-me.

Quão misericordioso pode ser nosso grande Criador com Suas criaturas, mesmo estando elas vivendo sob condições que parecem prestes a destruí-las! Como Ele é capaz de adoçar as condições mais amargas e dar-nos motivo para louvá-Lo em masmorras e prisões! Que mesa fora ali preparada para mim no deserto, onde a princípio eu nada enxergava senão a possibilidade de morrer de fome!

---

98. Medida de capacidade nos países anglo-saxônicos para líquidos e cereais, equivalente a 4,5 litros na Grã-Bretanha (galão imperial).

11. Pegadas humanas na areia

Até um estoico[99] haveria de sorrir se me visse sentado à mesa de jantar, rodeado da minha pequena família. Eu era majestade, príncipe e senhor de toda a ilha; tinha a vida de todos os súditos sob meu comando absoluto; podia enforcar, esquartejar, libertar e prender, e não havia rebelde entre meus vassalos. E então se me visse cear feito um rei, sozinho, assistido por meus criados! Poll, como se fosse o favorito do rei, era o único autorizado a falar comigo. Meu cachorro, agora velho e caduco, sem ter encontrado nenhuma espécie com a qual pudesse procriar, sentava-se sempre à minha direita, e dois gatos, um de cada lado da mesa, esperavam, de vez em quando, um gesto benevolente da minha mão, como sinal de favor especial.

Mas não eram as duas gatas que eu trouxera para a costa após o naufrágio, pois ambas tinham morrido, e eu mesmo as enterrara, perto da minha habitação; no entanto, uma delas havia procriado com não sei qual espécie de criatura, gerando uma ninhada, e mantive comigo e domestiquei aqueles dois, ao passo que os demais ficaram selvagens, fugiram para o mato e começaram a causar-me problemas, pois frequentemente entravam na minha casa e saqueavam-na, até que finalmente fui forçado a abatê-los, e matei muitos. Passado algum tempo, deixaram-me em paz. Com tal séquito e em tal fartura vivi; nem poderia se dizer que

99. Estoicismo é doutrina filosófica fundada por Zenão, em Atenas, no início do século III a.C. Tornou-se célebre por causa de sua ética, que coloca como bem soberano o esforço de obedecer somente à razão, com indiferença às circunstâncias exteriores, tais como fortuna, saúde, dor etc. Estoico é o indivíduo adepto dessa filosofia, ou seja, pessoa firme, inabalável, impassível. Crusoé especula que mesmo um estoico se alegraria diante da boa fortuna do náufrago.

me faltasse qualquer coisa, exceto convívio social, mas isso, algum tempo depois, haveria de sobrar.

Eu estava um tanto impaciente, conforme já observei, para fazer uso do meu barco, embora relutante em correr mais perigos. Por conseguinte, às vezes, punha-me a pensar num meio de trazê-lo, circundando a ilha, e outras vezes contentava-me em dele prescindir. Uma estranha inquietação, porém, exortava-me a voltar ao ponto da ilha onde, como disse, na minha última caminhada tinha subido um morro para estudar o desenho da costa e o fluxo das correntes, a fim de ver o que era possível fazer. Tal desejo aumentava em mim a cada dia e, por fim, resolvi voltar lá por terra, margeando o litoral. E assim procedi; mas se alguém na Inglaterra encontrasse um homem como eu haveria de assustar-se, ou então daria uma boa risada. E todas as vezes que eu olhava para mim mesmo não conseguia deixar de rir diante da ideia de andar por Yorkshire[100] com minhas traquitanas e minha indumentária. Tenho agora o prazer de fazer um esboço da minha figura, do seguinte modo.

Eu usava um gorro avantajado, alto e amorfo, confeccionado com pele de bode, com uma aba pendente atrás, tanto para proteger-me do sol como para impedir que a água da chuva escorresse por meu pescoço, nada sendo mais nocivo naquele clima do que a chuva sobre a pele, por baixo da roupa.

Usava uma jaqueta curta, de pele de bode, que descia até o meio das coxas, e um culote aberto nos joelhos; o culote era feito com a pele de um bode velho, cujo pelo era tão comprido que chegava ao meio das minhas canelas, como pantalonas; meias e sapatos eu não usava, mas tinha improvisado um par de coisas — mal sabia como chamá-las —, como se fossem botinas, trespassadas sobre as canelas e amarradas em ambos os lados, fazendo lembrar polainas, mas com uma aparência tosca, como de fato era todo o meu traje.

Usava um cinturão de couro de bode curtido, preso com duas correias do mesmo material, em vez de fivelas; em lugar de espada ou pu-

100. Maior condado da Inglaterra, situado no norte do país e cobrindo cerca de 15 mil quilômetros quadrados. A sede do condado é a cidade de York.

nhal, levava em cada lado do cinturão uma pequena serra e uma machadinha, pendurados a algo semelhante a presilhas. Usava outro cinto, mais estreito, mas atado da mesma maneira, por cima do ombro; e da ponta desse cinto pendiam embaixo do meu braço esquerdo duas bolsas, ambas de couro de bode, numa das quais ficava a pólvora, na outra, o chumbo. Nas costas, carregava um cesto, no ombro a espingarda, e acima da cabeça meu grande guarda-sol, desengonçado e feioso, também de pele de bode, mas que, afinal, era o item mais necessário que tinha comigo, além da espingarda. Quanto ao rosto, a cor da pele não estava, a rigor, tão bronzeada quanto seria de se esperar de um homem descuidado e que vivia a nove ou dez graus da linha do equador. Minha barba chegara a medir cerca de vinte centímetros de comprimento; mas, dispondo de tesoura e navalha, eu a deixara bem curta, exceto os pelos acima do lábio superior, que aparei no formato de um grande bigode maometano, como tinha visto em alguns turcos de Salé, pois os mouros não usavam tal bigode, somente os turcos; não direi que meus bigodes, ou suíças, fossem de tamanho suficiente para neles pendurar o chapéu, mas quanto ao comprimento e à forma eram monstruosos, e na Inglaterra seriam assustadores.

Mas tudo isso é de menor interesse, pois eram tão poucas as criaturas que me observavam que minha aparência não tinha qualquer importância; portanto, nada mais direi a respeito. Assim trajado, parti em minha nova excursão, e fiquei fora cinco ou seis dias. De início, segui à beira-mar, diretamente ao local onde havia ancorado minha canoa, na ocasião em que subi o morro; e não tendo barco agora para cuidar, subi a pé por um caminho mais curto até o local onde estivera antes; chegando lá, olhei em direção ao pontal rochoso, o qual fora obrigado a contornar com meu barco, conforme já mencionado, e fiquei surpreso ao ver o mar espelhado e tranquilo, sem ondulações, movimento ou correnteza, nem ali nem em outros locais.

Não entendi como aquilo era possível e resolvi permanecer algum tempo observando o cenário, para ver se resultava do movimento da maré; logo convenci-me de que sim, a saber, a maré vazante fluindo do oeste, e juntando-se à correnteza de algum grande rio que ali desaguava, justificaria aquela corrente marítima e, conforme o vento soprasse mais forte do oeste ou do norte, a corrente aproximava-se ou distanciava-se da costa. Aguardando nas redondezas até o anoitecer, voltei a subir o morro e, durante a vazante, avistei nitidamente a correnteza, como antes, apenas mais ao longe, a cerca de meia légua do litoral, quando, no meu caso, estivera perto da costa e arrastara minha canoa, o que em outro horário não teria acontecido.

Ao fazer essa observação, convenci-me de que bastava levar em conta o fluxo e o refluxo da maré e poderia facilmente circundar a ilha com meu barco; mas quando comecei a pensar em fazê-lo, fui tomado por tamanho pavor ao lembrar-me do perigo que tinha corrido que não pude mais cogitar o assunto. Antes tomei outra resolução, que era mais segura, embora mais trabalhosa: construiria para mim outra piroga, ou canoa, e assim teria um barco em cada lado da ilha.

O leitor deve entender que naquele momento eu possuía, digamos, duas propriedades na ilha. A primeira era minha pequena fortificação ou tenda, cercada pela paliçada, na base do morro, com a caverna ao fundo, que àquela altura eu já havia ampliado com várias alcovas, uma dentro da outra. Uma delas, que era a maior e mais seca, e tinha uma saída além do muro da fortificação, quero dizer, além do ponto onde o muro juntava-se ao flanco do morro, estava ocupada por grandes potes de barro, dos quais já falei, e por catorze ou quinze grandes cestos, cada qual comportando cinco ou seis alqueires, nos quais eu armazenava minhas provisões, sobretudo cereais, sendo uma quantidade ainda nas espigas, sem palha, e outra já debulhada à mão.

A paliçada fora construída, como eu já disse, com longas estacas ou mourões, dos quais brotaram galhos, formando árvores, e àquela altura estavam tão frondosos que ninguém poderia ver que atrás deles havia uma habitação.

Perto da minha morada, um pouco mais para o interior e num terreno mais baixo, ficavam duas plantações de cereais, que eu mantinha devidamente lavradas e semeadas, e que me rendiam boa safra na devida estação; e sempre que necessitava de mais grãos eu podia contar com terras adjacentes de igual qualidade.

Além disso, eu possuía minha propriedade no campo, agora também uma plantação bastante razoável; primeiro, havia a palhoça, conforme costumava chamá-la, mantida em bom estado, ou seja, com a sebe que a cercava devidamente aparada da mesma altura, e a escada sempre armada no interior. Eu cuidava das árvores, a princípio não mais que estacas, mas agora firmes e frondosas, mantendo-as sempre podadas, de modo que se espraiassem e crescessem com todo vigor e propiciassem uma sombra bastante aprazível, o que, de fato, a meu ver, aconteceu. No meio do terreno, ficava a tenda, sempre erguida, formada por um pedaço de vela estendido sobre mourões fincados para esse fim, e que jamais precisou de qualquer reparo ou reforma; e embaixo do toldo eu tinha feito uma espécie de divã, com as peles dos animais abatidos e com outros materiais macios, tudo forrado com uma colcha resgatada do navio, e havia um capote com o qual podia cobrir-me. E então, sempre que tinha oportunidade de ausentar-me da moradia principal, instalava-me em minha casa de campo.

Ao lado da palhoça ficavam os cercados para o rebanho, quero dizer, os caprinos. E visto que eu havia feito um esforço inconcebível para cercar o terreno, preocupava-me tanto o estado da cerca, receando que as cabras escapulissem, que não parei de trabalhar até, numa labuta infinita, ter reforçado a parte externa com tantas estacas pequenas, e tão perto umas das outras, que era mais uma paliçada do que uma sebe, e mal havia espaço para enfiar a mão entre as estacas. Depois, quando as estacas brotaram, conforme aconteceu na estação chuvosa seguinte, o cercado ficou forte qual uma murada, na verdade, mais forte do que qualquer murada.

Tudo isso serve como testemunho de que não fiquei ocioso, e não poupei esforços para realizar o que considerasse necessário ao meu sustento e bem-estar, pois achava que criar um rebanho de animais domésticos e sempre tê-los à mão seria, para mim, um estoque vivo de carne, leite, manteiga e queijo enquanto vivesse naquele local, ainda que fosse por quarenta anos; e pensava que ter os animais a meu alcance dependia inteiramente da devida manutenção dos cercados, de modo a garantir que os caprinos ficassem sempre juntos; e o método já descrito foi, de fato, tão eficaz que, depois que as pequenas estacas começaram a brotar, ficaram tão densas que fui obrigado a arrancar algumas.

Naquele local também cresciam minhas uvas, das quais dependia meu estoque de passas para o inverno, estoque esse que eu jamais deixava de preservar com muito zelo, sendo que as considerava a melhor e mais deliciosa iguaria da minha dieta; na verdade, não eram apenas deliciosas, mas medicinais, saudáveis, nutritivas e revigorantes ao máximo.

Visto que o local ficava a meio caminho entre minha outra habitação e o ponto onde havia guardado meu barco, eu costumava parar ali, pois visitava o barco com frequência, e mantinha em ótimo estado tudo o que com ele se relacionasse ou a ele pertencesse. Às vezes, saía de barco para distrair-me, mas não fazia mais viagens arriscadas, e dificilmente afastava-me da costa, tal era meu receio de ser surpreendido e arrastado novamente pelas correntezas ou pelos ventos, ou de envolver-me em qualquer outro acidente. Mas agora chego a um novo episódio da minha vida.

Certa vez, por volta do meio-dia, indo em direção ao barco, tomei um susto diante da marca de um pé descalço de um homem, nitidamente visível, na areia. Fiquei estupefato, como se tivesse visto uma assombração. Apurei os ouvidos, olhei em volta, mas não ouvi nem vi nada. Subi até uma elevação, a fim de enxergar mais longe; caminhei para cima e para baixo pela costa, mas tudo inútil: não encontrei nenhuma outra pegada além daquela. Voltei até o local, para verificar se havia outras e ter certeza de que não seria minha imaginação; no entanto, não era minha imaginação, pois lá estava, exatamente, a marca de um pé: dedos, calcanhar e tudo mais. Como teria ido parar ali, eu não sabia, tampouco podia supor. Mas depois de inúmeros pensamentos confusos, totalmente desnorteado e fora de mim, voltei para casa, para minha fortificação, sem sentir, como se diz, o chão debaixo dos pés, absolutamente apavorado, olhando para trás a cada dois ou três passos, com medo de cada moita e cada árvore, imaginando que cada toco ao longe fosse um homem. Nem é possível descrever de quantas formas diferentes minha imaginação assombrada representava as coisas, quantas ideias disparatadas surgiam a cada momento em minha fantasia e as noções estranhas e inexplicáveis que vinham aos meus pensamentos ao longo do caminho.

Quando cheguei ao meu castelo, pois acho que assim passei a chamar minha fortificação depois desse acontecimento, entrei correndo, como alguém sendo perseguido. Se subi a escada, conforme havia planejado, ou entrei pela abertura no morro que eu chamava de porta, não recordo; não, tampouco recordei na manhã seguinte, pois nunca uma lebre assustada fugiu para a toca, ou uma raposa para o covil, com mais pavor do que eu corri para aquele abrigo.

Não preguei os olhos naquela noite; quanto mais distante eu estava do motivo do susto, maiores eram meus temores, o que contraria a natureza de tais coisas, e sobretudo a conduta usual de criaturas dominadas pelo medo; mas fiquei tão perturbado com minhas próprias ideias sinistras que só imaginava situações sombrias, embora agora estivesse muito distante do local onde encontrara a pegada. Às vezes imaginava que fosse o diabo, e a racionalidade fortalecia minha suposição, pois como seria possível qualquer outra coisa na forma humana chegar àquele lugar? Onde estava o navio que a trouxera? Haveria outras pegadas? E como era possível um homem vir até ali? Mas então pensar que Satanás assumiria forma humana num lugar daqueles, onde não havia nenhum bom motivo para tal, e deixaria a marca de seu pé, e isso também sem nenhum propósito, pois ele não podia ter certeza de que eu veria a pegada, tudo isso apontava em outra direção. Pensei ainda que o diabo poderia ter encontrado diversas outras maneiras de aterrorizar-me além daquela marca de um único pé; pensei que, como eu morava do lado oposto da ilha, ele jamais seria tão simplório a ponto de deixar sua marca num local onde era de dez mil contra uma a chance de eu encontrá-la, e muito menos na areia, onde a primeira onda impelida por um vento forte a teria apagado inteiramente. Tudo isso parecia ilógico em relação à coisa em si, e a todas as noções que normalmente temos acerca da sutileza do diabo.

Uma quantidade de ideias como essas contribuiu para demover-me de toda e qualquer apreensão de que seria o diabo, e então concluí que haveria de ser alguma criatura mais perigosa, a saber, selvagens do continente que houvessem saído mar afora em suas canoas e, empurrados por correntes marítimas ou ventos contrários, viessem dar à ilha, mas que logo teriam ido embora, mar adentro, tão avessos, talvez, a permanecer na ilha deserta como eu a tê-los comigo ali.

Enquanto essas reflexões passavam por minha mente, senti-me bastante grato pela felicidade de não estar na praia naquele momento, ou por não terem visto meu barco, pois teriam concluído que havia gente na ilha, e talvez tivessem saído em meu encalço. Em seguida, pensamentos terríveis povoaram minha imaginação, ou seja, que teriam encontrado o barco e constatado que o local era habitado, e que, se assim fosse, decerto voltariam em maior número para devorar-me; e que, no caso de não me encontrarem, haveriam de descobrir meu cercado, destruiriam minha plantação e levariam embora meu rebanho de animais domésticos, e eu morreria à míngua.

Assim, o medo baniu toda a minha esperança religiosa, e toda a minha antiga confiança em Deus, fundamentada na experiência maravilhosa que tive de Sua bondade, agora se desvanecia, como se Ele, que me alimentara por milagre até então, não fosse capaz de preservar, por Seu poder, o que me concedera por meio de Sua generosidade. Censurei-me por minha indolência, por não semear uma quantidade excedente de grãos além do que necessitava até a estação seguinte, como se nenhum infortúnio pudesse ocorrer para impedir-me de usufruir do que fora plantado; e considerei a autocensura tão justa que resolvi, no futuro, estocar cereais para dois ou três anos, de maneira que, a despeito do que acontecesse, não viesse a perecer por falta de pão.

Que obra estranha e mutável da Providência é a vida do homem! E por quais fontes secretas e variáveis vertem os sentimentos, na medida em que as circunstâncias também variam! Hoje amamos o que amanhã odiamos; hoje buscamos o que amanhã evitamos; hoje desejamos o que amanhã tememos, deveras, o que até nos faz tremer de pavor, só em

"Fiquei estupefato, como se tivesse visto uma assombração."

pensar. Isso ficou ilustrado, no meu caso, naquele momento, da maneira mais vívida, pois eu, cuja única aflição era estar banido do convívio humano, eu, que estava sozinho, cercado pelo oceano sem limites, isolado da humanidade e condenado ao que chamava de uma vida silenciosa, eu, que era como alguém que o céu não considerava digno de ser contado entre os vivos, ou entre as demais criaturas de Deus, eu, para quem encontrar alguém da minha espécie seria como voltar da morte para a vida, e a maior bênção do céu, exceto a bênção suprema da salvação; agora, quero dizer, estremeço diante da preocupação de ver um homem, e estou prestes a enfiar-me na terra diante da simples sombra ou aparição silenciosa de um humano que pôs o pé na ilha.

Eis o estado inconstante da vida humana; e isso me propiciou muitas especulações interessantes, mais tarde, depois que me recuperei um pouco da surpresa inicial. Concluí que aquela era a condição de vida que a sempre sábia e benevolente Providência Divina determinara para mim; e que, não sendo eu capaz de prever os desígnios da sabedoria divina contidos naquela experiência, não deveria questionar a soberania de Deus; que, sendo eu Sua criatura, Ele tinha o direito indubitável, por haver me criado, de governar-me e de mim dispor como achasse cabível; e que, sendo eu uma criatura que O ofendera, Ele tinha também o direito judicial de condenar-me ao castigo que considerasse adequado, e a mim competia submeter-me ao Seu desagrado, porque havia pecado contra Ele. Então, refleti que Deus, que não era apenas justo, mas onipotente, assim como achou por bem castigar-me e afligir-me, poderia também resgatar-me, e que, se Ele não achasse adequado fazê-lo, era meu dever inquestionável resignar-me absoluta e inteiramente à Sua vontade; e, ademais, era meu dever manter a esperança Nele, rogar a Ele e aceitar com serenidade os ditames e determinações de Sua Providência diária.

Esses pensamentos tomaram-me muitas horas, dias, posso dizer, semanas e meses. E um efeito particular de minhas cogitações naquela ocasião não posso omitir. Certa vez, de manhã cedo, deitado em minha cama e com a cabeça cheia de preocupação dado o perigo do aparecimento de selvagens, senti-me bastante abalado, mas as palavras da Escritura vieram-me à mente: “Invoca-me no dia da angústia; eu te livrarei, e tu me glorificarás”.[101]

---

101. Salmo 50,15.

Depois disso, levantei-me animado, não apenas com o coração fortalecido, mas sequioso e disposto a orar fervorosamente a Deus por meu resgate. Quando terminei de orar, peguei a Bíblia e, abrindo-a, as primeiras palavras que li foram: "Espera no Senhor, anima-te, e ele fortalecerá o teu coração; espera, pois, no Senhor".[102] É impossível expressar o conforto que isso me trouxe. Em resposta, com gratidão, guardei o livro e não fiquei mais triste, ao menos naquela ocasião.

No meio de tais conjecturas, apreensões e reflexões, um dia ocorreu-me que aquilo poderia ser uma simples fantasia da minha parte, e que a pegada talvez fosse a impressão do meu próprio pé quando cheguei à praia, vindo do barco. Isso me animou um pouco também, e comecei a convencer-me de que era tudo ilusão, que não era nada senão meu próprio pé, e que decerto eu teria voltado do barco por ali, visto que tinha ido por ali mesmo até o barco. Mais uma vez, considerei também que não poderia saber, com certeza, onde tinha pisado ou não e que se, por fim, aquilo fosse tão somente minha própria pegada, eu tinha feito o papel daqueles tolos que inventam histórias de fantasmas e assombrações, e então ficam mais apavorados com suas próprias histórias do que qualquer outra pessoa.

Comecei, então, a criar coragem e sair de casa novamente, pois não me afastava do meu castelo havia três dias e três noites, de modo que já carecia de provisões, tendo pouco ou nada dentro de casa exceto água e algumas broas de cevada. E eu sabia, também, que minhas cabras precisavam ser ordenhadas, o que costumava ser minha distração à noitinha, pois as pobres criaturas estavam sofrendo dores e desconforto por falta de ordenha. De fato, algumas delas por pouco não ficaram imprestáveis, e o leite quase secou.

Encorajado, portanto, com a crença de que aquilo não era nada além da marca de um de meus próprios pés, de modo que seria possível dizer que me assustara com minha própria sombra, voltei a sair e fui até minha casa de campo, a fim de ordenhar o rebanho. Contudo, quem visse

102. Salmo 27,14.

o medo com que prossegui na caminhada, quantas vezes olhei para trás, quantas vezes estive prestes a largar o cesto e sair correndo, pensaria que minha consciência pesava-me, ou que eu teria passado por um grande pavor, o que, de fato, era verdade.

No entanto, depois de permanecer em tal estado dois ou três dias e nada ver de estranho, comecei a ficar um pouco mais ousado e a pensar que realmente não havia nada, que era tudo fruto da minha imaginação. Mas não consegui convencer-me de todo até voltar à praia, examinar a pegada e compará-la à minha, para verificar se havia alguma semelhança, ou encaixe, e ter certeza de que era meu próprio pé. Ao chegar ao local, porém, pareceu-me, primeiro, evidente que, quando fui guardar o barco, não tinha passado por ali ou por qualquer lugar próximo; segundo, quando comparei a marca com meu próprio pé, percebi que meu pé era bem menor. Ambas essas constatações encheram minha cabeça com novas fantasias, e voltaram a perturbar-me, de modo que senti calafrios, como se estivesse febril; então retornei à minha moradia, convicto de que algum homem, ou homens, desembarcara naquele litoral; ou, em suma, de que a ilha era habitada e eu poderia ser surpreendido a qualquer momento, e o que fazer pela minha segurança eu não sabia.

Ah, que decisões ridículas os homens tomam quando dominados pelo medo! O temor priva-os das faculdades que a razão oferece para aliviá-los. A primeira coisa que propus a mim mesmo foi derrubar o cercado e soltar meu rebanho doméstico na mata, para que o inimigo não o encontrasse e resolvesse fazer visitas frequentes à ilha em busca de mais animais idênticos ou semelhantes; em seguida, simplesmente, pretendia destruir minhas duas lavouras de cereais, para que eles não descobrissem meus grãos e se animassem ainda mais a frequentar a ilha; depois, era minha intenção demolir a palhoça e a tenda, para que não encontrassem quaisquer vestígios de habitação e fossem impelidos a seguir vasculhando a ilha, a fim de descobrir as pessoas que a habitavam.

Foram esses os tópicos das cogitações da primeira noite depois que voltei para casa, enquanto os temores ainda me perturbavam a mente e minha cabeça fervilhava, conforme já relatei. Assim, o receio do perigo

"Minhas cabras precisavam ser ordenhadas."

é dez mil vezes mais aterrorizante do que o perigo que está diante dos olhos, e o fardo da ansiedade é muito maior do que o mal que nos deixa ansiosos; e, para piorar, naquele apuro não encontrei alívio na resignação à qual costumava recorrer e que tanto me consolava. Eu fazia lembrar, pensei, Saul, que não só reclamava que os filisteus não o deixavam em paz, mas que Deus o abandonara,[103] pois naquele momento não adotei os meios adequados para reequilibrar a mente, clamando a Deus em minha angústia e confiando na Providência Divina, como fizera antes, em benefício de minha defesa e livramento, o que, se tivesse feito, teria pelo menos me conduzido com mais ânimo diante daquela nova surpresa, e talvez reagido de modo mais eficaz.

Meus pensamentos agitados mantiveram-me desperto a noite toda; mas de manhã adormeci e, exausto de tanto pensar, dormi profunda-

103. 1 Samuel 28,15. "Samuel perguntou a Saul: 'Por que você me chamou, perturbando o meu descanso?'. Saul respondeu: 'É que estou em situação desesperadora: os filisteus estão guerreando contra mim. Deus se afastou de mim e não me responde mais, nem pelos profetas, nem por sonhos. Por isso, eu vim chamar você, para que me diga o que devo fazer'."

mente e acordei mais tranquilo do que nunca. Então comecei a raciocinar com calma e, após debater comigo mesmo, concluí que a ilha, que era extremamente agradável, fértil e, conforme já constatara, não muito distante do continente, não era de todo abandonada como eu imaginava; que embora não houvesse habitantes permanentes, às vezes poderiam surgir barcos oriundos do outro litoral, que, intencionalmente ou levados por ventos contrários, ali aportassem; que eu morava lá havia quinze anos e ainda não tinha encontrado a menor sombra ou figura de qualquer pessoa; e que, se antes alguém tivesse aportado ali, provavelmente teria ido embora logo em seguida, visto que jamais se fixara na ilha até aquele momento; que o maior perigo para mim seria a chegada aleatória de indivíduos egressos do continente, os quais, como era provável, seriam até ali arrastados contra sua vontade e não haveriam de permanecer, mas partiriam o mais depressa possível, evitando pernoitar na costa, a menos que não dispusessem da ajuda da maré e da luz do dia; e que, portanto, a mim bastava localizar um abrigo seguro caso avistasse selvagens desembarcando na ilha.

Naquele momento comecei a arrepender-me amargamente de ter ampliado tanto minha caverna a ponto de fazer uma porta que, como disse, propiciava uma saída além do local de contato da estacada com a encosta do morro; considerando com maturidade tal situação, resolvi, por conseguinte, fazer uma segunda fortificação, em forma de semicírculo, a certa distância da estacada, exatamente onde havia plantado uma fileira dupla de árvores cerca de doze anos antes, à qual já fiz menção. Levando em conta que as árvores foram plantadas bem próximas umas das outras, bastaria reforçá-las, cravando estacas entre elas, e minha paliçada logo estaria pronta.

Então passei a contar com um muro duplo, e o muro externo fora reforçado com toras de madeira, cordas usadas e tudo o que me ocorresse acrescentar, e ainda abri sete orifícios através dos quais pudesse enfiar meu braço, se necessário. Na parte interna, deixei cerca de três metros de espessura, trazendo terra de dentro da caverna, depositando-a na base do muro e ali pisoteando-a; em cada um dos sete orifícios posicionei um mosquete, pois constatara que havia trazido sete do navio; fixei-os como se fossem canhões e encaixei-os em bases móveis, a fim de poder disparar as sete armas em dois minutos. Foram vários meses de trabalho cansativo até terminar o muro, e não me senti seguro enquanto não o vi concluído.

Feito isso, finquei no solo externo do muro, em todas as direções, o maior número possível de estacas ou varas, cortadas de uma árvore parecida com o vimeiro, que brotava com extrema facilidade; de fato, acreditei que pudesse cravar perto de vinte mil estacas, deixando um bom espaço entre elas e o muro, para que eu pudesse avistar eventuais inimigos e eles não tivessem como se abrigar entre os arbustos, caso tentassem aproximar-se do muro externo.

Assim, em dois anos eu tinha um belo matagal, e em cinco ou seis anos contava com uma floresta diante da minha habitação, crescendo tão densa e vigorosa que era de fato intransponível; e nenhum homem, fosse lá quem fosse, poderia imaginar que houvesse algo além daquela mata, muito menos uma moradia. E quanto ao meu modo de entrar e sair, visto que não deixei nenhum acesso livre, era por meio de duas escadas: uma até um ponto mais baixo do morro, feito uma laje, onde havia espaço para colocar a outra escada mais acima; então, quando as duas escadas eram removidas, não havia homem capaz de chegar até mim sem correr o risco de ferir-se; e mesmo que chegasse, ainda estaria do lado de fora do meu muro externo.

Tomei, portanto, todas as medidas que a prudência poderia aconselhar para garantir minha própria preservação; e será visto mais tarde que ficou provado que tais medidas não eram de todo descabidas, embora à época eu nada previsse além do que o medo sugeria.

12. Recuo até a caverna

Enquanto isso acontecia, não descuidei totalmente de meus outros afazeres, pois estava bastante preocupado com o rebanho de caprinos; constituíam para mim, em todas as ocasiões, não apenas uma fonte de alimento, além de abastecerem-me plenamente sem qualquer gasto de pólvora e chumbo, mas também poupavam-me o trabalho cansativo da captura, e eu não queria perder os benefícios que me propiciavam e ainda ter que domesticar um novo rebanho.

Com tal propósito, após longa ponderação, concebi apenas duas maneiras de preservá-los: uma era encontrar outro local conveniente para cavar uma espécie de cova e ali abrigá-los todas as noites; e a outra era cercar dois ou três pequenos lotes de terra, distantes entre si e camuflados da melhor maneira possível, e manter meia dúzia de cabritos em cada um dos cercados, de modo que se ocorresse algum desastre com o rebanho como um todo eu pudesse reiniciar a criação com relativa facilidade e em pouco tempo. E pensei que esse seria o procedimento mais racional, embora demandasse muito tempo e trabalho.

Assim sendo, saí em busca das partes mais retiradas da ilha e escolhi uma que, de fato, não poderia ser mais reclusa; tratava-se de uma pequena área de solo úmido no meio da mata virgem, onde, conforme já relatado, eu quase me perdera uma vez, tentando voltar por ali vindo do leste da ilha. Localizei um terreno plano de aproximadamente três acres, tão bem cercado pela mata que era quase um aprisco natural; pelo menos não exigiu de mim o mesmo empenho para transformá-lo em abrigo como os outros terrenos nos quais eu trabalhara tão arduamente.

Comecei logo a trabalhar naquele pedaço de chão e, em menos de um mês, já o tinha cercado totalmente, de modo que meu rebanho, ou bando (o leitor chame como preferir), que já não era tão selvagem como antes, podia-se dizer, ficou bem protegido. Então, sem demora, transferi para lá dez cabritas e dois cabritos; e enquanto eles lá estavam continuei a aperfeiçoar a cerca, até que ficasse tão segura quanto a outra, o que fiz, no entanto, com menos atropelo.

Toda aquela trabalheira foi por conta, exclusivamente, do medo causado pela pegada de um homem; e embora eu jamais tivesse visto qualquer criatura humana aproximar-se da ilha, já fazia dois anos que vivia naquela ansiedade, o que, de fato, tornou minha vida bem menos confortável, conforme pode imaginar quem sabe o que é viver na armadilha constante do medo do outro. E devo dizer, com igual pesar, que meu transtorno mental também repercutiu na esfera religiosa dos pensamentos, visto que o medo, o pavor de cair nas mãos de selvagens e canibais pesava tanto que eu raramente me encontrava no devido estado de espírito para voltar meus pensamentos ao Criador; pelo menos, não com a habitual serenidade e resignação da alma. Ao contrário, eu rogava a Deus sob grande sobrecarga emocional, sentindo-me cercado de perigos e, todas as noites, vivia a expectativa de ser morto e devorado antes do amanhecer. E posso testemunhar por experiência própria que o estado de espírito de paz, gratidão, amor e afeto é condição bem mais adequada à prece do que o pavor e a angústia, e que, dominado pelo medo de males iminentes, nenhum homem está apto a rogar a Deus, assim como nenhum homem está devidamente apto a arrepender-se quando se acha doente em cima de uma cama, pois o primeiro transtorno abala a mente, assim como o segundo abala o corpo, e o desequilíbrio mental é, decerto, deficiência tão grande quanto o corporal, e muito maior, visto que orar a Deus é ato da mente, não do corpo.

Mas, continuando. Depois de garantir a segurança de uma parte do meu pequeno rebanho, percorri a ilha inteira em busca de outro local recluso para fazer mais um cercado; foi então que, vagando em direção ao extremo oeste da ilha, até um ponto onde nunca estivera antes, julguei ter avistado um barco no mar, a grande distância. Eu tinha encontrado uma ou duas lunetas num dos baús dos marinheiros, que resgatei do nosso navio, mas não as trazia comigo, e aquilo estava tão longe que eu não era capaz de identificar do que se tratava, embora olhasse até meus olhos não aguentarem mais. Se era um barco ou não, não sabia dizer, mas enquanto descia o morro não vi mais nada e acabei desistindo; apenas decidi nunca mais sair sem uma luneta no bolso.

Depois que desci o morro e cheguei ao ponto extremo da ilha, onde, de fato, nunca estivera antes, já estava convencido de que encontrar a pegada de um homem ali não era algo tão esquisito como imaginara. E se a Providência não tivesse me lançado no lado da ilha jamais visitado por selvagens eu logo saberia que canoas egressas do continente que por acaso se afastassem mar adentro buscariam porto naquele lado da ilha. Da mesma forma, visto que muitas vezes ocorriam embates entre as canoas, os vencedores, tendo feito prisioneiros, provavelmente traziam-nos àquela costa e, sendo todos canibais, de acordo com seus costumes medonhos, haveriam de matá-los e devorá-los; voltaremos a isso mais adiante.

Assim que desci o morro até a costa, como disse acima, no ponto extremo sudoeste da ilha, fiquei aturdido e abismado; tampouco é possível expressar o horror que senti ao ver espalhados pela praia crânios, mãos, pés e outros ossos de corpos humanos; em particular, observei um local onde uma fogueira tinha sido feita e a marca de um círculo cavado no solo, fazendo lembrar uma rinha, onde suponho que os selvagens se refestelassem em banquetes desumanos com os corpos de seus semelhantes.

Fiquei tão perplexo diante daquela visão que, por algum tempo, sequer alimentei noções de perigo quanto à minha pessoa; todas as minhas apreensões foram soterradas pela ideia daquela brutalidade desumana e infernal, e pelo horror da degenerescência da natureza humana; embora já tivesse ouvido falar naquilo muitas vezes, jamais tivera uma visão tão próxima. Resumindo, desviei o olhar daquele espetáculo horrendo, senti náusea, e estava prestes a perder os sentidos quando a natureza descarregou o desconforto que se instalara em meu estômago; depois de vomitar com uma violência incomum, senti certo alívio, mas não suportei permanecer no local nem mais um instante. Então voltei a subir o morro, a toda a velocidade, e caminhei em direção à minha morada.

Logo que me afastei um pouco daquela região da ilha fiquei ainda por um tempo estarrecido; então, recompondo-me, ergui a cabeça, com o mais profundo fervor da alma, e, com os olhos transbordando de lágrimas, dei graças a Deus por ter nascido numa parte do mundo onde não me confundia com aquelas criaturas terríveis; e embora eu considerasse minha situação atual bastante infeliz, Ele me concedera tanto conforto que eu tinha mais a agradecer do que a reclamar; acima de tudo porque, mesmo naquela condição adversa, tive o alento da descoberta de Deus e a esperança de Sua bênção, felicidade que em muito compensava todas as provações que eu sofrera ou ainda poderia sofrer.

Em tal estado de gratidão, voltei para casa, meu castelo, e comecei a sentir-me mais tranquilo do que nunca quanto à segurança de que desfrutava, pois observei que aqueles infelizes jamais vinham até a ilha movidos por qualquer tipo de curiosidade específica; talvez não buscassem, não quisessem ou não esperassem encontrar nada lá, tendo frequentemente, sem dúvida, percorrido a mata fechada sem achar nada que os contentasse. Eu sabia que estava ali havia quase dezoito anos, e jamais vira qualquer pegada de criatura humana. E poderia ficar mais dezoito anos, escondido como estava, caso não me revelasse a eles, o que não era mesmo o caso, pois meu único interesse era manter-me totalmente escondido, a menos que encontrasse um tipo de criatura melhor do que os canibais, para então me dar a conhecer.

No entanto, eu nutria tamanha aversão pelos selvagens infelizes de que tenho falado, e pelo costume miserável e desumano de se devorarem, que continuei pensativo e taciturno, restrito ao meu próprio ambiente, por quase dois anos depois disso. Quando me refiro ao meu próprio ambiente, quero dizer minhas três propriedades, a saber, o castelo, a casa de campo, que eu chamava de palhoça, e o aprisco na mata. Tampouco me dispus a expandir o aprisco, atribuindo-lhe qualquer outro uso além de cercado para meus caprinos, pois a aversão da minha natureza àqueles seres infernais era tal que eu tinha tanto medo de vê-los como de ver o próprio diabo. Nem mesmo saí em busca da minha canoa, durante todo aquele tempo, e comecei a pensar em construir outra, pois não conseguia sequer pensar em fazer outra tentativa de trazê-la, contornando a ilha, por receio de esbarrar com aquelas criaturas selvagens em pleno mar, sabendo qual seria meu destino caso caísse em suas mãos.

O tempo, porém, e a satisfação de não correr o perigo de ser descoberto por aquela gente começaram a debelar minhas apreensões, e voltei a viver com a mesma serenidade de antes, sendo que usava de mais cautela e mantinha-me mais alerta do que nunca para não ser visto por nenhum deles; sobretudo, passei a ser mais cuidadoso ao disparar minha arma, para que não me ouvissem, caso estivessem na ilha. Portanto, foi uma boa medida eu ter providenciado uma criação de caprinos e não mais precisar caçar na mata e fazer disparos; e se capturei alguns deles depois disso, foi por meio de armadilhas e laços, conforme já fizera. De maneira que, ao longo de dois anos, acredito que não disparei a espingarda uma vez sequer, embora nunca saísse desarmado; e mais, como havia resgatado três garruchas do navio, sempre as levava comigo, ou pelo menos duas delas, enfiando-as no cinturão de couro de bode. E ainda restaurei um dos grandes sabres encontrados a bordo, e fiz um cinto para pendurá-lo também; por conseguinte, quando eu saía de casa, minha aparência era mais que temível de se ver, se o leitor acrescentar à minha descrição anterior os detalhes de duas garruchas e um sabre pendurado no cinto, sem a bainha.

As coisas transcorreram assim, como disse, durante algum tempo e, exceto por tais precauções, parecia que eu voltara ao meu antigo modo de viver, com calma e serenidade. Tudo isso tendia a demonstrar, cada vez mais, que, comparativamente, minha situação estava longe de ser infeliz, ainda mais em comparação com muitas outras condições de vida que poderiam ter aprazido a Deus destinar-me. Isso me fez refletir que poucas lamúrias existiriam na humanidade, diante de qualquer condição de vida, se as pessoas comparassem suas próprias situações com outras piores para então agradecer, em vez de sempre compará-las com outras melhores, para justificar resmungos e queixas.

Visto que na condição atual eu realmente não carecia de muitas coisas, cheguei a pensar que os medos por mim vivenciados por causa daqueles selvagens infelizes e a ansiedade pela minha própria preservação houvessem embotado minha capacidade de criar soluções para tornar a vida mais cômoda; eu havia abandonado um bom projeto, ao qual antes voltara intensamente meus pensamentos, a saber, tentar converter um pouco da cevada em malte e depois fabricar cerveja. Era de fato uma ideia extravagante, e censurei-me muitas vezes por minha ingenuidade, pois logo reconheci que faltariam muitos itens necessários para fazer cerveja, itens que eu jamais poderia prover. Primeiro, precisaria de barris para armazená-la, algo que, conforme já observei, não conseguia fabricar, nunca, embora levasse dias, semanas, ou até meses, tentando fazê-lo, e tudo em vão. Em segundo lugar, não havia lúpulo para conservá-la, nem levedo para fermentá-la, nem caldeirão ou chaleira para fervê-la. Contudo, apesar da falta de todos esses itens, acredito piamente que, se os sustos e o medo que eu tinha dos selvagens não houvessem interferido, eu teria feito uma tentativa, e talvez fosse bem-sucedido, pois raramente desistia de algo depois que enfiava a ideia na cabeça.

Mas minha criatividade agora funcionava em outra direção, pois noite e dia eu não pensava em nada além de como eliminar alguns daqueles monstros em seu divertimento cruel e sanguinário e, se possível, salvar a vítima por eles trazida para ser morta na ilha. Seria preciso um livro mais extenso do que este pretende ser para registrar todos os artifícios que inventei, ou melhor, remoí em meus pensamentos, visando destruir aquelas criaturas, ou pelo menos aterrorizá-las de modo a impedir que voltassem à ilha; mas foi tudo em vão, nada poderia surtir efeito sem minha presença, e o que poderia um homem sozinho fazer no meio deles, quando talvez houvesse vinte ou trinta reunidos, com suas lanças, seus arcos e flechas, com os quais acertavam um alvo tão bem quanto eu com a espingarda?

Às vezes, pensava em cavar um buraco no local onde eles costumavam armar a fogueira e enterrar dois ou três quilos de pólvora, que inflamassem quando o fogo fosse aceso e, consequentemente, detonassem tudo o que estivesse por perto; no entanto, em primeiro lugar, assim como não estava disposto a desperdiçar tanta pólvora, uma vez que meu estoque estava reduzido a um barril, tampouco poderia ter certeza de que a explosão ocorreria quando pudesse surpreendê-los; e, na melhor das hipóteses, talvez fosse pouco mais que um estrondo, apenas espalhando fogo e assustando-os, o que não seria suficiente para afugentá-los de uma vez por todas. Portanto, deixei a ideia de lado e resolvi emboscá-los em algum local propício com as três espingardas, todas com carga dupla, e em pleno festim sangrento dispará-las, com certeza matando ou ferindo dois ou três a cada saraivada; em seguida, atacando-os com as três garruchas e o sabre, não tinha dúvida de que, embora fosse um grupo de vinte selvagens, eu mataria todos. Essa fantasia acalentou meus pensamentos por algumas semanas, e fiquei tão entusiasmado que, várias vezes, cheguei a sonhar com a cena, e que estava prestes a disparar contra os canibais.

Fui tão longe com o plano que dediquei vários dias à procura de locais adequados para tocaiá-los, como disse, para emboscá-los, e voltei com frequência à cena dos festins, que para mim era agora mais familiar, sobretudo quando minha mente estava tomada por pensamentos de vingança e pela ideia de ferir vinte ou trinta deles com meu sabre; contudo, o pavor daquele lugar e dos sinais daqueles bárbaros miseráveis devorando uns aos outros reduziam minha ferocidade.

Por fim, localizei um ponto na encosta do morro onde julguei ser capaz de espreitar em segurança até avistar um dos barcos deles e de onde, mesmo antes que alcançassem a praia, poderia deslocar-me sem ser visto até um matagal cheio de árvores, uma das quais tinha o tronco oco e grande o suficiente para esconder-me; e de lá poderia observar seus atos sanguinários e fazer pontaria certeira em suas cabeças quando estivessem tão juntos que seria quase impossível errar os alvos, ou deixar de ferir três ou quatro na primeira descarga.

Naquele local, então, resolvi levar a termo o plano e, por conseguinte, aprontei dois mosquetes e a espingarda de caça. Carreguei os dois mosquetes com um par de balaços cada, e quatro ou cinco chumbos menores, aproximadamente do tamanho de balas de garrucha; e a espingarda carreguei com um punhado de chumbo miúdo, embora de bom calibre, utilizado para caçar cisnes. Também carreguei as garruchas, com cerca de quatro balas cada; e assim prevenido, contando com munição para uma segunda e uma terceira saraivada, preparei-me para a expedição.

Depois de estabelecer o esquema do plano e colocá-lo em prática na mente, fiz todas as manhãs uma caminhada até o alto do morro, que ficava a pouco menos de cinco quilômetros do meu castelo, como o chamava, para ver se avistava algum barco no mar ou próximo à ilha; no entanto, depois de dois ou três meses de vigília constante, comecei a cansar-me daquela rotina monótona, sempre voltando sem nada descobrir, pois em todo aquele tempo não apareceu um barco sequer, fosse na praia, perto dela ou no oceano, até onde meus olhos ou minha luneta pudessem alcançar.

Enquanto mantive as caminhadas diárias até o morro a fim de espreitar, mantive também a obstinação do meu intento, e meu estado de espírito parecia o tempo todo preparado para a matança ultrajante de vinte ou trinta silvícolas nus por uma ofensa sobre a qual eu não havia sequer chegado a refletir, sendo movido pela indignação causada pelo horror do costume desnaturado daquele povo, aparentemente legado pela Providência Divina, em Sua sábia disposição do mundo, a não ter outro guia senão seus próprios impulsos abomináveis e pervertidos; por conseguinte, talvez desde tempos passados aquela gente viesse praticando tais atos medonhos e cultivando costumes tão horríveis, o que só se justificaria por uma natureza totalmente abandonada pelo céu e impelida por alguma degenerescência infernal. Agora, porém, como já disse, quando comecei a cansar-me da excursão infrutífera que fizera durante tanto tempo, indo tão longe, todas as manhãs, minha opinião sobre o plano em si começou a mudar; refletindo com mais frieza e calma, passei a questionar a situação em que estava prestes a envolver-me. Que autoridade ou direito teria eu para arvorar-me em juiz e carrasco daqueles homens, supostamente criminosos, mas que, havia tantas eras, ao céu aprazia deixar de castigar e permitir que fossem executores de julgamentos celestiais que sobre eles próprios pesassem? Que mal aqueles homens teriam cometido contra mim? E que direito teria de envolver-me na rixa e no sangue que derramavam mútua e promiscuamente? Muitas vezes, debati comigo mesmo a questão nos seguintes termos: "Como hei de saber qual é o juízo de Deus nesse caso específico? É certo que aquela gente não acha que está cometendo um crime; não é algo contrário à consciência, algo condenável; não sabem que se trata de uma ofensa e, portanto, não desafiam a justiça divina, como nós fazemos em quase todos os pecados que cometemos. Não consideram crime matar um prisioneiro de guerra, assim como não consideramos crime matar um boi; comem carne humana, tanto quanto comemos carneiro".

Depois de tais considerações, deduzi, necessariamente, que estava equivocado, que aqueles indivíduos não eram assassinos, no sentido em que eu antes os condenara em meus pensamentos, assim como não eram assassinos os cristãos que muitas vezes executavam prisioneiros de batalha, ou mais frequentemente, em tantas ocasiões, submetiam tropas inteiras ao fio da espada, sem piedade, embora tais tropas houvessem deposto as armas e se rendido.

Depois, ocorreu-me que, embora o tratamento por eles dispensado uns aos outros fosse brutal e desumano, eu nada tinha a ver com isso, e aquela gente nada fizera contra mim. Que se me atacassem, ou se eu julgasse necessário, para minha imediata sobrevivência, reagir, seria diferente; que eu ainda estava escondido, e eles não tinham conhecimento da minha existência e, por conseguinte, não atentavam contra mim; que, portanto, não seria justo atacá-los; que empreender tal ataque seria justificar a conduta dos espanhóis e todas as barbaridades por eles praticadas na América, onde exterminaram milhões de selvagens, os quais, apesar de idólatras e bárbaros, e propensos a realizar rituais sangrentos e incivilizados, tais como oferecer em sacrifício corpos humanos aos seus ídolos, eram, em comparação com os espanhóis, um povo inocente; ocorreu-me também que a ação de arrancá-los de sua terra é nos dias de hoje vista com grande repúdio e repulsa, pelos próprios espanhóis e pelas demais nações cristãs da Europa, como mera carnificina, um ato sanguinário e desumano, injustificável perante Deus e os homens, a ponto de a própria palavra "espanhol"

Tentando avistar algum barco.

ser considerada terrível e hedionda por toda a humanidade, ou por pessoas capazes de sentir compaixão cristã, como se o reino da Espanha fosse conhecido primordialmente por produzir uma raça de homens sem noção de ternura ou sem a menor piedade para com os miseráveis, sendo a piedade o sentimento considerado marca do caráter generoso.

Essas considerações levaram-me de fato a uma pausa, e mesmo a um ponto final; e comecei aos poucos a abandonar meu plano, concluindo que havia adotado medidas equivocadas visando atacar os selvagens, e que não era da minha conta intrometer-me na vida deles, a menos que primeiro me atacassem, ação que a mim cabia, se possível, prevenir; contudo, se fosse descoberto e atacado, saberia como proceder.

Por outro lado, refleti que aquela não seria mesmo a maneira de salvar-me, mas de acabar comigo de uma vez por todas, pois, a menos que conseguisse eliminar todos os selvagens que estivessem na praia em dado momento, e ainda os que desembarcassem posteriormente, visto que bastaria que um deles escapasse e contasse à sua gente o que tinha acontecido, eles haveriam de voltar, aos milhares, a fim de vingar a morte dos companheiros; portanto, eu induziria minha própria destruição, o que àquela altura não tinha o menor sentido.

Por fim, concluí que não devia, nem por princípio nem por conduta, imiscuir-me na questão, e que a mim cabia, por todos os meios possíveis, esconder-me deles, não deixando o menor sinal que lhes permitisse descobrir que havia alguma criatura viva na ilha, quero dizer, criatura humana. A religião corroborava tal prudência, e convenci-me de que estava agindo totalmente fora da minha seara quando elaborei planos sangrentos para a destruição de criaturas inocentes, quero dizer, inocentes com relação à minha pessoa. Quanto aos crimes que cometiam entre si, eu nada tinha a ver; eram praticados pela nação inteira, e eu deveria deixá-los a cargo de Deus, que rege todas as nações e sabe fazer justiça e punir ofensas nacionais, assim como sabe submeter a julgamentos públicos, pelos meios que a Ele mais convier, aqueles que contra o público cometem ofensas.

Isso ficou tão claro para mim que nada me agradou mais do que não ter cometido um ato que agora eu via tantos motivos para crer que teria sido um pecado tão grande quanto o homicídio doloso; e de joelhos expressei meu mais humilde agradecimento a Deus por ter me livrado de uma culpa cheia de sangue, implorando a Ele que me concedesse a proteção da Providência Divina, para que eu não caísse nas mãos dos bárbaros, e para que não voltasse minhas mãos contra eles, a menos que recebesse um claro chamado do céu para fazê-lo em defesa da minha própria vida.

Prossegui em tal disposição por quase um ano depois disso; estava tão longe de desejar uma ocasião para atacar aqueles infelizes que, em todo aquele tempo, não subi o morro para verificar se havia algum deles à vista ou para saber se tinham vindo à costa, pois não queria ser tentado a retomar nenhum de meus estratagemas contra eles nem a resolver atacá-los se fosse provocado por qualquer situação vantajosa que pudesse surgir. Fiz apenas o seguinte: removi o barco que tinha deixado do outro lado da ilha e levei-o até o ponto extremo leste do litoral, onde o conduzi a uma pequena gruta, que localizei abaixo de alguns rochedos, e onde sabia que, por causa das correntes, os selvagens não ousariam chegar com suas canoas, por qualquer motivo que fosse.

Levei no barco tudo o que lhe dizia respeito, embora nem tudo fosse necessário para aquela simples remoção, a saber, um pequeno mastro e a vela que fizera especialmente para ele, e algo semelhante a uma âncora, mas que, deveras, não poderia ser chamado de âncora ou gancho, mas que foi o melhor que consegui fabricar no gênero. Removi tudo para não deixar o menor vestígio da existência de qualquer barco ou de qualquer habitação humana na ilha.

Além disso, mantive-me, como disse, mais recluso do que nunca, e raramente saía de casa, exceto para dedicar-me às atividades rotineiras, ou seja, ordenhar as cabras e pastorear o pequeno rebanho na mata, que, situada em outra parte da ilha, estava fora de perigo. É certo que os povos selvagens que às vezes assombravam a ilha não pensavam em encontrar algo de útil e, portanto, nunca se afastavam da praia, e não duvido que tenham desembarcado diversas vezes depois que me tornei mais cauteloso e fiquei recluso, conforme já mencionei. Na verdade, era com pavor que eu pensava no que teria acontecido se tivesse esbarrado com eles e sido descoberto, quando, nu e portando uma única arma, muitas vezes carregada apenas com chumbo miúdo, eu vasculhava a ilha para ver o que encontrava. Que surpresa não teria sido se, em vez de descobrir a pegada de um homem, tivesse avistado quinze ou vinte selvagens e fosse por eles perseguido, e a julgar pela velocidade com que corriam, sem a menor possibilidade de escapar!

Esses pensamentos às vezes pesavam-me na alma e afligiam tanto minha mente que eu demorava para recompor-me e concluir qual teria sido minha reação, e achava que não apenas seria incapaz de resistir aos selvagens como também não teria presença de espírito suficiente para fazer o que pudesse ser feito, e nem mesmo agora, depois de tanta reflexão e preparação, imaginava o que fazer. Na verdade, depois de muito ponderar essas questões eu ficava bastante melancólico, e tal estado, às vezes, perdurava; resolvi tudo, porém, dando graças à Providência, que havia me livrado de tantos perigos invisíveis e me mantido longe de males que eu não poderia, de jeito nenhum, ter evitado sozinho, pois não os conhecia e nem mesmo suspeitava da mínima possibilidade do perigo.

Isso renovou uma reflexão que muitas vezes me ocorrera em tempos passados, quando comecei a enxergar disposições misericordiosas do céu diante de perigos aos quais somos expostos na vida: como maravilhosamente somos salvos sem sequer tomarmos conhecimento do risco; como, diante de um dilema, uma dúvida ou hesitação, se devemos ir para um lado ou para outro, um conselho misterioso aponta-nos determinado rumo quando pretendíamos seguir outro caminho; deveras, quando o bom senso, nossa própria inclinação e talvez algum interesse convidam-nos a seguir tal caminho, mas uma impressão estranha em nossa mente, que não sabemos de onde vem, não sabemos por quais poderes é movida, acaba impelindo-nos em determinado rumo. E mais tarde fica evidente que, se tivéssemos optado pelo caminho desejado, e que imaginávamos ser o melhor, estaríamos arruinados e perdidos. Diante dessas reflexões e muitas outras semelhantes, criei mais tarde comigo uma regra: sempre que constatasse conselhos misteriosos ou intimações em minha mente, para fazer ou deixar de fazer algo, ou para tomar um caminho ou outro, jamais desobedeceria, mesmo que não identificasse outro motivo além da tal intimação ou do tal conselho. Eu poderia oferecer diversos exemplos do sucesso dessa conduta no curso da minha vida, sobretudo no período final da estada naquela ilha infeliz, além de muitas outras ocasiões que provavelmente teria percebido se enxergasse como enxergo agora. Mas nunca é tarde demais para aprender, e não posso furtar-me a aconselhar homens sensatos cujas vidas sejam acompanhadas por incidentes tão extraordinários como a minha, e mesmo que não sejam tão extraordinários, a não desprezarem as intimações secretas da Providência, emanem elas da inteligência invisível que for, tema que aqui me abstenho de discutir, e que talvez nem consiga explicar; mas é certo que são provas da interação com espíritos e de uma comunicação secreta entre encarnados e desencarnados, provas que não podem ser refutadas, assunto sobre o qual terei oportunidade de relatar alguns exemplos notáveis relacionados ao restante da minha residência solitária naquele lugar desolado.

Creio que o leitor não achará estranho se eu confessar que as apreensões, os perigos constantes que vivenciei, bem como a preocupação que agora pesava sobre mim, puseram um ponto final a todas as invenções e estratégias às quais recorri para meu bem-estar e conveniência. Eu agora precisava cuidar mais da minha segurança do que da minha subsistência. Não me atrevia a bater um prego, nem a rachar um pedaço de lenha, com receio de que o barulho pudesse ser ouvido, e muito menos a disparar uma arma, pela mesma razão; acima de tudo, ficava extremamente ansioso diante da ideia de acender fogo, porque a fumaça, que é visível a grande distância durante o dia, poderia trair-me. Por esse motivo, transferi os afazeres que dependiam de fogo, tais como a fabricação de potes, cachimbos etc., para minhas novas instalações na mata, onde, depois de algum tempo, descobri, para meu imenso consolo, uma caverna natural, bastante ampla, e onde, ouso dizer, nenhum selvagem teria coragem de aventurar-se, nem, na verdade, qualquer outro homem, exceto algum que como eu buscasse tão somente um abrigo seguro.

A entrada da caverna ficava na base de uma grande rocha, onde, por mero acaso (diria eu, se não visse agora inúmeras razões para atribuir todas essas coisas à Providência), eu estava cortando alguns galhos grossos de árvores para produzir carvão; mas antes de prosseguir, devo informar o motivo de fazer carvão, que era o seguinte: Eu receava fazer fumaça em volta da minha habitação, como disse antes; contudo, não poderia viver lá sem assar o pão, cozinhar a carne etc. Portanto, planejei queimar um pouco de lenha, como tinha visto fazerem na Inglaterra, sob a relva, até que se tornasse carvão vegetal. Depois, apagando o fogo, preservaria o carvão para transportá-lo até em casa e realizar os outros serviços que exigissem fogo sem o perigo de produzir fumaça.

Mas isso não vem ao caso. Enquanto cortava lenha, percebi que atrás de uma moita fechada havia uma espécie de buraco; fiquei curioso para olhar e, embrenhando-me na moita com dificuldade, constatei que o vão era de bom tamanho, ou seja, suficiente para eu ficar de pé, e talvez outra pessoa comigo. Devo admitir, porém, que me apressei mais para sair do que para entrar, pois, examinando o local, que estava totalmente escuro, vi dois olhos grandes e brilhantes de alguma criatura, se era diabo ou homem eu não sabia, cintilando feito duas estrelas, uma vez que a luz fraca existente à entrada do buraco batia nos tais olhos, produzindo o reflexo.

No entanto, após uma breve pausa, recobrei-me e considerei-me mil vezes tolo, dizendo comigo mesmo que quem tinha medo de ver o diabo não poderia ter vivido vinte anos numa ilha sozinho, e que não poderia haver nada naquele buraco que fosse mais assustador do que eu. Diante disso, criando coragem, peguei um grande tição e voltei correndo ao buraco, empunhando o pedaço de lenha acesa. Não dei nem três passos e levei um susto tão grande quanto antes, pois ouvi um suspiro forte, como o de um homem sentindo dor, seguido por um ruído entrecortado, como o de palavras balbuciadas, e depois outro suspiro profundo. Dei um passo para trás, e o sobressalto foi tamanho que me fez suar frio; se estivesse de chapéu, não me surpreenderia se meus cabelos arrepiados o tivessem levantado e feito cair. Contudo, animei-me tanto quanto podia, reunindo o máximo de coragem e lembrando que o poder e a presença de Deus estavam em toda parte e podiam proteger-me. Então, dei mais um passo à frente e, sob a luminosidade do tição, segurando-o um pouco acima da cabeça, vi estirado no chão um bode velho e assustador, monstruoso, agonizando, morrendo de pura velhice. Cutuquei-o, levemente, para ver se conseguia tirá-lo de lá, e ele tentou levantar, mas não foi capaz de fazê-lo; e pensei que o animal podia mesmo ficar ali, pois assim como havia me assustado certamente assustaria qualquer selvagem que se atrevesse a entrar naquele buraco enquanto ele estivesse vivo.

Refeito do susto, comecei a olhar ao redor, e descobri que o buraco era pequeno, quero dizer, teria cerca de três metros e meio de comprimento, e carecia de forma, não sendo redondo nem quadrado, pois as únicas mãos empregadas para construí-lo tinham sido as da própria natureza. Observei também que havia um ponto, no outro extremo, que avançava um pouco, mas era tão baixo que eu seria obrigado a engatinhar para entrar, sem saber aonde aquilo daria. Então, como não dispunha de uma vela, desisti naquele momento, mas resolvi voltar no dia seguinte, munido de velas e uma pederneira[104] improvisada com o mecanismo de disparo de um dos mosquetes, onde eu havia inserido um pouco de pólvora.

Assim, no dia seguinte, voltei, portando seis grandes velas de minha própria fabricação, pois àquela altura aprendera a fazer ótimas velas com sebo de bode; ao entrar por aquela passagem baixa, fui obrigado a engatinhar, como já disse, por quase dez metros, o que, aliás, achei uma aventura bastante ousada, considerando que não sabia aonde aquilo daria, nem o que haveria além daquele ponto. Depois que passei por aquele local estreito, descobri que o teto erguia-se bem mais alto, creio que quase seis metros, e jamais tivera uma visão tão gloriosa na ilha, ouso dizer, do que quando olhei as paredes laterais e o teto daquela abóbada ou caverna; as paredes refletiam cem mil luzes a partir das chamas das minhas duas velas. O que se encrustava na rocha, se eram diamantes ou quaisquer outras pedras preciosas, provavelmente ouro, não sabia dizer.

O local em que eu estava era uma caverna, ou gruta, encantadora, embora totalmente escura; o solo estava seco e nivelado, e coberto por uma espécie de cascalho, e não havia qualquer criatura peçonhenta ou venenosa à vista, nem umidade ou infiltração nas paredes perpendiculares ao teto. A única dificuldade era a própria entrada; todavia, sendo o local destinado à minha segurança, um abrigo conforme eu bem desejava, achei que o fato de a entrada ser estreita fosse uma vantagem. Portanto, fiquei radiante com a descoberta e resolvi, sem demora, transportar para lá alguns dos itens com os quais mais me preocupava, primordialmente o estoque de pólvora e as armas sobressalentes, a saber, duas espingardas de caça, pois eu contava com três, e três mosquetes, dos quais possuía oito ao todo. Sendo assim, mantive no castelo apenas cinco mosquetes,

104. Pedra que se atrita com o fuzil para produzir fogo. Um pequeno pedaço dessa pedra era inserido nos mecanismos de disparos das armas antigas; sendo percutido pelo fuzil, o fragmento produzia fogo, que se comunicava à pólvora. As pederneiras foram inicialmente usadas em mosquetes e depois em garruchas.

que permaneciam montados, feito canhões, no muro externo, e prontos para serem levados em qualquer expedição.

Quando fui remover a munição, precisei abrir o barril de pólvora que recolhera na praia e que estava molhado; descobri que a água penetrara cerca de sete ou dez centímetros em todos os lados, e embebera a pólvora, que endurecendo havia preservado o interior feito um caroço na casca, de modo que, no centro do barril, pude contar com quase trinta quilos de pólvora em ótimo estado, o que foi uma descoberta muito agradável para mim naquele momento. Então transportei tudo para a caverna, nunca deixando mais de um quilo, ou um quilo e meio, de pólvora no castelo, com receio de algum acidente. Também levei para a caverna todas as balas de chumbo que me restavam.

Agora eu me imaginava um daqueles gigantes de tempos passados que, segundo contam, viviam em cavernas e fendas nas rochas onde ninguém pudesse alcançá-los, pois convenci-me de que, enquanto ali estivesse, se quinhentos selvagens me perseguissem, jamais haveriam de descobrir-me, ou, caso descobrissem, jamais se arriscariam a atacar-me ali dentro.

O velho bode que encontrei agonizando morreu na entrada da caverna, no dia seguinte ao da minha descoberta do lugar. Achei bem mais fácil cavar uma grande cova ali mesmo, jogá-lo dentro e cobri-lo com terra do que arrastá-lo para fora; então, enterrei-o lá, a fim de evitar mau cheiro.

13. Naufrágio de um navio espanhol

Estava agora no vigésimo terceiro ano de residência na ilha, e já de tal modo habituara-me ao lugar e à maneira de viver que, se pudesse ter certeza de que selvagens não viriam perturbar-me, aceitaria a ideia de passar o resto de meus dias lá, até o último momento, até deitar-me para morrer, feito o bode velho na caverna. Também tinha descoberto algumas pequenas distrações que faziam o tempo passar mais agradavelmente do que antes. Primeiro, ensinei meu Poll, como já observei, a falar; e ele o fazia com tamanha informalidade, e de modo tão articulado e claro, que era muito prazeroso para mim; e viveu comigo não menos do que vinte e seis anos. Quanto tempo mais poderia ter vivido não sei, embora saiba que, nos Brasis, as pessoas acreditem que aqueles pássaros possam viver cem anos; talvez o coitado do Poll ainda esteja vivo por lá, chamando o coitado do Robin Crusoé até hoje. Não desejo a nenhum inglês a má sorte de aportar na ilha e ouvi-lo; se isso acontecer, porém, certamente pensará que se trata do diabo. Meu cachorro foi um companheiro agradável e afetuoso por nada menos do que dezesseis anos, e então morreu de velhice. Quanto aos meus gatos, multiplicaram-se tanto, conforme já observei, que fui obrigado a abater vários, no primeiro momento, a fim de impedir que devorassem a mim e tudo o que eu possuía; no fim das contas, porém, as duas gatas velhas que trouxera comigo foram-se; depois de algum tempo, passei a enxotar os demais e deixei de alimentá-los, e fugiram todos para mata, exceto dois ou três favoritos, que mantive como animais domésticos, e cujos filhotes, sempre que havia uma ninhada, eu afogava; esses gatos faziam parte da minha família. Além dos felinos, eu sempre mantinha comigo dois ou três cabritos, aos quais ensinei a comer da minha mão; e tinha mais dois papagaios, que falavam muito bem, e chamavam-me de Robin Crusoé, embora não se comparassem ao meu primeiro, e tampouco me esforcei para ensinar-lhes conforme fizera com o Poll. Criei também várias aves marinhas domesticadas, cujas espécies eu desconhecia, que capturei na praia e cujas asas cortei; e as pequenas estacas que eu fincara diante do muro do meu castelo e que brotaram formando uma densa mata serviram para abrigar as aves, que ali procriavam, para minha grande satisfação; de maneira que, como disse antes, comecei a sentir-me bastante satisfeito com a vida que levava, se apenas pudesse ficar livre da ameaça dos selvagens.

Mas não era para ser assim; e deve convir a todas as pessoas que se depararem com minha história extrair da narrativa essa observação justa, a saber, com que frequência, no curso de nossas vidas, o mal que procuramos evitar e no qual caímos, e que nos parece o mais terrível, torna-se, muitas vezes, o próprio caminho, ou porta, da nossa libertação, a única através da qual podemos ser salvos da aflição em que estávamos. Eu poderia oferecer muitos exemplos disso no curso de minha existência inconcebível, mas em nada isso foi mais notável do que nas circunstâncias dos meus últimos anos de residência solitária naquela ilha.

Estava no mês de dezembro, em meu vigésimo terceiro ano, como disse acima, e sendo o solstício do sul, pois de inverno não posso chamá-lo, era a época da colheita, o que exigia minha ida constante aos campos; então, saindo um dia bem cedo, antes mesmo de amanhecer, fiquei surpreso ao avistar um clarão de fogo na praia, a uma distância de três quilômetros em direção ao ponto extremo da ilha onde eu observara a presença de selvagens, conforme já relatei; dessa vez, porém, não era do outro lado, mas, para minha grande aflição, do meu lado da ilha.

Fiquei deveras assustado com o que vi e estaquei no meio da plantação, sem ousar sair, para não ser surpreendido; e não tive mais sossego, preocupado que se os selvagens, perambulando pela ilha, esbarrassem com os grãos plantados ou ceifados, ou com qualquer das minhas obras, concluiriam na mesma hora que alguém vivia no local, e jamais descansariam enquanto não me descobrissem. Nessa aflição extrema, voltei diretamente ao meu castelo, recolhi a escada depois que entrei, e fiz com que tudo do lado de fora parecesse tão agreste e natural quanto possível.

Em seguida, preparei o interior da morada, colocando-me em posição de defesa. Carreguei todos os canhões, conforme os chamava, quero dizer, os mosquetes, que estavam montados na nova fortificação, bem como as garruchas, e resolvi defender-me até o último suspiro, não esquecendo de entregar-me à proteção divina e orar com fervor a Deus para livrar-me das mãos dos bárbaros. Em tal postura continuei por cerca de duas horas, mas comecei a ficar impaciente para saber o que estava acontecendo do lado de fora, pois não tinha espiões que pudessem averiguar.

Depois de esperar um pouco e refletir sobre como proceder naquele caso, não aguentei mais continuar na ignorância do que sucedia; então, apoiando a escada na encosta, onde havia uma laje plana, conforme já observei, e depois recolhendo a escada, voltei a fixá-la e subi até o alto do morro; recorrendo à luneta, que levara comigo de propósito, deitei-me de barriga no chão e comecei a examinar o local. Logo verifiquei que havia nada menos do que nove selvagens nus sentados em volta de uma pequena fogueira, não para se aquecerem, pois não havia necessidade disso, pois o calor era extremo, mas, como eu supunha, para prepararem o banquete bárbaro da carne humana por eles trazida, se viva ou morta eu não sabia dizer.

Tinham duas canoas, que haviam arrastado praia acima, e considerando que a maré era vazante pareceu-me que aguardavam a subida das águas para irem embora. É difícil imaginar o tormento que tal visão causou-me, sobretudo ao vê-los do meu lado da ilha, e tão perto de mim; mas quando considerei que a vinda deles coincidia com a vazante da maré, fiquei mais sossegado, contentando-me em sair de casa com segurança no período da maré cheia, desde que não estivessem na costa; e tendo feito essa constatação saí para fazer a colheita com mais serenidade.

Conforme eu esperava aconteceu, pois, tão logo a maré fluiu para o oeste, vi todos embarcarem e saírem remando. Cumpre observar que durante uma hora ou mais antes de partirem eles dançaram, e vi facilmente suas poses e seus gestos pela luneta. Pude constatar, observando atentamente, que estavam nus em pelo; mas se eram homens ou mulheres, não consegui distinguir.

Assim que os vi embarcados e afastando-se, portei duas armas nos ombros, duas garruchas no cinturão, meu sabre sem bainha pendente do lado e, tão depressa quanto pude, fui até o morro de onde os avistara pela primeira vez; e assim que consegui chegar lá, o que não ocorreu antes de duas horas (pois não pude correr, carregado de armas como estava), percebi que outras três canoas dos selvagens haviam estado no local; e olhando mais ao longe vi todas juntas, seguindo mar afora em direção ao continente.

Foi uma visão terrível para mim, especialmente porque, descendo à praia, contemplei as marcas de horror que a prática medonha dos selvagens havia deixado para trás, a saber, sangue, ossos e pedaços de carne humana devorada por aqueles desgraçados com prazer e festejo. Fiquei tão indignado diante de tal visão que logo comecei a premeditar a morte do próximo selvagem que aparecesse por lá, fosse quem fosse, ou quantos fossem.

Pareceu-me óbvio que as visitas que faziam à ilha não eram muito frequentes, pois passaram-se mais de quinze meses até que voltassem àquele litoral; quero dizer, não os vi nem encontrei quaisquer pegadas ou sinais deles em todo aquele tempo. E durante as estações chuvosas com certeza não viajavam, pelo menos não até tão longe; contudo, ao longo de todo aquele período, não tive sossego, sempre preocupado que pudessem surgir e apanhar-me desprevenido. Com base nisso, posso dizer que a expectativa do mal é mais amarga do que o sofrimento em si, ainda mais se não pudermos nos livrar de tal expectativa ou de tal preocupação.

Durante todo aquele tempo estive numa disposição homicida, e passei a maior parte das minhas horas, que deveriam ter sido mais bem empregadas, maquinando um meio de surpreendê-los e atacá-los na próxima vez que os visse, notadamente se estivessem separados, como da última vez, em dois bandos; e nem considerei, de maneira nenhuma, que se aniquilasse um bando, suponhamos, de dez ou doze, teria que aniquilar o outro, fosse no dia seguinte, na semana seguinte, ou no mês seguinte, e outros tantos, ad infinitum, até tornar-me, por fim, tão assassino quanto eles, devoradores de homens, e talvez pior.

Passava os dias agora imerso em grande perturbação e ansiedade mentais, esperando a qualquer momento cair nas mãos daquelas criaturas impiedosas; e quando me arriscava a afastar-me de casa não parava de olhar em volta, com a maior atenção e cautela imagináveis. E então, para meu grande alívio, constatei o quanto tinha sido acertada a decisão de dispor de um rebanho de caprinos domesticados, pois não me atrevia, de jeito nenhum, a efetuar disparos, com receio de alarmar os selvagens, sobretudo próximo àquele lado da ilha onde costumavam desembarcar; e mesmo que naquele momento fugissem de mim haveriam de retornar, com talvez duzentas ou trezentas canoas, poucos dias depois, e então eu bem sabia o que me esperava.

No entanto, mais de um ano e três meses transcorreram até que eu voltasse a avistar alguns selvagens, e então, reencontrei-os, conforme em breve pretendo relatar. É verdade que talvez tivessem estado na ilha uma ou duas vezes; mas ou não se demoraram ou, pelo menos, não os avistei. Contudo, segundo meus cálculos mais aproximados, em maio do meu vigésimo quarto ano tive um encontro estranho com eles, ao qual vou me referir no devido momento.

Meu desassossego ao longo daqueles quinze ou dezesseis meses foi imenso; dormia mal, sempre tinha pesadelos assustadores, e muitas vezes despertava sobressaltado no meio da noite. Durante o dia, grandes preocupações dominavam-me a mente; e à noite, quase sempre, sonhava com o extermínio dos selvagens e com supostas razões para perpetrá-lo. Mas, deixando tudo isso por ora de lado, aconteceu em meados de maio, no décimo sexto dia, acho eu, de acordo com meu incipiente calendário de madeira, pois ainda fazia marcas na estaca; quero dizer, então, que foi em 16 de maio que ocorreu um tremendo vendaval, o dia todo, acompanhado de relâmpagos e trovões, e a noite seguinte foi tenebrosa. Eu não sabia explicar o motivo, mas, enquanto lia a Bíblia, absorto em sérias reflexões acerca da minha condição presente, fui surpreendido com o estampido de uma arma, segundo pensei, disparada no mar.

Aquela, com certeza, era uma surpresa bem diferente de qualquer outra anterior, pois as ideias que me vieram à mente foram de outra natureza. Dei um pulo e, o mais depressa possível, firmei a escada no centro da laje, recolhi-a depois de subir, voltei a posicioná-la e cheguei ao alto do morro no momento em que um clarão de fogo preparou-me para ouvir um segundo estampido, o qual, de fato, chegou aos meus ouvidos cerca de meio minuto depois; pelo som, deduzi que vinha daquela parte do mar onde eu tinha sido arrastado pela correnteza no meu barco.

Logo imaginei que se tratasse de alguma nau em perigo, viajando acompanhada de outra, e que os disparos fossem sinais, pedidos de socorro. Na mesma hora, tive bastante presença de espírito para pensar que, embora não pudesse ajudá-los, talvez eles pudessem ajudar-me. Então juntei toda a madeira seca que pude catar, fiz uma bela pilha no topo do morro e ateei fogo. A madeira seca queimou com intensidade e, embora o vento soprasse forte, as labaredas elevaram-se; por conseguinte, tive certeza de que, se houvesse de fato alguma embarcação, haveriam de avistar-me, e sem dúvida avistaram, pois assim que o fogo aumentou ouvi outro disparo, e depois disso vários outros, todos vindos da mesma direção. Mantive a fogueira acesa a noite inteira, até o amanhecer; e quando o dia raiou e o céu clareou, avistei algo no mar, a uma grande distância, bem a leste da ilha, se era uma vela ou um casco não consegui distinguir, não, nem mesmo com a luneta, pois estava longe demais, e ainda havia uma névoa matinal, pelo menos em alto-mar.

Olhei inúmeras vezes para aquele local o dia inteiro, e logo percebi que a visão não se movia; portanto, concluí que fosse um navio fundeado, e, ansioso por descobrir, o leitor pode ter certeza, peguei uma arma e corri em direção ao sul da ilha, até os rochedos onde antes eu tinha sido arrastado pela corrente marítima. De lá de cima, com o ar já totalmente claro, pude ver nitidamente, para minha grande tristeza, um navio naufragado, lançado à noite contra os recifes submersos que eu encontrara quando estava no meu barco, os mesmos recifes que, ao conterem a impetuosidade da correnteza e formarem um repuxo contrário, ou contracorrente, propiciaram meu resgate na situação mais desesperadora e desvalida em que estive na vida.

Assim, a salvação de um homem pode ser a destruição de outro, pois, aparentemente, aqueles homens, fossem lá quem fossem, desconhecendo a existência daqueles recifes submersos, tinham sido contra eles arremessados durante a noite, com o vento batendo forte no sentido leste-nordeste. Caso avistassem a ilha, e devo supor que não avistaram, teriam, pensava eu, tentado salvar-se, alcançando a praia no escaler; mas os disparos em busca de socorro, especialmente quando viram, como eu supunha, meu fogo, encheram-me de ideias. Primeiro, imaginei que ao verem o clarão do fogo tivessem embarcado no escaler e tentado chegar à costa, mas em vista do mar agitado teriam se afastado do litoral. Depois, pensei que talvez houvessem perdido o escaler, conforme costuma acontecer, sobretudo quando as ondas varrem o navio, o que muitas vezes obriga os marujos a destruírem o bote, quebrando-o em pedaços e lançando-os ao mar com as próprias mãos. Então imaginei que houvesse alguma outra nau, ou mais de uma, que, diante dos pedidos de socorro, os tivesse recolhido e levado consigo; conjecturei ainda que teriam se lançado ao mar no próprio escaler e, levados pela mesma correnteza que me surpreendera, fossem arrastados pelo oceano, onde nada os aguardava além de sofrimento e morte, e àquela altura talvez estivessem passando fome e prestes a querer devorar uns aos outros.

Como tudo isso não passava de conjecturas, então, nas minhas condições não pude fazer mais do que assistir à infelicidade daqueles pobres coitados, e compadecer-me deles, o que ainda produziu em mim um efeito positivo, ou seja, mais motivos para dar graças a Deus, porque Ele, com tamanha bondade e alento, soubera prover-me naquela situação desolada, e porque das duas tripulações que agora tinham sido arrastadas para aquela parte do mundo nenhuma outra vida fora poupada, exceto a minha. Mais uma vez aprendi a observar que é muito raro a Providência Divina conduzir-nos a uma condição tão infeliz, ou a uma desgraça tamanha, que não possamos enxergar algo que nos leve a agradecer e a constatar que há indivíduos em circunstâncias piores do que a nossa.

Esse foi certamente o caso daqueles homens, os quais eu não via como poderiam ter escapado; sequer seria razoável desejar ou esperar que algum deles tivesse sobrevivido, exceto com base na hipótese de terem sido recolhidos por outra embarcação da flotilha, e essa era uma possibilidade remota, pois não vi o menor sinal ou indicação de tal desfecho.

Diante daquela visão, não consigo explicar, por qualquer força contida em palavras, a estranha ansiedade que senti na alma, e que, às vezes, assim irrompia: "Ah, se apenas um ou dois indivíduos, ou mesmo apenas uma alma se salvasse daquele navio e chegasse até a ilha, para eu poder contar com um só companheiro que fosse, um único semelhante com quem pudesse conversar!". Em nenhum outro momento daquela vida solitária desejei de modo tão sincero, tão intenso, o convívio com meus semelhantes, nem sofri tanto pela falta que me faziam.

Existem certas pulsões misteriosas que movem os afetos e que, uma vez acionadas por algum objeto visível, ou que embora invisível surja no pensamento pelo poder da imaginação, produzem um movimento cuja impetuosidade leva a alma a abraçar esse mesmo objeto com tamanha avidez que a ausência dele torna-se insuportável.

Assim era meu desejo sincero de que apenas um homem houvesse se salvado! "Ah, que fosse apenas um!" Creio que repeti as palavras "Ah, que fosse apenas um!" mil vezes, e meus desejos mobilizavam-se a tal ponto que, quando eu pronunciava tais palavras, meus dedos uniam-se com tamanha pressão contra as palmas que, se eu tivesse algo frágil na mão seria esmagado involuntariamente; e meus dentes trincavam com tamanho vigor que por algum tempo eu não conseguia separá-los.

Que os naturalistas expliquem essas questões, bem como o motivo e a natureza delas. Só posso descrever o fato, que se tornou surpreendente para mim quando o constatei, embora não soubesse de onde procedesse; resultou sem dúvida de desejos contumazes e ideias incisivas em minha mente, ao pensar no consolo que a prosa de um de meus confrades cristãos teria me propiciado.

Mas não era para ser assim; o destino deles ou o meu, ou ambos, não permitiu, pois, até o último ano de minha permanência na ilha, jamais soube se alguém fora salvo daquele navio, e tive tão somente a aflição, alguns dias depois, de ver o cadáver de um grumete afogado chegar à praia, no pontal da ilha que ficava mais próximo do naufrágio. Ele vestia apenas um colete de marinheiro, uma ceroula de linho aberta nos joelhos e uma camisa de linho azul, nada que pudesse indicar sua nação de origem. Não trazia nada no bolso, a não ser dois dobrões de oito e um cachimbo, sendo que este último foi para mim dez vezes mais valioso do que o dinheiro.

O mar acalmou, e senti um intenso desejo de aventurar-me em meu barco até os destroços do navio, acreditando que pudesse encontrar algo a bordo que me fosse útil. Mas isso não me compeliu tanto quanto a suspeita de ainda haver alguma criatura a bordo cuja vida eu pudesse não apenas salvar, mas ao salvá-la dar alento à minha própria no mais alto grau; tal pensamento fixou-se tanto em meu coração que não sosseguei, dia e noite, enquanto não fui de barco até os destroços. Então, entregando tudo à Providência Divina, percebi que a vontade era tão forte que não pude resistir, e que ela só poderia vir de algum desígnio invisível, e que eu ficaria em falta comigo mesmo se não fosse até lá.

Movido por tal impressão, corri de volta ao meu castelo e cuidei dos preparativos para a viagem. Peguei uma quantidade de pão, um grande pote com água potável, a bússola, uma garrafa de rum, pois ainda dispunha de muito, e um cesto de passas; em seguida, carregando as provisões, desci até o local onde o barco estava submerso, retirei-lhe toda a água, coloquei-o para flutuar, carreguei-o e, então, voltei até em casa para apanhar outros itens. Minha segunda carga foi um grande saco de arroz, o guarda-sol para fazer-me sombra na cabeça, outro pote cheio de água e cerca de duas dúzias de pãezinhos, ou broas de cevada, a mais do que levara antes, além de uma garrafa de leite de cabra e um queijo; tudo isso, com muito trabalho e suor, transportei até o barco. Então, elevando uma prece a Deus para guiar minha jornada, lancei-me ao mar e, remando a canoa ao longo da costa, cheguei finalmente ao ponto extremo da ilha naquele lado, a saber, a nordeste. Dali deveria sair pelo oceano, e precisava decidir se me arriscava ou não. Visualizei as correntes que fluíam ao longe, rápidas e constantes em ambos os lados da ilha, e que tinham sido terríveis para mim, porque eu me lembrava do perigo que correra antes, e minha coragem começou a falhar, pois previ que se fosse arrastado até uma daquelas correntezas seria levado oceano adentro, e talvez perdesse de vista a ilha; nesse caso, sendo meu barco pequeno, caso surgisse o menor vendaval eu estaria irremediavelmente perdido.

Esses pensamentos preocuparam-me tanto que cogitei desistir da empreitada; tendo manobrado o barco por um ribeirão que fluía junto à praia, desembarquei e sentei-me numa pequena elevação, bastante reflexivo e ansioso, oscilando entre o medo e o desejo de prosseguir a viagem. Então, enquanto ponderava, notei que a maré tinha mudado, começando a encher, fato que tornaria minha partida impraticável durante várias horas. Com isso, em breve ocorreu-me subir até o ponto mais alto que pudesse encontrar e observar, se possível, a direção das correntes na maré cheia, a fim de verificar se, no caso de ser arrastado para longe, poderia ser trazido de volta, com igual rapidez. Tal pensamento mal entrara na minha cabeça quando dirigi o olhar para um pequeno morro de onde seria possível enxergar em ambos os sentidos e ter uma visão clara das correntezas e dos fluxos da maré, e que serviria também como ponto de referência durante meu regresso. De lá de cima, descobri que, assim como a corrente da vazante fluía perto do pontal sul da ilha, a corrente da preamar fluía próxima à costa no lado norte, e que me bastaria ficar ao norte da ilha no meu retorno e tudo sairia bem.

Animado por tal observação, resolvi partir no dia seguinte, assim que a maré mudasse; e depois de repousar durante a noite na própria canoa, coberto pelo capote do qual já falei, lancei-me ao mar. Primeiro, rumei diretamente para o norte, até começar a sentir a força da corrente, que fluía a leste, e que me levou em grande velocidade, embora não com a mesma rapidez com que eu fora arrastado pela correnteza no sul, que chegara a impedir-me de conduzir o barco; e manobrando o remo com vigor, segui com celeridade e sem desvios até os destroços, lá chegando em menos de duas horas.

O cadáver de um grumete afogado chega à praia.

Era uma visão sombria de se contemplar: o navio, de construção espanhola, encalhado, preso entre dois recifes; toda a popa e a coberta tinham sido despedaçadas pelas ondas; e visto que o castelo de proa, entalado nas pedras, chocara-se com grande violência, o mastro principal e o mastro de proa estavam decepados, ou seja, partidos rente à base, mas o gurupés[105] estava intacto e a proa parecia firme. Quando me aproximei, um cachorro apareceu no convés e, ao me ver, uivou e ganiu; assim que o chamei, ele pulou no mar e nadou até meu barco. Recolhi-o, e constatei que estava quase morto de fome e sede. Dei-lhe um dos meus pães, que ele devorou feito um lobo esfomeado que definhasse na neve havia quinze dias. Então ofereci ao pobre animal um pouco de água, e ele teria bebido até arrebentar, se eu deixasse.

105. Mastro que aponta para a frente, colocado no bico de proa dos veleiros.

Depois disso, subi a bordo; mas a primeira visão com que me deparei foi a de dois afogados na cozinha, no castelo de proa, colados num abraço. Concluí, como era de fato provável, que depois do choque do navio contra os recifes, em meio à tormenta, o mar batera com tamanha força e tão continuamente que os homens não conseguiram resistir, e foram sufocados pelo ímpeto incessante da água, como se estivessem submersos. Além do cachorro, não restava nada vivo a bordo, nem quaisquer mercadorias que, aparentemente, não estivessem danificadas pela água. Havia no porão alguns tonéis de bebida alcoólica, se vinho ou conhaque eu não sabia dizer, e que se tornaram visíveis com a vazante da maré, mas eram demasiado grandes para serem transportados. Avistei diversos baús, que acredito que pertencessem aos marinheiros, e coloquei dois deles no barco, sem examinar o conteúdo.

Se a popa do navio estivesse intacta e a proa rachada, tenho convicção de que minha viagem teria sido proveitosa, pois o que encontrei naqueles dois baús levou-me a crer que o navio transportava grandes riquezas; e, a julgar pelo curso que seguia, era provável que viesse de Buenos Aires, ou do rio da Prata, no sul da América, além dos Brasis, com destino a Havana, no golfo do México, e de lá talvez se destinasse à Espanha. Havia sem dúvida um grande tesouro a bordo, mas inútil, naquele momento, a quem quer que fosse; e o que teria acontecido com a tripulação, eu ignorava.

Encontrei, além dos baús, um barril cheio de aguardente, com cerca de vinte galões, que carreguei para o barco com grande dificuldade; havia vários mosquetes num camarote, e uma grande bolsa, contendo cerca de dois quilos de pólvora. Quanto aos mosquetes, não tinham utilidade para mim; portanto, deixei-os, mas peguei a bolsa com pólvora. Recolhi uma pá e pinças próprias para lidar com fogo, objetos de que eu tanto precisava, bem como duas pequenas chaleiras de latão, uma panela de cobre para preparar chocolate e uma grelha; e com essa carga, e mais o cachorro, voltei, pois a maré recomeçara a fluir em direção à terra, e na mesma noite, cerca de uma hora depois que anoiteceu, cheguei à ilha, absolutamente exausto.

Repousei naquela noite no próprio barco e, pela manhã, resolvi guardar na caverna recém-descoberta o que havia conseguido, em vez de carregar tudo até meu castelo. Depois de uma breve refeição, desembarquei toda a carga e comecei a examinar o conteúdo. Constatei que o barril estava cheio de uma bebida parecida com rum, mas não do tipo que tínhamos nos Brasis; e, resumindo, nada boa. Quando abri os baús, porém, encontrei vários itens de grande utilidade; por exemplo, dentro de um deles achei um belo caixote com garrafas, de alta qualidade, cheias de aguardente muito fina. Cada garrafa continha cerca de um litro e meio e era adornada de prata. Encontrei dois potes contendo frutas cristalizadas e doces, tão bem vedados que a água salgada não os estragara; e mais dois potes, danificados pela água. Achei algumas camisas de ótima qualidade, que me foram muito bem-vindas, e cerca de uma dúzia e meia de lenços de linho branco e gravatas coloridas; os primeiros também foram muito bem-vindos, sendo extremamente úteis para refrescar meu rosto em dias quentes. Além disso, quando abri a caixa-forte do baú, encontrei três sacos cheios de dobrões de oito, totalizando cerca de mil e cem moedas, e dentro de um dos sacos, embrulhados em papel, seis dobrões de ouro e algumas pequenas barras de ouro. Suponho que tudo junto pesasse quase meio quilo.

No outro baú havia algumas roupas, mas de pouco valor; pela aparência, teriam pertencido ao imediato do artilheiro, embora não houvesse dentro do baú mais do que um quilo de pólvora fina esmaltada[106] em três frascos, usada, imagino, para carregar as espingardas de caça. De modo geral, obtive pouco naquela viagem que me servisse, pois quanto ao dinheiro, não tinha oportunidade de usá-lo. Era, para mim, como a poeira sob meus pés, e eu teria dado tudo por três ou quatro pares de sapatos ingleses e meias, que tanta falta me faziam e havia tantos anos eu não calçava. De fato, consegui dois pares de sapatos, que retirei dos pés dos dois afogados nos destroços, e encontrei mais dois pares num dos baús,

106. Grãos de pólvora de melhor qualidade costumavam ser revestidos com grafite, a fim de retardar a ignição e tornar a pólvora mais segura.

que me foram muito úteis, mas não eram como nossos sapatos ingleses, nem em termos de conforto nem de funcionalidade, mas sapatilhas com sola de madeira. Achei no baú desse marujo cerca de cinquenta moedas de reais de oito,[107] mas não havia ouro; suponho que esse baú fosse de um homem mais pobre do que o outro, que deveria pertencer a algum oficial.

Em todo caso, levei o dinheiro para casa, isto é, para a caverna, e guardei-o, conforme tinha feito com o montante que trouxera do meu próprio navio. Mas foi mesmo uma pena que, como disse, a outra parte do navio espanhol ficasse fora do meu quinhão, pois creio que teria carregado a canoa diversas vezes com uma quantia que, no caso de eu algum dia conseguir voltar à Inglaterra, poderia ficar guardada em segurança na ilha até que eu pudesse retornar para resgatá-la.

107. Trata-se, novamente, do *real de a ocho*, também conhecido como dobrão espanhol, moeda de prata que valia oito *reales* espanhóis.

14. Sonho realizado

Tendo agora levado meus pertences para terra firme e guardado tudo em segurança, voltei ao meu barco e remei ao longo da costa até o antigo ancoradouro, onde o deixei, e caminhei o mais depressa possível para minha antiga habitação; lá encontrei tudo seguro e sossegado. Então pude descansar, vivendo como antes e cuidando de meus assuntos domésticos. Durante algum tempo vivi em paz, só que mais alerta do que nunca, vigiando melhor as redondezas e evitando sair com muita frequência; e se, em qualquer momento, saísse com mais liberdade, sempre me dirigia ao leste da ilha, onde tinha convicção de que os selvagens nunca desembarcavam e aonde podia ir sem tantos cuidados, e sem a carga de armas e munição que sempre levava comigo caso fosse para o outro lado.

Vivi nessa condição durante quase dois anos. Minha cabeça azarada, porém, que sempre me lembrava que eu viera ao mundo unicamente para sofrer, esteve durante aqueles dois anos cheia de projetos e objetivos que visavam, se fosse possível, à minha fuga da ilha; às vezes, pretendia voltar aos destroços do navio, embora a razão me dissesse que não havia mais nada ali que valesse o risco da viagem; às vezes, pretendia navegar em determinada direção, às vezes, em outra. E acredito piamente que se dispusesse do barco no qual escapei de Salé teria me aventurado no oceano, num rumo qualquer, que ignorava qual seria.

Tenho sido, em todas as circunstâncias, um exemplo para aqueles que são contaminados pela peste que assola os seres humanos, em consequência da qual, pelo que sei, decorre a metade dos males; refiro-me a jamais se darem por satisfeitos com a situação em que Deus e a natureza os colocam. Por não saber valorizar minha situação anterior e o excelente conselho de meu pai, sendo a minha objeção, conforme posso chamá-la, meu pecado original, meus erros subsequentes e minha teimosia foram a causa da minha atual condição infeliz; na verdade, se a Providência, que tão oportunamente fixara-me nos Brasis como fazendeiro, houvesse me abençoado com aspirações mais comedidas, e se eu tivesse me contentado em prosperar gradualmente, talvez àquela altura (quero dizer, considerando o tempo que estava na ilha) eu fosse um dos fazendeiros mais importantes dos Brasis; de fato, estou convencido de que, pelas benfeitorias que realizei no curto período em que residi lá, e pelos ganhos prováveis se tivesse permanecido na região, poderia contar com uma fortuna na ordem de cem mil moidores.[108] E por que motivo resolvi abandonar uma boa fortuna, uma propriedade bem abastecida, que tão somente se expandia e prosperava, só para transportar carga à Guiné, para buscar negros, quando a paciência e o tempo teriam aumentado nossa fortuna em casa e à nossa porta poderíamos tê-los comprado daqueles cujo próprio negócio era buscá-los? E mesmo que o custo fosse um pouco maior, a diferença no preço não compensava, de modo algum, riscos tão grandes.

Mas assim como esse geralmente é o destino das mentes jovens, a reflexão sobre tal insensatez costuma resultar da ação dos anos, ou da experiência adquirida com o passar do tempo e a alto custo; e assim ocorreu comigo. No entanto, o equívoco enraizara-se a tal ponto em minha natureza que eu não me conformava com a situação, e continuamente estudava meios e possibilidades de escapar daquele lugar. E para que eu possa, visando à fruição do leitor, produzir o restante da minha história, cabe oferecer um relato de minhas primeiras ideias acerca dos inúteis esquemas de fuga, das tentativas em si e das bases nas quais agi.

Depois da recente visita aos destroços do navio, estava eu, então, abrigado em meu castelo, tendo deixado a canoa devidamente submersa e protegida, como de costume, e minha situação reequilibrada. Eu possuía maior fortuna, de fato, do que antes, mas a riqueza de nada valia, pois

108. Antiga moeda de ouro portuguesa também utilizada na Inglaterra no início do século XVIII.

dinheiro era algo tão inútil para mim como para os silvícolas do Peru antes da chegada dos espanhóis.

Era uma noite da estação chuvosa de março, no vigésimo quarto ano após eu ter posto pela primeira vez o pé naquela ilha solitária; estava deitado na minha cama, ou rede, desperto, gozando de plena saúde, sem sentir qualquer desconforto, nem qualquer mal-estar no corpo, na verdade, nem na mente, além do que era normal; contudo, não conseguia, de jeito nenhum, fechar os olhos, isto é, dormir; não, não fechei os olhos a noite inteira, que transcorreu conforme passo a descrever.

É tão impossível quanto inútil tentar registrar a incontável multidão de pensamentos que circulou pela grande avenida do cérebro, a memória, durante aquela noite. Percorri toda a história da minha vida, em miniatura, ou em versão resumida, posso dizer, até a chegada à ilha, bem como a partir do momento em que na ilha aportei. Quanto às reflexões acerca da minha situação desde que havia chegado àquele litoral, comparei o estado feliz da minha condição nos primeiros anos com a vida de ansiedade, medo e precaução que levei desde que encontrara aquela pegada na areia; não que eu duvidasse que selvagens visitassem a ilha frequentemente, e que centenas deles houvessem desembarcado naquele litoral, mas jamais constatara o fato, e não me preocupava com tal questão. Meu contentamento era total, apesar de todo e qualquer perigo, e eu me sentia tão feliz ignorando o perigo que era como se a ele jamais estivesse exposto. Isso me propiciava muitas reflexões benéficas, sobretudo a seguinte: como é infinitamente generosa a Providência, que provê, em seu comando sobre a humanidade, limites tão estreitos para a percepção e o conhecimento dos fatos, de modo que, embora o ser humano caminhe em meio a milhares de perigos, cuja visão, se detectada, haveria de perturbar a mente e oprimir o espírito, ele pode manter-se calmo e sereno diante de certos eventos escondidos de seus olhos, e nada saber das ameaças que o cercam.

Depois de passar algum tempo entretido com tais pensamentos, comecei a ponderar seriamente sobre o perigo real que correra ao longo de tantos anos naquela ilha, e sobre o fato de ter transitado na maior segurança e na maior tranquilidade possível, mesmo quando talvez nada além do topo de um morro, uma grande árvore ou a chegada casual da noite me protegesse do pior tipo de destruição, a saber, cair nas mãos de canibais e selvagens, que haveriam de capturar-me com o mesmo intuito que eu teria em relação a um bode ou uma tartaruga, e que não considerariam crime matar-me, assim como eu não considerava crime matar um pombo ou um maçarico. Eu estaria caluniando a mim mesmo caso afirmasse que não me sentia sinceramente grato ao meu grande Salvador, cuja proteção singular eu, com grande humildade, reconhecia ser responsável por todos os livramentos por mim ignorados, e sem a qual eu decerto cairia naquelas mãos impiedosas.

Quando concluí essas reflexões, ocupei a mente durante algum tempo meditando sobre a natureza daquelas criaturas miseráveis, quero dizer, os selvagens, e sobre como aconteceu que o sábio Governante de todas as coisas relegasse qualquer de Suas criaturas a tal desumanidade, deveras, a algo muito abaixo da própria bestialidade, a ponto de devorarem sua própria espécie. No entanto, como tal reflexão levou-me a especulações infrutíferas (naquele momento), ocorreu-me indagar em que parte do mundo viviam aqueles desgraçados; a que distância da costa ficava o lugar de onde vieram; com que propósito tinham se aventurado tão longe de seu local de origem; que tipo de barcos possuíam; e por que eu não podia preparar-me e conduzir minhas ações a fim de poder ir até lá, assim como eles vinham até o local onde eu estava.

Jamais me dei ao trabalho de considerar o que faria quando lá chegasse; o que seria de mim se caísse nas mãos dos selvagens; ou como escaparia deles, se atentassem contra mim; não, tampouco pensei em como poderia desembarcar sem ser por eles atacado, não tendo a menor possibilidade de escapar; ou em, caso não fosse capturado, como obteria provisões, ou que rumo tomaria. Nenhum desses pensamentos, digo, sequer se acercou de mim, obcecado que estava pela ideia de fazer a travessia de barco até o continente. Naquele momento, considerava minha condição a mais desventurada possível, achando que somente a morte poderia ser pior, e que se alcançasse o litoral do continente talvez pudesse encontrar algum alívio, ou percorrer a costa, conforme fizera na África, até encontrar alguma região habitada onde pudesse obter socorro; e, afinal, talvez me deparasse com algum navio cristão que pudesse recolher-me a bordo; na pior das hipóteses eu poderia morrer, o que haveria de pôr um fim àquele infortúnio de uma vez por todas. Observe, leitor, por gentileza, que tudo isso era fruto de uma mente perturbada, um temperamento ansioso, levado ao desespero, por assim dizer, pela perpetuação dos problemas e das decepções que sofri na visita recente aos destroços do navio naufragado, onde estive tão perto de obter algo que tanto ansiava, ou seja, alguém com quem falar e obter informações sobre o lugar onde me encontrava e sobre a probabilidade de ser resgatado. Digo que estava extremamente agitado por tais pensamentos. Toda a minha paz de espírito, antes observável na resignação diante da Providência e na espera pelos desígnios do céu, parecia esgotada, e era como se eu não tivesse forças para direcionar o raciocínio a qualquer outra questão exceto a perspectiva de uma viagem ao continente, noção que me dominava com tamanho arroubo, e tamanha avidez, que era impossível resistir.

Depois que tais ideias agitaram meus pensamentos por duas horas ou mais, com tamanha intensidade que fizeram meu sangue ferver e meu pulso bater como se eu estivesse febril, tudo devido à extraordinária ebulição de minha mente, a natureza, como se eu estivesse exausto de tanto pensar, lançou-me num sono profundo. Alguém poderia supor que eu sonharia com a viagem até o continente, mas não sonhei, nem com qualquer coisa relacionada. Sonhei que ao sair do meu castelo, como de costume, pela manhã, avistei na praia duas canoas e onze selvagens que desembarcavam e traziam consigo outro selvagem, a quem pretendiam matar e devorar; de repente, o selvagem que seria morto pulou da canoa e correu para salvar a própria vida. No sonho, pareceu-me que ele correu diretamente para a mata que circundava minha fortificação, em busca de esconderijo; vendo-o sozinho, e percebendo que os demais não vinham em seu encalço, apresentei-me e, sorrindo, confortei-o; então ele se ajoelhou aos meus pés, parecendo suplicar que eu o socorresse; diante disso, apontei-lhe minha escada, fiz com que se levantasse, levei-o para a caverna e ele se tornou meu criado. E tão logo recrutei-o disse comigo mesmo: “É certo que agora posso chegar ao continente, pois este sujeito vai me servir de piloto, e vai me dizer o que fazer e aonde ir para buscar provisões, e aonde não ir para não ser devorado, e vai me indicar os locais onde poderia me aventurar e os que deveria evitar”. Despertei com esse pensamento, e minha alegria diante da perspectiva da fuga era a tal ponto inexprimível que a decepção que senti ao voltar a mim e constatar que aquilo não passava de um sonho foi igualmente intensa, no sentido oposto, e causou-me grande desânimo.

Diante disso, no entanto, cheguei à seguinte conclusão: a única maneira de tentar escapar da ilha seria tentar apossar-me de algum selvagem, se possível, um prisioneiro condenado a ser morto e devorado. Esses pensamentos, porém, ainda apresentavam uma dificuldade: era impossível realizar tal feito sem atacar e eliminar um bando inteiro de selvagens; e o assalto não seria apenas algo desesperador, mas poderia fracassar. Além disso, eu tinha muitos escrúpulos quanto à ilegalidade do ato, e meu coração ficava apertado ante a ideia de derramar tanto sangue, embora fosse pela minha libertação. Não preciso repetir os argumentos que me ocorriam contra tal prática, sendo eles os mesmos já mencionados; e embora eu tivesse agora outros motivos, a saber, que aqueles homens eram meus inimigos mortais e haveriam de devorar-me se pudessem; que se tratava de autopreservação, no mais alto grau, para que eu me livrasse daquela morte em vida; que eu estaria agindo em defesa própria, como se por eles estivesse sendo de fato atacado, e coisas do gênero. Digo que, embora tais argumentos pesassem a meu favor, a ideia de derramar sangue humano em prol da minha libertação era revoltante para mim, uma ideia com a qual eu não conseguiria de jeito nenhum me reconciliar por muito tempo.

No entanto, finalmente, depois de muito debater interiormente, e depois de muito ponderar, pois todos esses argumentos, de um jeito ou de outro, fervilharam-me na mente durante muito tempo, a ânsia de libertação prevaleceu sobre todo o resto e resolvi, se possível, apreender um daqueles selvagens, custasse o que custasse. O passo seguinte era planejar como fazê-lo, e isso, de fato, foi bastante difícil. Contudo, não sendo capaz de lançar mão de um plano viável, resolvi ficar alerta para avistá-los quando chegassem em terra e então agir de acordo com as oportunidades que se apresentassem, deixando o restante ao acaso.

Com tais resoluções, passei a espreitar, sempre que possível, e na verdade com tamanha frequência que fiquei simplesmente exausto, pois a espera demorou mais de um ano e meio, e durante a maior parte daquele tempo fui ao extremo oeste e ao pontal sudoeste da ilha quase todos os dias em busca de canoas, mas nenhuma apareceu. A experiência foi muito desalentadora, e começou a incomodar-me bastante, embora não possa dizer que naquela ocasião, ao contrário do que havia acontecido algum tempo antes, o desejo pela concretização dos planos houvesse se dissipado. Na verdade, quanto mais tempo transcorria, mais ávido eu ficava; em suma, embora no passado eu tanto evitasse ver os selvagens e por eles ser visto, agora ansiava por encontrá-los.

Além disso, imaginava ser capaz de dominar um, deveras, dois ou três selvagens, se deles me apossasse, tornando-os meus escravos, para que fizessem tudo o que eu ordenasse, e ainda impedi-los de a qualquer momento me fazerem algum mal. Durante um longo período acalentei tal ideia, mas nenhuma oportunidade apresentou-se; todas as minhas fantasias e esquemas deram em nada, pois nenhum selvagem aproximou-se de mim por um bom tempo.

Cerca de um ano e meio depois de ter alimentado essas noções, que, mesmo após longa reflexão não tinham dado em nada devido à falta de uma ocasião para colocá-las em prática, surpreendi-me certa manhã ao ver nada menos do que cinco canoas juntas, no meu lado da ilha, sendo que os indivíduos que delas haviam desembarcado estavam fora do meu campo de visão. O número extrapolou todas as minhas expectativas, pois seriam muitos, sabendo eu que sempre viajavam em grupos de quatro ou seis, ou às vezes mais, em cada barco; portanto, eu não sabia o que pensar ou que medidas tomar para atacar sozinho vinte ou trinta homens. Então fiquei quieto no meu castelo, perplexo e desconsolado. Todavia, coloquei-me em posição de ataque, de acordo com todas as medidas adotadas até então, e preparei-me para agir se algo ocorresse. Tendo ficado muito tempo à escuta, no intuito de captar qualquer ruído, e no fim das contas tornando-me bastante impaciente, deixei as armas ao pé da escada e subi até o topo do morro, valendo-me das duas etapas, como de costume; posicionando-me de maneira que minha cabeça não ficasse visível, verifiquei, com a ajuda da luneta, que eram nada menos do que trinta homens, e que tinham acendido uma fogueira e preparado a carne. Eu não sabia como a cozinhavam, nem que carne seria, mas estavam todos dançando, fazendo gestos e poses típicas de povos bárbaros, ao seu modo, ao redor do fogo.

Enquanto os espiava, percebi, do meu ponto de observação, dois infelizes sendo arrastados dos barcos, onde, ao que parece, haviam estado presos, e agora eram trazidos para a carnificina. Vi que um deles tombou imediatamente, derrubado, suponho, pelo golpe de um tacape ou de uma espada de madeira, pois assim os selvagens costumavam agir, e dois ou três outros logo ocuparam-se da criatura, retalhando-a para cozinhá-la, enquanto a outra vítima esperava sua vez. Naquele mesmo instante, o pobre coitado, vendo-se com alguma liberdade, e a natureza inspirando-o com esperanças de vida, saiu em disparada, correndo pela areia numa velocidade incrível, diretamente em minha direção; quero dizer, em direção ao local da costa onde ficava minha morada.

Fiquei simplesmente apavorado (devo reconhecer) ao constatar que ele corria em minha direção, sobretudo quando imaginei vê-lo perseguido pelo bando inteiro; naquele momento, julguei que parte do meu sonho estivesse se concretizando e que ele, com certeza, haveria de refugiar-se na mata que cercava minha habitação. Mas eu não podia confiar, de jeito nenhum, no desenlace do sonho, ou seja, que os demais selvagens não o perseguiriam e não o encontrariam. No entanto, mantive meu posto e recobrei um pouco o ânimo quando descobri que não havia mais que três homens em seu encalço, e fiquei ainda mais animado ao verificar que o fugitivo os superava em muito na corrida, ganhando amplo terreno; de modo que, se conseguisse resistir por meia hora, era evidente que haveria de escapar.

Entre eles e meu castelo havia o riacho por mim mencionado diversas vezes na primeira parte desta história, por onde desembarquei a carga trazida do navio; e pude ver, nitidamente, que o infeliz precisaria atravessar o riacho a nado, caso contrário seria capturado. Quando chegou lá, porém, o selvagem não fez por menos; embora a maré estivesse subindo, mergulhou e, com mais ou menos trinta braçadas, cruzou as águas, pisou em terra e correu com grande vigor e rapidez; quando os três indivíduos chegaram à margem, vi que dois deles sabiam nadar, mas não o terceiro, e que este, detendo-se, olhou para os outros mas não avançou, e logo depois recuou, devagar, o que foi muito bom para ele, no fim das contas.

Estavam todos dançando ao redor do fogo.

Observei que os dois que sabiam nadar levaram mais do que o dobro de tempo gasto pelo fugitivo para atravessar o riacho. Veio-me, então, enfática e indiscutivelmente, a ideia de que se tratava do momento propício de conseguir um criado e, talvez, um parceiro ou assistente, e de que eu fora sem dúvida chamado pela Providência para salvar a vida daquela pobre criatura. Prontamente, desci a escada, o mais depressa possível, peguei as duas armas, pois ambas estavam logo ali, conforme já assinalei, e tornando a subir com a mesma pressa até o alto do morro cruzei em direção ao mar; então, pegando um atalho morro abaixo, consegui posicionar-me no caminho entre os perseguidores e o perseguido, e gritei para o fugitivo, que, olhando para trás, ficou a princípio com tanto medo de mim quanto deles; mas acenei para que ele viesse, e, nesse ínterim, avancei lentamente em direção aos dois que o perseguiam; então, partindo para cima do que vinha mais à frente, derrubei-o com a coronha da espingarda. Eu não queria abrir fogo para não ser ouvido pelos demais, embora àquela distância o tiro não fosse ser percebido facilmente e, estando eles fora da vista da fumaça causada pelo disparo, tampouco saberiam dizer o que o teria provocado. Depois que derrubei o sujeito, o outro que corria junto a ele parou, parecendo assustado; avancei, mas, quando cheguei mais perto, logo percebi que ele empunhava arco e flecha, e estava pronto a atirar contra mim. Fui, então, obrigado a disparar antes, o que fiz, e matei-o com o primeiro tiro. O pobre selvagem que fugia tinha parado e, embora visse seus dois inimigos tombados e supostamente mortos, apavorou-se de tal modo com o fogo e o barulho causados por minha arma que estacou, e não avançou nem retrocedeu, embora parecesse mais inclinado a continuar fugindo do que a se aproximar. Gritei novamente, fazendo sinais para que viesse em minha direção, o que ele logo compreendeu, e acercou-se um pouco mais; então parou novamente, e depois deu mais alguns passos, e voltou a parar. Pude notar que estava trêmulo, como se tivesse sido apreendido e receasse ser liquidado, a exemplo dos dois inimigos. Acenei mais uma vez, para que viesse ao meu encontro, e fiz todos os sinais de incentivo que me ocorreram; ele chegou mais e mais perto, ajoelhando-se a cada dez ou doze passadas, em sinal de agradecimento por eu ter salvado sua vida. Sorri, dirigi-lhe um olhar amistoso e acenei para que se aproximasse ainda mais; por fim, ele me alcançou, ajoelhou-se outra vez, beijou o chão e, pegando meu pé, colocou-o sobre sua cabeça. Aparentemente, tratava-se de um juramento de que seria meu escravo para sempre. Fiz com que se levantasse e dei-lhe boas-vindas, animando-o o máximo possível. No entanto, ainda havia trabalho a fazer, pois reparei que o selvagem que eu havia derrubado não estava morto, apenas atordoado com o golpe, e começava a voltar a si; então apontei o sujeito tombado, indicando-lhe que ainda vivia. Diante disso, meu selvagem, pois assim comecei a chamá-lo, dirigiu-me algumas palavras, que, embora incompreensíveis, pareceram-me agradáveis de ouvir, pois foram os primeiros sons da voz humana que eu escutava, exceto a minha, havia mais de vinte e cinco anos. Mas aquele não era o momento para tais reflexões; o selvagem que fora derrubado recuperou-se e conseguiu sentar no chão, e notei que meu selvagem começou a ficar com medo. No entanto, quando vi isso, apontei a outra arma contra o homem, como se fosse atirar nele; então meu selvagem fez um gesto, pedindo emprestado meu sabre, que pendia nu do cinturão ao meu lado, pedido ao qual atendi. Tão logo pegou a arma, ele correu até o inimigo e, com um só golpe, decepou-lhe a cabeça com mais habilidade e presteza do que qualquer carrasco na Alemanha, o que muito me admirou, pois tinha motivos para crer que ele nunca tivesse visto um sabre na vida além de suas próprias espadas de madeira. Contudo, conforme soube mais tarde, eles fabricavam espadas de madeira tão afiadas, tão pesadas e sólidas, que cortavam até cabeças, sim, e braços, e com um só golpe também; depois que fez aquilo, ele se aproximou, sorrindo em sinal de triunfo, trouxe-me o sabre e, com uma série de gestos que não entendi, depositou-o diante de mim, junto à cabeça do selvagem que acabara de matar.

O que mais o espantou, porém, foi como eu havia matado o indígena de tamanha distância; então, apontando, gesticulou para eu deixá-lo ir até o homem caído, e mandei que fosse, expressando-me da melhor maneira possível. Quando chegou perto, ele ficou atônito e virou-o, primeiro para um lado depois para outro, e examinou o ferimento provocado pela bala, que parecia ser no peito, onde havia um furo, sem grande hemorragia, pois o sangramento tinha sido interno, e o homem estava morto. Meu selvagem apanhou o arco e as flechas do morto e voltou. Então virei-me, a fim de ir embora, e acenei para que me seguisse, sinalizando que talvez mais selvagens surgissem atrás dos outros dois.

Em seguida, ele gesticulou, querendo dizer que deveria enterrá-los na areia, para que os outros não os vissem, caso aparecessem ali; e então sinalizei que o fizesse; ele se pôs a trabalhar e, num instante, cavou um buraco na areia, com as próprias mãos e em dimensões suficientes para enterrar o primeiro, a quem arrastou e cobriu; depois, fez o mesmo com o segundo. Acredito que tenha sepultado os dois em quinze minutos. Então, chamei-o e levei-o não ao meu castelo, mas à minha caverna, situada numa região mais distante da ilha. Portanto, nesse particular, não deixei que o sonho se concretizasse nessa parte, a saber, que ele buscasse abrigo na mata que cercava minha habitação.

Chegando lá, ofereci-lhe pão, um punhado de passas e um gole de água, pois verifiquei que estava sedento, em consequência da corrida; depois de dar-lhe de comer e beber, gesticulei para que se deitasse e dormisse, apontando-lhe um local onde havia um monte de palha de arroz e um cobertor, e onde, às vezes, eu mesmo costumava dormir. Então a pobre criatura deitou-se e dormiu.

Era um belo tipo, dotado de físico perfeito, com membros retilíneos e fortes, não demasiado corpulento; pelos meus cálculos, contava cerca de vinte e seis anos de idade. Tinha uma fisionomia dócil, destituída de qualquer aspecto feroz e brutal; possuía traços másculos, mas havia também em seu semblante toda a cortesia e suavidade de um europeu, sobretudo quando sorria. O cabelo era comprido e preto, e não crespo feito lã; a fronte era alta e pronunciada, e os olhos cintilavam com grande vivacidade. A cor da pele não era negra retinta, mas morena, embora não fosse o moreno amarelado e com aparência doentia dos brasileiros, virginianos e outros nativos da América, mas um tom bronzeado e reluzente, bastante agradável de se ver, embora não muito fácil de descrever.

"Com um só golpe, decepou-lhe a cabeça."

O rosto era redondo e cheio, o nariz, pequeno, sem ser achatado, como o dos negros; a boca era bem desenhada, com lábios finos e belos dentes, alinhados e brancos qual marfim.

Depois de, em vez de dormir, ter apenas cochilado durante cerca de meia hora, ele acordou e saiu da caverna, vindo à minha procura. Eu estava ordenhando as cabras, reunidas num cercado logo adiante; quando me viu, ele correu até mim e prostrou-se novamente no chão, com todos os sinais possíveis de uma atitude humilde e grata, reiterada por vários gestos esquisitos. Por fim, colou o rosto no chão, perto do meu pé, e colocou meu outro pé sobre sua cabeça, conforme fizera anteriormente; e depois disso fez todos os sinais imagináveis de sujeição, servidão e submissão para me comunicar que haveria de servir-me enquanto vivesse. Compreendi muito do que ele queria dizer e demonstrei que estava satisfeito. Em pouco tempo, comecei a falar com ele e a ensinar-lhe a falar comigo. Primeiro, disse que seu nome seria Sexta-Feira, dia em que salvei sua vida; chamei-o assim em memória à data. Ensinei-lhe também a dizer "senhor" e dei-lhe a conhecer que esse seria meu nome; ensinei-lhe também a dizer sim e não, bem como os respectivos significados. Ofereci-lhe um pouco de leite num pote de barro, deixei que me visse beber e molhar o pão no leite, e dei-lhe um pão, para que me imitasse, o que ele prontamente fez, gesticulando sua franca aprovação.

Fiquei ao lado dele a noite inteira. Assim que amanheceu, porém, acenei para que me acompanhasse, e fiz com que entendesse que eu lhe daria algumas roupas; diante disso, ele se mostrou radiante, pois estava nu em pelo. Ao passarmos pelo local onde havia enterrado os dois homens, ele apontou as covas e indicou-me as marcas que tinha feito a fim de encontrá-las, fazendo sinais para que os desenterrássemos para comê-los. Reagi como se estivesse muito zangado, expressei minha repulsa, simulando vomitar só de pensar no assunto, e gesticulei para que ele se afastasse dali, o que ele fez, imediatamente, com extrema obediência. Em seguida, levei-o até o alto do morro, para ver se os inimigos haviam partido; pegando a luneta, olhei e avistei, nitidamente, o local onde tinham estado, mas não vi o menor sinal deles, nem das canoas; portanto, era evidente que tinham ido embora, abandonando seus dois camaradas sem empreender qualquer busca por eles.

Mas não fiquei satisfeito com tal descoberta; portanto, agora com mais coragem, e consequentemente mais curiosidade, convoquei Sexta-Feira e entreguei-lhe o sabre para empunhar, enquanto às costas levava o arco e as flechas, que constatei que manejava com destreza. Fazendo-o carregar uma das espingardas, e eu portando duas, seguimos até o lugar onde os selvagens tinham estado, pois eu agora pretendia saber mais a respeito deles. Quando lá cheguei, meu sangue gelou nas veias e meu coração ficou apertado diante do horror do espetáculo; era, de fato, uma visão pavorosa, pelo menos para mim, embora Sexta-Feira não se abalasse. O lugar estava coberto de ossos humanos, o solo tingido de sangue ressecado, e grandes pedaços de carne jaziam espalhados, parcialmente devorados, mutilados e chamuscados; resumindo, ali jaziam todos os sinais do banquete triunfante realizado após a vitória sobre os inimigos. Avistei três crânios, cinco mãos e os ossos de três ou quatro pernas e pés, bem como uma abundância de outras partes do corpo humano; e Sexta-Feira, por meio de gestos, deu-me a entender que os inimigos tinham trazido quatro prisioneiros para se banquetearem, que três foram devorados e ele, apontando para si mesmo, seria o quarto; que houvera uma grande batalha entre aqueles selvagens e o rei vizinho, de quem ele parecia ser súdito, e que os vencedores tinham feito um grande número de prisioneiros e transportaram-nos a vários locais, a fim de devorá-los, conforme fizeram os bárbaros que ali os trouxeram.

Mandei Sexta-Feira juntar os crânios, os ossos, os pedaços de carne que restaram, empilhá-los e incinerá-los, reduzindo tudo a cinzas. Percebi que Sexta-Feira tinha apetite pela carne, e que sua natureza ainda era a de um canibal, mas demonstrei tamanha repulsa diante da simples ideia e também da visão da cena que ele não se atreveu a manifestar seu desejo, mesmo porque, de algum modo, eu o fiz entender que o mataria se me oferecesse aquilo.

Feito isso, voltamos ao nosso castelo, e lá dediquei-me a cuidar do bem-estar de Sexta-Feira. Antes de mais nada, dei-lhe uma ceroula de linho, que eu tinha apanhado no baú daquele pobre artilheiro que mencionei, o baú que encontrei nos destroços; com um pequeno ajuste, serviu-lhe muito bem. Então, fiz para ele um colete de pele de bode, o melhor possível, pois havia me tornado um alfaiate razoável, e dei-lhe um gorro, que confeccionara com pele de lebre, muito útil e bem elegante; e assim ele ficou até bem-vestido, e mostrou-se satisfeito por se ver quase tão bem trajado quanto seu senhor. É verdade que, de início, não se sentiu nada cômodo nas roupas; usar ceroula era para ele algo muito esquisito, e as mangas do colete incomodavam-lhe os ombros e as axilas; mas depois que afrouxei os pontos dos quais ele se queixava, acostumou-se ao traje e, por fim, ficou bastante contente.

No dia seguinte ao que voltei com Sexta-Feira para minha habitação, comecei a pensar onde deveria alojá-lo. E a fim de instalá-lo bem e, ao mesmo tempo, garantir minha privacidade, fiz uma pequena tenda no espaço que havia entre meus dois muros, o interno e o externo. E como havia ali uma abertura para a caverna, construí um umbral e uma porta de tábuas e fixei-a bem próxima da entrada. Fazendo com que a porta abrisse por dentro, eu a mantinha trancada durante a noite, além de recolher minhas escadas; portanto, Sexta-Feira não poderia aproximar-se de mim, no muro interno, sem produzir um ruído que me despertasse, pois a área interna estava agora totalmente coberta por um telhado feito de varas compridas, entrecruzadas com varas curtas, como se fossem ripas, e apoiado na encosta do morro, e tudo coberto por uma camada espessa de palha de arroz, que era resistente feito junco; e no buraco ou espaço para entrar ou sair pela escada instalei uma espécie de alçapão impossível de ser aberto pelo lado de fora, e qualquer tentativa de abri-lo causaria um estrondo. Quanto às armas, eu as recolhia, mantendo-as ao meu lado todas as noites.

Mas tanta precaução não era necessária, pois jamais um homem teve criado mais fiel, afetuoso e sincero do que meu Sexta-Feira foi para mim, sem rebeldia, mau humor ou segundas intenções, totalmente submisso e comprometido; sua afeição para comigo era como a de um filho para com o pai e, ouso dizer, ele teria sacrificado a própria vida para salvar a minha, em qualquer ocasião. Os muitos testemunhos que me deu a esse respeito dirimiram qualquer dúvida, e logo convenceram-me de que eu não precisava tomar precauções para proteger-me dele.

Tal situação propiciou-me diversas oportunidades de observar, e com admiração, que, embora aprouvesse a Deus e à Providência Divina, no governo das obras do Criador, privar um número tão grande de Suas criaturas de bons costumes para os quais as faculdades e energias de suas almas estariam aptas, Ele dotou-as das mesmas habilidades, do mesmo juízo, dos mesmos afetos, dos mesmos sentimentos de bondade e dever, da mesma rebeldia, das paixões e dos mesmos ressentimentos, do mesmo sentido de gratidão, sinceridade, fidelidade e de todas as capacidades de praticar e receber o bem que a nós foram concedidas; e que quando a Ele apraz oferecer-lhes situações para exercer tais capacidades, essas criaturas são aptas, na verdade, mais aptas do que nós para aplicá-las nos bons propósitos a que se destinam. Essa constatação deixava-me, às vezes, bastante melancólico, ao refletir, diante de várias situações, que fazemos mau uso de tudo isso, apesar de termos tais poderes concedidos pela grande luz da instrução, o espírito de Deus, e pelo conhecimento de Sua Palavra somada ao nosso entendimento; e ao pensar que aprouve a Deus ocultar tal conhecimento de tantos milhões de almas, que, a julgar por aquele pobre selvagem, fariam melhor uso desse saber do que nós.

A partir daí, às vezes, fui levado longe demais a desafiar a soberania da Providência e, por assim dizer, questionar a justiça praticada por uma disposição tão arbitrária das coisas, capaz de esconder a luz de alguns e revelá-la a outros, e ainda assim esperar de todos o cumprimento dos mesmos deveres. Mas calei-me e contive meus pensamentos com a seguinte conclusão: primeiro, que não sabemos por qual luz e quais leis essas criaturas devem ser condenadas, e que, sendo Deus, necessariamente, pela natureza do Seu ser, infinitamente santo e justo, se tais criaturas foram condenadas à Sua ausência é porque pecaram contra aquela luz que, conforme estabelecem as Escrituras, é uma lei em si mesma,[109] e por terem agido segundo regras que suas consciências reconheceriam como justas, embora desconhecidas por nós; e em segundo lugar, visto que todos somos barro na mão do oleiro, nenhum vaso poderia dizer a Ele: "Por que você me fez assim?".[110]

Mas voltando ao meu novo companheiro. Fiquei encantado com ele e fiz questão de ensinar-lhe tudo que fosse necessário para torná-lo útil, habilidoso e prestativo, primordialmente para fazê-lo falar e entender o que eu dizia, e ele se mostrou o pupilo mais aplicado que já existiu, e ficava tão feliz, e era sempre tão diligente, e tanto se aprazia em entender-me, ou em fazer-se entendido, que era muito agradável, para mim, conversar com ele. E então minha vida começou a ficar tão prazerosa que passei e dizer a mim mesmo que, se pudesse manter-me a salvo dos selvagens, não me importaria se nunca mais saísse daquela ilha.

---

109. Romanos, 2,14. "Os pagãos não têm a Lei. Mas embora não a tenham, se fazem espontaneamente o que a Lei manda, eles próprios são Lei para si mesmos."
110. Romanos, 9,20 e 9,21. "Mas quem é você, homem, para discutir com Deus? Por acaso, o vaso de barro diz ao oleiro: 'Por que você me fez assim?'."

15. A educação de Sexta-Feira

Dois ou três dias depois de voltar ao castelo, pensei que, no intuito de afastar meu criado Sexta-Feira de seus hábitos alimentares hediondos e do paladar de um canibal, deveria fazê-lo provar outro tipo de carne; portanto, levei-o comigo certa manhã até a mata. Fui, deveras, com intenção de abater um cabrito do meu próprio rebanho, trazê-lo para casa e prepará-lo; mas no caminho deparei-me com uma cabra, deitada à sombra, e dois cabritinhos sentados ao seu lado. Detive Sexta-Feira.

— Espere — disse eu. — Fique parado — e gesticulei para que não se mexesse; imediatamente, apontei a espingarda, disparei e abati um dos cabritos.

A pobre criatura, que à distância tinha me visto matar o selvagem, seu inimigo, mas que não sabia, nem poderia imaginar como aquilo fora feito, ficou estupefata, tremendo-se toda, e parecia tão abismada que achei que fosse desfalecer. Ele não tinha visto o cabrito por mim alvejado, nem percebido que eu o matara, e rasgou o colete, para ver se estava ferido; e, logo constatei, pensou que eu tivesse decidido matá-lo, pois aproximou-se, ajoelhou-se diante de mim e, abraçando meus joelhos, disse uma porção de coisas que não entendi. No entanto, era fácil perceber que suplicava que eu não o matasse.

Logo consegui convencê-lo de que não lhe faria mal nenhum e, pegando-o pela mão, comecei a rir, apontei o cabrito que tinha abatido e acenei para que corresse a buscá-lo, o que ele fez; e enquanto ele ponderava e examinava o animal, a fim de ver como havia sido morto, recarreguei a espingarda. Pouco depois, avistei uma grande ave, semelhante a um falcão, pousada numa árvore ao alcance do meu disparo; então, para que Sexta-Feira compreendesse um pouco o que eu estava prestes a fazer, chamei-o de novo, apontei a ave, que era de fato um papagaio, embora eu pensasse que fosse um falcão; quero dizer, apontando o papagaio, a arma e o solo abaixo do papagaio, a fim de avisar que derrubaria o pássaro, dei-lhe a entender que abateria aquele pássaro; em seguida, disparei e mandei que olhasse, e imediatamente ele viu o papagaio tombar. Sexta-Feira ficou novamente assustado, apesar de tudo que eu lhe dissera, e notei que estava ainda mais espantado porque não tinha me visto colocar nada dentro da espingarda, e concluiu que haveria uma reserva mágica de morte e destruição naquela coisa, capaz de aniquilar homem, fera, pássaro ou qualquer coisa perto ou longe, e a perplexidade que isso lhe causou foi tamanha que ele permaneceu naquele estado por um bom tempo; e creio que, se eu permitisse, teria idolatrado a mim e à arma. Quanto à arma em si, ele sequer tocou nela durante vários dias, e quando estava sozinho falava com ela, conversava com ela, como se ela respondesse; mais tarde, fiquei sabendo que pedia à arma que o poupasse.

Bem, depois que o espanto passou um pouco, sinalizei para ele correr e pegar o pássaro que eu havia derrubado, o que ele fez, mas demorou-se algum tempo, pois o papagaio, não estando morto, tinha voado para longe do local onde tombara; no entanto, ele localizou a ave, pegou-a e trouxe-a para mim. Tendo percebido a ignorância do meu selvagem em relação ao funcionamento da arma, aproveitei para recarregá-la, sem que ele visse, a fim de estar pronto para qualquer disparo, caso outra ocasião se apresentasse; não surgiu mais nada, porém, daquela vez; então levei o cabrito para casa, e naquela mesma noite removi a pele e cortei a carne da melhor maneira possível; e, contando com uma panela própria, ferventei e cozinhei um pedaço da carne, e preparei um bom caldo. Depois de comer um pouco, ofereci-lhe um bocado, e ele pareceu bem satisfeito, tendo gostado muito. Contudo, o mais estranho para ele foi ver-me acrescentar sal à carne. Fez um sinal para mim, indicando que sal não era bom de se comer, e colocando uma pitada na língua pareceu regurgitar, cuspiu fora e enxaguou a boca com água; quanto a mim, coloquei um pouco de carne na boca, sem sal, e fingi cuspir fora, por causa da falta de sal, tão prontamente como ele tinha feito por causa do sal. Mas não adiantava; ele jamais acrescentava sal à carne ou ao caldo, pelo menos não durante longo tempo, e mais tarde só em pequena quantidade.

Depois de tê-lo alimentado com carne cozida e caldo, resolvi banqueteá-lo no dia seguinte assando um pedaço do cabrito; fiz isso pendurando a carne próxima ao fogo, com um cordão, conforme tinha visto muitas pessoas fazerem na Inglaterra, fincando duas varas no solo, sendo uma de cada lado do fogo, e uma terceira atravessada, amarrando a peça com o cordão na vara atravessada, e fazendo-a girar continuamente. Sexta-Feira ficou muito admirado e, quando provou a carne, usou tantas maneiras de dizer o quanto tinha gostado que não pude deixar de entendê-lo; finalmente, disse que nunca mais comeria carne humana, o que muito me agradou.

No dia seguinte, coloquei-o para trabalhar debulhando e peneirando uma porção de cereais, conforme eu costumava fazer, e como aqui já relatei; e ele logo aprendeu a realizar a tarefa tão bem quanto eu, especialmente depois de ver qual era o objetivo, ou seja, fazer pão; em seguida, deixei que ele me visse preparar a massa e assar o pão, e em pouco tempo meu criado Sexta-Feira era capaz de fazer todo o serviço tão bem quanto eu mesmo.

Comecei a levar em conta que tendo agora duas bocas para alimentar, em vez de uma, precisava de mais terreno para minha lavoura e de semear uma quantidade maior de grãos do que de costume. Então demarquei uma área maior e comecei a cercá-la da mesma maneira que antes, trabalho que Sexta-Feira realizou não só de boa vontade e com muito empenho mas também com alegria, e eu disse a ele qual seria o propósito, ou seja, plantar os grãos utilizados no fabrico de pão porque ele estava agora comigo, e precisávamos ter o suficiente para nós dois. Ele pareceu bastante sensibilizado e deu-me a entender que achava que eu tinha muito mais trabalho agora, por sua causa, do que antes, e que trabalharia com mais afinco ainda se eu lhe dissesse o que fazer.

Aquele foi o ano mais agradável de toda a vida que levei naquele lugar. Sexta-Feira começou a falar muito bem e a entender quase tudo que eu lhe pedia, bem como o nome de todos os lugares aonde eu precisava mandá-lo, e conversava bastante comigo; de modo que, em suma, comecei a ter algum uso para minha língua novamente, melhor dizendo, para a fala, o que, de fato, não acontecia antes. Além do prazer de conversar com ele, eu tinha uma satisfação singular de dispor da sua companhia; a honestidade singela e sincera de Sexta-Feira tornava-se mais evidente, para mim, a cada dia, e comecei realmente a querer bem à criatura; e da parte dele, acredito que me amasse mais do que lhe fosse possível amar qualquer coisa antes.

Certa vez pensei em sondar se ele tinha algum desejo de voltar à sua terra, e tendo-lhe ensinado inglês tão bem que o tornava capaz de responder a quase qualquer pergunta, perguntei se o povo ao qual pertencia nunca fizera conquistas por meio de batalhas. Ao que ele sorriu e disse:

— Sim, sim, nós sempre lutar melhor. — Ou seja, quis dizer que sempre venciam as lutas; e assim, demos início ao seguinte diálogo:

SENHOR: Vocês sempre lutam melhor? Como você foi feito prisioneiro, então, Sexta-Feira?

SEXTA-FEIRA: Meu povo bater muito por isso.

SENHOR: Como assim bater? Se o seu povo venceu, como você foi aprisionado?

SEXTA-FEIRA: Eles ser muito mais gente que meu povo, naquele lugar onde mim estar; eles pegar um, dois, três e mim; meu povo bater neles no outro lugar, lá onde mim não estar; lá meu povo levar um, dois, muito mil.

SENHOR: Mas por que o seu lado não salvou você das mãos dos inimigos, então?

SEXTA-FEIRA: Eles pegar um, dois, três e mim, e levar na canoa; meu povo não ter canoa naquela hora.

SENHOR: Pois bem, Sexta-Feira, e o que o seu povo faz com os homens que levam? São carregados e devorados, como aqueles outros fizeram?

SEXTA-FEIRA: Sim, meu povo comer homem também; comer tudo.

SENHOR: Para onde os carregam?

SEXTA-FEIRA: Pra algum outro lugar, onde eles quer.

SENHOR: Eles vêm até aqui?

SEXTA-FEIRA: Sim, sim, aqui; outro lugar também.

SENHOR: Você esteve aqui com eles?

SEXTA-FEIRA: Sim, eu estar aqui. (*Aponta o noroeste da ilha, que, ao que parecia, era o lado deles.*)

Com isso entendi que Sexta-Feira estivera entre os silvícolas que costumavam desembarcar na parte mais distante da ilha, em ocasiões de canibalismo idênticas àquela em que ele fora trazido; e algum tempo depois, quando criei coragem para levá-lo até aquele lado, sendo o mesmo por mim mencionado anteriormente, ele logo reconheceu o lugar e disse que estivera ali uma vez, quando comeram vinte homens, duas mulheres e uma criança. Não sabia contar até vinte em inglês, mas enfileirou uma sequência de pedras e apontou-me o dedo, indicando-me que as contasse.

Relatei esse episódio porque ele introduz o que vem a seguir. Depois desse diálogo, perguntei a que distância nossa ilha ficava do continente, e se as canoas não se perdiam com frequência; ele disse que não havia perigo, nenhuma canoa jamais se perdera, e que no mar aberto havia correnteza e vento, sempre na mesma direção pela manhã e na direção oposta à tarde.

Entendi que se tratava tão somente do movimento das marés, na vazante e na enchente. Mais tarde constatei, porém, que as correntes eram ocasionadas pelo volume de águas do caudaloso rio Orinoco, em cuja foz ou delta, conforme descobri posteriormente, ficava nossa ilha,[111] e que a terra que eu avistava a oeste e noroeste era a grande ilha de Trinidad,[112] próxima à ponta norte da foz do rio. Fiz mil perguntas a Sexta-Feira sobre a região, os habitantes, o mar, o litoral e as nações vizinhas; ele me disse tudo o que sabia, e com a maior franqueza imaginável. Pedi que

---

111. O rio Orinoco é um dos mais importantes da América do Sul. É o principal rio da Venezuela, abrangendo quatro quintos do território do país, que percorre por 2740 quilômetros, fluindo através de florestas tropicais e savanas, formando parte da fronteira entre a Venezuela e a Colômbia e desaguando no oceano Atlântico por meio de um grande delta pantanoso, no nordeste da Venezuela. Temos, então, a localização da ilha de Crusoé na foz do rio Orinoco.

112. Trata-se da maior ilha das Antilhas Menores, situada no mar do Caribe, aproximadamente a dez quilômetros de distância da costa oriental da Venezuela.

identificasse várias nações da sua gente, mas não obtive nenhum outro nome além de caribes,[113] de onde facilmente deduzi que estávamos nas Caraíbas,[114] região situada conforme nossos mapas na parte da América que se estende desde a foz do rio Orinoco até a Guiana, e daí até Santa Marta.[115] Ele informou que muito além da lua, ou seja, além do ponto onde a lua desaparecia, provavelmente a oeste de sua terra, viviam homens de barba branca, como eu, e apontou meu vasto bigode, do qual já falei; e disse que tinham matado "muito homem", nas palavras dele. Por tudo isso entendi que se referia aos espanhóis, cujas notícias de crueldades na América grassavam por todos os países, sendo lembradas em todas as nações de pai para filho.

Indaguei se ele sabia como eu poderia sair da ilha e chegar até aqueles homens brancos. Ele disse que sim, sim, que eu poderia ir em "duas canoa". Não consegui entender o que ele quis dizer, nem fazer com que descrevesse o que seriam duas canoas, até que finalmente, com muito custo, descobri que seria necessário um barco grande, do tamanho de duas canoas. Esse trecho da conversa de Sexta-Feira muito me agradou e, a partir de então, passei a alimentar esperanças de que, em algum momento, surgisse uma oportunidade de escapar daquele lugar, e de que aquele pobre selvagem pudesse prestar-me algum auxílio.

Durante o longo tempo que meu criado Sexta-Feira esteve comigo, e que começou a falar comigo, e a me entender, não deixei de incutir noções de religião em sua mente. Sobretudo, perguntei-lhe certa vez quem o fizera. A pobre criatura não entendeu nada, e pensou que eu tivesse perguntado quem era seu pai; mas abordei a questão por outro ângulo, e perguntei quem tinha feito o mar, a terra sobre a qual caminhamos, os morros e as matas. Ele disse que tinha sido "um velho Benamuque,

113. Indígena pertencente a qualquer dos grupos caribes e, em sentido obsoleto, denominação dada a indígena de grupos considerados inimigos e antropófagos.

114. Caraíbas (ou caribes) são povos indígenas das Antilhas Menores que deram o nome ao mar do Caribe. Sua origem estaria no sul das Índias Ocidentais e na costa norte da América do Sul.

115. Cidade colombiana situada no mar do Caribe, no norte do país. Fundada em 29 de julho de 1525, é a cidade mais antiga da Colômbia e a segunda mais antiga da América do Sul.

que vivia além de todas as terras". Não conseguia detalhar nada acerca desse indivíduo ilustre, exceto que era muito idoso, "bem mais velho", ele disse, "do que o mar ou a terra, do que a lua ou as estrelas". Perguntei, então, por que, se esse ancião tinha criado todas as coisas, não era adorado por todas as coisas; ele ficou muito sério e, com um ar de total inocência, disse: "Todas as coisa falar 'Ó' pra ele". Perguntei se as pessoas que morriam na terra dele iam para algum lugar. Ele disse que sim, todos iam ao encontro de Benamuque; em seguida, perguntei se aqueles que eles devoravam iam para lá também. Ele disse que sim.

A partir dessas noções, passei a instruí-lo sobre o conhecimento do Deus verdadeiro. Apontando o céu, disse que o grande Criador de todas as coisas vivia lá em cima; que Ele regia o mundo por meio do mesmo poder e Providência com os quais o criara; que era onipotente, e podia fazer qualquer coisa por nós, conceder-nos tudo, negar-nos de tudo; e assim, aos poucos, abri seus olhos. Sexta-Feira ouviu com grande atenção, e acolheu de boa vontade as noções de que Jesus Cristo foi enviado para redimir-nos; de que devemos elevar nossas orações a Deus, e de que Ele é capaz de ouvir-nos, mesmo no céu. Um dia ele me disse que, se nosso Deus era capaz de ouvir-nos além do sol, seria um deus maior do que seu Benamuque, que, embora não vivesse tão longe, só conseguia ouvi-los quando subiam até as grandes montanhas onde ele morava. Perguntei se ele costumava ir lá para falar-lhe. Ele disse que não, que jovens nunca iam até lá; somente os anciãos iam até lá, e que eram chamados de Oowocaque, ou seja, conforme me explicou, religiosos ou sacerdotes; e que iam até lá a fim de dizer Ó (assim ele denominava suas preces), e que depois regressavam e relatavam o que Benamuque dissera. Com base nisso, observei que existe sacerdócio até mesmo entre os pagãos mais cegos e ignorantes do mundo, e que a prática de fazer mistério da religião, a fim de preservar a veneração do povo ao clero, não é encontrada apenas na religião romana, mas, talvez, em todas as religiões do mundo, mesmo entre os selvagens mais brutais e bárbaros.

Esforcei-me para esclarecer essa fraude, e disse a Sexta-Feira que a pretensão de os idosos subirem aos morros para dizer Ó ao seu deus

Benamuque era um embuste, e o fato de trazerem respostas de lá era um engodo ainda maior; portanto, se obtinham alguma resposta, ou falavam com alguém lá em cima, haveria de ser um espírito maligno. E então apresentei-lhe um longo discurso sobre o diabo, sua origem, sua rebelião contra Deus, sua inimizade para com o homem e a razão de tudo isso, sobre o fato de ele se estabelecer nas trevas do mundo para ser adorado em vez de Deus e como Deus, também sobre as muitas artimanhas por ele utilizadas para iludir a humanidade e levá-la à perdição, e ainda sobre o fato de ele ter acesso secreto às nossas paixões e aos nossos afetos, a fim de adaptar suas ciladas às nossas inclinações, de modo a fazer com que sejamos nossos próprios tentadores e corramos para a perdição por nossa própria escolha.

Descobri que não era tão fácil imprimir noções corretas na mente de Sexta-Feira sobre o diabo como as noções sobre Deus. A natureza corroborava todos os meus argumentos para evidenciar a necessidade de uma Grande Causa Inicial,[116] de um Poder dominante, de uma Providência que tudo dirige secretamente, da equidade e justiça de se louvar Aquele que nos criou, e assim por diante. Mas não havia nada disso na noção de um espírito maligno, de sua origem, seu ser, sua índole e, acima de tudo, sua inclinação para perpetrar o mal e induzir-nos a perpetrá-lo; e a pobre criatura deixou-me tão atônito, certa vez, com uma indagação singela, natural e inocente, que eu mal soube o que responder. Eu havia discorrido acerca do poder de Deus, Sua onipotência, Sua aversão ao pecado, Ele sendo um fogo consumidor para os que praticam a iniquidade; dissera que, assim como Ele nos fez a todos, poderia destruir-nos e destruir o mundo inteiro num instante, e ele me ouviu com muita seriedade o tempo todo.

Depois disso, falei que o diabo era o inimigo de Deus no coração dos homens, e usava toda a sua malícia e habilidade para derrotar os

116. Trata-se do *Primum Mobile*. Na cosmologia aristotélica, é a força inicial, a primeira ou mais externa esfera dos céus. A rotação esférica perfeita dessa esfera é ativada diretamente pelo amor a Deus; o movimento é o que há de mais semelhante à práxis de Deus, a fonte original, primeira, e criadora de todas as coisas.

bons desígnios da Providência e arruinar o reino de Cristo no mundo, e assim por diante.

— Bem — disse Sexta-Feira —, mas o senhor falar que Deus é tão poderoso, tão grande; Ele não ser poderoso como o diabo?

— Sim, sim — respondi. — Sexta-Feira, Deus é mais poderoso do que o diabo; Deus está acima do diabo e, portanto, oramos a Deus para esmagá-lo sob os nossos pés, e fazer com que possamos resistir às suas tentações e apagar seus dardos flamejantes.

— Mas — ele insistiu —, se Deus ser mais poderoso que o diabo, por que Deus não matar o diabo, pra ele não fazer mais maldade?

Estranhei e surpreendi-me com a pergunta; afinal, embora eu agora estivesse mais velho, era um instrutor iniciante e mal qualificado como casuísta, como alguém capacitado a solucionar questões complexas. E no primeiro momento, não sabendo o que dizer, fingi não ter escutado e pedi que repetisse. Mas ele estava ansioso demais por uma resposta, e não esqueceu a pergunta, de modo que a repetiu, nas mesmas palavras truncadas, conforme registrado acima. A essa altura, eu já havia me recomposto um pouco e disse:

— Deus vai finalmente puni-lo com severidade; ele está reservado para o Juízo e há de ser lançado no poço sem fundo, para habitar o fogo eterno.

Isso não satisfez Sexta-Feira, que insistiu, repetindo minhas palavras:

— Reservado... finalmente... mim não entender; mas por que não matar diabo agora; não matar muito atrás?

— Você também poderia me perguntar — disse eu — por que Deus não mata você e eu quando nós fazemos coisas más aqui, que O ofendem. Somos preservados para nos arrependermos e sermos perdoados.

Ele refletiu algum tempo sobre isso.

— Bem, bem — disse ele, com ternura —, muito bem, então o senhor, eu, o diabo, todos perverso, preservar todos, arrepender, Deus perdoar todos.

Nesse ponto, mais uma vez, fui totalmente vencido, e aquilo constituiu para mim um testemunho de que, embora noções simplórias da natureza sejam capazes de guiar criaturas racionais ao conhecimento

"Então apresentei-lhe um longo discurso."

de Deus e à adoração e exaltação devidas ao Ser Supremo, a Deus como consequência da nossa natureza, nada exceto a revelação divina pode ensejar o conhecimento de Jesus Cristo e da redenção a nós oferecida, do Mediador da nova aliança e do Intercessor aos pés do trono de Deus. Digo que nada exceto uma revelação do céu pode propiciar isso em nossa alma e, portanto, o evangelho de nosso Senhor e Salvador Jesus Cristo, quero dizer, a Palavra de Deus e o Espírito de Deus, prometido como guia e santificador do Seu povo, são os instrutores absolutamente necessários das almas dos homens para o conhecimento redentor de Deus e dos meios da nossa salvação.

Por conseguinte, interrompi nossa conversa, levantando-me, subitamente, como se precisasse sair; em seguida, depois de mandá-lo fazer algo longe dali, orei com fervor a Deus para que me capacitasse a instruir de forma salvadora aquele pobre selvagem, abrindo, com Seu

Espírito, o coração da pobre criatura ignorante para receber a luz do conhecimento de Deus em Cristo, reconciliando-o com Deus e guiando-me para comunicar-lhe a Palavra, de modo que sua consciência fosse convertida, seus olhos fossem abertos e sua alma fosse salva. Quando ele voltou, embarquei num longo discurso sobre os temas da redenção do homem pelo Salvador do mundo e da doutrina do evangelho pregado do céu, a saber, do arrependimento perante Deus e da fé no Bendito Senhor Jesus. Então expliquei, da melhor maneira possível, por que nosso Bendito Redentor não assumiu a natureza dos anjos, mas a semente de Abraão, e que por tal motivo os anjos caídos não compartilhavam da redenção, que Ele veio apenas para salvar as ovelhas perdidas da casa de Israel,[117] e assim por diante.

Eu tinha, Deus sabia, mais sinceridade do que conhecimento nos métodos que empreguei para a instrução daquela pobre criatura. Devo admitir, e acredito mesmo que todos os que agem sob o mesmo princípio constatem, que, ao expor tais noções, na verdade, informei e instruí a mim mesmo, em muitas coisas que ou não sabia, ou não havia considerado devidamente, mas que me vieram com naturalidade, ao pesquisá-las no intuito de instruir aquele pobre selvagem; e naquela ocasião senti mais gosto do que nunca pela investigação desses temas, de modo que, o pobre infeliz tenha ou não se beneficiado da minha companhia, de minha parte tive grande motivo para ser grato por ele ter vindo a mim. Meu sofrimento pesou-me menos, minha estada tornou-se muito mais confortável. E quando eu refletia que naquela vida solitária em que estava confinado não fui apenas motivado a olhar para o céu e buscar a mão que me trouxera ali, mas agora me tornaria um instrumento, sob a Providência, para salvar a vida e, possivelmente, a alma de um pobre selvagem e levá-lo ao verdadeiro conhecimento da religião e da doutrina cristãs, para que ele pudesse conhecer Cristo Jesus, em quem a vida é eterna, quero dizer, quando refletia sobre todas essas questões um júbilo secreto percorria toda a minha alma, e com frequência alegrei-me por

117. Mateus 10,6: "Vão primeiro às ovelhas perdidas da casa de Israel".

ter sido levado àquele lugar, experiência que tantas vezes eu julgara a pior aflição que poderia ter se abatido sobre mim.

Prossegui naquela postura de agradecimento ao longo do restante da minha permanência na ilha, e a conversa que ocupava minhas horas com meu criado Sexta-Feira era tal que tornou completamente felizes os três anos que vivemos juntos, se é que algo como felicidade completa pode existir na esfera sublunar. O selvagem tornara-se um bom cristão, muito melhor do que eu, embora eu tivesse motivos para esperar, e Deus seja louvado por isso, que fôssemos igualmente penitentes, penitentes fortalecidos e restaurados. Tínhamos ali a Palavra de Deus para ler, e não estávamos mais distantes de Seu Espírito para aprender do que se estivéssemos na Inglaterra.

Empenhava-me sempre em ler as Escrituras, para que ele soubesse, da melhor maneira possível, o significado do que eu lia; e ele, por seu turno, com perguntas sérias e questionamentos, fez de mim, como já observei, um estudioso mais versado no conhecimento das Escrituras do que eu teria sido se lesse sozinho. Algo que não posso deixar de observar aqui, a partir da experiência que obtive naquele período de isolamento na vida, é a bênção infinita e inexprimível decorrente do fato de que as noções de Deus e da doutrina da salvação por Cristo Jesus estão tão claramente estabelecidas na Palavra de Deus, tão fácil de ser assimilada e compreendida, que a simples leitura das Escrituras capacitou-me a entender o meu dever a ponto de levar-me diretamente ao grande esforço do arrependimento sincero pelos meus pecados e, atendo-me a um Salvador pela vida e pela salvação, a uma declarada prática reformada e à obediência a todos os mandamentos de Deus, e isso sem qualquer professor ou instrutor, quero dizer, humano. E a mesma instrução simples bastou para iluminar aquela criatura selvagem e levá-lo a ser um cristão como poucos que conheci na vida.

Quanto a todas as disputas, rixas, contendas e discórdias ocorridas no mundo sobre religião, seja quanto a sutilezas doutrinárias ou esquemas de comando clerical, eram inteiramente inúteis para nós e, pelo que ainda posso ver, assim têm sido para o resto do mundo. Dispúnhamos do guia certo para o céu, a saber, a Palavra de Deus, e contávamos, louvado seja Deus, com a inspiração alentadora do Espírito de Deus, ensinando-nos e instruindo-nos por meio de Sua Palavra, levando-nos a toda a verdade e tornando-nos dispostos e obedientes às instruções do Seu Verbo. Não consigo ver a menor utilidade que o grande saber relativo aos pontos controversos da religião, os quais têm causado tanta confusão no mundo, teria para nós, se pudéssemos adquiri-lo. Mas devo prosseguir com a parte histórica e tomar cada fato em sua devida ordem.

Depois que meu criado Sexta-Feira e eu nos conhecemos melhor, e que ele passou a entender quase tudo que eu dizia, e já conversava com bastante fluência comigo, embora num inglês truncado, contei-lhe minha história, ou pelo menos a parte relacionada à chegada àquele lugar, como tinha vivido lá, e por quanto tempo. Expliquei-lhe o mistério, pois para ele era um mistério, da pólvora e das balas, e ensinei-o a atirar. Dei-lhe um facão, pelo qual ele se encantou, fiz-lhe um cinto, com uma presilha, como as que usamos na Inglaterra para pendurar espadas; mas, em vez de espada, dei-lhe uma machadinha, que não era apenas uma arma excelente como também mais útil em determinadas situações.

Descrevi a região da Europa, particularmente a Inglaterra, de onde eu vinha; como vivíamos, como adorávamos a Deus, como nos comportávamos uns com os outros e como usávamos embarcações para negociarmos com todas as partes do mundo. Fiz um relato do naufrágio do navio em que estive a bordo, e apontei, com a maior exatidão possível, o local onde ele tinha ido a pique, mas o navio já havia se despedaçado e desaparecido.

Mostrei os destroços do escaler, que perdemos quando escapamos do naufrágio e que eu não tive força para deslocar, mas agora estava aos pedaços. Ao ver o escaler, Sexta-Feira parou e pôs-se a refletir, durante um bom tempo, e não disse nada. Perguntei o que estava pensando. Por fim, ele disse:

— Mim ver barco igual chegar no lugar do meu povo.

Não o entendi no primeiro momento, mas, finalmente, indagando melhor, soube que um barco como aquele havia chegado ao litoral da região onde ele vivia, isto é, conforme ele explicou, fora arrastado até lá pelo mau tempo. Logo deduzi que algum navio europeu teria afundado ao largo da costa, e o escaler teria se desgarrado e dera à praia. Mas fui tão ingênuo que não pensei que os homens pudessem ter escapado de um naufrágio e chegado lá, muito menos de onde teriam vindo; portanto, pedi apenas uma descrição do barco.

Sexta-Feira descreveu o barco muito bem, mas pude entender melhor a situação quando ele acrescentou, com certo entusiasmo:

— Nós salvar os homem branco de afogar.

Então logo indaguei se havia algum homem branco, como ele os chamava, no barco.

— Sim — disse ele —, barco cheio de homem branco.

Perguntei-lhe quantos. Ele contou nos dedos dezessete. Perguntei, então, o que tinha acontecido com eles. Ele disse:

— Eles viver; eles morar na minha nação.

Isso trouxe novos pensamentos à minha mente, pois logo imaginei que fossem os tripulantes do navio que naufragara próximo à minha ilha, como eu agora a chamava, e que, depois que o navio batera nos rochedos, eles constataram que estavam perdidos, escaparam no escaler e desembarcaram naquela costa entre os silvícolas.

Sobre isso perguntei a Sexta-Feira mais incisivamente o que tinha acontecido. Ele garantiu que ainda moravam lá, que estavam lá havia cerca de quatro anos, que os selvagens os deixavam em paz e ofereciam-lhes alimentos para sua subsistência. Perguntei por que os selvagens não os matavam e devoravam. Ele disse:

— Não, eles fazer irmão com eles. — Isso, conforme entendi, significava uma trégua; e então ele acrescentou: — Eles só comer homem quando fazer guerra e lutar. — Ou seja, só devoram os que vêm lutar com eles e são aprisionados em batalha.

Bastante tempo depois, com o clima ameno, estando nós no alto do morro na região leste da ilha, de onde, como disse, eu tinha avistado num dia claro a América, Sexta-Feira olhou com atenção para o continente e, muito surpreso, começou a pular e dançar, e a chamar por mim, pois eu estava a alguma distância. Perguntei o que era.

— Ah, alegria! — disse ele. — Ah, felicidade! Ver lá minha terra, lá minha nação!

Notei a extraordinária satisfação estampada em seu rosto, os olhos cintilando e o semblante exibindo uma ansiedade estranha, como se ele desejasse retornar à sua terra. E tal observação trouxe à minha mente muitos pensamentos que, a princípio, deixaram-me menos à vontade com meu criado Sexta-Feira do que antes; e não tive dúvidas de que, se ele pudesse regressar à terra natal, não só esqueceria a religião mas suas obrigações para comigo, e seria suficientemente ousado para dar aos compatriotas um relato sobre a minha pessoa, e voltaria, talvez, com uma ou duas centenas deles para refestelarem-se comigo, e talvez ficasse tão contente quanto costumava ficar antes diante de inimigos capturados na guerra.

Mas fui demasiado injusto com a criatura pobre e leal, pelo que muito lamentei posteriormente. No entanto, à medida que minha suspeita aumentava e me dominava, durante algumas semanas tornei-me um pouco mais circunspecto e menos íntimo e gentil com ele, no que certamente também fui muito injusto, pois a criatura leal e grata não pensava em nada daquilo, e agia apenas segundo os melhores princípios, tanto como cristão devoto quanto como amigo dedicado, conforme transpareceu depois, para minha grande satisfação.

Enquanto a desconfiança durou, o leitor pode ter certeza de que todos os dias eu sondava meu criado Sexta-Feira para ver se ele revelava os novos pensamentos dos quais eu suspeitava; mas verifiquei que tudo o que ele dizia era tão sincero e tão inocente que nada pude encontrar que alimentasse minhas suspeitas; e apesar de toda a minha ansiedade, ele acabou por reconquistar-me inteiramente, e nem sequer percebeu que eu estava ansioso; portanto, eu não poderia suspeitar que pretendesse enganar-me.

Um dia, subindo o mesmo morro, e vendo o mar encoberto por uma névoa, de maneira que não enxergávamos o continente, chamei-o e disse:

— Sexta-Feira, você não gostaria de voltar para sua terra, para sua própria nação?

— Sim — disse ele —, mim ficar muito feliz estar minha nação.

— O que você faria lá? — perguntei. — Você voltaria a ser um selvagem, comeria carne de homem novamente, feito antes?

Ele pareceu bastante pesaroso e, balançando a cabeça, respondeu:

— Não, não, Sexta-Feira dizer pra eles viver bom; dizer pra eles rezar pra Deus; dizer pra comer pão de grão, carne de animal, leite; não comer mais homem.

— Ora, então — argumentei — eles vão te matar.

Ele ficou bem sério, e logo disse:

— Não, não, eles não matar mim, eles querer aprender amor. — Com isso dizendo que estariam dispostos a aprender. E acrescentou que tinham aprendido muito com os homens barbudos que chegaram no barco. Então perguntei se ele voltaria para sua gente. Ele sorriu e disse que não conseguiria nadar até tão longe. Eu disse que faria uma canoa para ele. Ele disse que iria, se eu também fosse.

— Eu, ir até lá?! — exclamei. — Ora! Eles vão me devorar se eu for lá.

— Não, não — disse ele. — Mim fazer eles não comer o senhor; mim fazer eles amar muito o senhor. — Sexta-Feira queria dizer que contaria à sua gente que eu havia matado seus inimigos e salvado sua vida, e assim faria com que me amassem. Então ele contou, da melhor maneira possível, que sua gente tinha sido bondosa com os dezessete homens brancos, ou homens barbudos, como ele os chamava, que lá chegaram em perigo.

A partir daquele momento, tive vontade de aventurar-me até o continente e ver se poderia juntar-me àqueles homens barbudos, que achava que fossem espanhóis ou portugueses; e achava também que, se a eles me juntasse, poderíamos encontrar um meio de escapar, uma vez que já estávamos no continente, e em grupo, melhor do que eu poderia fazer de uma ilha situada a quarenta a milhas da costa, sozinho e sem ajuda. Então, depois de alguns dias, abordei Sexta-Feira novamente e disse que lhe daria um barco para voltar à sua nação; por conseguinte, levei-o até meu barco, que estava no outro lado da ilha, e depois de esvaziá-lo, pois sempre o mantinha fundeado, mostrei-o a ele, e ambos embarcamos.

Sexta-Feira era um parceiro extremamente hábil no manejo do barco, e era capaz de conduzi-lo quase com a mesma celeridade que eu. Portanto, quando ele embarcou, eu disse:

— Então, Sexta-Feira, vamos até a sua nação?

Ele pareceu um tanto incerto, aparentemente, porque considerava o barco pequeno demais para ir tão longe. Então eu disse que havia um maior, e no dia seguinte fui até o local onde guardava o primeiro barco que tinha feito, e que não consegui deslocar até a água. Ele disse que aquele era grande o suficiente; todavia, como eu me descuidara do barco, que ali estivera ao longo de vinte e dois ou vinte e três anos, o sol o ressecara e rachara, de modo que estava um tanto deteriorado. Sexta-Feira disse que tal barco serviria bem, e carregaria "muito bastante comida, bebida e pão", conforme seu jeito de falar.

16. Resgate de prisioneiros dos canibais

Naquela época, eu estava tão obstinado em meu projeto de cruzar o oceano com Sexta-Feira até o continente que lhe disse que faríamos um barco do mesmo tamanho daquele, e que nesse novo barco ele voltaria para sua terra. Sexta-Feira não disse uma palavra, mas parecia muito sério e triste. Perguntei o que estava acontecendo. Ele indagou:

— Por que senhor estar bravo zangado com Sexta-Feira? O que mim fazer?

Perguntei o que ele queria dizer. Expliquei que não estava zangado com ele, de jeito nenhum.

— Não zangado?! Não zangado?! — repetiu ele, várias vezes. — Por que mandar Sexta-Feira pra casa pra minha nação?

— Ora! — comentei. — Sexta-Feira, você não falou que gostaria de estar lá?

— Sim, sim — respondeu ele —, gostar nós dois lá; não gostar Sexta-Feira lá, senhor aqui.

Resumindo, não pensava em ir sem mim.

— Eu, ir para lá, Sexta-Feira? — perguntei. — O que faria eu por lá?

Diante disso, ele retrucou, prontamente:

— Senhor fazer muito, muito bom — disse ele. — Senhor ensinar homens feroz ser bom calmo manso; senhor falar pra eles conhecer Deus, rezar pra Deus e viver nova vida.

— Ai, Sexta-Feira! — exclamei. — Não sabes o que dizes; eu não passo de um homem ignorante.

— Sim, sim — continuou ele —, senhor ensinar mim bem, senhor ensinar eles bem.

— Não, não, Sexta-Feira — eu disse. — Você deve ir sem mim; deixe-me aqui para viver sozinho, como antes.

Diante de tais palavras, ele pareceu confuso novamente; então correu para buscar uma das machadinhas que costumava usar, agarrou-a bruscamente e entregou-a na minha mão.

— O que eu faço com isto? — indaguei.

— Senhor pegar e matar Sexta-Feira — disse ele.

— Por que eu haveria de matá-lo? — perguntei, de novo.

Ele respondeu imediatamente:

— Por que senhor mandar Sexta-Feira embora? Pegar e matar Sexta-Feira, não mandar Sexta-Feira embora!

E falou com tamanha franqueza que vi lágrimas brotarem em seus olhos. Em suma, constatei tão claramente sua grande afeição por mim, bem como a firmeza de sua resolução, que lhe disse, naquele momento, e muitas vezes depois, que jamais o mandaria para longe de mim enquanto ele estivesse disposto a permanecer ao meu lado.

Assim como constatei, com base no que ele disse, sua sólida afeição e o desejo de que nada o separasse de mim, verifiquei que a vontade de voltar à terra natal fundamentava-se num afeto ardente por seu povo e na esperança de que eu lhes fizesse algum bem, algo em que eu jamais pensara e, portanto, não tinha a menor intenção, ou desejo, de realizar. Ainda assim, continuava forte meu intuito de tentar uma fuga, como já disse, agora baseado numa suposição deduzida daquela conversa, ou seja, de que havia dezessete homens barbudos lá. Portanto, sem demora, saí com Sexta-Feira em busca de uma árvore frondosa para ser derrubada e com ela construir uma grande piroga, ou canoa, na qual empreenderíamos a viagem. Na ilha havia árvores suficientes para construir uma frota, não de pirogas, ou canoas, mas de embarcações grandes; minha principal preocupação, porém, foi escolher uma árvore próxima à água, que pudesse ser lançada ao mar, evitando o erro cometido anteriormente.

Por fim, Sexta-Feira escolheu a árvore, pois logo descobri que sabia muito melhor do que eu qual era a madeira mais adequada, e até hoje não sou capaz de nomear a árvore que derrubamos, exceto que era muito semelhante à que chamamos de pau-amarelo, ou seria alguma coisa entre ela e pau-brasil, pois tinha praticamente a mesma cor e o mesmo aroma. Sexta-Feira queria cavar o tronco da árvore com fogo, para transformá-lo em barco, mas mostrei como fazê-lo com ferramentas, o que, depois que lhe ensinei, ele fez facilmente; e em cerca de um mês de trabalho árduo terminamos a canoa, que ficou muito bonita, notadamente porque, com nossos machados, que lhe mostrei como manejar, aparamos e entalhamos o exterior no formato autêntico de um casco. Depois disso, no entanto, levamos quase quinze dias para empurrar a canoa, centímetro por centímetro, por assim dizer, sobre grandes rolos de madeira até a água. Mas tão logo flutuou poderia transportar vinte homens com grande facilidade.

Quando a canoa foi posta na água, embora tão grande, fiquei surpreso ao constatar a destreza e a rapidez com que meu criado Sexta-Feira conseguia controlá-la, manobrá-la e conduzi-la. Então perguntei se ele estava disposto, e se pensava que poderíamos nos aventurar na travessia.

— Sim — disse ele —, aventurar muito bem, mesmo com vento soprar forte.

No entanto, eu tinha um projeto adicional que ele ignorava, isto é, construir um mastro e uma vela, e prover a canoa de uma âncora com um cabo. Quanto ao mastro, era fácil conseguir; então escolhi um cedro novo e retilíneo, que encontrei nas proximidades, e de cuja espécie havia grande abundância na ilha, mandei Sexta-Feira cortá-lo e o instruí sobre como moldá-lo. Mas quanto à vela, era encargo exclusivamente meu. Eu sabia que tinha velas antigas, ou melhor, pedaços de velas antigas, em quantidade suficiente. Contudo, guardando-os comigo havia vinte e seis anos, e não tendo sido muito cuidadoso em preservá-los, pois não imaginava que teria aquele tipo de uso para eles, suspeitava que estivessem todos apodrecidos, e, de fato, a maioria estava mesmo. No entanto, encontrei dois pedaços que me pareciam em boas condições, e neles pus-me a trabalhar; e, com muito esforço, e costuras canhestras (disso o leitor pode ter certeza), por falta de agulhas, finalmente fiz uma coisa feia de três pontas, algo parecido com o que chamamos na Inglaterra de vela bermudiana,[118] presa na base a um botaló e a uma pequena cevadeira na parte superior, conforme nossos escaleres costumam navegar e como eu melhor sabia manejar, pois era esse o tipo de vela que havia no barco em que escapei da Barbária, conforme relatado na primeira parte da minha história.

Levei quase dois meses realizando a tarefa, a saber, instalando e ajustando o mastro e as velas, pois quis fazer um trabalho completo, com um pequeno estai,[119] provido de uma vela menor, ou traquete,[120] para nos ajudar, caso cambássemos a barlavento.[121] E o mais importante, fixei um leme na popa, a fim de poder manobrar. Embora fosse um construtor naval desajeitado, por saber da utilidade e mesmo da necessidade de um leme tanto empenhei-me na construção que consegui; ainda que, considerando as várias ideias que falharam, acho que o leme deu quase tanto trabalho quanto o barco inteiro.

Depois, ainda precisei ensinar ao meu criado Sexta-Feira tudo o que dizia respeito à navegação do barco, pois, embora ele soubesse muito bem remar uma canoa, não tinha a menor noção do manuseio de uma vela e um leme, e ficou estarrecido quando me viu manobrar o barco, para um lado e para outro, em pleno mar, só com o leme, e quando viu a vela oscilar e enfunar de acordo com nossas mudanças de rumo. Digo que quando viu isso ele ficou absolutamente pasmo. No entanto, com um pouco de prática, logo familiarizou-se e tornou-se um exímio marinheiro, exceto quanto à bússola, cujo manejo não consegui fazê-lo entender. Por outro lado, com o céu claro e rara ou nenhuma neblina naquela região, era reduzida a necessidade da bússola, pois as estrelas ficavam sempre visíveis à noite, e de dia era possível avistar a costa, exceto nas estações chuvosas, ocasião em que ninguém se arriscava a viajar, fosse por terra ou por mar.

---

118. Vela aproximadamente triangular que é içada rente ao mastro.
119. Cada um dos cabos que sustentam o mastro.
120. Vela que pende do mastro de proa.
121. Direção de onde sopra o vento; lado da embarcação que recebe ou colhe o vento favorável à sua navegação.

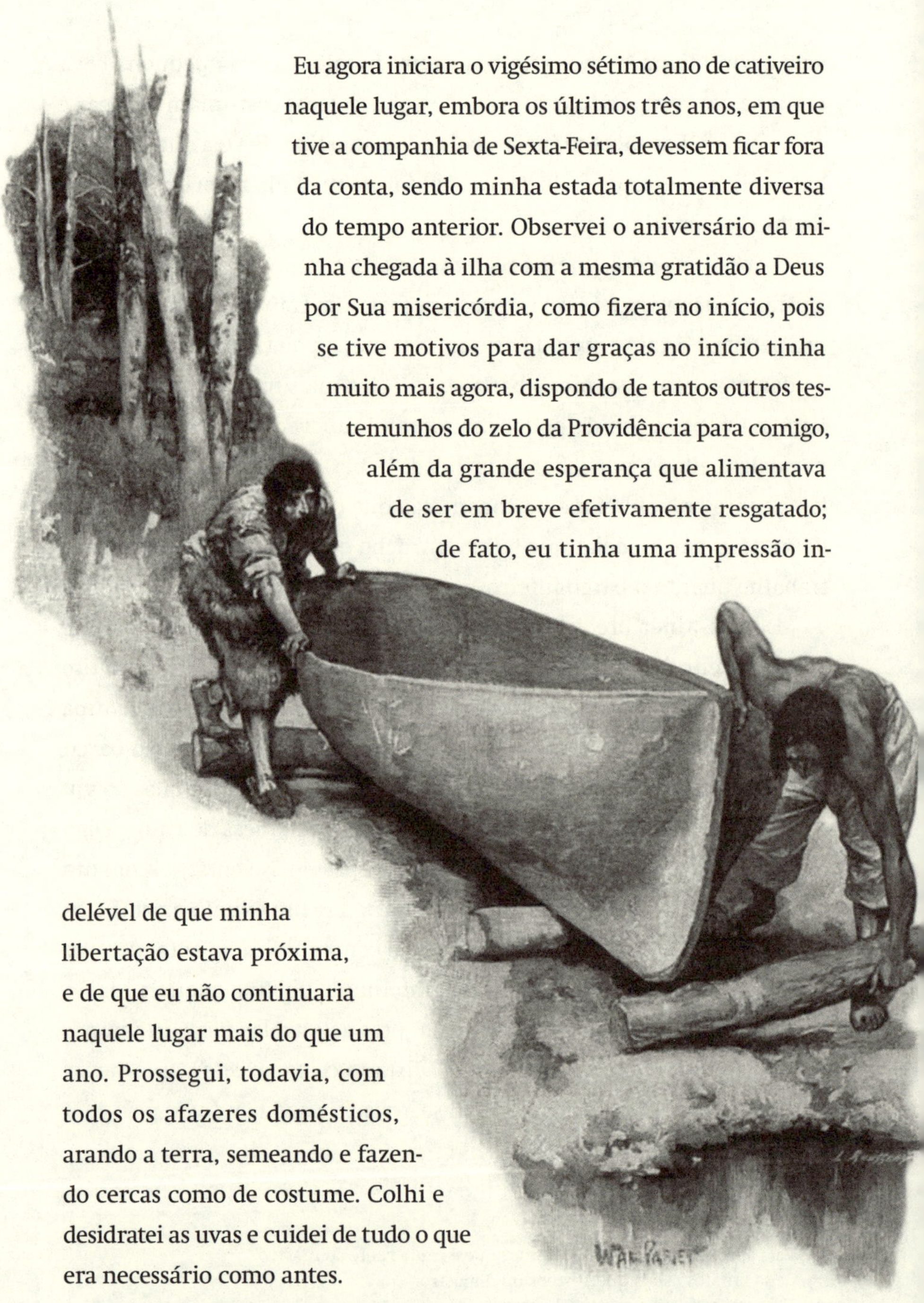

Eu agora iniciara o vigésimo sétimo ano de cativeiro naquele lugar, embora os últimos três anos, em que tive a companhia de Sexta-Feira, devessem ficar fora da conta, sendo minha estada totalmente diversa do tempo anterior. Observei o aniversário da minha chegada à ilha com a mesma gratidão a Deus por Sua misericórdia, como fizera no início, pois se tive motivos para dar graças no início tinha muito mais agora, dispondo de tantos outros testemunhos do zelo da Providência para comigo, além da grande esperança que alimentava de ser em breve efetivamente resgatado; de fato, eu tinha uma impressão indelével de que minha libertação estava próxima, e de que eu não continuaria naquele lugar mais do que um ano. Prossegui, todavia, com todos os afazeres domésticos, arando a terra, semeando e fazendo cercas como de costume. Colhi e desidratei as uvas e cuidei de tudo o que era necessário como antes.

Nesse ínterim, chegou a estação das chuvas, quando eu ficava mais dentro de

"Levamos quase quinze dias para empurrar a canoa."

casa do que em outras ocasiões; por conseguinte, guardei nosso barco novo com o máximo de segurança possível, levando-o riacho acima, onde, como disse no início, atraquei as balsas nas quais trouxe os itens retirados do navio, e arrastei-o pela praia até o ponto mais alto da maré. Mandei meu criado Sexta-Feira cavar uma pequena doca, grande o suficiente para atracar o barco e profunda o suficiente para fazê-lo flutuar; e então, quando a maré baixou, construímos um dique, para impedir a entrada de água, e assim o barco pôde contar com uma doca seca.[122] Para proteger da chuva cobrimos o barco com galhos de árvores, e a cobertura ficou tão espessa quanto um telhado de palha; e assim esperamos pelos meses de novembro e dezembro, quando eu pretendia levar a termo minha aventura.

Quando chegou a estação escolhida, e a ideia do projeto voltou, assim como voltou o tempo bom, comecei a preparar-me diariamente para a viagem. A primeira coisa que fiz foi separar uma certa quantidade de mantimentos, ou seja, as reservas para a jornada, com intenção de em uma semana, ou quinze dias, abrir o dique e lançar nosso barco. Certa manhã, estava ocupado com algum preparativo e pedi a Sexta-Feira que fosse até a beira-mar e tentasse capturar uma tartaruga, o que costumávamos fazer uma vez por semana, por causa dos ovos e da carne. Pouco depois de ter ido, ele voltou correndo e voou por cima do meu muro externo, ou paliçada, como se não sentisse o solo nem os degraus da escada em que pisava; e antes que eu tivesse tempo de falar, ele gritou:

— Ó senhor! Ó senhor! Ó tristeza! Ó ruim!

— Qual é o problema, Sexta-Feira? — perguntei.

— Bem ali — disse ele. — Uma, duas, três canoa; uma, duas, três!

Pelo modo que falou, pensei que fossem seis; mas, ao indagar melhor, constatei que eram apenas três.

— Pois bem, Sexta-Feira — disse eu —, não tenha medo.

Então procurei animá-lo o melhor que pude. No entanto, vi que o pobre sujeito estava simplesmente apavorado, pois só lhe passava pela

---

122. Doca seca, ou dique seco, é um recinto cavado à beira de um braço de água (mar, rio etc.) de forma a receber embarcações para vistoria, construção ou manutenção.

cabeça a ideia de que tinham vindo em seu encalço, e que haveriam de esquartejá-lo e devorá-lo; meu pobre parceiro tremia tanto que eu mal sabia o que fazer com ele. Consolei-o como pude e disse que corria tanto perigo quanto ele, e que eles devorariam a mim tanto quanto a ele.

— Mas — argumentei —, Sexta-Feira, precisamos estar prontos para lutar. Você sabe lutar, Sexta-Feira?

— Mim atirar — concordou ele —, mas ter muitos grande número.

— Isso não importa — disse eu. — Nossas armas vão afugentar os que não matarmos.

Em seguida, perguntei se, caso eu o defendesse, ele me defenderia e ficaria do meu lado, e faria o que eu mandasse.

— Mim morrer quando o senhor mandar mim morrer.

Então fui buscar uma dose dupla de rum e ofereci a ele, pois tinha poupado tão bem meu rum que ainda sobrava boa quantidade. Depois que ele bebeu, mandei que pegasse as duas espingardas de caça, que sempre levávamos conosco, e as carregasse com chumbo do calibre de balas de garrucha. Em seguida, peguei quatro mosquetes e carreguei-os com dois balaços e cinco balas pequenas cada; e minhas duas garruchas carreguei ambas com um par de balas. Pendurei no cinto meu sabre, como de costume, desembainhado, e entreguei a Sexta-Feira a machadinha.

Depois de assim preparar-me, peguei a luneta e subi até a encosta do morro, para ver o que poderia descobrir; e logo verifiquei, através da luneta, que havia vinte e um selvagens, três prisioneiros e três canoas, e que todo o interesse voltava-se para um banquete triunfante com aqueles três corpos humanos, uma farra bárbara, de fato! Contudo, não vi nada extraordinário no comportamento deles.

Observei também que não haviam desembarcado no mesmo ponto de onde Sexta-Feira escapara, mas bastante próximo ao meu riacho, onde o terreno do litoral era baixo e a mata fechada chegava quase até o mar. Tal proximidade, somada à missão desumana daqueles desgraçados, encheu-me de tamanha indignação que desci a encosta para encontrar-me com Sexta-Feira e disse a ele que estava decidido a ir até lá e matá-los todos; e perguntei se ele ficaria do meu lado. Tendo superado o medo, e com o espírito animado pelo trago que eu lhe servira, ele demonstrou bastante entusiasmo e disse, como antes, que morreria se eu assim determinasse.

Nesse acesso de fúria, primeiro dividi as armas já carregadas, conforme relatei, entre nós; entreguei a Sexta-Feira uma garrucha para pendurar no cinto e três espingardas para levar nos ombros, e peguei uma garrucha e as outras três espingardas; e com tal prontidão saímos em marcha. Levei no bolso uma pequena garrafa de rum, e dei a Sexta-Feira um grande saco, contendo mais pólvora e balas. Quanto às ordens, mandei que se mantivesse logo atrás de mim e não se mexesse nem atirasse ou tomasse qualquer iniciativa até que eu ordenasse, e que, nesse ínterim, não falasse uma palavra sequer. Assim preparados, seguimos por quase uma milha a bússola que eu levava na mão direita, e nosso propósito era transpor o riacho e penetrar na mata de modo a tê-los ao alcance de tiro antes de sermos por eles descobertos, o que, conforme eu já observara através da luneta, seria fácil.

Enquanto eu avançava naquela marcha, meus pensamentos anteriores voltaram e comecei a hesitar; não quero dizer que senti medo por causa do número de selvagens, pois estando os infelizes nus e desarmados era certa minha superioridade, deveras, mesmo que estivesse sozinho. Mas ocorreu-me indagar que causa, que motivo, e sobretudo que necessidade tinha eu de mergulhar as mãos em sangue, de atacar indivíduos que não me fizeram e nem pretendiam fazer nenhum mal, que para mim eram inocentes, e cujos costumes bárbaros constituíam sua própria desgraça, sendo uma indicação, de fato, de que Deus os relegara, junto aos demais povos daquela parte do mundo, àquela bestialidade e àquelas práticas desumanas. E Deus não me convocara para ser juiz dos atos daquela gente, muito menos executor de Sua justiça, e quando Ele achasse por bem tomaria a causa em Suas próprias mãos, e por meio de um castigo nacional haveria de puni-los, o povo inteiro, pelos crimes praticados pela nação como um todo. Até lá, a questão não me dizia respeito; decerto Sexta-Feira teria uma justificativa, porque era inimigo declarado daqueles selvagens e estava em guerra com aquela gente, sendo legítimo para ele atacá-los. Mas quanto a mim não poderia dizer o mesmo. Ao longo do caminho, esses pensamentos pesaram tanto em minha mente que resolvi que me limitaria a aproximar-me e observar o bárbaro repasto, e que agiria conforme Deus me guiasse, e que, a menos que surgisse algo semelhante a um sinal, algo para mim inusitado, não me intrometeria no assunto deles.

Assim decidido, adentrei a mata e, com o máximo de cautela e silêncio, seguido de perto por Sexta-Feira, avancei até chegar à orla da floresta, no lado que ficava próximo a eles, de modo que apenas um canto da mata se interpunha entre nós. Ali, chamei Sexta-Feira em voz baixa, e, apontando-lhe uma grande árvore, pedi que subisse e dissesse se de lá era possível ver com clareza o que estavam fazendo; ele assim procedeu, e logo voltou, informando que os homens podiam ser vistos muito bem daquele ponto, que estavam todos em volta da fogueira, comendo a carne de um dos prisioneiros, e que outro estava amarrado na areia, perto deles, esperando para ser morto em seguida. Isso incendiou a minha alma. Sexta-Feira disse que o prisioneiro não era de sua nação, mas sim um dos barbudos dos quais me falara, que tinham chegado à sua terra naquele tal barco. Fiquei horrorizado com a simples menção ao homem de barba branca e, indo até a árvore, vi nitidamente, através da luneta, um homem branco deitado na praia, com as mãos e os pés atados com cipós, ou algo parecido com junco, e constatei que era um europeu, e estava vestido.

Havia outra árvore e um pequeno matagal, logo diante, a cerca de cinquenta metros do local onde eles estavam; avançando um pouco mais, percebi que poderia chegar lá sem ser descoberto, e então estariam a meio alcance de minhas armas. Em seguida, contive a raiva, embora estivesse totalmente enfurecido, e, retrocedendo cerca de vinte passos, segui por atrás de alguns arbustos até a outra árvore e cheguei a uma pequena elevação, o que me permitiu uma visão completa deles a uma distância de cerca de setenta metros.

Não podia perder nem um minuto, pois dezenove dos infelizes estavam sentados no chão, formando um círculo fechado, e tinham acabado de enviar os outros dois para massacrar o pobre cristão, e trazê-lo, talvez membro por membro, para a fogueira, e esses dois já se abaixavam para desatar as amarras dos pés do homem. Virei-me para Sexta-Feira.

— Agora, Sexta-Feira — disse —, faça o que eu mandar. — Sexta-Feira disse que faria. — Então, Sexta-Feira — ordenei —, faça exatamente o que eu fizer; não cometa nenhuma falha.

Dito isso, coloquei no chão um dos mosquetes e a espingarda de caça, e Sexta-Feira fez o mesmo; com o outro mosquete, mirei nos selvagens, ordenando-lhe que me imitasse; em seguida, perguntei-lhe se estava pronto, e ele disse que sim.

— Então, fogo neles! — disse e, no mesmo instante, atirei.

A pontaria de Sexta-Feira foi muito melhor do que a minha, pois no lado por ele alvejado dois tombaram mortos e três ficaram feridos; e, no meu lado, matei um e feri dois. Eles ficaram, o leitor pode ter certeza, horrorizados, e os que não tinham sido feridos pularam, sem saber, no primeiro momento, para onde correr, ou para onde olhar, pois não viam de onde tinha partido o ataque. Sexta-Feira manteve os olhos pregados em mim, de maneira que, conforme eu ordenara, pudesse observar o que eu fazia; então, assim que o primeiro disparo foi feito, joguei a arma no chão e peguei a espingarda de caça, e Sexta-Feira fez o mesmo; vendo-me engatilhar e apontar, imitou-me.

— Está pronto, Sexta-Feira? — perguntei.

— Sim — confirmou ele.

— Então pode atirar — eu disse —, em nome de Deus!

Dito isso, atirei novamente contra os selvagens apavorados, e assim fez Sexta-Feira. E visto que nossas armas estavam carregadas com chumbo de caça, ou pequenas balas de garrucha, apenas dois tombaram; mas eram tantos os lesionados que todos correram, aos gritos e berros, feito um bando de loucos, ensanguentados, a maioria gravemente ferida, e mais três logo caíram, embora não estivessem mortos.

— Agora, Sexta-Feira — ordenei, largando as armas descarregadas e pegando o mosquete, que ainda estava com carga —, siga-me!

E ele o fez, com muita bravura; então corri para fora da mata e apareci, com Sexta-Feira seguindo-me de perto. Assim que percebi que tinham me visto, berrei o mais alto que pude, mandei que Sexta-Feira fizesse o mesmo e, correndo na maior velocidade possível, que, aliás, não era tanta, devido ao peso das armas, dirigi-me diretamente à pobre vítima, que estava, como disse, estirada na areia da praia, entre o local onde os selvagens agrupavam-se e o mar. Os dois carniceiros, prestes a retalhá-lo, com a surpresa do nosso primeiro disparo deixaram-no e fugiram apavorados em direção à beira-mar, pulando numa das canoas, enquanto outros três tiveram a mesma reação. Virei-me para Sexta-Feira e ordenei-lhe que avançasse e disparasse contra eles; ele entendeu imediatamente e, correndo cerca de quarenta metros para chegar mais perto, abriu fogo; pensei que tivesse matado todos, pois os vi cair amontoados dentro do barco, mas logo voltei a ver dois deles; todavia, ele matou dois e feriu um terceiro, que ficou prostrado no fundo do barco, como se estivesse morto.

Enquanto meu criado Sexta-Feira atirava neles, saquei o facão e cortei os cipós que prendiam a pobre vítima; soltando suas mãos e pés, levantei-o e perguntei, falando em português, de onde era. Ele respondeu em latim, *christianus*, mas estava tão debilitado que mal conseguia ficar de pé ou falar. Tirei a garrafa do bolso e ofereci-lhe um gole, fazendo sinais para que bebesse, o que ele fez; e dei-lhe um pedaço de pão, e ele comeu. Então perguntei sua nacionalidade; *espanõl*, ele respondeu, já um pouco recuperado, e fez-me entender, por todos os sinais imagináveis, o quanto estava em dívida comigo por sua libertação.

— *Senõr* — disse eu, no meu melhor espanhol —, depois conversamos, mas agora precisamos lutar; se lhe resta alguma força, pegue esta garrucha e este sabre, e fique com eles.

Ele aceitou com muita gratidão e, ao empunhar as armas, como se estas tivessem renovado seu vigor, lançou-se sobre seus carrascos feito uma das fúrias[123] e cortou dois deles em pedaços num instante; pois a verdade é que, como foi tudo uma grande surpresa, as pobres criaturas ficaram tão atônitas com o estampido das armas que caíram ao solo, de

123. Na mitologia grega, divindades do mundo subterrâneo que perseguiam aqueles que haviam cometido crimes contra a ordem física e moral das coisas.

mero espanto e medo, e não tiveram forças para tentar escapar, tanto quanto sua carne não tivera força para resistir aos tiros; e assim foi com os cinco homens que Sexta-Feira alvejara no barco, pois enquanto três tombaram feridos os outros dois tombaram de susto.

Mantive a espingarda em punho, sem disparar, disposto a poupar munição, pois tinha cedido ao espanhol minha garrucha e o sabre; em seguida, chamei Sexta-Feira e pedi que corresse até a árvore de onde fizemos o primeiro disparo e apanhasse as armas que estavam lá, descarregadas, o que ele fez com grande rapidez. E então, entregando-lhe meu mosquete, sentei-me para recarregar as outras armas e disse a ambos que viessem até mim quando precisassem. Enquanto eu recarregava as armas, travou-se uma luta feroz entre o espanhol e um dos selvagens, que o atacou com uma de suas grandes espadas de madeira, a arma que teria sido usada para matá-lo se eu não tivesse evitado. O espanhol, que era tão audaz e destemido quanto se possa imaginar, embora debilitado já lutava com o indígena havia um bom tempo e abrira dois grandes talhos em sua cabeça, mas o selvagem, sujeito corpulento e vigoroso, encurralou-o, atirou-o ao solo (deixando-o quase desfalecido) e por pouco não arrancava o sabre de sua mão quando o espanhol, embora por baixo dele, sabiamente abandonou o sabre, sacou a garrucha do cinto e atirou, fulminando o selvagem, antes que eu, que corri para ajudá-lo, pudesse chegar perto.

Sexta-Feira, agora livre para agir, perseguiu os fugitivos armado apenas da machadinha e aniquilou aqueles três que, como disse antes, tombaram feridos no início, bem como todos os demais que pôde alcançar; o espanhol veio buscar comigo uma arma, e entreguei-lhe uma das espingardas de caça, com a qual perseguiu dois selvagens e atingiu ambos. No entanto, como não conseguia correr, os dois escaparam mata adentro, onde foram perseguidos por Sexta-Feira, que matou um; o outro, porém, foi mais ágil e, mesmo ferido, mergulhou no mar e nadou com todas as forças até alcançar os que estavam na canoa, e somado aos três na canoa, sendo um ferido, que não sabíamos se tinha morrido ou não, foram todos os que escaparam das nossas mãos, de um total de vinte e um.

"Atirei novamente contra os selvagens apavorados."

O balanço das baixas foi o seguinte: três mortos com nosso primeiro tiro, disparado da árvore; dois mortos com o tiro seguinte; dois mortos por Sexta-Feira na canoa; dois mortos por Sexta-Feira, entre os primeiros feridos; um morto por Sexta-Feira na mata; três mortos pelo espanhol; quatro mortos, encontrados aqui e acolá, em consequência dos ferimentos, ou executados por Sexta-Feira em sua perseguição; quatro fugidos na canoa, dos quais um ferido, se não morto — vinte e um no total.

Os que chegaram à canoa remaram com o máximo vigor para fugir do alcance dos tiros, e embora Sexta-Feira disparasse duas ou três vezes não me pareceu que os tivesse alvejado. Sexta-Feira queria que eu pegasse uma das canoas e saísse no encalço deles, e de fato eu estava muito apreensivo com a fuga, com receio de que, levando a notícia para sua gente, eles voltassem talvez com duzentas ou trezentas canoas e nos subjugassem pela simples desproporção numérica. Portanto, consenti em persegui-los pelo mar e, correndo até uma das canoas, pulei dentro dela e mandei Sexta-Feira seguir-me; mas quando entrei na canoa fiquei surpreso ao encontrar um pobre sujeito deitado no fundo, com as mãos e os pés amarrados, tal e qual o espanhol, pronto para ser exterminado e quase morto de medo, sem saber o que estava acontecendo, pois não tinha conseguido olhar pela borda do barco por estar atado com força no pescoço e nos calcanhares, e naquelas condições havia tanto que já não lhe restava muito tempo de vida.

Imediatamente cortei os cipós, ou juncos, com que o atavam e quis ajudá-lo a levantar-se; ele, porém, não conseguia ficar de pé nem falar, e apenas gemia de forma lamentável, supostamente acreditando que estava sendo desamarrado para ser morto.

Quando Sexta-Feira se aproximou dele, pedi que lhe falasse e explicasse que tinha sido libertado e, pegando minha garrafa, mandei que oferecesse um trago ao pobre coitado; o trago, somado à notícia da libertação, serviu para reanimá-lo, e ele sentou-se no barco. Contudo, quando Sexta-Feira ouviu-o falar e olhou em seu semblante, qualquer um teria caído em prantos, pois Sexta-Feira beijou-o, abraçou-o, chorou, riu, gritou, pulou, dançou, cantou; e então chorou de novo, esfregou as mãos, deu tapas no próprio rosto e na cabeça, e depois cantou e saltitou novamente, feito uma criatura ensandecida. Demorou um bom tempo até que eu conseguisse fazê-lo falar comigo e informar-me o que estava acontecendo. Mas quando se recompôs um pouco disse-me que o homem era seu pai.

Não é fácil expressar o quanto me comoveu ver o êxtase e a afeição filial que tomaram conta daquele pobre selvagem ao ver o pai e sabê-lo livre da morte; e, deveras, tampouco sou capaz de descrever nem a metade da efusividade de seu afeto depois disso, pois ele entrou e saiu da canoa diversas vezes. Quando entrava, sentava-se ao lado do pai, pressionava-lhe a cabeça de encontro ao peito, mantendo-a assim por meia hora, a fim de revigorá-lo; em seguida, pegava os braços e os tornozelos do pai, entorpecidos e rígidos por terem ficado atados, e os friccionava com as mãos; eu, percebendo do que se tratava, dei-lhe um pouco de rum da minha garrafa para esfregar nos braços e nas pernas do pai, o que fez muito bem.

Esse acontecimento pôs fim à perseguição da canoa que transportava os outros selvagens, e que agora se encontrava quase fora de vista; e foi uma felicidade para nós não termos partido atrás deles, pois bateu uma ventania duas horas depois, antes que eles alcançassem um quarto do caminho, e o vento continuou soprando tão forte a noite toda, de noroeste, contrário ao rumo deles, que suponho que a canoa tenha submergido e jamais tenham alcançado o continente.

Mas voltando a Sexta-Feira; ele ficou tão ocupado com o pai que não tive coragem de solicitá-lo durante algum tempo; mas, depois que achei que ele pudesse deixar o pai um pouco a sós, chamei-o, e ele veio saltitando e rindo, satisfeito ao extremo. Então perguntei se ele tinha oferecido pão ao pai. Ele balançou a cabeça e disse:

— Não, cachorro feio comer tudo.

Então dei-lhe um pão que levava numa pequena bolsa trazida a propósito; ofereci-lhe também um trago para si mesmo, mas ele sequer provou, levando a bebida para o pai. Eu ainda tinha no bolso dois ou três cachos de passas, e dei-lhe um para que oferecesse ao pai. Ele mal acabara de dar as passas ao pai quando o vi sair correndo da canoa, fugindo como se estivesse possuído, tamanha era a ligeireza, pois foi o corredor mais rápido que vi na vida: quero dizer, correu em tal velocidade que, por assim dizer, desapareceu instantaneamente; e embora eu chamasse e gritasse por ele, de nada adiantou. Foi embora e voltou quinze minutos depois, agora mais devagar, e, conforme ele se aproximava, as passadas pareciam ainda mais lentas, porque trazia algo nas mãos.

Quando chegou perto de mim, constatei que tinha ido até em casa apanhar um jarro ou pote de barro, com água potável para o pai, e mais dois pães; os pães eram para mim, mas a água ele levou para o pai; no entanto, como eu também estava com sede, tomei um gole. A água reanimou o pai de Sexta-Feira mais do que todo o rum ou qualquer bebida que eu lhe desse, pois ele estava quase desfalecendo de sede.

Depois que o pai bebeu, chamei Sexta-Feira para saber se havia sobrado água. Ele disse que sim, e mandei que oferecesse um pouco ao pobre espanhol, que necessitava tanto de água quanto o pai do meu parceiro, e dei-lhe também um dos pães que Sexta-Feira trouxera. O espanhol estava realmente muito enfraquecido e repousava num relvado à sombra de uma árvore; seus braços e pernas estavam rígidos e bastante inchados, em consequência das amarras grosseiras. Quando o vi sentar-se, no momento em que Sexta-Feira chegou com a água, e depois beber, pegar um pão e começar a comer, fui até ele e dei-lhe um punhado de passas; ele olhou em meu rosto com todos os sinais de gratidão possíveis em qualquer semblante; mas estava tão fraco, sobretudo devido ao esforço da luta, que não conseguia ficar de pé; tentou levantar-se duas ou três vezes, mas não foi mesmo capaz, pois seus tornozelos estavam muito inchados e doloridos. Então pedi que ficasse parado, e mandei Sexta-Feira esfregar-lhe os tornozelos e banhá-los com rum, conforme fizera com o pai.

Observei a pobre criatura atenciosa, a cada dois minutos, ou talvez menos, enquanto estava ali, virar a cabeça para ver se o pai continuava no mesmo local e na mesma postura em que o deixara; e quando, em dado momento, deixou de enxergá-lo, deu um salto e, sem dizer uma só palavra, saiu em tamanha disparada que mal se podia perceber seus pés tocando o solo. Mas lá chegando descobriu que o pai tinha apenas se deitado, a fim de descansar os braços e as pernas; então logo voltou para o meu lado, e falei ao espanhol que deixasse Sexta-Feira ajudá-lo a levantar-se e conduzi-lo até o barco, e então levá-lo para nossa morada, onde eu cuidaria dele. Mas Sexta-Feira, robusto e vigoroso, pôs o espanhol nas costas, carregou-o até o barco, sentou-o cuidadosamente na borda, com os pés voltados para dentro, e depois, erguendo-o nos braços, acomodou-o ao lado do pai; em seguida, saindo do barco por um momento, empurrou-o, voltou a embarcar e remou ao longo da costa, mais depressa do que eu podia caminhar, a despeito do forte vento contrário. Assim ele os conduziu a salvo pelo riacho e, deixando-os no barco, correu para apanhar a outra canoa. Quando passou por mim, perguntei aonde ia. Ele disse:

— Ir buscar mais barco.

E lá se foi, qual o vento, pois com certeza nenhum homem ou cavalo corria tanto quanto ele; e já estava com a outra canoa no riacho, quase no mesmo momento em que lá cheguei por terra. Em seguida, passou por mim e foi ajudar nossos novos convidados a desembarcarem; mas nenhum dos dois conseguia andar, de modo que o coitado do Sexta-Feira não sabia o que fazer.

No intuito de contornar a situação, pus-me a pensar e mandei Sexta-Feira convidá-los a sentarem-se à margem, enquanto ele me auxiliava; logo fiz uma espécie de padiola para transportá-los e, juntos, Sexta-Feira e eu carregamos os dois. Quando chegamos à estacada externa da nossa fortificação, porém, ficamos ainda mais desnorteados do que antes, pois era inviável guindá-los ao outro lado, e eu estava decidido a não derrubar a paliçada; sendo assim, lancei-me novamente ao trabalho, e Sexta-Feira e eu, em cerca de duas horas, construímos, no espaço entre nosso muro externo e a mata que eu havia plantado, uma bela tenda coberta com velas antigas e ramos de árvores; e sob a tenda preparamos para eles dois leitos com as coisas que eu tinha, a saber, palha de arroz forrada com mantas e ainda um cobertor para cada leito.

Minha ilha agora estava povoada, e sentia-me pleno de súditos; frequentemente eu pensava, com prazer, que parecia um rei. Em primeiro lugar, a região inteira era minha propriedade, de modo que eu tinha um indubitável direito de posse. Em segundo lugar, meu povo era perfeitamente submisso, eu era senhor e legislador absoluto; todos deviam a vida a mim e estavam prontos a dar a vida por mim, se fosse preciso. Era notável, também, eu ter apenas três súditos e serem eles de três religiões diferentes: meu criado Sexta-Feira era protestante, seu pai era pagão e canibal, e o espanhol era papista. No entanto, permiti liberdade religiosa em todos os meus domínios. Mas isso não vem ao caso.

Assim que vi em segurança os dois prisioneiros combalidos que tinham sido resgatados e dei-lhes abrigo, bem como um lugar para repousar, concentrei-me em obter mantimentos para eles; e a primeira coisa foi ordenar que Sexta-Feira pegasse em meu rebanho particular um caprino de um ano, nem cabrito nem bode, para ser abatido. Separei

"Dirigi-me diretamente à pobre vítima."

a anca traseira, cortei-a em pequenos pedaços, mandei Sexta-Feira cozinhá-los e preparei-lhes um belo guisado, garanto ao leitor, de carne e caldo, acrescentando um pouco de arroz e cevada; e tendo cozinhado ao ar livre, pois eu não fazia fogo na parte interna da estacada, levei tudo para a nova tenda; depois de preparar a mesa, sentei-me para comer com eles e, da melhor maneira que pude, animei-os e encorajei-os. Sexta-Feira foi meu intérprete, especialmente junto ao pai e, de fato, junto ao espanhol também, que dominava o idioma dos selvagens.

Depois que jantamos, ou melhor, ceamos, mandei que Sexta-Feira pegasse uma das canoas e fosse buscar nossos mosquetes e outras armas de fogo que, na pressa, tínhamos deixado no local da batalha; e no dia seguinte dei ordens para que sepultasse os cadáveres dos selvagens, que jaziam ao sol e em breve exalariam mau cheiro. Mandei também que enterrasse os restos macabros do bárbaro festim, que eu sabia serem abundantes, tarefa da qual sequer podia pensar em incumbir-me; na verdade, não suportaria sequer ver aqueles restos mortais se por ali passasse. Ele cuidou de tudo, prontamente, e apagou qualquer vestígio da presença dos silvícolas; de maneira que, quando lá voltei, mal pude identificar o local, exceto pelo matagal adjacente.

Então pus-me a conversar com meus dois novos súditos. Primeiro pedi a Sexta-Feira que perguntasse ao pai o que ele pensava da fuga dos selvagens naquela canoa e se deveríamos contar com o retorno deles, acompanhados de um contingente numeroso demais para enfrentarmos. Sua primeira opinião foi que os selvagens naquele barco jamais sobreviveriam à tempestade daquela noite em que foram embora, e que, decerto, teriam se afogado ou sido arrastados para o sul, em direção a outras costas, onde seriam devorados com a mesma probabilidade que teriam de se afogar, caso a canoa virasse; mas, quanto ao que fariam se chegassem a salvo ao litoral, ele ignorava. Contudo, achava que os selvagens estariam tão aterrorizados pelo modo como foram atacados, pelo barulho e pelo fogo, que diriam à sua gente que os demais tinham sido mortos por trovões e raios, e não pela mão do homem, e que os dois que apareceram, ou seja, Sexta-Feira e eu, eram espíritos celestiais, ou fúrias, baixadas à terra para destruí-los, e não homens armados. O pai de Sexta-Feira disse que sabia disso porque os escutara gritar algo nesse sentido, em sua língua, um para o outro, pois era impossível, para eles, conceber que um homem pudesse lançar fogo, produzir trovão e matar à distância, sem precisar tocar no inimigo, como tinha acontecido. E aquele velho indígena estava certo, pois, conforme eu soube posteriormente, os selvagens nunca mais tentaram desembarcar na ilha; ficaram tão apavorados com os relatos feitos por aqueles quatro homens (pois parece que escaparam da tempestade) que acreditavam que quem fosse àquela ilha encantada seria destruído pelo fogo dos deuses.

No entanto, eu não tinha como ter certeza disso e, portanto, fiquei sob constante apreensão ao longo de um bom tempo, e mantive-me sempre alerta, eu e todo o meu exército; e, de fato, como agora éramos quatro, eu enfrentaria uma centena deles, em campo aberto, a qualquer hora.

17. Visita de amotinados

Em pouco tempo, porém, à medida que não surgiam mais canoas, o receio de que voltassem passou e retomei o pensamento de empreender a viagem até o continente, tendo sido assegurado pelo pai de Sexta-Feira que, se eu fosse, poderia contar com um bom tratamento por parte de sua nação, por tê-lo salvado.

Mas meus planos ficaram um tanto em suspenso depois que tive uma conversa séria com o espanhol e entendi que havia mais dezesseis de seus conterrâneos e de portugueses que, após o naufrágio, tinham chegado àquelas terras e viviam em paz, de fato, com os selvagens, mas passavam muitas privações e até corriam risco de morte. Pedi detalhes sobre sua viagem e fiquei sabendo que se tratava de um navio espanhol que zarpara do rio da Prata com destino a Havana, com ordens de ali desembarcar a carga, constituída primordialmente de peles de animais e prata, e de lá transportar quaisquer produtos europeus que porventura encontrassem; que havia cinco marinheiros portugueses a bordo, resgatados de outro naufrágio; que cinco de seus próprios homens morreram afogados quando o primeiro navio foi a pique; e que os demais escaparam, após perigos e reveses incontáveis, e chegaram quase mortos de fome à costa dos canibais, onde esperavam ser devorados a qualquer momento.

Ele disse que dispunham de algumas armas, mas que estavam totalmente inúteis, pois não havia pólvora nem bala, visto que a água do mar estragara quase toda a munição que possuíam, e o pouco que restara tinha sido utilizado na ocasião do desembarque, para caçar algo que pudessem comer.

Perguntei o que ele achava que sucederia a eles por lá e se havia algum plano de fuga. Ele disse que muitas vezes debatiam o assunto, mas, não dispondo de barco, nem de ferramentas para construir um, nem de provisões de qualquer tipo, os debates sempre terminavam em lágrimas e desespero.

Perguntei se ele achava que receberiam bem uma proposta de minha parte visando à fuga e se, caso viessem todos para a ilha, uma fuga não poderia ser concretizada. Disse, com franqueza, que temia principalmente ser vítima de traição e violência caso colocasse minha vida nas mãos deles, pois a gratidão não era virtude inerente à natureza do homem, e os homens nem sempre agem de acordo com os favores recebidos, mas com as vantagens esperadas. Disse que seria muito cruel ser o instrumento de sua libertação e depois ser preso na Nova Espanha,[124] onde qualquer inglês certamente seria sacrificado, a despeito da emergência ou fatalidade que o levasse até lá; e que preferia ser entregue aos selvagens e devorado vivo a cair nas garras impiedosas de sacerdotes e ser levado à Inquisição.[125] Acrescentei que, por outro lado, estava convicto de que se todos estivessem aqui poderíamos, com tantos homens, construir uma grande embarcação para levar-nos embora, fosse aos Brasis, ao sul, fosse às ilhas ou à costa espanhola, ao norte, mas que se, depois que eu lhes disponibilizasse armas, eles me levassem à força e me entregassem à sua gente, seria uma traição ao bem que lhes fiz, e minha situação ficaria pior do que antes.

O espanhol respondeu, com grande sinceridade e perspicácia, que a condição deles era tão desesperadora, e que tinham tamanha consciência desse fato, que ele achava que abominariam qualquer ideia de trair um indivíduo que contribuísse para seu resgate; e que, se eu quisesse, ele os

---

124. Nova Espanha, ou Vice-Reino da Nova Espanha, foi um reino vigente entre 1535 e 1821, durante o período colonial, situado nas Américas do Norte e Central, território que hoje corresponde aos estados do Arizona, Califórnia, Colorado, Nevada, Novo México e Utah, nos Estados Unidos, até à Costa Rica, na América Central, tendo como capital a Cidade do México.

125. Conjunto de tribunais permanentes que vigoraram na Europa dos séculos XII ao XV encarregados pelo papado da Igreja católica romana de lutar contra a heresia, a blasfêmia e a bruxaria. O curso do processo incluía o interrogatório sistemático da população, e prisão perpétua e fogueira eram penas frequentes. Na Espanha, a Inquisição tomou o nome de Santo Ofício.

procuraria, com o velho selvagem, conversaria com eles sobre a questão e voltaria, trazendo a resposta. Disse que estabeleceria condições, mediante juramento solene, de que ficariam totalmente sob minha liderança, como seu comandante e capitão, e que jurariam pelos Santos Sacramentos e pelo Evangelho serem leais a mim e dirigirem-se à terra cristã que eu determinasse, e a nenhuma outra; e que obedeceriam inteira e absolutamente às minhas ordens, até desembarcarem em segurança no local por mim indicado; e disse também que traria um contrato assinado por eles nesses termos.

Em seguida, ele disse que, primeiro, jurava em seu próprio nome ficar do meu lado enquanto vivesse, pelo tempo que eu ordenasse; e que me defenderia até verter sua derradeira gota de sangue, caso houvesse a menor traição da parte de seus compatriotas.

Disse ainda que eram todos civilizados e honestos, que estavam em condições de extrema precariedade, carecendo de roupas, armas e mantimentos e à mercê dos silvícolas, sem qualquer esperança de regressar à terra natal, e que tinha certeza de que, se eu propiciasse o resgate, eles haveriam de viver e morrer por mim.

Com tais garantias, resolvi arriscar o resgate, se possível, e enviar o velho selvagem e o espanhol para tratar com eles. Mas, quando estavam com tudo pronto para partir, o próprio espanhol levantou uma objeção que demonstrava, ao mesmo tempo, tamanha prudência e sinceridade que não pude deixar de concordar plenamente; e, então, por conselho dele, adiei a libertação de seus camaradas por pelo menos meio ano. O caso era o seguinte:

Ele estava conosco agora havia cerca de um mês, período em que lhe mostrei como eu garantia meu sustento, com as graças da Providência; e ele constatou, evidentemente, que meu estoque de cereais e arroz, embora fosse mais do que suficiente para mim, só com muita parcimônia bastaria para minha família, então aumentada para quatro integrantes. E seria ainda menos suficiente caso seus conterrâneos, que somavam, como ele disse, dezesseis ainda vivos, chegassem à ilha. E menos ainda daria para abastecer nosso navio, se o construíssemos, para uma viagem até qualquer das colônias cristãs da América. Portanto, o espanhol disse que pensava ser aconselhável deixar que ele e os outros dois roçassem e cultivassem mais terra, de acordo com o máximo de sementes que eu tivesse para semear, e que deveríamos aguardar outra colheita, a fim de termos um suprimento de grãos para seus compatriotas quando eles viessem, pois a escassez de alimento poderia levá-los à desavença ou a achar que não estivessem salvos, mas apenas livres de uma dificuldade para cair em outra.

— O senhor sabe — disse ele — que os filhos de Israel, embora se alegrassem, no início, por terem sido libertados do Egito, rebelaram-se contra o próprio Deus que os libertou quando se viram sem pão no deserto.[126]

A cautela era tão oportuna e o conselho tão sensato que não pude deixar de ficar muito satisfeito com a proposta, assim como fiquei feliz com a lealdade demonstrada; então pusemo-nos a roçar a terra, nós quatro, fazendo o melhor uso possível das ferramentas de madeira de que dispúnhamos. Em cerca de um mês, ocasião que coincidiu com a semeadura, tínhamos terra lavrada e preparada para semear vinte e dois alqueires de cevada e dezesseis potes de arroz, o que constituía, em suma, a totalidade das sementes disponíveis; de fato, reservamos apenas cevada suficiente para nosso próprio consumo ao longo dos seis meses até a época da colheita, isto é, a contar do momento em que guardamos as sementes para serem plantadas, pois sementes germinam em menos de seis meses naquela região.

Agora formando um grupo, e em número suficiente para enfrentar os selvagens caso viessem, a menos que o contingente de invasores fosse deveras excessivo, percorríamos livremente a ilha inteira sempre que havia uma oportunidade. E visto que todos pensávamos em nossa fuga, era impossível, pelo menos para mim, deixar de cogitar os meios de concretizá-la. Com tal propósito, marquei diversas árvores, que julguei

126. Êxodo 16,2-3: "Toda a comunidade de Israel murmurou contra Moisés e Aarão no deserto, dizendo: 'Era melhor termos sido mortos pela mão de Javé na terra do Egito, onde estávamos sentados junto à panela de carne, comendo pão com fartura. Vocês nos trouxeram a este deserto para fazer toda esta multidão morrer de fome!'".

adequadas ao nosso trabalho, e mandei Sexta-Feira e seu pai cortá-las; em seguida, fiz o espanhol, a quem transmiti minhas ideias sobre o assunto, supervisionar o trabalho. Mostrei-lhes com que esforço extremo eu havia entalhado uma grande árvore até transformá-la em simples pranchas e ordenei que fizessem o mesmo, e eles fabricaram cerca de uma dúzia de grandes pranchas de carvalho sólido, com aproximadamente sessenta centímetros de largura, dez metros de comprimento e algo entre cinco e dez centímetros de espessura, e a trabalheira que isso custou qualquer um pode imaginar.

Ao mesmo tempo, na medida do possível, cuidei do aumento do meu pequeno rebanho de caprinos domesticados; para tal propósito, mandei Sexta-Feira e o espanhol saírem um dia e fui com Sexta-Feira no dia seguinte, pois nos revezávamos. Por meio dessa iniciativa capturamos cerca de vinte cabritos para criar junto ao restante do rebanho, pois sempre que abatíamos a cabra resgatávamos os cabritos e os acrescentávamos à criação. Mas, acima de tudo, chegando a temporada de secar as uvas, cuidei de pendurar ao sol uma quantidade tão prodigiosa que, creio eu, se estivéssemos em Alicante,[127] onde uvas são curadas ao sol, teríamos enchido sessenta ou oitenta barris; e as passas, com nosso pão, formavam grande parte da nossa dieta, uma dieta das melhores, posso garantir, pois as passas são extremamente nutritivas.

Veio o tempo da colheita, e nossa lavoura estava toda em ordem; não foi a maior safra que eu já tinha visto na ilha, mas bastou para atender ao nosso propósito, pois, dos vinte e dois alqueires de cevada semeados, colhemos e debulhamos mais de duzentos e vinte alqueires, e com o arroz a proporção foi semelhante, o que era estoque suficiente para nosso consumo até a próxima colheita, mesmo que os dezesseis espanhóis estivessem na ilha conosco; ou, se estivéssemos prontos para uma viagem, seria suficiente para abastecermos o navio e irmos a qualquer parte do mundo, ou melhor, da América.

---

127. Porto do mar Mediterrâneo, situado no sul da Espanha, capital da província de Alicante, célebre por suas vinícolas.

Depois de termos colhido e armazenado nossa reserva de grãos passamos a fabricar mais artigos de vime, a saber, grandes cestos em que pudéssemos guardar os cereais, e o espanhol demonstrou ser muito útil e hábil nessa atividade, e muitas vezes criticou-me por eu não me valer daquele tipo de trabalho para fabricar alguns objetos de defesa, mas eu não via necessidade disso.

E agora, contando com uma boa provisão para os futuros hóspedes, autorizei o espanhol a ir até o continente, para ver o que poderia conseguir junto àqueles que havia deixado para trás. Expedi-lhe uma ordem estrita de não trazer nenhum homem que não jurasse, na presença dele e do velho selvagem, que de forma alguma haveria de ferir, lutar ou atacar a pessoa que encontrasse na ilha, cuja bondade era tamanha que mandara alguém buscá-los para libertá-los, e precisaria jurar também que haveria de apoiar a referida pessoa e defendê-la contra qualquer tipo de ataque, aonde quer que fossem, e que ficaria inteiramente sujeito ao seu comando, e o juramento deveria ser por escrito e assinado de próprio punho. Como esses documentos seriam obtidos, uma vez que eu sabia que não tinham nem pena nem tinta, foi uma pergunta que nunca nos fizemos.

Assim instruídos, o espanhol e o velho selvagem, o pai de Sexta-Feira, foram embora numa das canoas em que chegaram, ou melhor, em que foram trazidos na condição de prisioneiros para serem devorados pelos canibais. Entreguei a cada um deles um mosquete, cada qual provido de uma pederneira, e cerca de oito cargas de pólvora e balas, recomendando que fossem comedidos e não fizessem disparos, exceto em ocasiões urgentes.

Foi um trabalho prazeroso, constituindo-se das primeiras medidas tomadas por mim visando à minha libertação nos vinte e sete anos e alguns dias da minha estada na ilha. Dei-lhes provisões de pão e passas suficientes para vários dias, e bastante para todos os espanhóis por cerca de oito dias e, desejando-lhes boa viagem, observei a partida, tendo antes combinado o sinal que deveriam hastear no retorno, para que eu pudesse reconhecê-los de longe antes que chegassem à costa.

Partiram com um forte vendaval, pela minha conta, na lua cheia no mês de outubro; mas quanto ao cálculo exato do dia, depois de perdê-lo, nunca mais consegui recuperá-lo; tampouco registrei o número de anos tão zelosamente a ponto de ter certeza, embora, mais tarde, quando examinei a contagem, constatei que havia acertado o cálculo dos anos.

Não tinham se passado nem oito dias quando sucedeu um incidente estranho e imprevisto, que, talvez, não tenha similar em toda a história. Certa manhã, eu dormia profundamente quando meu criado Sexta-Feira chegou, correndo e gritando:

— Senhor, senhor, eles estar vindo, eles estar vindo!

Dei um salto e, sem pensar no perigo, vesti-me às pressas e saí pela pequena mata que cercava minha habitação e que, aliás, àquela época tornara-se um denso matagal; quero dizer, sem pensar no perigo porque saí desarmado, o que não era meu costume; mas fiquei surpreso quando, voltando os olhos para o mar, avistei um barco a cerca de uma légua e meia de distância, aproximando-se da costa, com uma vela triangular, e impulsionado pelo vento forte. Observei também que não vinha do lado onde ficava o continente, mas do pontal sul da ilha. Depois disso, chamei Sexta-Feira e mandei que ficasse por perto, pois aquelas não eram as pessoas que esperávamos, e ainda não tínhamos como saber se eram amigos ou inimigos. Em seguida, fui buscar a luneta, a fim de tentar identificá-los; então, levando a escada para fora, subi até o alto do morro, conforme costumava fazer quando estava apreensivo e desejava ver sem ser visto.

Mal coloquei o pé no topo do morro quando meus olhos vislumbraram nitidamente um navio ancorado a cerca de duas léguas e meia de distância de onde eu estava, a sul-sudeste, e a não mais do que uma légua e meia do litoral. Pela minha observação, era evidentemente um navio inglês, e o barco parecia ser um escaler também inglês.

Não posso expressar o quanto fiquei confuso, embora fosse indescritível a alegria de avistar um navio que a meu ver era tripulado por meus compatriotas e, por conseguinte, amigos; contudo, pairavam algumas dúvidas misteriosas, embora eu não soubesse dizer de onde vinham, instando-me a ficar alerta. Em primeiro lugar, questionei o interesse de um navio inglês naquela parte do mundo, que não ficava na rota de nenhuma região onde os ingleses negociavam; e eu sabia que não houvera tempestades que os arrastassem até ali, e que, se fossem mesmo ingleses, seria mais provável que ali estivessem com más intenções e que melhor seria eu continuar como estava do que cair nas mãos de ladrões e assassinos.

Que ninguém despreze sinais e avisos misteriosos de perigo que às vezes nos chegam, mesmo quando duvidamos da possibilidade de terem fundamento. Que tais sinais e avisos nos sejam dados, creio que poucos observadores sensíveis possam negar; que sejam revelações de um mundo invisível e uma interação entre espíritos, não podemos duvidar; e se tendem a advertir-nos do perigo, por que não devemos supor que provenham de algum ente querido (se supremo ou inferior e subordinado não vem ao caso) e que sejam advertências oferecidas pelo nosso bem?

A presente questão confirma plenamente a veracidade desse raciocínio, pois se eu não tivesse procedido com cuidado, com base naquela advertência misteriosa, de onde quer que tenha vindo, teria inevitavelmente sido derrotado, e minha condição seria muito pior do que a anterior, conforme o leitor verá agora.

Não permaneci por muito tempo naquela posição e logo avistei o escaler chegando ao litoral, como se os tripulantes procurassem um riacho por onde adentrar, visando ao desembarque; no entanto, como não avançaram o suficiente, não viram o pequeno estuário onde eu havia atracado as balsas e levaram o escaler até a praia, a cerca de meia milha de onde eu estava, o que foi muita sorte, caso contrário teriam atracado bem à minha porta, por assim dizer, e teriam me expulsado do meu castelo e talvez saqueado tudo o que eu possuía.

Quando desembarcaram, tive a grata satisfação de constatar que eram ingleses, pelo menos a maioria deles; pensei que um ou dois fossem holandeses, mas não eram. Havia ao todo onze homens, dos quais três estavam desarmados e, conforme antecipei, amarrados; e quando os primeiros quatro ou cinco saltaram na praia, retiraram do barco os três prisioneiros; percebi que um deles fazia gestos de súplica e aflição, até com certo exagero; percebi que os outros dois erguiam as mãos às vezes e pareciam deveras preocupados, mas não tanto quanto o primeiro.

Fiquei desnorteado com a visão e não conseguia entender o significado daquilo. Sexta-Feira chamou-me, em seu melhor inglês:

— Ah, senhor! O senhor ver que homens inglês comer prisioneiros igual homens selvagem.

— Ora, Sexta-Feira! — exclamei. — Você acha que eles vão comê-los, então?

— Sim — respondeu Sexta-Feira —, eles comer eles.

— Não, não — expliquei —, Sexta-Feira, acho que vão matá-los, mas você pode ter certeza de que não vão comê-los.

Todo esse tempo eu não fazia ideia do que estava se passando e tremi diante do horror da visão, na expectativa de que a qualquer instante os três prisioneiros fossem mortos. Na verdade, em dado momento, vi um dos vilões erguer o braço, segurando um alfanje, como diz a marujada, ou espada, a fim de golpear um dos pobres coitados, e esperei vê-lo tombar imediatamente, de modo que meu sangue pareceu congelar nas veias. Desejei naquele momento, de todo coração, a presença do espanhol e do selvagem que o acompanhara, ou que eu pudesse, de algum jeito, colocar os recém-chegados ao alcance de minha espingarda, sem ser visto, e resgatar os três homens, pois não vi nenhuma arma de fogo com eles; mas ocorreu-me agir de outra maneira.

Depois de testemunhar o tratamento ultrajante destinado aos três homens pelos marujos insolentes, vi que os agressores espalharam-se pelos arredores, como se quisessem explorar a área. Observei que os outros três indivíduos tinham liberdade para ir aonde quisessem, mas mantinham-se sentados no solo, cabisbaixos, com ar de desespero.

Isso me fez recordar de como considerei-me perdido quando cheguei àquela terra e olhei ao redor; com que desespero contemplei as cercanias, que terríveis apreensões tive; e como passei a noite toda trepado numa árvore, com medo de ser devorado por feras. Assim como eu ignorava naquela noite os suprimentos que viria a ter, graças à ação providencial que, por meio dos ventos e da maré, fizera o navio encalhar próximo à costa, suprimentos dos quais eu me beneficiava fazia tanto tempo, aqueles três pobres homens desolados ignoravam o fato de que seriam

"Meus olhos vislumbraram nitidamente um navio."

salvos e nutridos, e o quanto isso estava perto deles, e quão garantida e real era sua segurança no exato momento em que se julgavam perdidos e desesperançados.

No mundo enxergamos tão pouco diante de nós, embora tenhamos tantas razões para confiar alegremente no grande Criador, que jamais deixa Suas criaturas desamparadas, as quais, mesmo nas piores circunstâncias, têm sempre algo a agradecer, e que às vezes estão mais perto do livramento do que imaginam; na verdade, são até levadas ao livramento pelo mesmo meio que lhes parecia levar à destruição.

Foi precisamente na preamar[128] que aquela gente desembarcou; e enquanto conversavam com os prisioneiros, e depois perambulavam para

128. Nível máximo da maré; maré-cheia, maré alta.

explorar o local, descuidaram-se, de modo que a maré vazou e a água fluiu consideravelmente, deixando o barco encalhado.

Dois homens tinham ficado a bordo, os quais, conforme descobri mais tarde, tendo bebido aguardente em excesso, adormeceram; um deles, contudo, acordando um pouco antes do outro e encontrando o barco encalhado e sem possibilidade de ser manobrado, gritou pelos demais, que vagavam pela ilha, e todos logo acorreram. Mas estava além das suas forças empurrar o barco até a água, pois era pesado demais e naquele lado da praia a areia fofa e encharcada era quase movediça.

Diante daquela dificuldade, e agindo como autênticos marujos, talvez os seres humanos menos dotados de discernimento, eles desistiram e saíram novamente vagando pela área; e ouvi um deles dizer em inglês, em voz alta, chamando-os para fora do barco:

— Ora! Não se preocupe com esse barco, Jack! Ele vai flutuar assim que a maré subir.

Ouvindo isso, confirmei indubitavelmente a nacionalidade deles.

Durante todo esse tempo fiquei escondido, sem ousar afastar-me do castelo para além do meu posto de observação, perto do alto do morro, e era uma felicidade pensar que minha moradia estava bem fortificada. Sabia que o escaler levaria pelo menos dez horas até voltar a flutuar, e àquela altura já estaria escuro e eu teria mais liberdade para observar a movimentação dos homens e ouvir suas falas, caso resolvessem conversar.

Nesse ínterim, preparei-me para uma batalha, conforme fizera antes, embora com mais cautela, sabendo que estaria lidando com outro tipo de inimigo. E mandei que Sexta-Feira, por mim treinado e agora excelente atirador, também preparasse suas armas. Peguei duas espingardas de caça e entreguei-lhe três mosquetes. Minha figura era, de fato, assustadora: eu levava no cinturão um sabre desembainhado e duas garruchas, além de uma espingarda em cada ombro.

Meu plano, como já disse, era agir somente quando escurecesse; por volta de duas da tarde, porém, na hora mais quente do dia, percebi que todos tinham se embrenhado na mata e, conforme pensei, haveriam de deitar-se para dormir. Os três pobres infelizes, contudo, tão angustiados em sua condição de prisioneiros que jamais conseguiriam cochilar, sentaram-se embaixo de uma grande árvore, a cerca de um quarto de milha de onde eu estava, segundo calculei, fora da vista dos demais.

Com isso, resolvi ir até eles e descobrir algo sobre a situação. Imediatamente avancei em direção a onde estavam, com a aparência descrita acima, seguido a uma boa distância por meu criado Sexta-Feira, tão bem armado quanto eu, embora não parecesse uma figura tão espectral quanto a minha.

Aproximei-me sem ser percebido, o máximo que pude, e então, antes que qualquer um deles me visse, gritei, em espanhol:

— De que nacionalidade são os senhores, cavalheiros?

Assustaram-se com o barulho, mas ficaram dez vezes mais estarrecidos quando depararam com minha figura grotesca. Não responderam, e achei que estivessem prestes a fugir de mim, quando me dirigi a eles em inglês:

— Cavalheiros — disse eu —, não se assustem comigo; talvez os senhores tenham um amigo por perto quando menos esperavam.

— Deve ter sido enviado diretamente do céu, então — exclamou um deles com ar grave e, tirando o chapéu ao mesmo tempo, acrescentou —, pois nossa condição está além da ajuda do homem.

— Toda ajuda vem do céu, senhor — argumentei —, mas os senhores aceitariam a ajuda de um estranho, visto que parecem estar em grande aflição? Vi quando os senhores desembarcaram, e quando pareciam suplicar piedade àqueles brutos que os trouxeram; e vi um deles levantar a espada para matá-lo.

O pobre homem, com lágrimas escorrendo pelo rosto, tremendo e parecendo atônito, respondeu:

— Estarei falando com um deus ou um homem? Será mesmo um homem ou um anjo?

— Não tenha medo, senhor — disse eu. — Se Deus tivesse enviado um anjo para aliviar seus tormentos, o anjo estaria mais bem-vestido e armado de uma maneira diferente desta que os senhores estão vendo; por favor, ponham de lado o medo; sou um homem, um inglês, e disposto a ajudá-los. Tenho apenas um criado, mas contamos com armas e munição; diga-nos, sinceramente, podemos servi-los? Qual é a história dos senhores?

— A nossa história, senhor — explicou ele —, é longa demais para ser contada enquanto nossos assassinos estiverem rondando; mas, resumindo, senhor, eu era o capitão daquele navio, e meus homens se amotinaram; foi difícil convencê-los a não me matarem, e finalmente me trouxeram a esta praia, a este lugar desolado, com estes dois homens, sendo que um deles é o meu imediato e o outro um passageiro, e aqui esperávamos morrer, acreditando que o lugar fosse desabitado, e ainda não sabemos o que pensar.

— Onde estão aqueles brutos, seus inimigos? — perguntei. — O senhor sabe aonde foram?

— Estão deitados logo ali, senhor — disse ele, apontando um matagal. — Tremo de receio só de pensar que nos tenham visto e ouvido o senhor falar; se assim foi, certamente haverão de matar todos nós.

— Eles têm armas de fogo? — disse eu.

Ao que ele respondeu:

— Levam consigo apenas duas armas, uma das quais ficou no escaler.

— Pois bem, então — anunciei —, deixem tudo comigo. Vejo que estão todos dormindo; seria fácil acabar com eles, mas não seria melhor fazê-los prisioneiros?

Ele disse que havia entre eles dois vilões incorrigíveis, aos quais não seria seguro demonstrar qualquer misericórdia; mas se esses dois fossem neutralizados, ele acreditava que os demais desistiriam do motim. Perguntei quais eram os dois homens. Ele disse que não conseguiria distingui-los àquela distância, mas que obedeceria a todas as minhas ordens.

— Pois bem — disse eu —, vamos sair do alcance da visão e da audição deles, para que não despertem, e mais adiante resolvemos a questão.

Sendo assim, acompanharam-me de bom grado, até que a mata nos encobriu.

— Escute, senhor — perguntei —, se eu me arriscar por sua libertação, o senhor está disposto a atender duas condições?

Meu interlocutor antecipou-se às minhas propostas, dizendo que se ele e o navio fossem recuperados ficariam inteiramente sob meu comandado; e que se o navio não fosse recuperado ele estaria disposto a viver e morrer por mim, em qualquer parte do mundo que eu determinasse; e os outros dois homens disseram o mesmo.

— Pois bem — continuei —, tenho apenas duas condições: primeiro, enquanto o senhor permanecer nesta ilha não vai exercer nenhuma autoridade, e se eu colocar armas na sua mão, o senhor, em toda e qualquer ocasião, concordará em entregá-las a mim, e nunca agirá contra mim ou contra os meus nesta ilha, e ficará sob o comando das minhas ordens; em segundo lugar, se o navio tiver conserto e for recuperado, o senhor transportará a mim e ao meu criado à Inglaterra gratuitamente.

Ele ofereceu todas as garantias que a imaginação ou a fé do ser humano poderiam vislumbrar, declarando que decerto cumpriria condições

"— De que nacionalidade são os senhores, cavalheiros?"

tão razoáveis e que além disso devia a vida a mim, e enquanto vivesse reconheceria tal fato em toda e qualquer ocasião.

— Pois bem — anunciei —, aqui estão três mosquetes para os senhores, com pólvora e balas; diga-me, agora, o que senhor acha aconselhável fazer.

Ele demonstrou todos os sinais de gratidão de que foi capaz, mas ofereceu-se para ser guiado por mim. Eu disse que não era fácil arriscar qualquer ação, mas que no meu entendimento o melhor método seria atirar neles imediatamente, ou seja, enquanto estivessem deitados, e que se alguns não fossem mortos na primeira salva e se rendessem poderíamos poupá-los, e assim colocar nas mãos da Providência Divina a trajetória dos primeiros disparos.

Ele disse, muito virtuosamente, que não queria matá-los se pudesse evitar, mas que aqueles dois eram vilões incorrigíveis e tinham sido os autores do motim a bordo, e que se escapassem estaríamos perdidos, pois voltariam ao navio e trariam consigo toda a tripulação e seríamos liquidados.

— Pois bem, então — disse eu — a necessidade justifica a minha proposição, pois é a única maneira de salvar nossas vidas.

Contudo, ao vê-lo ainda contrariado diante da ideia de derramar sangue, disse-lhe que seguissem sozinhos e agissem conforme achassem conveniente.

No meio dessa conversa, ouvimos alguns deles despertarem, e logo depois avistamos dois de pé. Perguntei se eram os cabeças do motim. Ele disse:

— Não.

— Pois bem, então — prossegui — o senhor pode poupá-los; e parece que a Providência os despertou de propósito, para que se salvassem. Agora — eu disse —, se os demais escaparem a culpa será dos senhores.

Animado com isso, ele apanhou o mosquete que eu lhe dera, enfiou uma garrucha no cinto e levou consigo seus dois camaradas, cada um com uma arma na mão. Os dois camaradas, seguindo à frente, fizeram um ruído; um dos marujos que estavam acordados virou-se e, vendo-os chegar, gritou para os outros. No entanto, foi tarde demais, pois, no momento em que ele gritou, os que avançavam atiraram; quero dizer, os dois camaradas, pois o capitão poupou prudentemente seu disparo. Miraram nos dois que conheciam, e um tombou fulminado no local e o outro ficou gravemente ferido; este, não estando morto, levantou-se e pediu socorro ao comparsa; mas o capitão, aproximando-se dele, disse que era tarde demais para gritar por socorro, que ele deveria clamar a Deus para perdoar sua vilania, e com tais palavras derrubou-o com a coronha do mosquete, de modo que ele nunca mais falou. Restavam três do bando, e um deles estava levemente ferido. Àquela altura eu havia chegado, e quando viram o perigo que corriam, e que não adiantava resistir, imploraram por misericórdia. O capitão disse que pouparia suas vidas se repudiassem a traição da qual eram culpados e jurassem fidelidade a ele na reconquista do navio e, posteriormente, levassem o navio até a Jamaica, de onde tinham partido. Eles fizeram todas as juras possíveis e o capitão dispôs-se a acreditar e poupar-lhes a vida, ao que eu não me opunha; apenas ordenei que ficassem de pés e mãos amarrados enquanto permanecessem na ilha.

Nesse ínterim, enviei Sexta-Feira com o imediato do capitão até o escaler encalhado, com ordens de tomá-lo e trazer de volta os remos e a vela, o que eles fizeram; e pouco depois três homens que estavam dispersos, e que (felizmente para eles) haviam se separado dos demais, ouviram os disparos e voltaram. Ao verem o capitão, antes seu prisioneiro, agora vencedor, entregaram-se para serem amarrados também; e então nossa vitória estava completa.

Restava agora que o capitão e eu revelássemos um ao outro as nossas situações. Comecei primeiro, e apresentei a narrativa completa da minha história, que ele ouviu com atenção e até espanto, particularmente o relato maravilhoso da minha obtenção de mantimentos e munições; e, de fato, sendo minha história uma coletânea de maravilhas, ele ficou profundamente emocionado. Mas quando refletiu, a partir dali, sobre si mesmo, e como minha vida parecia ter sido poupada com o propósito de salvar a dele, lágrimas verteram por suas faces, e ele ficou sem palavras.

Depois que essa conversa chegou ao fim, levei o capitão e seus dois camaradas até minha casa, fazendo-os entrar exatamente por onde eu costumava sair, a saber, pelo telhado, e ofereci-lhes de comer e beber o que eu tinha, e mostrei-lhes todos os artefatos que fizera no decorrer da minha longa permanência naquele lugar.

Tudo o que mostrei a eles, tudo o que disse a eles, era absolutamente espantoso; mas acima de tudo o capitão admirou minha fortificação, e como era perfeita a camuflagem do meu refúgio, com um arvoredo plantado havia quase vinte anos e cujas árvores, crescendo naquela região muito mais depressa do que na Inglaterra, haviam formado uma pequena floresta, e tão densa que era intransponível, exceto no lado onde eu mantinha uma pequena entrada sinuosa. Eu disse que aquele era meu castelo e minha residência, mas que eu possuía uma casa de campo, a exemplo da maioria dos príncipes, aonde me retirava de vez em quando, e que lhe mostraria essa morada também, em outra oportunidade; mas no momento nossa tarefa era pensar na reconquista do navio. Ele concordou comigo, mas disse que não fazia ideia de quais medidas tomar, pois ainda havia vinte e seis homens a bordo, que, tendo entrado na maldita conspiração, sabiam que seriam punidos pela lei e agora haveriam de resistir desesperadamente e levariam o motim adiante, sabendo que se fossem subjugados seriam condenados à forca assim que pisassem na Inglaterra ou em qualquer das colônias inglesas, e que, portanto, não seria possível atacá-los com um contingente tão reduzido quanto o nosso.

Ponderei por algum tempo sobre o que ele dissera e dei-me conta de que se tratava de uma conclusão bastante racional e que, por conseguinte, algo precisava ser decidido rapidamente, tanto para atrair os homens que estavam a bordo, por meio de algum ardil, quanto para impedir que viessem à terra e nos destruíssem. E mais, logo ocorreu-me que em pouco tempo a tripulação do navio, perguntando-se sobre o que teria acontecido com seus camaradas e com o escaler, certamente viria até a costa no outro escaler, a fim de procurá-los, e que talvez viessem armados e nos superassem em força, o que ele considerou plausível.

Depois disso, eu disse que a primeira coisa que tínhamos a fazer era avariar o escaler que estava na praia, para que não pudessem usá-lo, e retirar tudo dele, deixando-o imprestável a ponto de não poder flutuar.

Assim sendo, fomos até o barco, apanhamos as armas que tinham ficado a bordo e tudo o mais que lá encontramos, ou seja, uma garrafa de aguardente e outra de rum, alguns biscoitos, uma bolsa de pólvora e um grande torrão de açúcar embrulhado num pedaço de lona, sendo que o açúcar pesava dois ou três quilos; e tudo isso me foi muito bem-vindo, sobretudo a aguardente e o açúcar, itens dos quais havia muitos anos eu carecia.

Depois que transportamos todos esses itens até a praia (os remos, o mastro, a vela e o leme tinham sido levados antes, conforme já mencionado), abrimos um rombo no fundo do casco, de maneira que se eles nos dominassem não poderiam levar consigo o escaler.

Na verdade, eu não pensava que fôssemos capazes de reconquistar o navio, mas achava que se eles partissem sem o escaler decerto poderíamos consertá-lo e torná-lo apto a transportar-nos até as Ilhas de Sotavento,[129] e poderíamos encontrar nossos amigos espanhóis ao longo do caminho, pois ainda os tinha em meu pensamento.

129. As Ilhas de Sotavento Britânicas constituíam uma antiga colônia britânica nas Antilhas Menores. A colônia existiu de 1671 a 1816 e de 1833 a 1 de janeiro de 1960. As Ilhas de Sotavento Britânicas incorporavam inicialmente oito territórios insulares do norte das Antilhas Menores.

18. Navio reconquistado

Enquanto tomávamos as medidas necessárias, primeiramente arrastando o escaler praia acima, à base de força bruta, até o ponto onde a maré cheia não o alcançasse, e além disso, abrindo um rombo no casco, tão grande que impossibilitasse qualquer reparo às pressas, e então nos sentamos, pensando no que fazer, ouvimos o navio fazer um disparo e vimos a sinalização da flâmula ordenando o regresso do escaler; este, porém, não se mexia, e eles dispararam várias vezes, fazendo outros sinais.

Por fim, quando todos os sinais e disparos resultaram infrutíferos, e eles constataram que o escaler não se mexia, nós os vimos, com a ajuda da minha luneta, içar outro barco e remar em direção à costa; e verificamos, à medida que se aproximavam, que havia nada menos do que dez homens a bordo, e traziam armas de fogo.

Como o navio estava a quase duas léguas de distância do litoral, tivemos tempo de observá-lo muito bem durante a aproximação e enxergamos os homens com nitidez, até mesmo suas fisionomias, pois a maré levou-os um pouco mais a leste do curso seguido pelo barco anterior e eles precisaram voltar rente à praia a fim de chegar ao mesmo local onde o outro escaler havia ancorado e ainda se encontrava. Por isso, quero dizer, tivemos uma visão clara dos tripulantes, e o capitão reconheceu a identidade de todos os homens a bordo, entre os quais, disse ele, havia três sujeitos honestos, que ele estava convicto de terem sido levados à conspiração pelos outros depois de serem dominados e intimidados. Já o contramestre, porém, que parecia ser o marujo mais graduado a bordo, e todos os demais constavam entre os mais perigosos da tripulação do navio e sem dúvida agiam em desespero de causa, e o capitão ficou muito apreensivo com a possibilidade de sermos derrotados.

Sorri para ele e disse que homens em nossa situação estavam além do alcance do medo; que considerando que toda e qualquer condição seria melhor do que aquela em que nos encontrávamos, deveríamos esperar que a consequência, viver ou morrer, seria decerto uma libertação. Perguntei o que ele achava das circunstâncias da minha vida, e se não valia a pena aventurar-me pela libertação.

— E cadê, senhor — disse eu —, a sua crença de que sobrevivi com o propósito de salvar a sua vida, crença que há pouco tanto o elevou? Da minha parte — prossegui —, apenas uma coisa parece estar errada nessa questão.

— O que seria? — indagou ele.

— Ora! — continuei. — É que, como o senhor diz, há três ou quatro homens honestos entre eles, que deveriam ser poupados. Se todos pertencessem ao bando rebelde da tripulação, eu acharia que a Providência Divina os escolhera para entregá-los nas suas mãos; pois, pode confiar: cada homem que aqui desembarcar será derrotado, e há de morrer ou viver conforme conosco se comportar.

Quando pronunciei tais palavras com a voz briosa e a fisionomia radiante, constatei que ele ficou bastante animado; então nos dedicamos com todo vigor aos preparativos. Tão logo vimos o escaler vindo do navio, pensamos em separar nossos prisioneiros uns dos outros; e assim procedemos, deixando-os em locais seguros.

Dois deles, em quem o capitão menos confiava, enviei para minha caverna, seguidos por Sexta-Feira e um dos três prisioneiros salvos; ali estariam longe o bastante, e não haveria perigo de serem ouvidos ou descobertos, ou de encontrarem um meio de escapar pela mata caso conseguissem fugir. Ficaram amarrados, mas com provisões. E a eles foi prometido que, se permanecessem quietos, seriam soltos dentro de um ou dois dias; mas se tentassem escapar, seriam executados sem piedade. Prometeram suportar o confinamento com paciência e demonstraram gratidão por terem sido bem tratados, a ponto de contarem com alimentação e luz, pois Sexta-Feira deu-lhes velas (que nós mesmos fabricávamos) para sua comodidade; não sabiam, porém, que ele ficaria de sentinela à entrada.

Os demais prisioneiros tiveram melhor tratamento; dois foram mantidos imobilizados, é verdade, porque o capitão não confiava muito neles. Mas os outros dois foram postos a meu serviço, por recomendação do capitão e por se comprometerem solenemente a viver e morrer conosco; portanto, com eles e os três sujeitos honestos somávamos sete homens, bem armados; e eu não tinha a menor dúvida de que seríamos capazes de enfrentar os dez que viriam, ainda mais levando em conta que o capitão afirmara haver três ou quatro indivíduos dignos entre eles também.

Assim que chegaram ao local onde antes estava o outro escaler, manobraram em direção à praia e todos desembarcaram, puxando o barco atrás deles, o que muito me alegrou, pois eu receava que optassem por deixá-lo ancorado a certa distância da costa, guardado por alguns homens, o que nos impossibilitaria de apreendê-lo.

Uma vez em terra, primeiramente correram todos até o outro barco; e era fácil ver que ficaram estupefatos ao encontrá-lo despojado, como já foi descrito, de tudo, e com um baita rombo no casco. Depois de refletirem um pouco, gritaram a plenos pulmões, na tentativa de serem ouvidos pelos companheiros; mas foi em vão. Em seguida, formaram um círculo fechado e dispararam uma salva de tiros, com suas armas de pequeno porte, que todos ouvimos, e o eco propagou-se pela mata. Mas de nada adiantou; os que se achavam na caverna, tínhamos certeza, não podiam ouvir; e os que estavam sob nossa guarda, embora ouvissem perfeitamente bem, não se atreviam a responder.

Ficaram tão espantados e pasmos que, conforme nos contaram depois, resolveram embarcar e regressar ao navio, levando a informação de que os homens tinham sido assassinados e o escaler avariado; por conseguinte, lançaram imediatamente o barco de volta à água, com todos a bordo.

O capitão ficou por demais surpreso, e até mesmo confuso, diante disso, acreditando que eles voltariam a bordo do navio e zarpariam, dando seus camaradas como perdidos, e assim ele haveria de perder a nau que tanto esperava reconquistar; contudo, logo foi tomado pelo receio oposto.

Eles não haviam se afastado muito no escaler quando percebemos que estavam voltando à praia, mas dessa vez adotaram uma nova conduta, que parecia ter sido debatida e acordada, a saber, deixar três homens no barco, os demais desembarcando e adentrando a área em busca dos companheiros.

Para nós aquilo foi uma grande decepção, pois agora não sabíamos o que fazer. Capturar aqueles sete homens na costa não seria vantajoso se deixássemos o barco escapar, pois os fugitivos remariam de volta ao navio e certamente levantariam a âncora e zarpariam, e assim nossa reconquista seria frustrada.

No entanto, não tínhamos alternativa, exceto esperar e ver o resultado daquela operação. Os sete homens desembarcaram, e os três que permaneceram a bordo levaram o barco a uma boa distância da praia, onde ancoraram para aguardar os demais; ou seja, era impossível para nós surpreendê-los no escaler.

Os desembarcados mantiveram-se juntos, marchando em direção ao alto do morro em cujo sopé ficava minha habitação; podíamos vê-los claramente, embora eles não percebessem nossa presença. Teríamos preferido que tivessem se acercado mais de nós, para que conseguíssemos alvejá-los, ou que tivessem ido mais longe, para que pudéssemos sair de onde estávamos.

Quando chegaram ao topo do morro, de onde podiam vislumbrar ao longe os vales e os matagais situados a nordeste, e onde o relevo da ilha era mais baixo, gritaram e esgoelaram-se à exaustão; e, segundo parecia, sem querer correr riscos longe da costa, nem se distanciar uns dos outros, sentaram-se juntos embaixo de uma árvore, a fim de avaliar a situação. Caso achassem por bem cochilar ali, como o outro grupo havia feito, teriam facilitado nosso trabalho, mas, embora desconhecessem o perigo iminente, estavam apreensivos demais para renderem-se ao sono.

O capitão apresentou uma proposta muito razoável depois de considerar o que eles fariam, a saber, que talvez detonassem outra descarga, no intuito de serem ouvidos pelos companheiros. Nesse caso, deveríamos atacá-los enquanto suas armas estivessem descarregadas; eles certamente se renderiam, e poderíamos dominá-los sem derramamento de sangue. Gostei da ideia, desde que fosse concretizada enquanto estivéssemos bem próximos, para surpreendê-los antes que conseguissem recarregar.

Mas a descarga não aconteceu, e ficamos parados por um bom tempo, indecisos sobre o curso a seguir. Por fim, eu disse que não havia nada a fazer, na minha opinião, até a noite; e então, se os homens não voltassem para o barco, talvez pudéssemos encontrar um meio de posicionar-nos entre eles e o litoral e tentar criar um estratagema para atrair à praia os que tinham permanecido a bordo.

Aguardamos durante muito tempo, e era grande a nossa impaciência; e já estávamos mais do que inquietos quando vimos que, depois de muito conversarem, todos se levantaram e começaram a descer em direção ao mar. Segundo parecia, estavam tão apreensivos quanto aos perigos do lugar que resolveram voltar a bordo do navio, dando os companheiros por perdidos, e prosseguindo com a viagem pretendida.

Tão logo percebi que seguiam em direção à costa, deduzi corretamente que haviam desistido da busca e retornavam ao navio; e o capitão, assim que lhe comuniquei minha dedução, parecia prestes a desfalecer, de tanta ansiedade; mas logo pensei num ardil para atraí-los de volta, e que atendia perfeitamente ao meu objetivo.

Ordenei a Sexta-Feira e ao imediato do capitão que fossem até o riacho a oeste, próximo ao local onde os selvagens desembarcaram quando Sexta-Feira fora resgatado; e mandei que ao chegar ao ponto mais elevado do terreno, a cerca de oitocentos metros de distância, gritassem o mais alto possível e aguardassem até perceberem que os marujos os tivessem escutado; e que tão logo ouvissem qualquer reação da marujada gritassem em resposta, e então, mantendo-se fora de vista, dessem uma volta, sempre respondendo quando os outros gritassem, a fim de atraí-los o máximo possível ao interior da ilha, mata adentro, e por fim, concluíssem a volta, vindo em minha direção, pelo caminho que lhes indiquei.

Os marujos estavam entrando no escaler quando Sexta-Feira e o imediato gritaram; logo os ouviram e, respondendo, correram ao longo da praia para o oeste, em direção às vozes que tinham ouvido, mas pararam diante do riacho, porque a maré estava cheia, impossibilitando a travessia; então, conforme eu esperava, chamaram os companheiros, pedindo que trouxessem o barco, para nele atravessarem o riacho.

Notei que, depois que chegaram à outra margem, o barco tendo avançado riacho acima e, por assim dizer, estando a salvo numa espécie de ancoradouro, eles dispensaram um dos três sujeitos que antes o guardavam e convocaram-no a seguir com eles, deixando apenas dois homens no barco, que ficou amarrado ao toco de uma pequena árvore à margem.

Isso era o que eu desejava; imediatamente, deixando Sexta-Feira e o imediato ocupados com a parte do plano que lhes cabia, levei comigo os demais, e cruzando o riacho sem sermos percebidos surpreendemos os dois vigias, um deitado à margem e o outro dentro do escaler. O que se encontrava à margem estava meio adormecido, e prestes a despertar, mas o capitão, que seguia à frente, partiu para cima dele, derrubou-o e gritou para o que estava no barco que se rendesse, ou o companheiro seria um homem morto.

Poucos argumentos foram necessários para convencer aquele sujeito sozinho a render-se quando ele se viu cercado por cinco homens e diante de seu camarada caído no chão; além disso, ao que parecia, tratava-se de um dos três que não tinham se envolvido no motim com o mesmo ardor do restante da tripulação e, portanto, foi facilmente convencido não apenas a ceder, mas também a unir-se a nós com bastante lealdade.

Nesse ínterim, Sexta-Feira e o imediato do capitão incumbiram-se tão bem do seu trabalho com os demais que, por meio de chamados e respostas, conseguiram conduzi-los de morro em morro, e de mata em mata, não apenas levando-os à exaustão, mas também os abandonando num local de onde jamais pudessem voltar ao barco antes de escurecer; e, de fato, os dois também estavam exaustos quando se reuniram a nós.

Restava-nos apenas espreitar os demais, no escuro, avançar sobre eles e derrotá-los com facilidade.

Foi só muitas horas depois que Sexta-Feira chegou que os outros marujos voltaram a acercar-se do escaler; e ouvimos os que vinham na dianteira, muito antes de tornarem-se visíveis para nós, chamando os que seguiam na retaguarda, para que se apressassem; e também ouvimos os retardatários responderem, queixando-se de dores e cansaço, e dizendo que não tinham condições de caminhar mais depressa, o que foi para nós uma ótima notícia.

Por fim alcançaram o barco, mas é impossível expressar sua perturbação quando o encontraram encalhado no riacho e constataram que a maré estava baixa e os dois vigias tinham desaparecido. Podíamos ouvi-los gritar uns para os outros, desesperados, dizendo que estavam presos numa ilha encantada, que havia habitantes ali e que seriam aniquilados, ou então havia demônios e espíritos, e seriam arrebatados e devorados.

Tornaram a gritar, chamando os dois camaradas pelos nomes, repetidamente, mas em vão. Depois de algum tempo, pudemos vê-los, à luz do crepúsculo, correndo e sacudindo as mãos, feito homens enlouquecidos, e às vezes voltavam e sentavam-se no escaler, a fim de descansar; em seguida, saíam do barco e perambulavam novamente pela margem, com o mesmo comportamento de antes.

Meus companheiros queriam que eu lhes desse permissão para avançar sobre os intrusos assim que escurecesse, mas eu pretendia atacá-los com o máximo de vantagem, na expectativa de dominá-los matando o menor número possível; sobretudo, não queria arriscar nenhuma baixa entre os nossos, pois sabia que os outros estavam muito bem armados. Resolvi esperar para ver se eles não se separavam e, por garantia, fechei meu cerco e ordenei que Sexta-Feira e o capitão se arrastassem, cuidando para não serem descobertos, e chegassem o mais perto possível antes de se prepararem para abrir fogo.

Pouco tempo depois, o contramestre, que era o cabeça do motim, e àquela altura mostrava-se o mais abatido e desanimado do bando, veio caminhando em direção a eles, acompanhado de mais dois membros da tripulação; o capitão ficou tão ansioso ao ver o líder dos pilantras praticamente em seu poder que mal pôde esperar que ele se acercasse a ponto de estar ao alcance de sua arma, pois antes só se ouvia o falatório. Quando eles se aproximaram, porém, o capitão e Sexta-Feira, pondo-se de pé, abriram fogo.

O contramestre foi morto no local; o que vinha atrás foi baleado e tombou ao lado dele, embora só viesse a morrer uma ou duas horas depois, e o terceiro saiu correndo.

Ao ouvir os estampidos, avancei imediatamente, com todo o meu exército, agora constando de oito homens, a saber, eu mesmo, generalíssimo; Sexta-Feira, meu tenente-general;[130] o capitão e seus dois homens; e os três prisioneiros de guerra, a quem tínhamos confiado armas.

Partimos para cima deles, de fato, no escuro, de maneira que não conseguiram ver quantos éramos; mandei o sujeito por eles antes deixado no escaler, e que agora era um dos nossos, chamá-los pelos nomes, pois eu queria tentar uma negociação, o que ocorreu exatamente como desejávamos. Deveras, era fácil supor, a julgar pela situação em que se encontravam, que estariam dispostos a ceder; então ele chamou, o mais alto que pôde:

— Tom Smith! Tom Smith!

Tom Smith respondeu, imediatamente:

— É o Robinson? — parecendo reconhecer a voz. O outro disse:

— Sim, sim, pelo amor de Deus, Tom Smith, entreguem as armas e se rendam, ou todos vão morrer agora mesmo.

— A quem devemos nos render? Onde eles estão? — perguntou Smith.

— Estão aqui — disse ele. — O nosso capitão está aqui, com cinquenta homens; estão caçando vocês há duas horas. O contramestre está morto; Will Frye está ferido e eu fui feito prisioneiro; e se vocês não se entregarem, estão perdidos.

— Eles vão nos poupar — indagou Tom Smith — se nos entregarmos?

— Vou perguntar, se vocês prometerem se render — disse Robinson.

Em seguida ele fez a pergunta ao capitão, e o próprio bradou:

— Você, Smith, reconhece a minha voz; se depuserem as armas imediatamente e se entregarem, as vidas de todos serão poupadas, menos a de Will Atkins.

Diante disso, Will Atkins gritou:

130. Oficial que no antigo exército tinha a patente imediatamente inferior à de general.

— Pelo amor de Deus, capitão, poupe a minha vida; o que foi que eu fiz? Os outros agiram tão mal quanto eu.

O que, aliás, não era verdade, pois constava que o tal Will Atkins tinha sido o primeiro a agarrar o capitão assim que o motim eclodiu, e tratou-o barbaramente, atando-lhe as mãos e ofendendo-o com linguagem injuriosa. Contudo, o capitão disse-lhe que deveria depor as armas incondicionalmente e confiar na clemência do governador, ou seja, eu, pois todos assim me chamavam.

Resumindo, entregaram as armas e imploraram por suas vidas; e enviei o homem que havia negociado com eles, e mais dois, que amarraram todos. E então meu grande exército de cinquenta homens, que, com aqueles três, somava apenas oito, conseguiu capturar todos e o escaler também; apenas eu e um outro indivíduo nos mantivemos reclusos, por questões de Estado.

Nosso trabalho seguinte foi consertar o barco e pensar na retomada do navio; e quanto ao capitão, que agora dispunha de tempo para falar com a marujada, repreendeu-os pela infâmia de suas práticas para com ele e pela crueldade de seus intentos, e afirmou que certamente aquilo haveria de levá-los à infelicidade e à angústia, e talvez à forca.

Todos pareciam arrependidos e muito imploraram por suas vidas; nesse particular, informou-lhes o capitão que não eram seus próprios prisioneiros, mas do comandante da ilha; que pensaram tê-lo abandonado na praia de uma ilha árida e desabitada, mas que a Deus aprouvera dirigi-los a uma ilha habitada, e que o governador era inglês; que ele poderia enforcar todos ali mesmo, se quisesse; mas que, como decidira poupá-los, supunha que os enviaria à Inglaterra, onde seriam entregues à justiça, exceto Atkins, aconselhado pelo governador a preparar-se para a morte, pois seria enforcado ao amanhecer.

Embora fosse tudo ficção, o efeito foi o esperado; Atkins prostrou-se de joelhos, implorando ao capitão que intercedesse junto ao governador, para que lhe poupasse a vida; e todos os demais suplicaram-lhe, pelo amor de Deus, que não fossem enviados à Inglaterra.

Pensei, então, ter chegado a hora do nosso livramento, e que seria bastante fácil induzir aqueles homens a engajarem-se na retomada do navio; em seguida, mantive-me escondido, no escuro, a fim de conferir ao suposto governador um ar de mistério, e convoquei o capitão à minha presença. Antes de fazer o chamado, mantendo-me à distância, ordenei a um dos homens que repetisse minhas palavras ao capitão:

— Capitão, o governador está chamando o senhor.

Logo em seguida, o capitão respondeu:

— Diga a sua excelência que já vou.

Isso os enganou perfeitamente, e todos acreditaram que o governador estava por perto, com seus cinquenta homens.

Quando o capitão veio até mim, expliquei meu plano para apreender o navio, plano esse que muito o agradou, e resolvi agir na manhã seguinte. Mas, para levar a termo o plano com mais eficácia e garantir seu sucesso, disse a ele que dividisse em grupos os prisioneiros, e amarrasse e levasse Atkins e mais dois dos piores para a caverna onde estavam os outros. A tarefa foi designada a Sexta-Feira e aos dois indivíduos que tinham chegado à costa com o capitão. Foram conduzidos à caverna como a um calabouço, e era, de fato, um lugar lúgubre, sobretudo para homens nas suas condições.

Os outros mandei para minha palhoça, como eu a chamava, e da qual já fiz uma descrição detalhada; e sendo a palhoça cercada, e estando eles amarrados, era um local seguro, considerando que tinham jurado boa conduta.

Pela manhã, enviei o capitão para negociar com eles, em suma, para testá-los, e informar-me se achava se seriam ou não confiáveis para acompanharmos a bordo e reconquistar o navio. O capitão falou-lhes sobre as ofensas contra ele cometidas e sobre a condição em que se achavam, e que, embora o governador houvesse decidido poupar-lhes a vida temporariamente, se fossem enviados à Inglaterra seriam enforcados em correntes, com certeza; mas que, caso aderissem à tentativa justa de reconquistar o navio, ele obteria o compromisso do governador pelo indulto de todos.

Qualquer um pode imaginar o quão prontamente tal proposta foi aceita por homens naquelas circunstâncias; caíram de joelhos perante o capitão e prometeram, com as mais profundas juras, que seriam leais até a última gota de sangue, que lhe entregariam suas vidas e com ele correriam o mundo, e que o teriam como pai enquanto vivessem.

— Bem — disse o capitão —, informarei ao governador o que vocês disseram, e verei o que posso fazer para obter seu consentimento.

Sendo assim, ele me trouxe um relato do estado de espírito em que os deixara, e disse que de fato acreditava que seriam leais.

No entanto, por questão de segurança, eu disse ao capitão que voltasse e recrutasse cinco deles, dizendo que, como podiam ver, não precisava de mais homens, que selecionara apenas cinco para serem seus auxiliares e que o governador manteria os outros dois, além dos três que estavam presos no castelo (minha caverna). Estes ficariam na condição de reféns, em troca da lealdade daqueles cinco; e que se eles se mostrassem desleais, os cinco reféns seriam enforcados em correntes na praia.

A medida parecia severa, e convenceu-os de que o governador falava sério. Na verdade, eles não tinham escolha senão aceitar a decisão; e agora era igualmente interesse dos prisioneiros e do capitão convencer os outros cinco a cumprirem sua parte.

Nossas forças, portanto, ficaram assim organizadas para a ação: primeiro, o capitão, seu imediato e o passageiro; segundo, os dois prisioneiros do primeiro bando, aos quais, depois que seu caráter foi chancelado pelo capitão, concedi liberdade e confiei armas; terceiro, os outros dois por mim mantidos presos até aquele momento na palhoça, mas que, diante da atitude do capitão, foram libertados; quarto, os cinco por último libertados; de modo que somavam doze ao todo, além dos cinco mantidos na caverna como reféns.

Perguntei ao capitão se ele estava disposto a aventurar-se a tomar o navio com aquele contingente; mas quanto a mim e meu criado Sexta-Feira, eu não achava prudente seguirmos com eles, deixando sete homens para trás; e já era encargo suficiente, para nós, mantê-los devidamente vigiados e alimentados. Quanto aos cinco que estavam na caverna, resolvi mantê-los atados, mas Sexta-Feira ia duas vezes por dia até lá para suprir o necessário; e mandei os outros dois carregarem as provisões até uma certa distância, onde seriam recolhidas por Sexta-Feira.

Apareci diante dos dois reféns junto ao capitão, que me apresentou como a pessoa designada pelo governador para vigiá-los; e que era vontade do governador que não fossem a lugar nenhum, exceto aonde eu indicasse; que se desobedecessem seriam levados para o castelo e acorrentados. Sendo assim, como nunca tinham me visto como governador, agora surgi como outra pessoa, e falava sobre o governador, sobre a guarnição, sobre o castelo e assim por diante em qualquer ocasião que quisesse.

A dificuldade que agora se apresentava ao capitão era preparar os dois escaleres, reparando o rombo no casco de um deles e definindo as respectivas tripulações. Ele designou ao passageiro a função de comandante de um dos barcos e concedeu-lhe quatro tripulantes; no outro seguiram ele próprio, seu imediato e mais cinco; e navegaram muito bem, pois alcançaram o navio por volta da meia-noite. Assim que podiam ser ouvidos do navio, ele mandou Robinson saudar os que estavam a bordo e dizer que haviam trazido os homens e o escaler, mas tinham demorado muito a encontrá-los, e assim por diante, distraindo-os numa conversa até que chegassem junto ao costado da nau. Quando o capitão e o imediato, entrando primeiro com armas em punho, fielmente apoiados por seus homens, logo derrubaram o segundo imediato e o carpinteiro com a coronha dos mosquetes, a tripulação que estava no convés principal e no tombadilho foi prontamente dominada, e as escotilhas[131] foram fechadas, no intuito de prender quem estivesse lá embaixo; naquele momento, chegou o outro escaler, e seus homens, subindo pelas correntes da proa, ocuparam o castelo de proa e desceram até a cozinha, aprisionando três tripulantes que lá estavam.

Depois que isso foi feito e tudo estava seguro no convés, o capitão ordenou ao imediato, com três homens, que invadissem a cabine do

131. Abertura geralmente retangular ou quadrada, em convés ou coberta de navio, para passagem de ar, luz, pessoal ou carga.

O capitão manda Robinson saudar os que estão a bordo.

tombadilho, onde estava o recém-instituído capitão rebelde, que, ouvindo o alarme, levantara-se, acompanhado de dois homens e um grumete, todos portando armas de fogo. Quando o imediato, manejando um pé de cabra, arrombou a porta, o capitão rebelde e seus homens dispararam, ferindo o imediato com uma bala de mosquete, fraturando-lhe o braço e atingindo mais dois homens, mas não houve mortes.

O imediato, ferido como estava, pediu reforço e entrou correndo na cabine, e com sua garrucha alvejou o novo capitão na cabeça, sendo que a bala entrou pela boca e saiu atrás da orelha, de modo que ele morreu na mesma hora. Diante disso, os demais renderam-se e o navio foi retomado efetivamente, sem mais vidas perdidas.

Em seguida à reconquista do navio, o capitão ordenou que fossem feitos sete disparos, sinal combinado comigo para avisar-me do desfecho bem-sucedido, o que, o leitor pode ter certeza, deixou-me bastante contente, pois eu tinha ficado na praia esperando aquele sinal até quase duas horas da madrugada.

Depois de ouvir o sinal, deitei-me; e tendo sido um dia muito cansativo, dormi profundamente, até ser surpreendido pelo disparo de uma arma. Levantando-me, ouvi um homem chamar:

— Governador! Governador!

E logo reconheci a voz do capitão. Chegando ao alto do morro, lá o encontrei; apontando o navio, ele me abraçou:

— Meu caro amigo e meu salvador — disse ele —, eis ali o seu navio, pois é todo seu, e nós também, e tudo o que a ele pertence.

Lancei os olhos em direção ao navio e lá ele estava, balançando no mar, a pouco mais de meia milha da costa, pois tinham levantado a âncora tão logo o reconquistaram. Contando com o tempo favorável, trouxeram o navio, ancoraram no estuário do riacho e, na maré alta, o capitão veio no bote até perto do local onde eu fundeara as balsas, e assim desembarcaram praticamente à minha porta.

No primeiro momento, a surpresa foi tamanha que estive a ponto de desfalecer, pois vi meu resgate, de fato, ao alcance das mãos, tudo facilitado, e um grande navio pronto para levar-me aonde eu desejasse. De início, e por algum tempo, não fui capaz de pronunciar uma única palavra; mas como ele me abraçava, segurei-me firme para não tombar.

O capitão percebeu minha surpresa e, no mesmo instante, retirou uma garrafa do bolso e ofereceu-me um trago de licor, por ele trazido especialmente para mim. Depois de beber, sentei-me no solo; e embora o gole me reanimasse, ainda demorei um bom tempo antes de poder falar.

Todo esse tempo o pobre homem ficou tão extasiado quanto eu, embora não estivesse surpreso; e disse-me mil coisas amáveis e afetuosas, a fim de recompor-me. No entanto, a inundação de alegria em meu peito era tamanha que deixou todo o meu espírito abalado. Por fim, o júbilo explodiu em lágrimas, e pouco tempo depois recobrei a fala.

Então foi minha vez de abraçá-lo como meu salvador, e juntos alegramo-nos. Disse que o via como um enviado do céu para salvar-me, e que toda aquela ação parecia um encadeamento de maravilhas; que coisas como aquelas eram testemunhos da mão secreta da Providência regendo o mundo, e provas de que os olhos de um poder infinito percorriam os cantos mais remotos e enviavam ajuda aos infelizes, sempre que Ele assim desejasse. Não esqueci de elevar meu coração, dando graças ao céu; e quem poderia deixar de bendizer o Senhor, que não apenas, de maneira milagrosa, cuidara de mim naquele deserto e naquela situação desoladora, mas em quem se deve reconhecer sempre a origem de todo livramento?

Depois de conversarmos um pouco, o capitão disse que me trouxera algo para comer e beber do que restava no navio e não tinha sido saqueado pelos perversos que o subjugaram. Em seguida, gritou para os homens que estavam no bote, ordenando que desembarcassem o que se destinava ao governador. E foi, de fato, um presente e tanto, como se eu não estivesse prestes a partir com eles, mas ainda pretendesse morar na ilha e eles fossem seguir sem mim.

Primeiro, ele me trouxe um caixote de garrafas contendo licores excelentes, seis garrafas grandes de vinho Madeira, cada uma com dois litros; um quilo de tabaco de ótima qualidade; doze bons pedaços de carne de carneiro e seis porções de carne de porco, um saco de ervilhas e quase cinquenta quilos de biscoito.

Trouxe também uma caixa de açúcar e outra de farinha, um saco cheio de limões, duas garrafas de suco de limão verde e muitos outros itens. Mas, além disso, e o que foi mil vezes mais útil para mim, ele trouxe seis camisas novas e limpas, seis gravatas muito boas, dois pares de luvas, um par de sapatos, um chapéu, um par de meias e um traje que pertencia a ele próprio, praticamente novo; resumindo, vestiu-me da cabeça aos pés. Foi um presente muito generoso e bem-vindo, como qualquer um pode imaginar, para alguém nas minhas circunstâncias, mas nunca houve nada no mundo tão desagradável, incômodo e desconfortável como foi, para mim, no primeiro momento, usar aquelas roupas.

Depois daquela celebração e de todos aqueles itens tão úteis terem sido transportados à minha pequena morada, começamos a debater o que deveria ser feito com os prisioneiros, pois valia a pena considerar se deveríamos aventurar-nos a levá-los conosco ou não, notadamente dois deles, que sabíamos serem incorrigíveis e refratários no último grau; e o capitão disse que eram tão desprezíveis que não havia como perdoá-los e que, se os levasse a bordo, seria a ferros, como criminosos a serem entregues à justiça na primeira colônia inglesa à qual chegassem; e notei que o capitão estava bastante preocupado.

Diante disso, afirmei que, se ele desejasse, eu me comprometeria a convocar os dois homens de quem ele falava e a fazê-los pedir para serem deixados na ilha.

— Eu ficaria muito contente com isso — disse o capitão —, de todo o coração.

— Pois bem — concordei —, vou mandar buscá-los e falarei com eles.

Então dei ordens a Sexta-Feira e aos dois reféns, que estavam agora soltos, visto que seus camaradas haviam cumprido a promessa; quero dizer, mandei que fossem até a caverna e levassem os cinco homens, amarrados conforme estavam, à palhoça e lá os mantivessem até que eu chegasse.

Depois de algum tempo, cheguei à palhoça, vestido com meu novo traje, e novamente chamado de governador. Estando todos reunidos, e o capitão comigo, mandei que os homens fossem trazidos à minha presença e disse-lhes que já recebera um relato completo do tratamento vil por eles dispensado ao capitão, e de como apoderaram-se do navio e estavam se preparando para praticar mais roubos, mas a Providência os havia enredado em seus próprios esquemas e eles caíram na cova que cavaram para outros.

"Alvejou o novo capitão na cabeça."

Informei-lhes que sob ordens minhas o navio tinha sido apreendido e agora estava pronto para zarpar; e que logo constatariam que o capitão rebelde havia recebido a devida recompensa por sua vilania, pois veriam seu corpo pendurado na ponta da verga da proa.

Quanto a eles, indaguei o que tinham a declarar e por que eu não deveria executá-los sumariamente, como piratas presos em flagrante, castigo que, dado o meu cargo, eles não poderiam duvidar que eu tivesse autoridade para aplicar.

Um deles respondeu em nome dos demais que não tinha nada a declarar, além de que, quando foram capturados, o capitão prometera poupar suas vidas, e eles humildemente imploravam minha misericórdia. Mas respondi que não sabia que misericórdia poderia oferecer-lhes, pois, da minha parte, eu decidira deixar a ilha acompanhado de todo o meu contingente e já providenciara minha passagem para a Inglaterra no navio do capitão; e quanto ao capitão, ele não poderia levá-los à Inglaterra, exceto acorrentados como prisioneiros, para serem julgados por motim e sequestro do navio, cuja pena, eles decerto sabiam, seria a forca. Portanto, eu não poderia dizer o que era melhor para eles, a menos que quisessem arriscar seu destino na ilha; se assim desejassem, eu não me importaria e, uma vez em vias de partir, estava inclinado a poupar-lhes a vida se eles achassem que seriam capazes de sobreviver ali.

Pareciam muito gratos, e disseram que preferiam arriscar-se a ficar lá a serem transportados à Inglaterra, onde seriam enforcados. Então, encerrei o assunto.

No entanto, o capitão criou algumas dificuldades, como se não se atrevesse a deixá-los na ilha. Zanguei-me um pouco com ele e disse-lhe que eram meus prisioneiros, não dele, e que, tendo feito a promessa, não voltaria atrás com minha palavra; disse também que, se ele não consentisse, eu os deixaria em liberdade, conforme os encontrara, e que, se ele não gostasse, poderia apreendê-los se conseguisse recapturá-los. Diante disso, os prisioneiros ficaram extremamente gratos, e libertei-os, ordenando que voltassem pela mata até o local de onde vieram, e eu deixaria para eles algumas armas de fogo, munição e orientações que os auxiliariam a viver muito bem na ilha se quisessem.

Depois disso, preparei-me para embarcar no navio, mas informei ao capitão que pernoitaria na ilha naquela noite, a fim de arrumar minha bagagem, e disse-lhe que embarcasse e cuidasse de tudo a bordo e enviasse o bote à costa no dia seguinte para buscar-me; e ordenei que mandasse pendurar o capitão rebelde, morto e enforcado, na ponta da verga da proa, para ser visto pelos homens.

Quando o capitão partiu, mandei chamar os homens à minha habitação e conversei seriamente com eles acerca de sua situação. Disse que achava que tinham feito a escolha certa; que se o capitão os transportasse, seriam enforcados, com toda certeza. Apontei-lhes o corpo do capitão rebelde pendurado na verga da proa do navio, e disse que poderiam esperar o mesmo fim.

Depois que todos declararam vontade de ficar, eu disse que lhes contaria a história da minha estada na ilha e os ensinaria a tornar a vida ali mais fácil. Por conseguinte, narrei tudo o que se passou e como foi minha chegada; mostrei-lhes minhas fortificações, a maneira como fazia pão, plantava cereais, desidratava uvas; em suma, tudo o que era necessário para facilitar a rotina. Contei-lhes também a história dos dezessete espanhóis que eram esperados, para os quais deixei uma carta, e os fiz prometer tratá-los de igual para igual.

Deixei-lhes minhas armas de fogo, a saber, cinco mosquetes e três espingardas de caça, além de três sabres. Restava-me mais de um barril e meio de pólvora, visto que, após os dois primeiros anos, usei pouca munição e não desperdicei nada. Expliquei o método de lidar com os caprinos e ensinei-os a ordenhar e cevar as cabras, bem como a preparar manteiga e queijo. Resumindo, compartilhei com eles toda a minha história e disse que convenceria o capitão a ceder mais dois barris de pólvora, além de algumas sementes de hortaliças, pois teria ficado muito contente se delas dispusesse. Além disso, ofereci o saco de ervilhas que o capitão me trouxera e instei-os a semeá-las e multiplicá-las.

19. Regresso à Inglaterra

Tendo feito tudo isso, no dia seguinte deixei-os na ilha e embarquei no navio. Preparamo-nos imediatamente para zarpar, mas não levantamos a âncora naquela noite. Na manhã seguinte, bem cedo, dois dos cinco homens vieram nadando até o costado do navio e, queixando-se desesperadamente dos outros três, imploraram para ser admitidos a bordo, pelo amor de Deus, caso contrário acabariam assassinados, e suplicaram ao capitão que os levasse na viagem, mesmo que afinal fossem enforcados.

Sobre isso o capitão fingiu nada poder fazer sem meu consentimento. Todavia, após alguma dificuldade, e mediante promessas solenes de emenda, eles foram admitidos; algum tempo mais tarde foram chicoteados e esfregados com sal e vinagre, após o que provaram ser companheiros leais e cordatos.

Em seguida o escaler foi enviado à costa, na maré alta, com os suprimentos prometidos aos homens, sendo que o capitão, a meu pedido, enviou-lhes também seus respectivos baús e as roupas, que eles aceitaram grata e prontamente. Além disso, animei-os, dizendo que se pudesse enviar qualquer navio para resgatá-los não haveria de esquecê-los.

Quando parti da ilha, levei comigo a bordo, a título de recordação, o grande gorro de pele de bode, o guarda-sol e meu papagaio; e não esqueci de apanhar o dinheiro que mencionei anteriormente, que comigo ficara inútil por tanto tempo que já estava oxidado ou manchado, e que dificilmente seria aceito se não fosse bem polido, e também o dinheiro que encontrara nos destroços do navio espanhol.

E assim, conforme descobri ao verificar o calendário do navio, deixei a ilha no dia 19 de dezembro no ano de 1686, depois de nela ter passado vinte e oito anos, dois meses e dezenove dias; sendo libertado daquele segundo cativeiro no mesmo dia do mês em que escapei pela primeira vez, de barco, dos mouros de Salé. Naquele navio, após longa viagem, cheguei à Inglaterra em 11 de junho do ano de 1687, depois de trinta e cinco anos ausente.

Quando cheguei à Inglaterra, era um perfeito estranho em relação a tudo e a todos, como se jamais tivesse vivido lá. Minha benfeitora e fiel guardiã, em cuja custódia eu deixara meus recursos financeiros, ainda vivia, embora houvesse padecido de grandes agruras no mundo. Enviuvara pela segunda vez e passava dificuldade. Tranquilizei-a quanto ao que me devia, garantindo-lhe que não lhe causaria problemas; ao contrário, em gratidão por seu zelo e fidelidade para comigo, prestei-lhe ajuda segundo meus recursos limitados, que naquele momento, de fato, permitiram-me fazer pouco por ela; afirmei, porém, que nunca esqueceria sua bondade, e dela não me esqueci quando mais tarde dispus do suficiente para apoiá-la, conforme será observado no devido momento.

Depois fui a Yorkshire. Mas meu pai estava morto, assim como minha mãe e toda a família, exceto duas irmãs e dois dos filhos de um de meus irmãos; e nenhuma herança me aguardava, pois eu era dado como morto havia muito tempo. De modo que, resumindo, não encontrei nada que me aliviasse ou auxiliasse financeiramente, e o pouco dinheiro que eu possuía não bastava para estabelecer-me no mundo.

Mas deparei-me com um gesto de gratidão que, de fato, não esperava. O capitão do navio, a quem eu resgatara com tamanha felicidade, recuperando também o próprio navio e a carga, apresentou um eloquente relato aos proprietários acerca de como eu salvara os homens e a embarcação; fui, então, convidado a ser apresentado a eles e também a outros comerciantes interessados, que juntos fizeram-me um belo elogio e ofereceram-me um presente de quase duzentas libras esterlinas.

Contudo, depois de refletir detidamente sobre as circunstâncias da minha vida, e considerar que aquela quantia era insuficiente para estabelecer-me no mundo, resolvi ir a Lisboa e ver se obtinha alguma informação sobre o estado da minha fazenda nos Brasis e o que teria acontecido com meu sócio, que eu supunha me considerasse morto havia vários anos.

Com tal propósito, zarpei para Lisboa, onde cheguei em abril do ano seguinte, com meu criado Sexta-Feira acompanhando-me lealmente em todas essas jornadas e provando ser sempre extremamente fiel. Quando cheguei a Lisboa, procurei e localizei, para minha grande satisfação, meu velho amigo, o capitão do navio que me recolhera no oceano ao largo da costa da África. Ele envelhecera e não navegava mais, tendo cedido o comando de seu navio ao filho, que já não era jovem, mas que ainda mantinha negócios com o Brasil. O ancião não me reconheceu e, na verdade, eu mal o reconheci; mas logo o fiz relembrar quando lhe disse quem eu era.

Após trocar palavras gentis com meu velho conhecido, indaguei, o leitor pode ter certeza, sobre minha propriedade agrícola e meu sócio. O ancião disse que havia cerca de nove anos que não viajava aos Brasis, mas que podia garantir que, quando de lá regressara, meu sócio estava vivo; os curadores, porém, que com ele cuidavam da minha parte no empreendimento, estavam mortos. Ele disse, no entanto, que acreditava que eu teria boas notícias sobre o progresso da fazenda, pois diante da crença geral de que eu tinha naufragado e morrido afogado, os curadores entregaram as contas relativas à minha parte da propriedade ao procurador-fiscal, que dela se apropriara para o caso de eu nunca voltar a reivindicá-la, ficando um terço para o rei e dois terços para o mosteiro de Santo Agostinho, a serem gastos em benefício dos pobres e na conversão dos silvícolas à fé católica, mas que, se eu aparecesse, ou alguém em meu nome reclamando a herança, ela seria restaurada. Apenas os ganhos, ou o rendimento anual, distribuídos à caridade não poderiam ser devolvidos. Mas ele garantiu que o intendente, encarregado de cuidar da receita gerada pelas terras do rei, e o provedor, que cuidava dos interesses do mosteiro, haviam sido bastante zelosos, exigindo que o beneficiário, no caso, meu sócio, apresentasse a cada ano um relato fiel da receita, da qual eles recebiam devidamente a minha metade.

Perguntei se ele sabia a que ponto a fazenda havia prosperado, e se achava que valia a pena eu averiguar, ou se chegando lá encontraria algum obstáculo para fazer valer meus direitos e tomar posse da minha parte.

Ele disse que não sabia informar exatamente sobre a prosperidade da fazenda, mas que tinha notícias de que meu sócio havia enriquecido desfrutando da metade dos lucros, e que, conforme se lembrava, ouvira falar que a terça parte do rei, supostamente concedida a outro mosteiro ou casa religiosa, rendia mais de duzentos moidores por ano. Quanto a reaver a posse da fazenda sem empecilhos não restava a menor dúvida, pois meu sócio estava vivo para testemunhar minha condição de proprietário e, além disso, meu nome constava do cartório no país. Ele acrescentou que os herdeiros de meus dois curadores eram pessoas justas, honestas e abastadas, e acreditava que não apenas eu contaria com a assistência deles na retomada da posse mas que haveria um montante considerável em suas mãos em meu benefício, resultado da produção da fazenda durante o período em que seus pais atuaram como curadores antes de a propriedade ser cedida, nos termos mencionados acima, período esse que, em sua lembrança, abrangia cerca de doze anos.

Fiquei um tanto preocupado e ansioso com esse relato, e perguntei ao velho capitão como foi que os curadores dispuseram de meus bens quando ele sabia que eu tinha feito meu testamento e o nomeara meu herdeiro universal etc.

O velho capitão reconheceu que isso era verdade, mas, não havendo prova de que eu estivesse morto, ele não poderia ter atuado como inventariante até que surgisse uma informação confiável acerca da morte; e, além disso, não estava disposto a interferir em questões tão remotas. De fato, ele havia registrado meu testamento e feito sua reivindicação; se pudesse apresentar um relato definitivo sobre minha morte, teria agido por procuração e tomado posse do engenho de açúcar e dado ao filho, que agora estava nos Brasis, ordens nesse sentido.

— Mas — disse o ancião — tenho uma notícia que talvez não seja tão agradável para você quanto as demais. Quando todo mundo passou a acreditar que você estava morto, o seu sócio e os curadores propuseram prestar contas a mim dos lucros, em seu nome, durante os primeiros seis ou oito anos, e eu recebi os valores. Mas havendo à época — prosseguiu ele — grandes gastos com a ampliação das obras, a construção do engenho e a compra de escravos, os ganhos não chegavam nem perto do que foi o caso depois. No entanto — disse o ancião —, vou lhe entregar um relato verdadeiro de tudo o que recebi, e de como gastei.

Depois de mais alguns dias de conversas com meu velho amigo, ele me apresentou um relatório, assinado por meu sócio e pelos curadores, dos rendimentos correspondentes aos primeiros seis anos de minha propriedade, sempre concretizados em mercadorias, a saber, fumo em rolo e açúcar armazenado em baús, além de rum, melaço etc., itens produzidos por uma usina açucareira; com base no relatório, constatei que a cada ano a receita aumentara consideravelmente. Todavia, conforme mencionado acima, considerando as despesas elevadas, o montante de lucro no início foi pequeno; mas o ancião mostrou-me que me devia quatrocentos e setenta moidores de ouro, além de sessenta baús de açúcar e quinze rolos duplos de fumo que se perderam em seu navio, pois ele naufragara ao retornar a Lisboa, cerca de onze anos depois da minha partida.

O bom homem, então, começou a queixar-se dos reveses, pois fora obrigado a fazer uso de meu dinheiro para recuperar perdas e adquirir uma participação em outro navio.

— No entanto, meu velho amigo — disse ele —, não terás prejuízo neste momento de necessidade; e assim que o meu filho voltar, hás de ficar plenamente satisfeito.

Dito isso, ele sacou uma bolsa velha e deu-me cento e sessenta moidores de ouro; e exibindo os documentos de propriedade do navio em que seu filho embarcara para os Brasis, e do qual ele era dono de um quarto e o filho de outro, colocou-os em minhas mãos, como garantia da dívida.

Fiquei tão comovido com a honestidade e a bondade do pobre homem que mal pude admitir aquele gesto; e lembrando o que ele fizera por mim, como recolhera-me no mar, e a generosidade que sempre me dispensara, e pensando primordialmente no amigo sincero que estava sendo comigo naquele momento, tive dificuldade em conter o choro diante do que ele me relatava. Portanto, primeiro perguntei se suas circunstâncias permitiam-lhe desembolsar tanto dinheiro naquele momento, e se isso não o deixaria num aperto financeiro. Ele disse que possivelmente ficaria um pouco apertado, mas o dinheiro era meu, e talvez eu estivesse mais necessitado do que ele.

Tudo o que o bom homem dizia transbordava afeto, e mal pude conter as lágrimas enquanto ele falava; em suma, aceitei cem dos moidores e pedi pena e tinta, a fim de passar o devido recibo. Então devolvi o restante e disse-lhe que, se conseguisse retomar a posse da fazenda, devolveria a outra parte também, conforme mais tarde, de fato, fiz; e que quanto ao título de propriedade relativo à parte dele no navio em que o filho viajara, eu não aceitaria de forma alguma; que se precisasse de dinheiro, sabia que ele era honesto e que haveria de pagar-me; e caso não precisasse, vindo a receber o que ele me dera motivos para esperar, jamais aceitaria dele uma moeda sequer.

Depois disso, o ancião perguntou se poderia instruir-me sobre procedimentos para reivindicar minha propriedade agrícola. Eu disse a ele que pensava em ir até lá pessoalmente. Ele disse que eu poderia assim proceder, se desejasse, mas que se não quisesse ir poderia recorrer a meios de fazer valer meus direitos e, imediatamente, apropriar-me dos ganhos; e como havia navios no rio de Lisboa[132] prontos para zarpar rumo ao Brasil, ele me instruiu a incluir meu nome num registro público, com uma declaração sua afirmando, sob juramento, que eu estava vivo e que era a mesma pessoa que primeiro ocupara o terreno para o cultivo da referida plantação.

Depois de tudo ser autenticado por um notário, e uma procuração anexada, ele me orientou a enviar a documentação, com uma carta de seu punho, a um comerciante local que era seu conhecido, e então propôs que me hospedasse com ele até obter um relatório dos meus ganhos.

Os resultados daquela procuração foram os mais corretos possíveis, pois em menos de sete meses recebi dos herdeiros de meus curadores, ou seja, os mercadores em cuja sociedade eu havia empreendido a viagem, um grande malote que continha as seguintes cartas e papelada:

132. Trata-se do Tejo, o rio mais longo da península Ibérica, medindo cerca de mil quilômetros. Nasce na Espanha, passa por Toledo, atravessa Portugal e deságua no oceano Atlântico. Lisboa está localizada no estuário do Tejo.

Primeiro, havia a conta-corrente dos rendimentos da minha fazenda, ou propriedade agrícola, desde o ano em que os curadores fecharam o balanço com o velho capitão português, ou seja, abrangendo seis anos. O saldo era de mil cento e setenta e quatro moidores a meu favor.

Em segundo lugar, havia o relatório de mais quatro anos, período em que eles administraram meus bens diretamente, antes que o governo reivindicasse a gestão, tratando-se dos bens de uma pessoa desaparecida, ao que denominavam morte civil. E o saldo nesse caso, visto que a fazenda tinha se valorizado, somava trinta e oito mil oitocentos e noventa e dois cruzados,[133] ou seja, três mil duzentos quarenta e um moidores.

Em terceiro lugar, havia o relatório do prior do mosteiro de Santo Agostinho, que recebera os lucros ao longo de mais de catorze anos. Não podendo devolver o que fora gasto em obras de caridade, o prior, muito honestamente, declarou que restavam oitocentos e setenta e dois moidores em caixa, os quais reconhecia serem da minha conta. Quanto à parte do rei, nada foi restituído.

Havia uma carta do meu sócio parabenizando-me afetuosamente por estar vivo, fazendo um relato de como a propriedade expandira-se e o que havia produzido anualmente, detalhando o número de acres, o que estava sendo plantado, quantos escravos havia e, fazendo vinte e duas cruzes como símbolos de bênçãos, informando que havia mandado rezar o mesmo números de ave-marias em agradecimento à Virgem Santíssima por eu estar vivo; além disso, convidava-me, com muita amabilidade, a retomar posse do que me pertencia, e nesse ínterim perguntava a quem ele deveria entregar meus bens caso eu lá não fosse pessoalmente. Concluiu com uma calorosa declaração de sua amizade e de sua família, e enviou-me de presente sete belas peles de leopardos, que aparentemente recebera da África, trazidas por outro navio que, pelo jeito, fizera uma viagem mais bem-sucedida do que a minha. Mandou também cinco baús de doces excelentes e cem moedas de ouro não cunhadas, menos valiosas do que moidores.

133. Chamado assim por ter uma cruz no verso, o cruzado foi usado como nome de diferentes moedas portuguesas entre os séculos XV e XIX.

Pela mesma frota, meus dois curadores enviaram-me mil e duzentos baús de açúcar, oitocentos rolos de tabaco e o restante da conta em ouro.

Eu agora podia afirmar, deveras, que o desfecho da história de Jó foi melhor do que o início.[134] É impossível expressar aqui as palpitações do meu coração quando li aquelas cartas, e principalmente quando me vi cercado por minha riqueza, pois como os navios nas rotas do Brasil sempre navegam em comboios, os mesmos que trouxeram minhas cartas transportaram minhas mercadorias, e meus haveres estavam seguros no rio antes mesmo que as cartas chegassem às minhas mãos. Resumindo, empalideci e senti um mal súbito, e se o ancião não corresse e me trouxesse um gole de licor, creio que o repentino surto de alegria derrotasse minha natureza, e eu teria caído morto ali mesmo.

De fato, depois disso continuei sentindo-me bastante mal por algumas horas, até que um médico foi chamado e, descobrindo a verdadeira causa do meu mal-estar, prescreveu uma sangria. Depois disso, melhorei e fiquei bem, mas estou convicto de que, se eu não tivesse sido aliviado pela sangria, teria morrido.

De repente eu possuía mais de cinco mil libras esterlinas em dinheiro e uma grande propriedade, como bem poderia chamá-la, nos Brasis, que rendia mais de mil libras por ano, com a mesma garantia de qualquer grande propriedade rural na Inglaterra; em suma, eu desfrutava de uma condição que mal sabia assimilar, nem como usufruir.

A primeira coisa que fiz foi recompensar meu antigo benfeitor, o velho capitão, que primeiro acudiu-me no sofrimento e foi bondoso comigo no começo e honesto no fim. Mostrei-lhe tudo o que me fora enviado; disse-lhe que, depois da Providência Divina, que dispunha de todas as coisas, eu devia tudo a ele, afirmei que agora cabia a mim recompensá-lo e que faria isso uma centena de vezes. Então, primeiro devolvi os cem moidores que recebera dele; em seguida, convoquei o notário e pedi-lhe que redigisse, nos termos mais completos e irredutíveis, uma liberação

134. Jó 42,12: "E Javé abençoou Jó, mais ainda do que antes. Ele possuía agora catorze mil ovelhas, seis mil camelos, mil juntas de bois e mil jumentas".

geral, ou dispensa, dos quatrocentos e setenta moidores que ele reconhecia dever-me; depois disso, mandei lavrar uma procuração, capacitando-o a receber os lucros anuais da minha fazenda e indicando a meu sócio que prestasse contas a ele, e lhe enviasse os ganhos, pelos comboios usuais, em meu nome; e com uma cláusula final, concedendo-lhe uma pensão anual e vitalícia de cem moidores, e uma pensão igualmente anual e vitalícia de cinquenta moidores para seu filho, depois que o pai morresse. E assim retribuí meu velho amigo.

Eu precisava agora considerar o caminho a seguir e o que fazer com a propriedade que a Providência havia colocado em minhas mãos. E, de fato, eu carregava mais preocupações agora do que nas condições da minha vida silenciosa na ilha, onde não desejava nada além do que tinha e não tinha nada além do que desejava, ao passo que agora possuía um grande patrimônio, e meu interesse era protegê-lo. Já não contava com uma caverna onde esconder meu dinheiro, nem um local onde ele pudesse ser mantido sem tranca ou chave, sem que ninguém mexesse, até ficar manchado e oxidado; ao contrário, não sabia onde guardá-lo, nem a quem confiá-lo. Meu velho amigo e patrono, o capitão, era honesto deveras, e o único porto seguro ao meu dispor.

Na sequência, meus interesses nos Brasis pareciam exigir minha presença, mas eu não poderia pensar em ir até lá enquanto não resolvesse meus negócios e deixasse meus bens em mãos seguras. De início, pensei em minha velha amiga, a viúva, que eu sabia que era honesta e seria correta comigo, mas ela já estava bastante idosa, e pobre, e provavelmente endividada; portanto, resumindo, não me restava opção exceto voltar eu mesmo à Inglaterra e levar meus haveres comigo.

Passaram-se alguns meses, no entanto, antes que eu tomasse a decisão; e, nesse ínterim, tendo recompensado o velho capitão plena e condignamente, ele que tinha sido um antigo benfeitor, comecei a pensar na pobre viúva, cujo marido fora meu primeiro benfeitor, e ela, enquanto pôde, minha leal guardiã e conselheira. Então, a primeira coisa que fiz foi pedir a um comerciante em Lisboa que escrevesse a seu representante em Londres, não só para saldar um débito contraído pela viúva mas para localizá-la e entregar-lhe, da minha parte, cem libras em espécie, e para reconfortá-la em sua pobreza, dizendo que enquanto eu vivesse ela poderia contar comigo; ao mesmo tempo, mandei cem libras para cada uma de minhas duas irmãs, que viviam no interior e, embora não passassem necessidade, não estavam em condições muito boas, uma tendo se casado e enviuvado e a outra dependendo de um marido que não era tão bom para ela como deveria ser.

Eu ainda não identificara, porém, entre todos os meus parentes ou conhecidos, alguém a quem ousasse entregar a maior parte dos meus bens para que eu pudesse retornar aos Brasis deixando meus interesses em segurança, e isso me causava grande inquietação.

Em dado momento, pretendi mesmo partir para os Brasis e lá radicar-me, pois sentia-me, por assim dizer, naturalizado lá; contudo, eu tinha alguma incerteza quanto à religião, fato que, insensatamente, repelia-me e sobre o qual falarei adiante. No entanto, naquele momento não era a religião que me impedia de ir até lá, mesmo porque eu não hesitara em aceitar abertamente a religião oficial do país durante todo o tempo em que estive por lá, e não hesitaria agora; só que, recentemente, refletindo mais do que antes sobre o assunto, pois começara a considerar a possibilidade de viver e morrer nos Brasis, de vez em quando arrependia-me de ter professado a fé papista, e achei que talvez não fosse a melhor religião para adotar-se até o fim da vida.

Mas, como disse, não era esse o principal fator que me impedia de ir para os Brasis, e sim não saber com quem deixar meus bens; portanto, finalmente resolvi levar tudo comigo para a Inglaterra, onde, quando chegasse, supunha que poderia conhecer alguém, ou encontrar alguns parentes, que fossem leais a mim. Sendo assim, preparei-me para partir para a Inglaterra com toda a minha fortuna.

A fim de preparar meu regresso à Inglaterra, e estando a frota do Brasil prestes a zarpar, resolvi, antes, responder adequadamente ao relatório justo e fiel por mim obtido de lá; primeiro, escrevi uma carta ao prior do mosteiro de Santo Agostinho, repleta de agradecimentos pelas medidas honestas e pela oferta de oitocentos e setenta e dois moidores, quinhentos dos quais eu pedia que fossem doados ao próprio mosteiro e trezentos e setenta e dois aos pobres, segundo a designação do próprio prior, e pedia as orações dos bons padres por mim, e assim por diante.

Escrevi a seguir uma carta agradecendo aos meus dois curadores, expressando todo o reconhecimento que tamanha retidão e honestidade exigiam; quanto a enviar-lhes um presente, eles dificilmente necessitariam de qualquer coisa desse tipo.

Por último, escrevi a meu sócio, reconhecendo sua competência na introdução de melhorias na fazenda e sua integridade no aumento do patrimônio, dando-lhe instruções para a futura gestão da minha parte, de acordo com os poderes que eu concedera a meu antigo patrono, a quem eu gostaria que ele enviasse tudo o que me fosse devido, até segunda ordem, e assegurando-lhe que era minha intenção não apenas ir ao encontro dele mas estabelecer-me lá pelo resto da vida. A isso acrescentei o belo presente de algumas peças de seda italiana para sua esposa e duas filhas, conforme o filho do capitão informara-me que ele tinha, além de duas peças de fina casimira inglesa, a melhor que consegui em Lisboa, cinco peças de baeta negra e algumas rendas de Flandres de boa qualidade.

Depois de resolver meus negócios, vender minha carga e converter minha fortuna em boas letras de câmbio, a dificuldade seguinte foi decidir como chegar à Inglaterra. Eu estava bastante habituado com o oceano, mas, ainda assim, sentia naquela época uma aversão estranha à ideia de ir para a Inglaterra por via marítima; e embora não pudesse identificar nenhuma razão para tal, a aversão aumentou tanto que, mesmo depois de ter embarcado minha bagagem, mudei de planos, e não apenas uma, mas duas ou três vezes.

É verdade que fui muito infeliz no mar, e esse pode ter sido um dos motivos; mas que nenhum homem despreze suas fortes intimações em questões de tal importância. Os dois navios por mim escolhidos para viajar, quero dizer, preferidos diante de vários outros, num dos quais cheguei a embarcar meus bens e no outro entrei em acordo com o capitão, perderam-se. Um foi sequestrado por argelinos e o outro naufragou ao largo da Ponta de Start,[135] perto de Torbay,[136] e todos a bordo afogaram-se, exceto três indivíduos, de modo que em qualquer daquelas embarcações eu teria padecido, sendo difícil saber em qual delas teria sido pior.

Meus pensamentos assim assediavam-me quando meu velho capitão, a quem comuniquei tudo, instou-me a não seguir por mar, mas por terra, até Corunha[137] e cruzar o golfo de Biscaia[138] até La Rochelle,[139] de onde seria uma viagem fácil e segura, por terra, até Paris, e depois a Calais[140] e Dover;[141] ou subir até Madri e fazer o percurso por terra através da França.

Em suma, eu estava tão apreensivo em relação à viagem marítima, exceto no trecho de Calais a Dover, que resolvi fazer a jornada inteira por terra, pois, como não tinha pressa e não me preocupava com despesas, era sem dúvida o trajeto mais agradável; e para tornar a viagem ainda mais prazerosa, meu velho capitão apresentou-me um cavalheiro inglês, filho de um comerciante em Lisboa, que se dispunha a viajar comigo; em seguida, agregamos mais dois comerciantes ingleses e dois jovens cavalheiros portugueses, sendo que estes últimos pretendiam ir somente até Paris; afinal, ao todo éramos seis, além de cinco criados, tendo os dois comerciantes e os dois portugueses contentado-se com apenas dois criados, a fim de poupar gastos; quanto a mim, consegui um marujo inglês para servir-me, além de Sexta-Feira, que por ser mais do que estrangeiro não poderia atuar como serviçal durante a jornada.

Assim parti de Lisboa; e nosso grupo, muito bem montado e armado, formou uma pequena tropa da qual tive a honra de ser nomeado capitão,

135. Cabo localizado no distrito de South Hams, em Devon, no canal da Mancha, no sudoeste da Inglaterra.
136. Distrito do condado de Devon, abrangendo as cidades de Torquay, Paignton e Brixham, localizado ao redor de um porto natural voltado para o leste (Tor Bay) no canal da Mancha.
137. Cidade portuária situada na Galícia, no noroeste da Espanha.
138. Ou baía de Biscaia (também golfo da Gasconha). É um golfo do oceano Atlântico situado entre a costa norte da Espanha e a costa sudoeste da França.
139. Velha capital de Aunis, antiga província da França, situada no noroeste do departamento de Charente-Maritime.
140. Cidade do norte da França, situada no departamento de Passo de Calais, no ponto mais estreito do canal da Mancha, com apenas 33 quilômetros de largura, sendo o município francês mais próximo da Inglaterra.
141. Cidade da Inglaterra e porto de passageiros localizado no sudeste da Inglaterra, no condado de Kent, junto aos célebres penhascos brancos, à beira do estreito de Dover.

tanto por ser o mais velho como por contar com dois criados e, a bem da verdade, ser o idealizador da viagem.

Assim como não incomodei o leitor com nenhum de meus diários marítimos, não vou incomodá-lo agora com meus diários terrestres; mas não posso omitir algumas aventuras que aconteceram conosco naquela jornada entediante e árdua.

Quando chegamos a Madri, na condição de estrangeiros na Espanha, estávamos dispostos a ficar algum tempo, para conhecermos a corte espanhola e observarmos o que valesse a pena. Contudo, sendo já o fim do verão, apressamo-nos em deixar Madri em meados de outubro; quando alcançamos o norte de Navarra,[142] porém, fomos alertados em várias cidades ao longo do caminho de que caíra tanta neve no lado francês das montanhas que vários viajantes foram obrigados a voltar a Pamplona,[143] depois de correrem grande perigo tentando atravessar.

Quando chegamos a Pamplona, constatamos que os alertas tinham fundamento; e para mim, sempre acostumado ao clima quente e a regiões onde mal conseguia usar roupas, o frio era insuportável; e, de fato, foi tão doloroso quanto surpreendente ter saído apenas dez dias antes da Castela Velha,[144] onde fazia um calor extremo, e imediatamente sentir o vento dos montes Pireneus,[145] tão forte, tão gélido que chegava a ser insuportável, quase entorpecendo e congelando nossos dedos das mãos e dos pés.

O pobre Sexta-Feira ficou realmente apavorado diante das montanhas cobertas de neve e do clima frio, que nunca tinha visto ou sentido antes na vida. Para piorar a situação, em Pamplona continuou nevando com tanta intensidade e por tanto tempo que as pessoas afirmavam que o inverno chegara antes do tempo, e as estradas, antes difíceis, agora se

---

142. Antigo reino fundado no século IX, com breve preeminência na Espanha no início do século XI. Em seguida, recuou diante da expansão de Castela e Aragão. Em 1284, foi unido à França. Atualmente, Navarra faz fronteira a norte com a França, a leste e sudeste com a comunidade autônoma de Aragão, ao sul com a de La Rioja e a oeste com a do País Basco.
143. Cidade da Espanha, sede de província e capital do antigo reino de Navarra.
144. Região central da península Ibérica. As serras de Gredos e Guadarrama separam a Castela Velha, ao norte, da Castela Nova, ao sul. São regiões de clima semiárido.
145. Cordilheira que se estende por 430 quilômetros, formando uma fronteira natural entre a França, ao norte, e a Espanha, ao sul.

tornavam intransitáveis, pois, resumindo, a neve em alguns trechos estava tão espessa que nos impedia de prosseguir e, não estando totalmente congelada, como ocorre nos países do norte, corríamos o risco de sermos soterrados a cada passo. Permanecemos nada menos do que vinte dias em Pamplona; então, quando vi o inverno chegando e nenhuma probabilidade de o tempo melhorar, pois foi o inverno mais rigoroso de que se tinha lembrança em toda a Europa, propus seguirmos até Fonterrabía[146] e lá pegar um navio para Bordeaux,[147] o que seria uma viagem curta.

No entanto, enquanto considerávamos tal possibilidade, surgiram quatro cavalheiros franceses, que, antes detidos do lado francês, assim como nós do lado espanhol, tinham encontrado um guia que, atravessando perto da ponta de Languedoc,[148] levou-os através das montanhas por caminhos onde a neve não os incomodou; e onde acumulava-se em maior quantidade, segundo relataram, a neve estava compactada o suficiente para que eles e seus cavalos pudessem passar.

Mandamos chamar esse guia, que se comprometeu a conduzir-nos pelo mesmo caminho, sem o risco de sermos soterrados pela neve, desde que estivéssemos devidamente armados para proteger-nos de animais ferozes, pois, disse ele, naquelas nevascas era frequente lobos famintos aparecerem ao sopé das montanhas. Informamos que estávamos bem preparados para tais criaturas, desde que ele garantisse nossa segurança em relação a outra espécie de lobos, bípedes, que, segundo diziam, constituíam grande perigo, notadamente do lado francês das montanhas.

Ele nos convenceu de que não havia esse tipo de ameaça na rota da nossa travessia; então concordamos prontamente em acompanhá-lo, assim como os outros doze cavalheiros, com seus respectivos criados, alguns franceses, alguns espanhóis, os quais, como disse, haviam tentado seguir viagem e foram obrigados a voltar.

---

146. Ou Hondarribia (em basco), antiga cidade situada na costa leste da Espanha, no País Basco.
147. Maior cidade e sede do departamento de Gironda, na França, a 562 quilômetros a sudoeste de Paris. Porto na margem sul do rio Garona.
148. Região a sudeste da Occitânia, no sul da França, com sede na cidade de Toulouse e limitada ao sul pelo mar Mediterrâneo.

E então partimos de Pamplona, com nosso guia, no dia 15 de novembro, e fiquei deveras surpreso quando, em vez de seguir em frente, ele voltou conosco pela mesma estrada que nos trouxera de Madri por mais de vinte milhas; então, depois de cruzarmos dois rios e entrarmos numa planície, vimo-nos de novo num clima quente, numa região agradável, e não havia neve. Contudo, de repente, virando à esquerda, ele buscou as montanhas por outra rota e, embora as elevações e os precipícios fossem apavorantes, ele fez tantos rodeios, tantos meandros, e guiou-nos por caminhos tão tortuosos, que cruzamos os picos das montanhas sem que a neve nos atrapalhasse demais; subitamente, o guia apontou-nos as aprazíveis e férteis províncias de Languedoc e da Gasconha,[149] tudo verde e florido, embora ao longe e ainda nos restasse percorrer um terreno difícil até chegarmos lá.

Ficamos um pouco apreensivos, no entanto, quando nevou um dia inteiro e uma noite, tão intensamente que não pudemos prosseguir viagem; mas o guia tranquilizou-nos, dizendo que em breve estaríamos longe daquilo tudo. De fato, constatamos que tínhamos começado a descer, dia após dia, e rumávamos mais para o norte do que antes; então, confiando em nosso guia, continuamos a jornada.

Cerca de duas horas antes de anoitecer, quando o guia, avançando um pouco à nossa frente, estava fora do nosso campo de visão, surgiram três lobos monstruosos, e atrás deles um urso, saindo de uma clareira adjacente a um bosque fechado. Dois dos lobos avançaram no guia, e se ele estivesse meia milha adiante de nós teria sido devorado antes que pudéssemos socorrê-lo. Um dos lobos atacou o cavalo, e o outro saltou em cima do homem com tamanha violência que ele não teve tempo nem presença de espírito suficientes para sacar a garrucha e apenas gritou para nós, desesperadamente; mandei meu criado Sexta-Feira, que estava ao meu lado, cavalgar à frente, a fim de ver o que estava acontecendo. Assim que avistou o homem, Sexta-Feira gritou, tão alto quanto o outro:

149. Região no sudoeste da França, que se estende entre os Pireneus, o oceano Atlântico e o rio Garona.

— Ó senhor! Ó senhor!

E, destemido, galopou diretamente até o pobre homem e, sacando a garrucha, disparou e atingiu a cabeça do lobo que o atacava.

Foi uma sorte para o pobre sujeito meu criado Sexta-Feira sair em sua defesa, pois, habituado com aquelas criaturas em sua terra natal, ele não tinha medo e pôde aproximar-se e disparar de perto; em contrapartida, qualquer outro de nós teria atirado de longe e talvez não alvejasse o lobo, podendo até atingir o guia.

Mas mesmo um homem mais corajoso do que eu teria se assustado e, de fato, todo o nosso grupo ficou alarmado, quando, após o estampido da garrucha de Sexta-Feira, ouvimos de ambos os lados os uivos apavorantes dos lobos, e o ruído ecoou pelas montanhas, como se a matilha

"Dois dos lobos avançaram no guia."

fosse prodigiosa; e talvez não fossem mesmo poucos, e nossa apreensão não fosse sem motivo.

No entanto, como Sexta-Feira matou o primeiro lobo, o outro, que se agarrara ao cavalo, largou-o imediatamente e fugiu, sem causar grande dano, pois por sorte atacara a cabeça do animal, onde os metais do freio obstruíram suas presas. O homem, porém, ficou bastante ferido, visto que a criatura enfurecida o mordera em dois lugares, no braço e um pouco acima do joelho, e estava prestes a cair do cavalo já trôpego quando Sexta-Feira chegou e atirou no lobo.

É fácil pressupor que, ao som do disparo da garrucha de Sexta-Feira, todos apertamos o passo e subimos com a máxima rapidez possível o terreno bastante irregular a fim de verificar o que estava ocorrendo; assim que saímos de entre as árvores que antes impediam nossa visão, constatamos claramente o que havia acontecido e que Sexta-Feira tinha salvado o pobre guia, embora não conseguíssemos discernir imediatamente que tipo de criatura ele abatera.

20. Sexta-Feira luta com um urso

Mas nunca houve luta mais intensa e mais surpreendente como a que se seguiu entre Sexta-Feira e o urso, e ainda propiciou a todos nós (embora a princípio ficássemos assustados e receosos por ele) a maior diversão imaginável. É fato que o urso é uma criatura pesada e desajeitada, e não corre feito o lobo, que é leve e veloz, mas possui duas facetas particulares, que geralmente pautam suas ações. A primeira diz respeito aos homens, que não são sua presa natural; quero dizer, não são sua presa natural porque, embora não se saiba o que a fome excessiva é capaz de fazer, o que naquele momento era o caso, pois o solo estava coberto de neve, repito, no que diz respeito aos homens, o urso geralmente não os ataca, a não ser que se sinta acuado. Ao contrário, se alguém se deparar com um urso na mata e não o ameaçar, ele tampouco vai ameaçá-lo; mas nesse caso é preciso cuidar para ser muito civilizado e ceder-lhe a estrada, pois embora seja um cavalheiro gentil ele não cede a vez nem mesmo a um príncipe. Na verdade, se a pessoa estiver apavorada, a melhor reação é desviar o olhar e seguir adiante, porque, às vezes, se a pessoa parar e encará-lo, ele pode tomar a atitude como afronta; e se a pessoa jogar qualquer coisa nele, mesmo que seja um pedacinho de pau do tamanho de um dedo, e atingi-lo, ele considera o gesto um desacato, deixa de lado tudo que estiver fazendo e parte em busca de vingança, pois, para ele, tirar satisfação é questão de honra; eis a primeira faceta. A outra é que, caso sinta-se ofendido, jamais desiste, seja noite ou dia, até vingar-se, e segue num ritmo constante até alcançar a criatura perseguida.

Meu Sexta-Feira salvou nosso guia e, quando chegamos ao local, ele o ajudava a desmontar do cavalo, pois o homem estava ferido e assustado, na verdade mais assustado do que ferido; de repente vimos o urso saindo da mata, e era enorme, monstruoso, o maior que eu tinha visto na vida. Ficamos todos sobressaltados quando o vimos; mas quando Sexta-Feira o viu, era fácil ver a alegria e a coragem estampadas em seu semblante.

— Ó! Ó! Ó! — disse Sexta-Feira três vezes, apontando o animal. — Ó senhor, me dar licença! Mim apertar mão dele; mim fazer senhor rir muito.

Fiquei surpreso ao ver o sujeito tão satisfeito.

— Seu tolo — respondi —, ele vai comer você.

— Comer mim?! Comer mim?! — exclamou Sexta-Feira duas vezes. — Mim comer ele; mim fazer senhor rir muito; vocês ficar aqui, mim fazer vocês rir muito.

Em seguida, ele sentou, tirou as botas e calçou um par das sapatilhas com sola de madeira, conforme chamamos os sapatos baixos que ele levava no bolso, entregou seu cavalo ao meu outro criado e, portando a espingarda, partiu veloz qual o vento.

O urso caminhava serenamente e não pretendia intrometer-se com ninguém, até que Sexta-Feira, chegando bem perto, chamou-o, como se o urso pudesse entendê-lo:

— Ei! Ei! — chamou Sexta-Feira. — Mim falar com você.

Seguimos à distância, pois, descendo agora pelas encostas dos montes voltadas para a Gasconha, estávamos num bosque imenso, onde o terreno era plano e bastante aberto, embora houvesse muitas árvores espalhadas.

Sexta-Feira, que, como se diz, seguia nos calcanhares do urso, alcançou-o rapidamente, pegou um pedregulho e atirou-o nele, acertando na cabeça, mas não causou dano maior do que se tivesse atingido um muro; o gesto, porém, atendeu ao propósito de Sexta-Feira, pois o ladino não estava com o menor medo e fez aquilo apenas para que o urso o seguisse e ele pudesse divertir-nos, conforme prometera.

Assim que sentiu o golpe e viu Sexta-Feira, o urso deu meia-volta e partiu atrás dele, com passadas largas e oscilantes, avançando num ritmo surpreendente, comparável ao de um cavalo em galope mediano; Sexta-Feira saiu correndo, como se viesse em nossa direção em busca de socorro. Então resolvemos abrir fogo imediatamente contra o urso e salvar meu criado. Mas fiquei bastante zangado por ele ter feito o urso vir em nossa direção, pois o animal seguia seu caminho tranquilamente, e sobretudo porque, depois de atiçar o urso contra nós, ele fugiu; então gritei:

— Seu cachorro! É assim que você está nos fazendo rir? Volte e pegue o seu cavalo para podermos abater a criatura.

Ele me ouviu e gritou:

— Não atirar, não atirar; ficar parado e vocês dar muita risada.

E como corria duas vezes mais depressa do que o urso, o ágil selvagem surgiu, de repente, ao nosso lado e, avistando um grande carvalho adequado ao seu intento, acenou para que o seguíssemos; então, dobrando o ritmo, subiu rapidamente na árvore depois de largar a arma no chão, a cerca de cinco ou seis metros da base do tronco.

O urso logo chegou à árvore, e acompanhamos tudo a certa distância; a primeira coisa que ele fez foi parar diante da arma e farejá-la, mas deixou-a em paz, e trepou na árvore feito um gato, apesar do peso monstruoso. Fiquei espantado com aquela aparente sandice do meu criado e não percebi nenhum motivo para rir, até que, ao vermos o urso subir na árvore, todos nos aproximamos em nossas montarias.

Quando chegamos à árvore, lá estava Sexta-Feira na ponta de um grande galho, e o urso já na metade do caminho. Assim que o urso alcançou a parte em que o galho era mais fino, Sexta-Feira exclamou:

— Ah! Agora vocês ver mim ensinar urso dançar.

Em seguida, ele começou a pular e sacudir o galho, e o urso pôs-se a cambalear, parou e olhou para trás, a fim de ver como poderia retornar; então, de fato, rimos a valer. Mas Sexta-Feira ainda não tinha acabado de divertir-se; ao ver o urso parado, ele gritou novamente, como se pensasse que o animal entendia inglês:

— Ué! Você não vir mais longe? Por favor, vir mais longe.

E então parou de pular e sacudir o galho. O urso, como se entendesse o que ele dissera, avançou um pouco mais, e Sexta-Feira recomeçou a pular, e o urso parou novamente.

Achamos, então, que fosse um bom momento para atingi-lo na cabeça, e gritamos para que Sexta-Feira ficasse quieto, pois pretendíamos disparar contra o urso. Mas ele gritou, com veemência:

— Ó, por favor! Ó, por favor! Não atirar, eu atirar em leve.

Ele quis dizer "em breve". No entanto, para encurtar a história, Sexta-Feira dançou tanto e o urso ficou tão nervoso que gargalhamos, mas ainda não conseguíamos imaginar como nosso companheiro agiria: primeiro pensamos que escaparia fazendo com que o urso caísse do galho, mas constatamos que o animal era bastante esperto, pois não se atrevia a ir até a ponta, de onde seria derrubado, e segurava-se com suas grandes garras e as patas traseiras; de modo que não atinávamos qual seria o desfecho da cena, nem qual seria a piada, afinal.

Mas Sexta-Feira logo dirimiu nossas dúvidas, pois, ao ver o urso agarrar-se com força ao galho, e constatando que não conseguiria induzi-lo a avançar mais, ele disse:

— Bem, bem, se você não vem, mim vai; você não vem pra mim, mim vai pra você.

Dito isso, ele foi até quase a pontinha do galho, que se curvou sob seu peso, e desceu, suavemente, deslizando até chegar perto o bastante do solo para pular e cair de pé; em seguida, correu até sua arma, pegou-a e ficou parado.

— Pois bem — disse eu —, Sexta-Feira, o que você vai fazer agora? Por que não atira logo?

— Não atirar — pediu Sexta-Feira —, ainda não; se mim atirar agora, mim não matar; mim ficar parado, fazer vocês rir mais.

E, de fato, ele nos fez rir mais, conforme o leitor logo verá, pois quando o urso viu o inimigo afastar-se voltou do galho onde estava, com toda atenção, olhando para trás a cada passo e recuando até chegar ao tronco da árvore; então, com o traseiro virado para baixo, ele desceu, segurando-se com as garras e movendo uma pata de cada vez, cautelosamente. Naquele momento, e pouco antes que o urso pudesse apoiar uma das patas traseiras no solo, Sexta-Feira deu um passo à frente, enfiou o cano da espingarda no ouvido do bicho e disparou, abatendo-o instantaneamente.

Então o ladino virou-se, para ver se não estávamos rindo; e quando percebeu que achávamos graça, desatou a gargalhar.

— Assim nós matar urso minha terra — explicou Sexta-Feira.

— É assim que vocês os matam? — indaguei. — Ora, vocês não têm armas.

— Não — disse ele —, sem arma, mas atirar flecha grande.

Foi mesmo uma boa diversão para nós, mas ainda estávamos numa região selvagem, com nosso guia ferido, e mal sabíamos como proceder. O uivo dos lobos reverberava adiante e, de fato, exceto os ruídos que ouvi certa vez na costa da África, sobre os quais já relatei, nunca ouvi nada que me causasse tamanho pavor.

Tudo aquilo e a aproximação da noite fizeram-nos partir, caso contrário, e segundo a vontade de Sexta-Feira, certamente teríamos nos detido para tirar a pele da criatura monstruosa, que valeria a pena guardar; mas tínhamos quase três léguas pela frente, e nosso guia apressou-nos. Portanto, deixamos o urso lá e seguimos viagem.

O solo ainda estava coberto de neve, embora não tão espessa nem tão perigosa como nas montanhas; e as criaturas vorazes, conforme depois ouvimos contar, desceram até o bosque e a planície, pressionadas pela fome, em busca de alimento, e causaram grandes danos nas aldeias, onde surpreenderam o povo do campo, mataram grande quantidade de carneiros e cavalos, e algumas pessoas também.

Éramos obrigados a passar por um local perigoso, e nosso guia disse que, se houvesse mais lobos na região, estariam por lá. Tratava-se de uma pequena planície rodeada de bosques, e havia um desfiladeiro longo e estreito, o qual precisávamos atravessar para transpor os bosques e então alcançar a aldeia onde pernoitaríamos.

Faltava cerca de meia hora para o pôr do sol quando entramos no primeiro bosque, e chegamos à planície um pouco depois do crepúsculo. Não nos deparamos com nada no primeiro bosque, exceto numa pequena clareira, que não se estendia por mais de quatrocentos metros, onde vimos cinco grandes lobos cruzando a estrada, a toda velocidade, um após o outro, como se perseguissem alguma presa; não tomaram conhecimento de nós e sumiram de vista imediatamente.

Diante disso, nosso guia, que, aliás, não passava de um covarde, mandou que ficássemos alertas, pois acreditava que mais lobos haveriam de aparecer. Mantivemos as armas prontas e os olhos bem abertos, mas não vimos mais lobos até atravessarmos aquele bosque, com quase meia légua de extensão, e adentrarmos a clareira. Assim que chegamos à clareira, no entanto, tivemos muitos motivos para nos manter atentos. A primeira coisa que encontramos foi um cavalo morto, quero dizer, um pobre cavalo que os lobos haviam matado, e pelo menos uma dúzia deles o devorava, não propriamente comendo, mas roendo os ossos, pois já tinham devorado toda a carne.

Não achamos prudente perturbar o banquete, e tampouco eles prestaram muita atenção em nós. Sexta-Feira queria abrir fogo mas não permiti, de jeito nenhum, porque achava que ainda teríamos pela frente mais problemas do que imaginávamos. Não havíamos atravessado a metade da clareira quando começamos a ouvir os lobos uivando no bosque à nossa esquerda, de modo assustador, e logo em seguida vimos cerca de uma centena deles vindo diretamente em nossa direção, constituindo um bloco, e a maioria em fileiras tão regulares quanto num exército integrado por oficiais experientes. Eu mal sabia de que maneira combatê-los, mas descobrimos que formar uma fileira cerrada era a única alternativa; então entramos em forma prontamente. Mas para evitar grandes intervalos entre os disparos, ordenei que apenas um a cada dois homens atirasse, e que os que não tinham disparado ficassem prontos para uma segunda salva, logo em seguida, caso os lobos continuassem a avançar contra nós, e que aqueles que haviam disparado primeiro não perdessem tempo recarregando as espingardas, e que ficassem a postos, com suas garruchas, pois cada um de nós estava armado com uma espingarda e um par de garruchas. Portanto, utilizando tal método, poderíamos disparar seis salvas, metade de nós de cada vez; entretanto, naquele momento, não foi necessário, pois ao dispararmos a primeira salva o inimigo estacou, apavorado tanto com o barulho quanto com o fogo. Quatro lobos foram atingidos na cabeça e caíram mortos; vários outros ficaram feridos e fugiram sangrando, conforme pudemos ver pelas manchas na neve. Percebi que haviam parado, mas não tinham batido em retirada; então, lembrando-me de ouvir falar que as criaturas mais ferozes apavoram-se com a voz de um homem, mandei nosso grupo berrar o mais alto possível. E constatei que a ideia não era totalmente equivocada, pois, quando gritamos, eles começaram a afastar-se e deram meia-volta. Em seguida, ordenei que uma segunda rajada fosse disparada, o que os pôs a correr, e eles fugiram para o bosque.

Isso nos permitiu recarregar as armas e, sem perdermos tempo, prosseguimos. Contudo, mal tínhamos acabado de recarregar as espingardas e nos colocar em prontidão quando ouvimos um barulho terrível no mesmo bosque, à nossa esquerda, só que mais adiante, bem na direção em que pretendíamos seguir.

A noite estava chegando e a luminosidade começava a diminuir, o que agravava a situação do nosso lado; com o barulho aumentando, pudemos facilmente constatar que se tratava dos uivos e ganidos daquelas criaturas infernais. De súbito, percebemos a presença de três alcateias, uma à esquerda, uma atrás de nós e uma à frente, de modo que parecíamos estar cercados por lobos. Todavia, como não nos atacaram, seguimos adiante, na maior velocidade em que podíamos tocar os cavalos, ou seja, apenas um bom trote, pois o terreno era muito acidentado. E assim avistamos a entrada de um bosque, pelo qual precisávamos passar, no outro extremo da clareira. Tomamos um grande susto, porém, quando nos acercamos da passagem, pois avistamos um bando de lobos desorientados e posicionados logo na entrada.

De repente, em outra clareira, ouvimos um tiro e, olhando naquela direção, vimos um cavalo surgir correndo, selado e com rédea, voando como o vento, e dezesseis ou dezessete lobos atrás dele, a toda velocidade. O cavalo levava vantagem, mas supúnhamos que não poderia manter aquele ritmo e não duvidávamos de que os lobos finalmente o alcançassem, o que, de fato, aconteceu.

E ali tivemos uma visão medonha, pois trotando até o local onde o cavalo surgira encontramos as carcaças de outro cavalo e de dois homens, devorados pelas criaturas famintas; e um dos homens era sem dúvida o mesmo que fizera o disparo, pois havia uma arma ao seu lado, recém-acionada. Quanto ao homem, sua cabeça e a parte superior do corpo tinham sido devoradas.

Isso nos encheu de pavor, e não sabíamos que curso tomar; as criaturas, porém, logo nos forçaram a uma decisão, pois nos cercaram, na esperança de fazer mais vítimas. Acredito mesmo que fossem ao todo trezentos lobos. Aconteceu, para nossa vantagem, que próximo à entrada do bosque algumas árvores frondosas tinham sido derrubadas no verão anterior, e suponho que as toras seriam em algum momento transportadas. Reuni minha pequena tropa entre aquelas árvores e, posicionando-nos em fileira atrás de uma tora das mais compridas, aconselhei que todos desmontassem e, mantendo aquela tora diante de nós, a título de anteparo, formassem um triângulo, ou seja, três frentes, com os cavalos no centro.

Assim fizemos, e foi bom que o fizéssemos, pois nunca houve ataque mais enfurecido do que o daquelas criaturas. Avançaram rosnando (e pularam no tronco, que, como disse, era nosso anteparo), como se estivessem atacando suas presas, e toda aquela ferocidade era, aparentemente, motivada sobretudo pela visão dos cavalos atrás de nós. Ordenei aos homens que atirassem como antes, alternando os disparos, e eles miraram com tanta precisão que mataram vários lobos na primeira saraivada. Mas era necessário continuar disparando, pois os animais vinham feito demônios, os de trás empurrando os da frente.

Quando disparamos uma segunda rajada com as espingardas, achamos que eles haviam recuado um pouco e tínhamos esperança de que fossem embora, mas durou apenas um momento, pois outros voltaram ao ataque; então descarregamos duas rajadas de garruchas, e creio que naquelas quatro salvas matamos dezessete ou dezoito lobos e mutilamos um número duas vezes maior, e ainda assim eles voltaram.

Eu não queria desperdiçar precocemente nossa derradeira salva; então chamei meu criado, não Sexta-Feira, pois ele estava muito bem ocupado, visto que, com a maior destreza imaginável, recarregara minha espingarda e a dele em plena refrega, mas, como disse, chamei meu outro criado e, entregando-lhe uma bolsa de pólvora, ordenei que fizesse um rastilho ao longo da tora de madeira, e um rastilho dos grandes. Ele o fez, e mal teve tempo de fugir, quando os lobos chegaram, e alguns subiram na tora. Então, peguei uma garrucha descarregada e, aproximando a pederneira da pólvora, acendi o rastilho; os animais que estavam em cima da tora foram queimados, e seis ou sete caíram, ou melhor, saltaram entre nós, impelidos pelo medo do fogo. Foram por nós liquidados num instante, e os demais ficaram tão assustados com o clarão, o qual a noite, pois já estava bastante escuro, tornou mais terrível, que recuaram um pouco.

Em seguida, dei a ordem para que nossas últimas garruchas disparassem uma saraivada, e depois gritamos; diante disso, os lobos deram-nos as costas, e imediatamente avançamos sobre cerca de vinte animais mutilados que se debatiam no solo, e os retalhamos com nossas espadas, ação que atendeu à nossa expectativa, pois os ganidos e os uivos por eles emitidos foram bem compreendidos pelos companheiros, de modo que todos fugiram e deixaram-nos em paz.

Havíamos, no total, matado aproximadamente três vintenas de lobos, e se fosse dia a matança seria bem maior. Estando o campo de batalha agora livre, continuamos a avançar, pois ainda tínhamos quase uma légua pela frente. Enquanto seguíamos, ouvimos as criaturas famintas uivar e ganir na mata, com frequência, e às vezes imaginávamos avistar algumas delas, mas a neve ofuscava nossa visão e não tínhamos certeza. E assim, mais ou menos uma hora mais tarde, chegamos à aldeia onde pernoitaríamos e encontramos os habitantes apavorados e armados, pois constava que na noite anterior lobos e ursos tinham invadido o povoado, causando tamanho terror que a população fora obrigada a montar guarda noite e dia, primordialmente à noite, para defender o gado, e até mesmo as pessoas.

Na manhã seguinte, nosso guia estava muito doente, e seus membros incharam tanto devido à inflamação das duas feridas que ele não pôde

"Ordenei aos homens que atirassem como antes."

prosseguir; então fomos obrigados a contratar um novo guia e ir até Toulouse, onde encontramos clima quente numa região fértil e agradável, e sem neve, sem lobos nem nada parecido. Quando contamos nossa história em Toulouse, porém, disseram-nos que aquilo era perfeitamente comum no grande bosque situado no sopé das montanhas, sobretudo quando a neve encobria o solo, mas ficaram curiosos para saber que tipo de guia havíamos contratado, capaz de aventurar-se a conduzir-nos por aquele caminho numa estação tão severa, e afirmaram que era surpreendente não termos sido todos devorados. Quando contamos como havíamos nos posicionado, com os cavalos no centro, eles nos censuraram enfaticamente, e disseram que as chances de termos perecido eram de cinquenta para um, pois a visão dos cavalos deixara os lobos raivosos, ao vislumbrarem suas presas; disseram também que, normalmente, lobos têm medo de armas, mas que por estarem famintos e ávidos por atacarem os cavalos tinham se tornado insensíveis ao perigo; acrescentaram que, se pelos disparos contínuos e, finalmente, pelo estratagema do rastilho de pólvora não os tivéssemos dominado, eram grandes as probabilidades de termos sido trucidados. Ao passo que, se tivéssemos permanecido nas montarias e assim disparado, os lobos não identificariam os animais como suas presas, pois havia homens sobre seus lombos. E por fim disseram-nos que, se nos mantivéssemos juntos e soltássemos os cavalos, os lobos ficariam tão ansiosos por devorá-los que teríamos escapado ilesos, principalmente estando armados e em grande número.

Da minha parte, nunca estive tão exposto ao perigo na vida; pois, ao ver mais de trezentos demônios rugindo e de boca escancarada para devorar-nos, e não tendo onde abrigar-me ou para onde escapar, considerei-me perdido. A bem da verdade, creio que nunca mais voltarei a cruzar aquelas montanhas; acho que preferiria viajar mil léguas pelo oceano, ainda que fosse para enfrentar uma tempestade por semana.

Não tenho nada extraordinário para registrar sobre minha passagem pela França, isto é, nada além do que outros viajantes já relataram, e fizeram-no bem melhor que eu. Viajei de Toulouse a Paris e, sem demorar-me muito, cheguei a Calais e aportei são e salvo em Dover no dia 14 de janeiro, depois de viajar durante uma estação extremamente fria.

Eu voltara ao ponto de partida da minha jornada, e em pouco tempo recebi toda a minha fortuna recém-descoberta, sendo que as letras de câmbio que trouxera comigo foram prontamente descontadas.

Minha principal orientadora e conselheira particular foi a boa viúva idosa, que, em agradecimento pelo dinheiro que eu lhe enviara, não poupou esforços nem cuidados em meu benefício; e eu confiava tanto nela que fiquei absolutamente tranquilo quanto à segurança dos meus haveres. De fato, fiquei igualmente satisfeito, no início, e agora no final, com a integridade irretocável daquela bondosa dama.

Então comecei a considerar a ideia de deixar minhas posses a cargo dessa senhora, partir para Lisboa e de lá para os Brasis; mas agora um escrúpulo se interpôs em meu caminho, a saber, a religião, pois eu tinha algumas dúvidas acerca da religião romana enquanto estive afastado da Inglaterra, sobretudo em minha condição solitária. E sabia que não teria como ir para os Brasis, muito menos lá fixar-me, se não me dispusesse sem reservas a abraçar a religião católica romana. A menos que, por outro lado, resolvesse sacrificar-me por meus princípios, tornando-me um mártir da causa religiosa, e morresse nas mãos da Inquisição. Por conseguinte, decidi permanecer na minha terra e tentar vender a propriedade agrícola.

Com tal propósito, escrevi ao meu velho amigo de Lisboa, que, por seu turno, afirmou que poderia realizar a venda facilmente, e pediu autorização para apresentar uma oferta, em meu nome, a dois comerciantes, herdeiros de meus curadores, que residiam nos Brasis; acrescentou que eles saberiam valorizar a fazenda, pois moravam nas proximidades, e que, conforme eu estava ciente, eram muito ricos. Portanto, ele acreditava que se interessariam pela aquisição, e não duvidava de que eu arrecadaria quatro ou cinco mil dobrões com a venda.

Concordei e, por conseguinte, autorizei-o a oferecer a propriedade aos dois pretendentes, e ele o fez; cerca de oito meses mais tarde, na ocasião do regresso do navio, ele me enviou um relato informando que os curadores tinham aceitado a oferta e enviado trinta e três mil dobrões de oito a um correspondente deles, em Lisboa, a título de pagamento.

Em troca, assinei a escritura de venda na forma enviada de Lisboa e encaminhei-a para meu velho amigo, que me enviou letras de câmbio no valor de trinta e dois mil e oitocentos dobrões de oito pela propriedade, reservando uma pensão anual vitalícia de cem moidores para si próprio e cinquenta moidores anualmente para seu filho, também pelo resto da vida, conforme eu lhes prometera, pagamento esse que a fazenda haveria de honrar. E assim relatei a primeira parte de uma vida de fortuna e aventura, uma vida que foi qual um jogo de tabuleiro da Providência Divina, e com tal variedade que o mundo raramente verá outra igual: iniciando com uma tolice, mas concluindo com muito mais felicidade do que eu poderia esperar.

Qualquer um pensaria que naquele estado de ventura eu jamais voltaria a sujeitar-me a riscos, e assim, na verdade, seria, se outras circunstâncias tivessem concorrido; mas eu havia me habituado à vida errante, não tinha família direta nem muitos parentes e, por mais rico que fosse, contava com poucos conhecidos. E embora tivesse vendido minha propriedade nos Brasis, aquele país não me saía da cabeça, e era grande a vontade de voltar a velejar. Sobretudo, não pude resistir à forte inclinação de rever minha ilha, e saber se os pobres espanhóis estiveram por lá, e que tratamento teriam recebido dos malfeitores que lá deixei.

Minha amiga fiel, a viúva, dissuadiu-me de tal ideia, e tanto instou-me que por quase sete anos impediu minha ida ao exterior, período em que assumi a guarda de meus dois sobrinhos, filhos de um de meus irmãos. O mais velho, que possuía alguns bens, eduquei-o como cavalheiro e outorguei-lhe um acréscimo ao seu patrimônio, após minha morte; o outro, empreguei-o junto ao capitão de um navio. E depois de cinco anos, constatando que se tratava de um jovem sensato, brioso e empreendedor, cedi-lhe um bom navio e mandei-o para o mar; e esse rapaz, mais tarde, atraiu-me, por mais idoso que eu estivesse, a outras aventuras.

Nesse ínterim, instalei-me aqui, pois, primeiramente, casei-me, o que não me trouxe nenhuma desvantagem ou insatisfação, e tive três filhos, dois meninos e uma menina. No entanto, com a morte da minha esposa e a volta do meu sobrinho, cuja viagem à Espanha fora bem-sucedida, minha inclinação de ir ao exterior e a insistência por parte do jovem prevaleceram e levaram-me a embarcar em seu navio, na condição de comerciante autônomo, até as Índias Orientais. Isso foi no ano de 1694.

Nessa viagem visitei minha nova colônia na ilha, estive com meus sucessores, os espanhóis, ouvi o relato completo de suas vidas e dos vilões que lá deixei; como no início insultaram os pobres espanhóis; como depois concordavam e discordavam, uniam-se e desuniam-se, e como finalmente os espanhóis foram obrigados a usar violência com eles; como os malfeitores foram derrotados e com que justiça foram tratados pelos espanhóis, uma história que, devidamente detalhada, seria tão cheia de variedade e incidentes fabulosos quanto a minha própria, sobretudo o relato das batalhas por eles travadas contra os caribenhos, que desembarcaram diversas vezes na ilha, e sobre as melhorias introduzidas pelos espanhóis na ilha em si, e como foi que cinco deles atravessaram o mar até o continente e trouxeram, na condição de prisioneiros, onze homens e cinco mulheres, tanto que, quando cheguei, encontrei cerca de vinte crianças na ilha.

Fiquei lá cerca de vinte dias, deixei-lhes todo tipo de suprimentos necessários, principalmente armas, pólvora, munição, roupas, ferramentas e dois artesãos por mim trazidos da Inglaterra, a saber, um carpinteiro e um ferreiro.

Além disso, dividi as terras da ilha, reservando para mim o direito sobre a propriedade como um todo, mas cedendo-lhes partes, conforme consenso; e tendo acertado tudo com eles, e obtido deles o compromisso de não abandonarem o lugar, deixei-os.

Em seguida aportei nos Brasis, de onde enviei uma barcaça, que comprei lá, com mais gente para povoar a ilha, e na barcaça, além de outros suprimentos, embarquei sete mulheres, as melhores que encontrei para o trabalho ou o casamento, se alguém as quisesse por esposas. Quanto aos ingleses, prometi enviar-lhes mulheres da Inglaterra, levando uma boa carga de provisões desde que eles se aplicassem no plantio, o que mais tarde, de fato, fiz. E esses homens demonstraram honestidade e diligência, depois que foram instruídos e receberam suas respectivas propriedades. Enviei também, dos Brasis, cinco vacas, três das quais prenhas, algumas ovelhas e alguns carneiros, cujo número, quando voltei à ilha, aumentara consideravelmente.

E tudo isso acompanhado de um relato de como trezentos caribenhos chegaram, invadiram e arruinaram as lavouras, e como os ilhéus enfrentaram aquele número de invasores em duas ocasiões, e a princípio foram derrotados, sofrendo a perda de um dos seus; e por fim, quando uma tempestade destruiu as canoas dos inimigos, os residentes, depois de isolarem e sitiarem, ou aniquilarem quase todos os demais, retomaram a posse das lavouras, renovaram-nas e permaneceram na ilha. Tudo isso, acrescido de alguns incidentes notáveis ocorridos em minhas novas aventuras, ao longo de mais dez anos, eu talvez venha a relatar no futuro.

Cronologia: Vida e obra de Daniel Defoe

1660 | 13 set.: Filho de Alice e James Foe, Daniel Foe nasce em Londres. A Inglaterra voltava a viver num regime monarquista após uma breve experiência com a República.

1674: Ingressa na Charles Monton's Academy for Dissenters, centro de educação dedicado aos dissidentes religiosos. A família do jovem era presbiteriana.

1684: Casa-se com Mary Tuffey, filha de um próspero comerciante, profissão que Daniel também desempenhara perambulando por diversos países da Europa e oscilando entre o sucesso e a penúria. Juntos, Daniel e Mary teriam oito filhos.

1685: Apoia a Rebelião de Monmouth, que pretendia derrubar o reinado católico para que um rei protestante assumisse o país. No comércio, aposta na venda, entre outros, de vinho e tabaco, fazendo viagens frequentes à França, Holanda, Itália e Espanha.

1688: Após a ascensão de Maria II e do protestante Guilherme III ao trono inglês, torna-se agente secreto do rei. Publica *A Letter to a Dissenter from his Friend at the Hague*.

1692: Numa das oscilações financeiras que marcaram sua vida, decreta falência após um rombo como segurador de navios durante a guerra entre Inglaterra e França.

1695: Após invocar descendência da família De Beau Faux, Daniel acrescenta o "De" ao seu sobrenome. Defoe teria um toque aristocrático, acreditava.

1697: Publica seu primeiro texto com certa relevância, *An Essay upon Projects*, com ideias sobre diversos assuntos. Com seus panfletos, ao longo da história Defoe oscilaria de posição entre os conservadores do Tory e os liberais do Whig, partidos que dividiam a sociedade inglesa.

1701: Publica seu primeiro sucesso na literatura, o poema satírico *The True-Born Englishman*.

1703: No panfleto *The Shortest Way with Dissenters*, sugere como autoridades deveriam lidar com dissidentes religiosos. O escrito fez com que Defoe levasse uma multa, fosse açoitado e ficasse detido durante sete meses no presídio de Newgate, de onde escreveu *Hymn to the Pillory*.

1704: Funda o periódico *A Weekly Review of the Affairs of France*, que depois passa a se chamar *A Review of the State of the British Nation*, tratado pelos leitores apenas como *The Review*. A publicação perdura até 1713. Ainda em 1704, Defoe lança o panfleto *Giving Alms no Charity*. Também em 1704, o marinheiro escocês Alexander Selkirk é abandonado numa remota ilha do oceano Pacífico, evento que serviria de base para que Defoe escrevesse *Robinson Crusoé*.

1706: Publica o panfleto *Um relato da aparição de Mrs. Veal*.

1707: Faz constantes visitas à Escócia para apurar o sentimento local em relação à união entre Inglaterra, País de Gales e Escócia.

1713: Após o fim de *A Review of the State of the British Nation*, Defoe cria o periódico *Mercator*.

1715: Publica *An Appeal to Honour and Justice*, com relatos da prisão, e *The Family Instructor*.

1719 | 25 abr.: Aos 59 anos, publica *Robinson Crusoé*, iniciando a sequência de trabalhos que o marcariam na história da literatura. No mesmo ano, publica a segunda parte do clássico *The Farther Adventures of Robinson Crusoe: Being the Second and Last Part of His Life*.

1719 | 12 maio: Sai a segunda impressão de *Robinson Crusoé*. O título faria tanto sucesso que outras duas reimpressões aconteceriam ainda em 1719.

1720: Publica *Life and adventures of Mr. Duncan Campbell* e *Capitão Singleton*. Também lança a terceira parte de sua obra-prima, *The Serious Reflections During the Life of Robinson Crusoe*.

1722: Ano prolífico. Lança *The History of Peter the Great*, *Coronel Jack* e *Um diário do ano da peste*, um de seus livros mais importantes, no qual narra como Londres foi devastada por uma peste em meados da década de 1660. No mesmo ano, ainda sai *Moll Flanders*, outro trabalho incensado de Defoe. Neste, o escritor traça a vida de uma prostituta londrina.

1724: Publica *A New Voyage round the World* e *Os segredos de Lady Roxana*. Lança também panfletos sobre o afamado ladrão Jack Shepherd. É ainda deste ano o romance histórico *The Memoirs of a Cavalier*, que, após um período esquecido, seria atribuído a Defoe.

1726: Publica *The Complete English Tradesman*.

1728: Lança *Augusta Triumphans*, *A Plan of the English Commerce* e *Memoirs of Captain George Carleton*, trabalho cuja autoria seria reconhecida postumamente. Durante tempos se acreditou que a obra fosse de Jonathan Swift.

1731 | abr.: Aos setenta anos, Daniel Defoe morre em Londres.

1762: Robinson Crusoé aparece como referência em *Emílio, ou da educação*, livro do filósofo Jean-Jacques Rousseau.

1812: O suíço Johann Wyss publica *Os Robinsons suíços*, exemplo das chamadas robinsonadas, títulos que se inspiram ou tentam imitar o que Defoe fez em *Robinson Crusoé*.

1867: É a vez de Karl Marx, em seu *O capital*, usar Robinson Crusoé como referência.

1890: Publicação póstuma de *The Complete English Gentleman*.

1903: Sai a primeira adaptação de *Robinson Crusoé* para o cinema, um curta-metragem dirigido pelo francês Georges Méliès. Depois disso, o clássico seria transposto dezenas de vezes para a telona.

1954: O espanhol Luis Buñuel lança sua adaptação de *Robinson Crusoé* para o cinema.

1ª EDIÇÃO [2021] 2 reimpressões

ESTA OBRA FOI COMPOSTA POR MARI TABOADA EM SWIFT E
IMPRESSA EM OFSETE PELA GRÁFICA SANTA MARTA SOBRE PAPEL PÓLEN
DA SUZANO S.A. PARA A EDITORA SCHWARCZ EM JANEIRO DE 2025

FSC
www.fsc.org
MISTO
Papel | Apoiando o manejo florestal responsável
FSC® C005648

A marca FSC® é a garantia de que a madeira utilizada na fabricação do papel deste livro provém de florestas que foram gerenciadas de maneira ambientalmente correta, socialmente justa e economicamente viável, além de outras fontes de origem controlada.